키 작은 자유인

이청준 전집 21 중단편집

키 작은 자유인

초판 1쇄 발행 2014년 5월 30일

지은이 이청준
펴낸이 주일우
펴낸곳 ㈜문학과지성사
등록번호 제1993-000098호
주소 121-894 서울 마포구 잔다리로7길 18(서교동 377-20)
전화 02)338-7224
팩스 02)323-4180(편집) 02)338-7221(영업)
전자우편 moonji@moonji.com
홈페이지 www.moonji.com

ⓒ 이청준, 2014. Printed in Seoul, Korea

ISBN 978-89-320-2101-0
ISBN 978-89-320-2080-8(세트)

이청준 전집 21

키 작은 자유인

문학과지성사
2014

일러두기

1. 문학과지성사판 『이청준 전집』에는 장편소설, 중단편소설, 그리고 작가가 연재를 마쳤으나 단행본으로 발간되지 않은 작품과 미완성작 등을 모두 수록했다.

2. 전집의 권별 번호는 개별 작품이 발표된 순서를 따르되, 장편소설의 경우 연재 종료 시점을, 중단편소설의 경우 게재지에 처음 발표된 시점을 기준으로 삼았다. 단, 연재 미완결작의 경우 최초 단행본 출간 시점을 그 기준으로 삼았다. 중단편집에 묶인 작품들 역시 발표된 순서대로 수록하였으며, 각 작품 말미에 발표 연도를 밝혀놓았다.

3. 전집의 본문은 『이청준 문학전집』(열림원) 발간 이후 작가가 새롭게 교정, 보완한 내용을 충실히 반영하여 확정하였다. 특히 미발표작의 경우 작가가 남긴 관련 자료에 근거하여 수록하였음을 밝힌다.

4. 전집의 각 권에는 작품들을 수록하고 새롭게 씌어진 해설을 붙였으며 여기에 각 작품 텍스트의 변모 과정과 이청준 작품들의 상호 관계를 밝히는 글을 실었다. 이 글은 현재의 문학과지성사판 전집의 확정 텍스트에 이르기까지 주요한 특징적 변모를 잘 보여준다.

5. 이 책의 맞춤법은 국립국어연구원의 '한글 맞춤법'에 따르는 것을 원칙으로 하되, 띄어쓰기의 경우 본사의 내부 규정을 따랐다. 단, 작품의 분위기에 영향을 준다고 판단되는 방언이나 구어체 표현·의성어·의태어 등은 작가의 집필 의도를 살려 그대로 두었다 (괄호 안: 현행 맞춤법 표기).

    예) ① 방언 및 의성어·의태어: 밴밴하다(반반하다) 희멀끄럼하다(희멀겋다) 달겨들다(달려들다) 드키(듯이) 뚤레뚤레(둘레둘레) 뎅강(뎅궁) 까장까장(꼬장꼬장)
    ② 작가의 고유한 표현:
    -그닥(그다지) 범상찮다(범상치 않다) 들춰업다(둘러업다)
    -입물개 개엾고 아심찮게도 목짓 펀듯 사양기
    ③ 기타: 앞엣사람 옆엣녀석 먼젓사람 천릿길 뱃손님 뒷번
    그리고 나서(그러고 나서) 그리고는(그러고는)

6. 이 책의 외래어 표기는 국립국어연구원의 '외래어 표기법'에 따라 바꾸었다. 단, 작품의 제목이나 중요한 어휘로 등장하는 경우에는 원본을 그대로 살렸다.
    예) ① 맘모스(매머드) 세느(센) 뎃쌍(데생) ② 레지('종업원'으로 순화)

7. 이 책에 쓰인 문장부호의 경우 단편, 논문, 예술 작품(영화, 그림, 음악)은 「 」으로, 단행본 및 잡지, 시리즈 명 등은 『 』으로 표시하였다. 대화나 직접 인용은 큰따옴표(" ")와 줄표(―)로, 강조나 간접 인용의 경우 작은따옴표(' ')로 묶었다.

차례

전짓불 앞의 방백
―가위 밑 그림의 음화와 양화 2

내놓을 만한 성미나 버릇이 못 되지만, 나는 사람들의 눈길이 많은 곳에서는 괜히 늘 마음이 편칠 못하다. 식당이나 술집 같은 델 찾아들 때만 해도 사람이 너무 붐비는 곳을 피하고(그래서 음식 맛에는 손해를 보게 마련이지만), 집을 정해 들어가 자리를 잡을 때도 영업장의 중앙이나 입구 쪽보다는 한갓진 구석 쪽을 골라 앉기 예사다. 그래 다방 같은 데서 면담 약속을 하고 나온 친구들 가운데는 먼저 나와 있는 나를 못 찾고 돌아가거나, 한참씩 서로 딴 자리에서 기다리고 있는 경우마저 없지 않다.

자연히 사람 구실을 제대로 못할 때가 허다하다. 살다 보면 불가피 얼굴을 내밀어야 할 곳이 적지 않게 마련이다. 기념식, 시상식, 동창 모임, 단체 회의, 친지들의 경조사나 윗분들에 대한 문안 인사, 신년 하례 등등. 나는 그 대개의 경우들에 내 결례를 빌면서 살아오는 편인 것이나. 마음이 별나게 모질거나 경우를 몰라서가 아니다. 사람이 많은 데선 그토록 공연히 마음이 편치 못하고, 그런 자신을 이기려는 노력까지도 부질없게 여겨지곤 하는 때문이다.

군이 따지자면 그럴 만한 이유가 없을 것도 아니나, 다른 사람들은 잘도 겪어내는 일이고, 나 역시도 일반적인 생활의 규범을 존중하려는 편이니, 허물은 내 성격상의 결함으로 치부해야 할 것이다. 이를테면 어떤 기념식이나 시상식 뒤끝의 저녁자리 같은 때, 거기선 좋은 음식들을 눈요기나 하고 돌아와 집에서 새삼 우거지국말음 같은 걸 하고 앉았노라면, 그러는 자신이 스스로도 어지간히 딱해 보이는 판이니 말이다.

하지만 '고문관'이란 그 '자격'을 취득하기까지가 어려운 것이지, 일단 주위의 인정을 얻게 되면 지내기에 그만큼 편한 데도 없지 않다. 그리고 나는 이제 웬만큼 거기 버릇이 들어 있는 편이고 친구들 간에도 언제부턴가는 그쯤 치부를 하고 있는 걸로 짐작한다.— 그녀석 어차피 나타나지 않을걸.—그런 인사 별로 모르는 놈이야.

그렇다고 그런 고문관 노릇이 늘 편리한 이점만을 누릴 수 있는 것은 물론 아니다. 내 문제는 오히려 거기 있다 하겠는데, 고문관도 실상은 나름대로의 제 속요량은 지니고 있는 법이어서 그때마다 꺼림칙한 뒷부채감 같은 걸 남기기 때문이다. 혹은 그것을 외면하고 지내려면 마음의 짐만 자꾸 더 커지는 때문이다. 그럴 바엔 아예 여럿이서 함께할 때 얼굴을 내밀어두는 것이 더 나았을 거 아닌가. 함께하지 못하고 혼자서 치르려니 (초등학교 졸업반 기념사진 같은 데에 불참자의 독사진을 한쪽에다 따로 끼워넣듯이) 오히려 더 어색하고 힘이 들게 되는 것 아닌가—더러는 후회스러운 생각이 들 때도 없지 않다. 하지만 그러면서도 어쩔 수 없기는 마찬가지.

하여 나는 늘 사람들 가운데에 마음 편히 끼어 설 내 자리를 찾지 못하고 자신의 부재만을 자주 목격하게 된다. 모임을 기록한 대개의 사진들엔 타인들의 얼굴 외에 나의 모습은 찾아보기가 어려운 것이다. 실제로 나는 사진 찍기를 좋아하는 편이 아닌 데다가, 어쩌다 한자리에 끼어 찍은 사진이라도 맨 뒷줄 구석자리나 앞사람에게 가려진 반쪽 얼굴로 남아 있기 일쑤인 것이다.

── 자기 부재의 사진첩.

소심한 고문관의 자기 부재 감수 현상 ── 일종의 자폐증이라고도 할 수 있는 그 같은 못된 버릇이 내게 어떻게 그리 얌전히 자리하게 되었을까. 성격상의 결함으로 치부할 수 있는 외에 나는 보다 확실한 이유를 알 수 없다. 다만 한두 가지 비슷한 경험의 기억을 말할 수 있을 뿐이다. 학창 시절 가정교사 노릇을 경험해본 사람은 대개 알고 있을 일이지만, 가정교사란 한 집안에서 그 처지가 매우 어중간한 군식구다. 아이네 집 사람들은 대개 자연스럽고 편한 학습 분위기를 위해 가정교사를 한가족처럼 따뜻하게 대해주고, 이러저러한 집안 행사들에도 허물없이 함께 참여해주기를 바란다. 그런 경우 가정교사들도 대개는 그걸 고맙게 받아들여 나름대로는 제법 편한 환경을 누리며 아이들의 학습에도 그만큼 더 노력을 기울인다. 하지만 이들은 어느 땐가는 결국 자신이 진정 그 집안의 구성원이 아님을 깨달아야 할 경우가 생긴다. 이를테면 그 댁 아이의 아버지가 먼 여행길에서 돌아와 식구들을 반기는 차례나 반가움의 정도 같은 데서(그것은 차라리 의당한 일이려니와, 나서서 반길 수도 없고 데면데면해 있을 수도 없는 이쪽 처신 때문에도), 혹은 그 댁을 찾아온 친척이나 친지들의 어정쩡한 응대 같은 데서. 그리고 그걸 한번 느끼기 시작하면 가정교사는 이후부터 행신이 영 거북해진다. 그 집안사람들의 주문대로 계속 가족 행세를 할 수도 없고, 그렇다고 멀찌감치 뒷전으로 물러서서 남의 일 보듯 하고 지낼 수도 없는(지금이야 물론 가정교사의 기능이나 위치가 분명해져 그런 일이 덜하겠지만, 매사 인정이란 게 앞을 서던 그 시절에는), 이러기도 어색하고 저러기도 어색한 그 어중간한 쭈뼛거림.

　나는 중학서부터 대학 졸업 때까지 통산 10년 가까이 그런 처지를 경험했다. 거기다 매양 김치국물 냄새 같은 것이 나를 따라다니는 듯한 남루한 착각 속에 사람 앞에 나서기도 지레 겁이 나곤 하던 그 궁색스런 자취 시절. 그런 것들이 그토록 나를 소심한 고문관으로 만들기 시작했는지 모른다. 물론 거기에다 허물의 전부를 돌릴 수는 없는 일이지만, 어쨌거나 그런 경우의 내 행동들은 이럴 수도 저럴 수도 없는 주눅 들린 사람의 그것이 될 수밖에 없었으니까. 사람이 어디서 제자리를 찾을 수 없는 것은 거기서 제가 맡아 행할 바를 모르거나, 그것에 익숙해 있지 못한 탓일 게다. 나아가 이러기도 저러기도 어색하기만 한 그 쑥스러움이나 주눅기의 정도가 심해지면 그는 차라리 그 자리를 사양해버리는 자기 부재, 혹은 자아 폐쇄의 정황을 감수하는 데에까지 이르고 마는 것일 게다.

그런데 그토록 내게 주눅이 들게 한 것은 타고난 성격이나 궁핍스런 체험들의 소산만은 아닌 것 같은 생각이 들 때도 종종 있다. 수년 전 며칠 동안 유럽 여행을 나돌아다닐 때였다. 그쪽엔 도시와 도시 간의 철도라도 차표를 확인하거나 거두는 사람이 없는 경우가 많았다. 승객이 자동 개찰기에 자기 표를 확인하고, 내릴 때도 자동 집표함에 자기 표를 자신이 넣고 가게 되어 있었다. 더러는 아예 자동 개찰 절차나 반표 과정조차 거칠 필요가 없는 곳도 있었다. 저 혼자 표를 사 지니고 차를 탔다가 목적지 역에서 내려 나가면 그만이었다. 편리하긴 하지만 내게는 왠지 앞뒤가 싱겁고 불안스럽기까지 하였다. 표를 검사하고 거두어가는 사람이 없으니 자꾸만 공차를 타고 내리는 것 같아 제물에 주위를 두리번거리게 되곤 하였다. 차를 내려서 역을 빠져나갈 때 무인 판매대에서 신문을 사갈 때처럼 공연히 뒤가 켕겨 누군가 분명히 무임승차가 아님을 확인해주기를 바라는 심정이 되곤 했다.

그렇듯 자신을 확인받지 못해 마음이 불편해진 것은 공항의 짐 검사 때도 마찬가지였다. 장비나 기술이 우수해 그런지 김포의 삼엄하고 꼼꼼한 검사 과정에 비해 유럽 쪽의 그것은 허술해 보일 정도로 늘 절차가 간단했다. 어떤 곳에서는 그저 눈길 한번 슬쩍 스치는 정도로 일을 끝내버렸다. 그런 때도 나는 왠지 아직 일이 덜 끝난 듯한 개운찮은 느낌 때문에 검사대 앞을 냉큼 비켜나가지 못하고 어물어물 제복 차림의 눈치를 살피고 있을 때가 많았다. 그럴 리가 없을 텐데……? 검사원이 뭔가를 잘못 보았거나, 아니면 나를 짐짓 시험하고 있는 걸로 생각될 때마저 있었다. 가방 속을 속속들이 풀어 헤쳐내어 수상한 물건이 없음을 확인해주어야 마음이 편할 것 같은 어이없는 소심증.

그런 식의 못난 생각은 북유럽의 어떤 나라 대통령궁을 구경할 때가 더욱 심했다. 나와 다른 두 사람의 일행은 어느 날 그 나라 수도 거리 구경을 나섰다가 한 노천 시장의 광장 곁에 있는 대통령궁이라는 곳을 지나게 되었다. 그 나라 대통령직은 국가를 대표하는 상징적 직위일 뿐 실권이 없는 자리라서 관저 규모도 그리 대단치가 않았다. 하지만 그런대로 위엄은 있었고, 정문의 위병들도 절도와 품격이 썩 돋보였다.

한데 우리 일행 중의 한 친구가 군이 그 앞에서 사진을 찍고 싶어 하였다. 그것도 가능하면 위병들이 말뚝처럼 부동자세를 취하고 서 있는 그 정문을 배경으로. 그 친구의 성화에 못 이겨 우리는 할 수 없이 미적미적 위병소의 눈치를 살펴가며 셋이서 함께 정문께로 다가갔다. 나는 또 이러다가 필경 창피나 당하고 쫓겨나는 게 아닌가 싶어 지레 혼자 마음을 졸일 수밖에 없었다. 어디 한 나라의 대통령이 기거하는 집 앞에서 감히! 부질없는 경거망동으로 언짢은 망신을 살 듯싶어진 것이다. 게 섰거라! 우리의 접근을 막는 위병의 호통 소리가 금세 발길을 막아설 것만 같았다. 이젠가 저젠가 싶은 조마스런 심사 속에, 그러나 될수록 불안스런 기미를 속으로 억누르며, 우리는 계속 신중하고 침착하게 정문께로 다가갔다. 하지만 그런 나의 지레 겁먹음은 전혀 기우에 불과했다. 위병의 호통 소리는 끝내 들려오지 않았다. 호통을 치긴커녕 위인들은 우리를 알은척조차 하지 않았다. 궁 안을 무엄히 기웃거리거나 말거나, 사진기를 이리저리 들이대거나 말거나, 위인들은 끝내 아랑곳을 하지 않았다. 오히려 우리들의 정중스런 거동을 이해할 수 없다는 듯 멀뚱멀뚱 구경들만 하고 있을 뿐이었다. 지레 겁을 먹고 긴장을 하고 간 우리 쪽만 싱겁고 쑥스럽게 된 꼴이었다. 보다는 그 방관적인 불간섭이 우리에겐 그 앞에 사진을 찍고 나오면서도 할 일을 제대로 치르지 못한 듯한 미심스런 느낌마저 들게 했을 정도였다. 하긴 알고 보니 그 집의 주인인 그 나라 대통령은 매일 해 질 녘이면 그의 늙은 부인과 함께 장바구니를 들고 노천 장거리로 나와 시민들과 어울려 저녁 찬거리 장을 보아가는 분이라니.

그런저런 일들을 보고 들으면서 나는 비로소 내가 얼마나 주눅이 들어 살아온 위인인가를 깨닫지 않을 수 없었다. 그리고 그토록 나를 주눅 들게 한 것이 자신의 탓만이 아님을 깨달은 것이다. 내가 그토록 비루하고 남루한 시골뜨기의 삶을 살아오게 된 데는 자신의 숫기 없는 성미 이외에도 내 태생의 아름다운 모토(母土)와 그곳의 사람들, 그리고 그 풍토와 도도한 법속에도 일부의 허물이 있어 보인 것이다.

하지만 아무리 주눅이 들어 지낸다 해도, 제가 끼어들 제 자리를 못 찾고 스스로 자기 부재의 정황을 살려는 건 타인들 사이에선 아직 완성이 불가능하다. 그리고 그쯤은 별로 심각한 병증이라고도 할 수 없을 게다. 보다 더 철저하고, 그래서 심각한 자기 망실(忘失) 현상은 유감스럽게도 바로 자기 자신에게서 마지막 완성이 가능한 것처럼 보인다.

니는 이제 때때로 나 자신에게서조차 그런 자아 부재 증상의 진행을 경험하는 꼴이다. 내닫는 기차나 여객선의 난간 같은 데에 나와 서 있을 때 나는 자신도 모르게 몸을 훌쩍 내던지고 말지 모른다는 숨은 충동 앞에 혼자 겁을 먹곤 한다. 자신의 행동을 예측하거나 믿을 수가 없어 두려움을 느끼는 건 높은 건물이나 바위엘 올랐을 때도 마찬가지. 음악회나 기념식, 이취임식장 같은 데서 주위가 너무 엄숙하고 정연해 있을 때도 나는 불시에 발작을 일으킬 것 같은 불안감에 가슴이 조마조마해지곤 한다. 자신에 대한 믿음이 썩 모자란 까닭이다.

하여 나는 그 자기 망실증을 남 앞에 숨기기 위해서도 섣부른 거동이나 참견을 삼가게 된다. 뒷날 아침의 쓰디쓴 열패감을 감당할 수 없어 말들이 무성한 술자리를 피하고, 차 잡기 경주의 그 악착스러움에 기가 질려 웬만한 시내 나들이는 될수록 삼간다. 그런 곳에선 대개 믿고 의지할 만한 자신이 안 보이고, 따라서 끼어들 자리도 안 보이기 때문이다. 어떨 땐 멀쩡하게 집에 들어앉아 있을 때마저도 나는 자신의 부재 속에 실명 상태로 지내야 할 때가 종종 있다. 특히 밖에서 걸려오는 전화 앞에 나는 거개가 부재중의 상태다. 외출 중이거나 취재 여행 중이거나, 귀향 은거 중의 상태이기 일쑤다. 더러는 자신이 전화를 받고서도 조카의 이름으로 어엿이 시치밀 떼기도 한다. (이 땅의 갖가지 동원 의무를 완료하기 위해 일정 기간 나이를 한꺼번에 먹어치우고 싶은, 20대부터의 그 면면한 소망 역시 그 같은 자기 망실에의 못난 꿈일 것이다.) 하면서 나는 그렇듯 스스로도 그 자아 망실의 암시에 길들면서 그것을 안팎으로 잘 완성해나가고 있는 것이다. 그 주눅 들린 자의 슬픈 자기 방어술로서.

—주눅 들린 자의 스냅.

　학교에 있는 한 친구가 어느 여름날 잠시 휴식 길에 옆방 동료의 방을 찾아갔다. 방을 들어가보니 출입문은 밖으로 열려 있는 채 방 주인의 모습이 보이지 않았다. 더욱이 그 동료의 책상 위에는 거금 몇백만 원짜리 수표가 한 장 놓여 있었다. 친구는 문까지 열려 있는 그 빈방의 수표가 걱정스럽지 않을 수 없었다. 그래 방을 지켜줄 겸해서 잠시 기다리고 있으려니, 정작에 방주인은 곁에 딸린 세면실에서 추근추근 목물을 즐기고 나왔다. 그 무렵 학교의 주변 사정으로는 수표가 몇 번이나 사라지고 남을 정황이었다. 그래 친구가 큰돈을 어찌 그리 함부로 놓아두었느냐고 핀잔조로 물었더니, 성미가 몹시 꼬장꼬장한 그 친구, "글쎄, 몇천 원이나 몇만 원이었다면 간수를 잘했을 텐데", 액면이 큰 돈은 어떻게 다루어야 할지 모르겠다는 듯 어정쩡하게 웃어넘기고 말더라는 것이다. 이를테면 돈에 주눅이 든 사람이 보일 수 있는 한 행태랄 수 있을 게다.

　사람이 무슨 일에 주눅이 들고 보면 이러지도 저러지도 못하는 바보가 되어버린다. 그리고 자신의 갈등(주눅은 다름 아닌 어떤 심리적 갈등의 심화와 그 표현일 터이므로)을 지우기 위하여 그 일에서 아예 눈길을 돌려버리고 싶어 한다. 행위뿐 아니라 사고나 판단까지 중단해버리기도 한다. 바로 자기 망각증으로의 첫걸음이다. 그렇게 출발한 자아 망실증은 문자 그대로 자기 자신이 누군지도 모르는, 자신에 대한 기억력의 상실에서 그 절정을 이룬다. 그것은 아마 그 갈등이 극도에 달하여 거기서 (궁극적으로는 자신에게서) 관심을 떠나버리고 싶은 욕망이 그만큼 깊고 강해진 결과일 텐데, 내가 실제로 겪어본 그 같은 절망스런 경험 한 토막—

5, 6년 전 겨울. 자세한 사연까진 밝힐 필요가 없겠지만, 나는 그 무렵 이상하게 나만이 알고 있는 자신의 아픈 곳을 다치는 일이 많았다. 모른 척 의연히 참아넘기려 애써도 주위의 무심한 언동들이 알게 모르게 자주 상처를 건드렸다. 그날 밤 술자리에서도 나는 그 무심스런 상대 앞에 혼자서 같은 상처를 심하게 앓고 있었다. 그리고 다음 날 아침 식탁으로 가기 전 나는 우연히 조간신문에서 간밤의 기억이 되살아나게 하는 언짢은 기사 한 가지를 보게 되었다. 그 순간 나는 신문을 내던지고 그길로 곧장 나의 방으로 돌아갔다. 그리고 그로부터 일고여덟 시간 가까이 나는 자신을 잃어버리고 말았다.

자신도 도대체 영문을 알 수 없는 그 깜깜한 암흑의 몇 시간이 지나고, 그날 오후 5시경에야 나는 나의 방(언필칭 서재라는) 소파 위에서 서서히 기억이 되살아오기 시작했다. 하지만 겨우 제정신이 들고 나서도 나는 내가 신문을 내던지고 무언가를 위해서 내 방으로 가려 한 데까지뿐, 무얼 하러 내가 방으로 갔는지, 그동안 내가 무얼 하고 있었는지 기억나는 일이 아무것도 없었다. 그동안의 일은 나 아닌 아내의 이야기로 대충 짐작할 수 있을 뿐이었다. 그간의 일에 대한 아내의 사후 설명은 이랬다. 내가 갑자기 방으로 들어간 뒤 한동안 식탁으로 돌아올 기미가 안 보이자, 아내는 무슨 메모라도 남기고 있나 싶어(불시에 방으로 메모를 남기려 드나드는 게 내 평소 버릇이었으므로) 아침을 재촉하러 뒤늦게 나를 따라 방으로 왔다 했다. 나는 거기 웬일인지 멍한 눈길을 하고 서서 사방을 두리번거리고 있더라는 것이다. 그러다 거기 책상 위에 전부터 놓여 있던 메모들을 보고는, 어째서 내가 거기에 그런 걸 적어놓았을까 하고 혼자서 곰곰 이상스러워하고 있더라고. 아내는 처음엔 내가 장난을 치고 있는 줄 알았으나, 몇 마디 말을 주고받는 가운데 내가 글을 쓰는 사람인 것도, 전날 밤 함께 술을 마신 친구들의 이름도, 심지어는 방금 전에 아침을 들려 했던 일이나 둘이 서 있는 곳이 자신의 작업장이리는 사실조차 까맣게 모르고 있는 걸 알고는 비로소 사태를 알아차리게 되었다고. 이를테면 나는 그때부터 완전히 자아 망각증(망실증)에 빠져버린 것이다. 전날 밤 함께 술을 마신 친구에게 전화를 걸어 그에게 간밤의 일을 자세히 설명하게 해줘도 기억을 전혀 살려내지 못했고, 커녕은 그 오랜 친구의 목소리에도 그에 대한 기억조차 깜깜이더라는 것. 그러나 그런 중에도 한 가지 다행스러운 것은 아내의 끈질긴 설득과 노력으로 자신이 갑자기 기억 상실증에 빠진 사실만은 어떻게 이해를 하게 된 일이라고. 그래 잃어버린 기억을 되찾기 위해 아내가 시키는 대로 이런저런 시도들(그 친구와 전화 통화를 나누거나 내가 익숙한 집 앞 산책길을 자세히 관찰하고 회상해보는 따위, 그리고 무엇보다 주변 정황들에 대한 아내의 설명을 듣는 것)을 수없이 반복하여 따라준 것이랬나. 그때 내가 자신을 되찾으려는 노력은 그만큼 진지하고 필사적이었다고. 어찌 보면 기억력이 사라진 걸 제외하곤 어떤 일에 그토록 전심전력 열성을 기울이는 것은 일찍이 본 적이 없었을 정도였다고. 하지만 기억은 좀처럼 돌아오지 않았고, 금방 설명하여 확인해준 일도(그것을 방금 설명 들은 사실조차도) 순간순간 까맣게 잊어버리고 몇 번씩 다시 묻고 또 묻더라는 것. 아내를 가장 겁나게 한 것도 바로 그렇게 반복되는 질문들이었다 하였다. 그래 아내는 잠이라도 한잠 자고 나면 무슨 변화가 생길까 하여 내게 잠을 권하게 되었고, 나도 거기에 순순히 동의하여 억지 낮잠을 청해들게 된 것이었다. 그리고 그뒤 서너시간 만에 나는 악몽에서 깨어나는 듯한 기분 속에 기억이 서서히 되돌아온 것이었다.

하지만 그렇게 제정신이 돌아오고 보니 이번에는 다시 그동안의 일이 영 생각나질 않았다. 그저 어떤 무서운 악몽에 시달리고 난 뒤끝처럼 심신이 온통 노작지근하고 불안스럴 뿐이었다……

"거, 혹시 그 무렵 마음속에 몹시 심한 갈등거리 같은 걸 숨기고 있지 않았던가. 풀릴 길도 없고, 혼자 견뎌야 하는 건데 그러기엔 힘이 벅차 거기서 아예 외면을 하고 싶을 만큼 고약한……"

뒤에 이야기를 듣고 한 의학도가 내게 물어온 말이었다. 물론 그 마음속의 혹심한 갈등과 억제할 수 없는 자기 도피 욕망을 염두에 둔 물음이었다. 그리고 그것은 나로서도 섣불리 부인하기 어려운 진단인 셈이었다. 나로서도 그 같은 자기 망실 증상은 당시의 모든 갈등을 외면하고픈 간절한 회피욕의 한 극적인 응답처럼 보였으니까.

하지만 알고 보면, 이런 유의 변이 현상은 소설에서도 일찍부터 여러 가지 방법으로 다뤄져온 테마다. 소설에선 그것이 상상력의 지혜를 빌려 보다 더 완벽한 상징 형태로 나타난다. 이른바 그 '변신 모티프'라는 것만 해도 그러하다. 사람이 새가 되고 구렁이나 짐승들로 변해 나타나는 경우들 말이다. 천사가 되고 악마가 되고, 바위나 꽃이나 나무로 변하는 따위들도 그렇다. 어느 날 갑자기 하늘을 날게 되는 식의 신통력을 지닌 초인으로 변하거나 왕후장상 같은 귀인으로 변신해 나타나는 것들도 그렇다. 그것들은 모두가 어떤 이유에서든 현실의 자신을 뛰어넘고 싶은 자기 초월욕의 반영이자 그 상징적 실현인 것이다. 그리고 그런 변신 모티프의 극치는 완전한 자기 초극, 그 자아의 사라짐이 될 것이다. 우리는 내외의 고전들에서 그런 사라짐을 얼마든지 볼 수 있다. 그리고 현대 유럽이나 일본의 소설들에도 그런 장면이 자주 눈에 띈다(그런 점에서 요즘 우리나라 소설에 그런 장면이 드문 것은 시사하는 바가 있을 듯하다).

사라짐은 바로 그 자아 망실욕의 완성이 아닐 수 없을 터이다. 그런데 사실은 여기에 한 가지 중요한 의문이 남는다. 그렇다면 우리는 그 같은 자아 망실이 완성되는 것으로 지금까지 자신의 존재를 억눌러온 주눅기에서 해방되고 갈등의 그물을 벗어져날 수 있는 것인가. 아니 그보다도 자아 망실의 숨은 욕망 자체가 완벽하게 완성될 수 있는 것이며, 그것이 정당한 방법일 수가 있는가. 아마도 대답은 부정적이어야 할 것이다. 긴말 할 것 없이 인간은 애초에 자신을 버리기보나 그것을 지키려는 본성이 깊다 함이 타

당할 것이기 때문이다. 변신의 욕망이나 자아 망실의 꿈은 자기 속의 갈등의 크기를 드러내고 그것을 해소하려는 깊은 소망을 내보이는 방편일 뿐, 그것의 실현이나 완성 자체에 목적이 있는 것은 아닐 터이다. 그 욕망들은 거짓 위장의 얼굴에 불과하며, 따라서 그의 실현이나 완성도 정직하지 못한 임시방편의 거짓 처방전에 불과한 것이다. 그 갈등과 주눅기와 맞서 그것을 이겨나갈 정직한 방법과 힘은 결국엔 자아와 그 진실 속에서 구해 찾아져야 할 것이다.

"자기가 누군지를, 잃어버린 기억을 되살려내려고 어찌나 애를 쓰는지, 옆엣사람이 정말 안타까워 못 보겠습디다."

그 일을 겪고 나서 얼마 뒤에 아내가 흘려 건넨 소리였다. 그런데 그 같은 못된 증상은 그 한 번만으로 사라진 것이 아니었다. 그후로도 나는 몇 차례 비슷한 증상의 전조를 느끼곤 하였는데, 어떤 땐 갑자기 눈앞의 현실이 지나간 시간대 속의 기억들처럼 내 의식의 스크린에서 정지해버린 적이 있었다. 눈앞의 현실이 과거의 기억의 재생인 것 같은 기이한 느낌. 그리고 그 위로 또 하나의 살아 움직이는 현실이 겹쳐들기 시작한다. 이를테면 하나의 목전의 현실이 과거와 현재의 두 장면으로 분리되어, 그것이 다시 한 스크린 위에 겹으로 영상되어 움직이고 있는 듯한 실재성의 흔들림. 그게 나의 증상의 신호였다. 그리고 그런 증상이 시작되면 나는 동시에 심한 의식의 소용돌이 같은 것을 느끼며 어떤 깜깜한 어둠의 늪 속으로 자신이 세차게 끌려 들어가고 있는 듯한 절망감을 맛보았다.

20

하지만 그런 때 내가 느낀 것은 그렇듯 나를 어둠 속으로 끌어들이려는 힘만이 아니었다. 그때마다 나는 본능적으로 그 힘에 맞서고 나서는 또 다른 자신의 투지를 느끼며 그것을 힘껏 발휘해나가곤 하였다. 그 어둠의 소용돌이 속으로 끌려 들어가지 않기 위해 혼신의 힘을 다해 자신을 버티어나갔다. 그것은 바로 눈앞에 실재하는 현상들을 통하여 자신을 끊임없이 확인해나가는 자신과의 필사적인 싸움이었다. 그런 싸움이 짧게는 반시간에서 길게는 두어 시간가량씩 계속되고 난 끝에 나는 간신히 평상의 자신을 되찾게 되곤 하였다. 그것은 처절한 싸움이었다. 한두 시간 그런 싸움을 치르고 나면 나는 며칠간의 무거운 중노동에서 풀려난 사람처럼 심신이 온통 녹초가 되어 있곤 하였다. 하더리도 그것은 노한 절체절명의 불가피한 싸움이었다. 그리고 그 싸움을 이기게 한 것은 다른 또 하나의 자기 진실의 힘과 그에 대한 끈질긴 믿음 때문이었다. 그래 나는 그후 때때로 생각한다. 글쎄. 그때 내가 자아 망실의 상태에설망정 자신을 놓치지 않으려 그토록 애를 쓰지 않았다면 나는 과연 어떻게 되었을 것인가. 나는 아마 그것으로 영영 자신을 망각의 어둠 속으로 잃고 말았을 수도 있을 것이다. 그리고 내내 자아 망실의 답답하고 깜깜한 어둠 속의 삶을 살아가야 했을 것이다.

자아 망실의 욕망이나 성취는 그러므로 일종의 자기 도피와 유기 행위의 결과가 아닐 수 없을 것이다. 그리고 그만큼 무서운 정신의 질병이 아닐 수 없을 것이다. 그것은 저 변신이 성취되고 있는 소설의 경우에서도 미친가지일 것이다. 소설에서의 변신이나 시라짐 역시도 그 자체가 목적이기보다는 안팎의 갈등과 억눌림을 드러내는 데에 진정한 의도가 있는 것이 아닐까. 실제로 그것은 갈등과 억눌림의 심리적 해소 효과(카타르시스의 미덕!)를 가져오는 것도 사실이지만, 그것은 진정 갈등의 극복이나 억눌림의 해소책이 될 수 없는 것이다. 그것은 가짜 해결의 일시적 속임수일 뿐이며, 거짓 환상으로의 도피일 뿐인 것이다. 변신이나 사라짐은 상상적 희망의 기호에 불과하며 그 기호가 지시하고 있는 바는 갈등과 억눌림의 현상 쪽이기 때문이다.

실제의 삶에서나 그것의 원리적 희망의 기호물인 소설 속에서나 자아 망실의 욕망은 그러므로 본질적으로 성취될 수가 없고 성취되어서도 안 될 것으로 생각된다. 진정한 삶은 환상으로의 일시적인 도피보다 진정한 자아의 진실을 근거로 하여 갈등과 억눌림에 맞서 나서야 할 뿐 아니라, 실제에 있어서도 그 밖의 다른 길은 없는 때문이다. 내 개인적인 체험에 불과한 일이기는 하지만, 저 혹독한 6·25의 경험 속의 공포의 전짓불(다른 곳에서 그것에 대해 쓴 일이 있다), 그 비정한 전짓불빛 앞에 나는 도대체 어떤 변신이나 사라짐이 가능했을 것인가. 앞에 선 사람의 정체를 감춘 채 전짓불은 일방적으로 '너는 누구 편이냐'고 운명을 판가름할 대답을 강요한다. 그 앞에선 물론 어떤 변신도 사라짐도 불가능하다. 대답은 불가피하다. 그리고 그 대답이 빗나가 편을 잘못 맞췄을 땐 그 당장에 제 목숨이 달아난다. 불빛 뒤의 상대방이 어느 편인지를 알면 대답은 간단하다. 그러나 이쪽에선 그것을 알 수 없다. 그것을 알 수 없으므로 상대방을 기준하여 안전한 대답을 선택할 수가 없다. 길은 다만 한 가지. 그 대답은 자신의 진실을 근거로 한 선택이 될 수밖에 없다. 그것은 바로 제 목숨을 건 자기 진실의 드러냄인 것이다. 그 밖의 다른 길은 없는 것이다.

마지막에 가선 자기 진실에 기대어 그것을 지키는 것뿐. 위험하긴 하지만 거기서밖에는 자신을 버티고 설 자리가 마련될 수 없으리라는 참담한 이야기다.

그러나 사실은 그 같은 자의적인 자아의 선택조차도 늘 용납되기 어려운 것이 우리의 현실인 듯. 가령 이런 때는 어떤 식으로 자기의 진실을 드러내며, 그것으로 제자리를 찾아 지킬 수가 있을 것인지. 아니 도대체 거기선 무엇이 자신의 진실일 수 있으며, 그것을 내세울 자기 자리일 수가 있는지.

2년 전 여름, B대학의 A(교수)는 어느 날 강원도 산골 지역에서 농촌 봉사 활동을 마치고 돌아오는 일군의 학생들과 함께, 인솔자도 감독자도 후견인도 아닌 매우 어정쩡한 구경꾼(학생들이 아무런 참견도 원하지 않았으므로)으로 차를 동승해오고 있었다. 일행이 탄 버스는 이윽고 평창 부근에서부터 고속도로 위를 달리기 시작했고, 앞뒤에선 언제부턴지 경찰 순찰차들이 길을 인도하고 있었다. 한데 어느 지점인가에서 앞서가던 경찰차가 뒤따르던 버스를 세우고 그 책임자가 차 안으로 올라왔다. 앞좌석에 앉아 줄곧 졸고 있던 A는 갑자기 웬일인가 싶어 뒤를 돌아다보니, 차의 유리창들이 그 사이에 온통 '독재'니 '미제'니 '투쟁'이니 하는, 당시로선 섣불리 입에 담기가 꺼려지던 불온스런(?) 어휘의 구호들로 시뻘겋게 도배질이 되어 있었다. 경찰 책임자는 물론 그 구호들의 제거를 요구하기 위해 차에 올라온 것이었다. 하지만 학생들은 차가 움직이지 못해도 좋다며 부착물의 제거를 완강히 거부했다. 뿐더러 이번에는 과격한 구호와 저들 간의 투쟁조 노래들을 계속 연창했다. 경찰 책임자는 자신들로선 학생들만 자극하게 될 뿐 별다른 뾰족한 방법이 없음을 알게 되자 이번에는 인솔자 격인 A를 찾았다. A를 차 밖으로 불러내려 인솔자로서의 이런저런 책임을 주지시키고, 일이 여의치 못할 경우 경찰로서 동원할 후속조치들을 통고한 뒤, 사태의 자율적인 해결을 당부했다. 하지만 그건 학생들에겐 어림없는 당부였다. 학생들은 A의 전언(전언이기보다는 스승으로서의 충고에 불과했지만)을 들은 척도 안 했고, 보다는 아예 그의 존재조차를 안중에 없어(문자 그대로)했다. A는 그때부터 끊임없는 구호와 합창의 와중에서 한낱 웃음거리 허수아비 꼴이 되고 만 것이었다…… 끝내는 전경들이 차로 올라와 구호들을 철거하고 차를 출발시켰으나 일은 물론 그것으로 끝날 수가 없었다. 창문들은 다시 10분도 못 가서 붉은 글씨의 도배판으로 변해버리곤 하였다. 그리고 그때마다 차는 다시 길가에 세워지고 한동안 밀고 당기는 실랑이질 끝에야 앞길이 조금씩 열리곤 하였다……

"일이 더욱이 고속도로상에서라서 지나가는 차들의 놀라워하는 시선들이 소심스런 내겐 차라리 악몽이었지. 그래저래 여느 때 같으면 두어 시간 남짓 만에 도착했을 서울을 우리는 구호와 합창 소리가 진동하는 시위 차량을 이끌고 장장 다섯 시간 만에야 입성할 수 있었다구."

24

A는 나중에 어느 술자리에서 쓰거운 어조로 그렇게 털어놓았다. 그리고 그 끝에 A는 그때의 자신의 태도에 대한 해명을 겸해 이런 넋두리를 덧붙였다.

"그때 내가 한 일은 아무것도 없었던 셈이지. 한 일이 있다면 차가 멈춰 설 때마다 학생들과 경찰 책임자 사이를 오가며 학생들의 무사 귀교를 책임진다는 메모 각서나 써준 게 고작이었어. 그 밖엔 할 일도 할 수 있는 일도 없었어. 학생들은 나를 구제 불능의 기성인시하거나 잘해야 별 볼일 없는 국외자 취급인 데 반해 경찰 쪽은 한사코 초록은 동색 격으로 학생들과 한무리 취급이었거든. 일테면 그때 난 어느 쪽도 함께할 자리가 없었던 꼴이지. 하기야 난 처음부터 '어쩔 수 없는 동승자' 처지였으니까. 학생들이나 학교 당국이나 심지어는 경찰 쪽도 그것은 누구나 알고 있는 일이었거든. 끼어 설래도 끼어 설 자리가 용인될 수가 없었지. 문제는 애초 그 끼어 설 자리가 없는 곳에, 있어선 안 될 자리에 내가 우습게 끼어든 것이었지. 그날의 곤욕도 결국은 제자리가 없는 어정쩡한 국외자로서 의당히 당해야 할 것이었구."

아마 비슷한 경험을 지닌 사람들이 우리 주위에는 A 말고도 꽤 많을 듯싶다. 그리고 앞서의 A의 고백으로 다른 사람들의 그것이 옳게 대변될 수만도 없으리라는 점에서 더 이상의 긴 인용은 삼가기로 하겠다. 다만 여기에선 내친김에 한 가지, A의 진실과 태도의 선택에 대한 그의 솔직한 호소만을 덧붙여 소개해두고 싶다.

다름 아니라, 이야기는 그에 대한 거론으로 끝이 났기 때문. 그런 때 A는 그저 곤욕을 치르는 것만으로 그가 할 일을 다한 것일까, 그가 끼어 설 자리가 없었더라도 그가 이미 거기 있었던 이상, A는 좀더 적극적인 결단과 선택으로 스스로 자기 자리를 만들었어야 하지 않았을까, A에겐 어쨌든 그 자신의 진실은 있었을 것이고, 그것에 근거한 선택은 가능한 것이 아니었을까 등등, 그런 때 누구라도 깊이 천착해보았음 직한 그런 식의 의구심을 그대로 모른 척 넘어갈 수는 없었던 것. 하지만 자신도 별로 확신이 없어 조심스럽게 핵심을 피해 도는 나의 기미 앞에 A는 오히려 허탈스러워 보일 정도로 솔직해지고 있었다.

"아마 그래야 했을는지도 모르지. 어쩌면 그 백안시와 곤욕들도 용기 있는 선택으로 자신을 확실히 해 보이지 못한 데 원인이 있었을 테구. 하지만 나는 결국 그렇게 하지 못했어. 그것은 실상 용기의 문제도, 진실의 문제도 아니었거든. 당시로선 도대체 자신의 선택이라는 것도 무의미한 상황이었으니까…… 무엇보다 그때 나는 솔직히 학생들과 의기투합, 시위 차량을 이끌고 서울로 의기양양 진군해 들어오고 싶은 생각 같은 건 없었거든. 그때로선 그 같은 학생들의 방법이나 주장에 전면적으로 공감하고 있었던 터도 아니구. 보다는 형식적인 인솔자에 불과하지만, 사단을 앞에 한 선생으로서 적어도 학생들을 학교까지 무사히 데리고 가는 것이 우선의 도리였지. 학생들의 주장이 아무리 크고 옳은 것이더라도 당장의 선생 앞엔 그런 나랏일보다 학생들의 안위가 문젯거리였거든. 큰일과 작은 일로 몫이 서로 달랐던 셈이지. 사실은 그 작은 일조차도 감당할 자리가 이상했어. 학생들을 위한다고 저들을 설득하러 나서봐. 그 자리가 어디야. 그게 학생들에게 먹혀들 자리야? 어용의 낙인이 두려워서가 아니라, 그건 나 자신과 선생이란 자에 대한 사회 통념상의 최소한의 기대마저 버리는 일이었어."

A는 그래 결국 이도저도 아무런 노릇을 못한 채 심장이 없는 시체 꼴로 돌아온 것이었다.

그렇다. 그는 그때 과연 볼품사나운 시체였을 것이다. 하지만 감히 데데한 소견 한마디를 덧붙이자면, 그것은 때로 자기 진실조차도 함부로 드러낼 수 없는 뼈아픈 자기 배반의 한 사례가 되지 않을는지. 나아가 그것은 한 집단의 큰 진실 앞에 개인의 작은 진실은 진실일 수가 없음을, 참 진실의 값을 지닐 수 없음을, 그 값이 증거될 수 없음을 더러는 그것의 드러냄 자체가 역사적(!) 범죄가 될 수 있음을 웅변으로 보여준 사례가 아닌는지. 다시 말해 그 자기 진실이라는 것을 근거로 한 고백적 선택조차도 불가능한 경우를 말이다.

—인화 불능의 필름.

9·28수복 후, 내 외종형 한 분은 천신만고의 피신길 끝에 경찰 부대와 함께 고향 마을로 돌아왔다. 외가댁 가족이 몰살을 당하던 날 내의 바람으로 야반 탈출을 해간 뒤로 생사의 종적을 모르던 분이었다. 그 형이 돌아오자 주위에서들은 지레 무서운 보복극을 예상하고 두려움에 떨었다. 반대로 가까운 집안사람들은 그 화려한 복수극과 함께 일대를 호령할 위세를 기대했다.

그러나 외종형은 그런 두려움이나 기대들에는 아랑곳이 없었다.

사람들 앞엔 잘 나서지도 않았고, 보복극커녕은 누구를 함부로 원 망하는 일조차 없었다. 비명에 간 가족들의 무덤을 다시 짓는 일 외엔 집 밖 출입도 좀처럼 드물었다. 공부를 한다면 으레 군수, 경 찰서장이나 판검사를 꿈꾸던 그 시절인데도, 시골 국민학교에선 제법 머리가 괜찮다는 소리를 듣던 내가 그 형을 찾아가기라도 할 라치면, 공부해서 벼슬 얻을 생각 마라, 위에 서서 사람을 다스리 려고도 말고, 어느 한쪽에 끼어 살려고도 하지 마라, 아직은 그 뜻 을 잘 알 수 없는 말들을 혼잣소리처럼 일러오곤 할 뿐이었다. 사 람이 엉뚱하게 변해버린 것이었다.

그러다 형은 1년쯤 뒤에 집을 버리고 산으로 들어가버렸다. 주 위 친척들과는 의논 한마디 없이. 그 실망스런 친척들의 만류도 전혀 아랑곳을 않은 채, 아무것도 가진 것 없이 암수 염소 한 쌍을 끌고 산으로 숨어 들어가 그 염소젖을 짜 먹으며 살아갔다. 그러 나 마침내는 건강을 잃고 거기서 몇 년 뒤 아주 세상을 떠나고 말 았다.

중학교 때의 한 선생님은 차림새나 용모가 늘 초라해 보이던 분 이었다. 하면서도 음악에 대한 열정만은 누구 못잖게 대단한 분이 었다. 피아노 연주에는 특히 열심이었다. 날씨가 몹시 추운 겨울 에도 선생님은 늘 텅 빈 계단교실의 교습용 피아노에서 연주 연습 에 혼자 골몰해 계시곤 하였다. 피아노 건반 앞에 번데기처럼 조 그맣게 등을 구부리고 붙어 앉아 있는 선생님의 모습은 궁상맞고 써늘하고 을씨년스럽기만 하였다. 선생님의 행색이나 주변머리론 화려한 연주회 같은 건 상상해볼 수도 없었다. 하여 우리들은 선생님이 무엇 때문에 그토록 연주 연습에 열심이신지를 알 수 없었다. 하지만 그건 전혀 우리들의 상상이 모자란 탓이었다.

마침내는 그 선생님의 회심의 연주회가 베풀어졌다. 학기가 끝나가던 그해 늦겨울의 마지막 음악 시간. 청중은 물론 중학교 2학년인 우리 반 까까머리 60명 아이들. 수업 시간이 시작되자 선생님은 어딘지 좀 쑥스러운 표정으로 두 손을 모아 잡고는,

— 에, 오늘은 이론 공부 대신 내 피아노 연주를 들려드리겠습니다. 그간 내 딴엔 꽤 열심히 연습을 해왔지만, 재능이 모자라 바라는 만큼의 멋진 연주는 되지 못할 것 같습니다. 그러나 이것은 지난 1년간에 걸쳐 내 음악에 대한 열정을 모두 쏟아 넣은 연주이니, 아무쪼록 애정과 관용을 가지고 감상해주시기 바랍니다……

느닷없는 연주회의 개막을 선언하시는 것이었다. 그것도 진짜 연주회를 치르는 사람처럼 어린 청중들에게 정중한 인사말을 덧붙이고 나서는 허리까지 공손히 굽혀 보이는 것이었다.

선생님은 그러고 나서 곧 피아노 앞으로 가 앉았다. 그리고 건반을 두드리기 시작했다. 그때의 곡목이 무엇이었는지, 그리고 그 연주가 어느 정도 수준의 것이었는지, 아마 당시엔 분명한 느낌과 소개가 있었으련만 지금은 제대로 기억할 수가 없다. 비록 곳곳에 틀린 연주가 있었더라도 그때의 우리로선 그조차 눈치챌 수가 없는 형편이었으므로.

하지만 우리는 그 선생님 앞에 썰렁한 계단교실의 추위와 짜증스러움을 건너며 꼼짝없이 예의바른 청중이 되어 앉아 있을 수밖

에 없었다. 연주는 기껏 20여 분 정도에 불과했지만, 피아노 독주 20여 분이면 예의 바른 감상엔 수월찮은 인내가 필요했다. 그러나 우리는 악곡뿐 아니라 추위와도 계속 필사적인 싸움을 벌이고 계신 선생님 앞에 그 20분을 점잖게 잘 견뎌냈다. 그리고 선생님이 연주를 끝내시고 피아노에서 일어나 그 20분을 기특하게 잘 참아낸 우리들 60명의 꼬마 청중에게 감사의 허리 굽힘을 보내셨을 때, 우리는 마침내 그 견딤과 기다림에서 풀려난 기쁨으로 우레 같은 박수 갈채를 아끼지 않았다. 하지만 박수란 으레 뒤에 숨은 사연 같은 건 따질 것이 아닌 것. 선생님은 그 청중의 감동(!)에 다시 한 번 허리 굽혀 답례를 하셨는데, 그 선생님의 추위와 웃음기로 일그러진 눈언저리에는 가는 이슬기마저 맺히고 있는 듯싶었다.

오랫동안 나의 뇌리를 떠나지 않고 있는 두 분의 모습이다. 그리고 그것은 전혀 서로 다른 의미를 지닌 사진들이다. 그 동기야 어디에 있었든 외종형의 경우가 '혼자 견디기' 혹은 '혼자 살기'를 지향하는 삶의 모습이라면, 음악 선생님의 그것은 타인과의 공유와 공감을 갈망하는 '함께 살기'의 시도요 그 몸부림이라 할 수 있을 것이다. '인간'에 대한 절대의 회의와 절망 끝에 오로지 그 자신의 진실만을 좇아 거기 의지해 살다 간 외종형의 삶과, 힘들고 헛된 몸짓일망정 공유와 공감에 대한 소망을 눈물겹게 갈구한 그 음악 선생님의 삶, 그것은 요즘 자주 쓰이는 말로 개인적 삶과 공동체적 삶의 의미로 번역·대비될 수 있을 것이다. 그리고 삶의 원리적 양식에 관심 갖는 문학에서는 그것을 다시 '개성적 삶'과 '사회적 삶'의 그것으로 대비해볼 수 있을 것이다. 혼자 살기의 바탕인 개인적 진실이란 사람사람마다의 고유한 개성을, 함께 살기의 질서와 규범은 우리가 속해 있는 사회의 정의와 도덕성을, 각각 그 기초로 하고 있기 때문이다. 이와 관련하여 내 개인적인 소견 한 가지를 먼저 밝히자면, 소설에서는 그 두 가지가 서로 무관한 선택적 대립 관계로 취급되어서는 바람직스럽지 못하다는 것이다. 한마디로 말해, 소설이란 그 개성적 삶과 사회적 삶의 동시적 드러냄의 양식인 때문이다.

소설은 그 개성적 삶과 사회적 삶과의 온당하고 창조적인 관계의 드러냄이어야 한다. 그것은 모든 소설이 일차적으로는 개성과 사회성이라는 두 개의 기둥 위에 기초하고 있음을 뜻한다. 대개의 소설들은 그 인물 고유의 개성을 근거로 한 개인 단위의 삶에서, 그것이 보다 큰 사회적(혹은 역사적) 삶으로 확대·승화되어나가는 과정을 보여준다. 개인 단위의 삶의 진실이 공동체적 삶의 진실로 확대되어나가는 과정에서의 수많은 갈등과 고통과 지혜와 결단들이 작품의 살을 이룬다. 그리고 거기서 소설의 덕목과 임무가 실현된다. 그것은 소설의 기본이자 상식이다.

하여 소설은 우선 개성과 그 개성적 삶을 작품 성립의 제1차적 근거로 삼게 된다. 하지만 개성과 개성적 삶의 드러냄 자체가 마지막 목적이 아니다. 그것은 더 넓은 공동체적 삶에의 창조적 관계를 지향해나가야 하며, 그 추진력의 기초가 되어야 한다. 소설은 거기서 더 높은 덕목이 실현되며, 강한 개성과 개성적 삶의 요구 또한 그런 관계의 창출력을 위한 것임에 다름 아니다.

인물들의 개성은 그들의 삶에 대한 일정한 태도를 드러낸다. 따라서 색이 강한 개성은 그만큼 힘있는 태도로 대사회 관계를 지향하게 되고, 그것의 질서에 유효하게 조화된다. 그리고 그 같은 조화스런 관계와 정의로운 사회적 태도의 창조로써 소설의 마지막 임무가 완수된다. 선후 관계로 말하면 소설은 그러므로 개성(혹은 개성적 삶)이 앞을 서고 그 개성의 지향과 완성으로서의 사회적 삶이 뒤를 따르는 식이다. 거기서 좀더 과감하게 말하자면 개성은 수단이나 과정이 되고 사회성(역사성)은 전체적인 목적처럼도 보인다. 하지만 그런 기능의 선후나 수단·목적 관계는 소설의 실제에서는 별 의미가 없는 것이다. 앞에서도 이미 말했듯, 실제에 있어서 소설의 구조는 그 개성과 사회성, 혹은 개인적 진실과 사회적 태도들의 동시적 드러냄으로써 총체적 조화 관계를 지향하게 되는 때문이다. 한 작품에서의 개성과 사회성은 서로 분리될 수 있는 대립적 양가성으로서가 아니라 동전의 양면처럼 관계 결합체이자 그 지양적 조합물로서의 상호 작용을 하고 있는 것이다. 그것을 나누어 선후 경중을 따지려는 것은 한 편의 작품을 내용과 형식의 요소로 분리하여 그 각각의 성패로써 작품의 값을 매기려는 무의미한 환원주의의 답습에 불과하다.

이 모든 것 또한 소설에 대한 우리의 상식이다. 한데도 그처럼 당연한 이야기를 여기서 중언부언하고 있는 것은 다른 이유 때문이 아니다. 근자 내가 접해온 몇몇 소설 작품들의 양상은 그 같은 나의 소설의 상식에서 꽤 먼 거리에 있는 듯한 인상 때문이다. 요즘 소설들은 인물들의 개성이나 그것의 지양적 확대 과정보다는 사회적 공의나 그에 대한 신념 쪽에 관심의 초점이 모아지고 있는 듯이 보인다. 바로 개인적 진실의 문제보다 공동체적 삶의 태도나 그 신념이 중시되고 있음이다. 사회적 공의가 개인의 진실에 앞서야 할 뿐 아니라, 우리에겐 그것이 그만큼 더 절박 절실하게 된 시대의 요구 때문일 것이다. 그리고 그런 공의에 입각한 확고한 신념이나 태도의 천명은, 다시 한 번 되풀이하거니와 소설이 도달하고자 하는 숨은 목표이기도 하다. 하지만 개성의 지양적 확대와 완성으로서가 아닌 기정(선험적 가치로서의)의 공의와 신념과 태도들은, 그리고 그것만을 지나치게 신앙한 나머지 몰개성의 인물, 자아 부재의 인물들이 소설 속에 자주 횡행하게 되는 것은 문제가 아닐 수 없을 것이다. 개성이 없고 보면 소설 속의 모든 인물들은 비슷한 모습의 유형화가 불가피해지지 않을 수 없게 되고, 그런 인물들은 어떤 행위의 원인이나 판단의 근거들을 자기 아닌 바깥의 사회적 공의에서 구하게 마련이다. 자아와 세상 간의 함수 관계나 굴절 작용이 이루어질 수도 없게 된다. 그래서 어느 소설에서나 대개 같은 몸짓 같은 목소리의 인물들만 판을 치게 된다면? 소설이 지향하는 공동체적 삶의 질서는 카드 섹션 놀이의 그것과는 다르다. 카드 섹션에선 모든 개인이 하나의 색깔의 단위로서만 그 존재의 의미가 허용된다. 그것은 전체를 떠나서는 독자적 의미나 자율성을 지닐 수 없는 기계적 기능의 단위일 뿐이다. 소설에서의 개성과 개인은 그 자체로 자율적인 완성체로서 독자적 존립이 가능한 진실의 단위이다. 그것은 그 자신의 자율성에 의하여 사회적 삶의 공의에 편입되고 그 질서에 조화된다.

나는 오히려 그런 개인들의 개별적 진실과 사회적 진실이 서로 간섭·충돌·조화되어나가는, 갈등의 극복 과정에 소설의 참 기능이 수행되는 것이라 믿고 싶은 것이다. 어떤 신념이나 태도가 탐구·창출되고 나면 그에 바탕한 공의적 삶의 양식에는 또 다른 문화적 동의는 사실상 그리 값진 것이 아니기 때문이다. 가장 엄밀하게, 혹은 심하게 말해서 소설질은, 어떤 기정의 진실에 대한 동의나 투표 행위가 아니기 때문이다. 세상에 누군가가 거기에 동의하여 목소리를 증폭시키고 그것을 힘차게 지속시켜나가야 할 일이 많은 게 사실이다. 구호의 반복이나 같은 목소리의 합창 같은 것은 그런 공인과 증폭의 과정에 기여한다. 하지만 어떤 일에 대한 기여에는 나름나름의 고유한 방법이 있음도 부인하기 어렵다. 소설에서의 진실의 힘은 동의와 투표에 의해서보다는 그 자체가 자율적 창조성〔실제적으로, 어떤 개인의 어떤 진실(개성)이 다른 사람들의 그것과 어떻게 충돌하고 그것을 어떤 식으로 정직하게 극복해나가며, 그리하여 마침내는 보다 더 넓고 화창한 공동체의 질서와 사회적 공의로 편입·조화·확대되어나가는가 따위〕에 의해 그 주장과 지속성이 더욱 크게 좌우되는 것은 아닐는지.

우선 내 개인적인 처지나 성향으로 말하면, 나는 애초에 문학이라는 것을 혼자 살기의 방법 쪽에서 출발한 격이었다. 앞서 소개한 외종형의 충고 외에도, 어릴 적 일이나마 6·25는 내게 사람에 대한 불신과 공포감을 적지 아니 경험시켜주었고, 주위에는 유난히 가까운 육친들의 죽음이 또한 많았었다. 젊어 죽은 맏형이 남기고 간 책이나 일기장들도 내 유소년 시절의 상당 부분을 지배했다. 그런 나에게 중학교 초학년 때에 한 선생님으로부터 젊은 시절의 꿈이 '돈 많은 시인'이었노라는 고백을 들은 것은 참으로 황홀한 충격이었다. 다분히 오해에 기인했을 수도 있겠지만, 나는 그때부터 서서히 혼자 사는 삶의 방법에 기울기 시작했고, 그것을 문학으로 이룰 수 있으리라 믿게 되었다. 거기다 아무도 관심하지 않은 나락 끝 같은 처지, 자신밖에는 어디에도 의지할 데가 없는 무책(無策)의 삶이 이후로도 계속 그런 성향을 내게 심화시켜온 꼴이었다.

내 소설질은 그런 자폐성을 바탕으로 시작된 셈이었다. 거기에선 무엇보다 자신의 진실이 문제일 수밖에 없었다. 하지만 나이를 먹어가며 차츰 한 개인 속에 머물러버린 진실의 의미에 의구심이 일기 시작하고 거기에 따른 일련의 반성이 불가피해진다. 그리고 필경은 그것이 개인 차원의 의미를 뛰어넘어 사회 공동의 가치로 편입·확대되어나가기를 희망하게 된다.

하지만 나는 이때도 물론 내 자신의 개인적 진실을 소홀히 할 수는 없었다. 그것은(이기적이고 세속적인 욕망까지도 포함하여) 어느 때나 내 소설의 근거요 출발점이었다. 그리고 그 개인적 진실의 사회에의 귀의, 개인과 사회의 힘있는 조화 관계, 그를 위한 통합적 가치 질서의 발견, 그것들이 내 소설의 종착점인 셈이었다. 그러나 그것이 결코 쉬운 작업일 수는 없었다. 나 자신의 진실의 정당성에 나름대로의 회의가 없을 수 없고, 그 사회적 진실이라는 것 또한 시대에 따라서, 혹은 관점과 해석의 방법〔저 르네 지라르에게서 보는 성(聖)과 폭력 간의 정치한 공모〕에 따라서 상당한 가

변성을 지닌 때문이었다. 거기에 소설의 수단인 언어조차가 투명
하고 고정적인 다른 예술 장르들의 그것에 비하여 끊임없는 진화
과정을 겪어나가는 사회성 의존의 비순수 매체임에랴. 그것은 화
살도 사람도 표적도 다 같이 움직임 속에 있는 활쏘기 격이었다.
움직이면서 이동하는 표적을 쏘아 맞히기란 좀처럼의 노력으론 가
능한 일이 아니었다. 그래서 나의 문학적 탐구와 노력의 대부분도
그 개인과 사회적 진실의 통합적 질서의 창출에 바쳐져온 것이다.
그리고 그때 거기 따른 문제들을 해결하기 위해 스스로 묻고 고심
한 질문들은 이런 것이었다. 개인적 진실의 한계는 무엇이며, 문
화적 투쟁의 대상은 무엇인가. 그것은 차라리 바깥세상보다도 자
신(내부의 진실 혹은 적)과의 싸움의 양식이 아닐까(만해나 서해
혹은 저 비용이나 로르카까지도). 문학이 아무리 함께하는 삶의 진
실을 지향한다 하더라도 거기에 정직한 자아의 자리(진실)가 정위
되지 않는다면 그것은 한낱 공리성의 거짓 몸짓에 불과할 것이 아
닌가. 작품에 대한 작가의 서명은 문학 행위의 한 숙명이 아닌가.
문학 작품의 발생론적인 동기와 공리성의 지향 뒤에 숨겨진 음험
스런 엘리티즘, 작품에서의 진실과 힘 혹은 용기와의 함수 관계는
어떤 방법으로 풀어야 하는 것인가 등등.
　그런데 근자 우리 소설에서의 개성(개인적 진실, 혹은 혼자 살기
식 삶) 홀대 경향은 그런 나를 꽤나 미심쩍게 만든다. 거기서 내가
우선 느낄 수 있는 것은 부질없는 이분법적 이해 방식이다. 한 편
의 소설에서 개성과 사회성을 늘 별개의 대립적 가치 질서로 나누
어 생각하려는 듯한 경향, 그것은 일종의 선택 지향의 사고이다.

거기엔 중용과 통합적 사고가 용인되지 않는다. 아니 사실은 그에 그치지도 않는다. 그것은 외견상 선택을 표방하고 있는 듯이 보이나 실제로는 그조차도 잘 용인하지 않는다. 개성과 사회성의 이분법적 사고는 개성을 사회성과의 양립적 덕목으로보다도 이기적 파괴성으로 매도키 위한 방편상의 과정처럼 보이기 때문이다. 한쪽 가치에의 일방적인 선택의 강요는 이미 선택이 아닌 때문이다.

하게 되면 거기에선 어떤 개인적 진실이나 그것의 극복·승화 과정으로서의 갈등 양상들은 거의 도외시한 채, 그 결과로서의 사회적 태도만을 요구하기 십상이다. 그리고 소설 속의 모든 사고나 갈등을 재빨리 신념화하고 태도화하는 것이 소설쟁이의 절대 미덕이 되게 마련이다. 하지만 소설은 어떤 태도나 신념의 창출 과정이지 그것의 완결적 주장이 아니라는 점에서 그러한 현상들엔 경계와 반성이 따르지 않을 수 없는 것이다. 한 사회가 개인의 삶에 대한 억압 체제가 되어서는 안 되듯이, 문학이나 소설 또한 개인과 그 진실(개성)에 대한 억압 구조로 군림해서는 안 될 일이 아니겠는지……

그럼에도 그러한 미심쩍은 현상은 비단 소설에서만 볼 수 있는 것도 아니다. 당연한 일이겠지만 그러한 현상들은 우리 주위(특히 젊은 층)의 실생활에서도 자주 만나게 된다. 적절한 예가 될는지는 모르지만, 내가 접해온 요즘의 젊은이들은 혼자서 지내기를 좀처럼 싫어한다. 언제나 친구들과 함께 어울려 지내려 한다. 어린 학생들의 경우는 조용한 집을 두고 도서관을 찾아가고, 심지어는 시험공부마저도 늘 어울려 함께한다. 다른 동기와 목적에서이기도 하겠지만, 농악놀이·탈춤마당·연극 공연(특히 그 오랜 연습 과정의 즐김)들이 성행하는 것도 그런 경향의 한 연장이 아닐까도 생각해본다. 아니 어떤 땐 혼자 지내기를 꺼려 하는 정도를 넘어서 그런 행위 자체를 용납치 않으려는 경향마저 엿보인다. 외톨이로 도는 것을 죄악시하고 경멸하는가 하면, 남의 주장을 인정하거나 거기 승복하려는 노력들에도 심히 인색해 보인다. 어떤 모임에의 불참이나 이탈 행위는 무기력한 자폐증이나 비겁한 배신으로 매도당하기 일쑤다. 혼자 자신을 견디며 지내는 모습이 아름답게 보이기까지 하던 나의 한 시절과는 전혀 다른 현상이다. 그것은 한마디로 삶의 다양성과 통합적 사고의 부재 현상을 초래하게 될 수도 있지 않을까 의심해본다. 그리고 아마도 근자 우리 사회 전반에 확산되고 있는 정치화 현상의 모종의 영향이 아닐까도 상상해본다. 한 사회에서의 정치력의 크기는 무엇에도 우선할 만큼 압도적이라는 점에서 올바른 정치력의 정립이야말로 그 사회의 제일의 과제일 수 있을 것이다. 그리고 바로 그런 점에서(그리고 그것에 부도덕한 때일수록) 문학적 진실(덕목)의 정치적 진실(덕목)에의 귀속은 일정한 설득력을 지닐 수 있을 것이다. 그러나 한 사회를 건강하게 지탱해나가는 데에는 정치력의 기둥 하나만으로는 매우 어려운 것도 또한 자명한 일이다. 그것은 각기 고유한 기능의 여러 기둥들로 함께 떠받쳐질 때가 더 튼튼하고 안전하다. 다양성을 잃고 획일화된 사회가 탄력이 부족할 것은 두말할 필요가 없는 일이다. 모든 것이 조급하게 정치화되고 만 사회는 그 기둥이 아무리 크고 굳센 것이라 하더라도 그것 하나로는 거꾸러지기 쉽다. 반면에 한 사회는 그것을 이루는 겹이 많을수록 건강하고 활기차다. 정치의 겹 하나로 이루어진 사회는 그 정치 구조 한 겹의 건강성 여부로 모든 운명이 결판난다. 문학은 그 문학으로서의 고유의 진실과 기능을 발휘할 때 세상을 전체적으로 떠받드는 일에 더 크고 유효하게 기여할 수 있으리라는 것이다.

그런 뜻에서 문학은 궁극적으로 정치적 진실을 지향해야 하겠지만, 그것을 문학 본래의 자리에서, 그 문학 고유의 방법(직접적인 힘의 행사는 못 될지언정, 산이 멀면 소리도 먼 것을 강원도 아리랑은 우리에게 일깨워준다)으로 수행해나가야 한다. 반세기 이전의 낡은 어법을 한번 더 인용하자면, 얻은 것은 정치요 잃은 것은 문학이라는 우직스러운 개탄이 또다시 되풀이되어서는 안 될 것이기 때문이다.

하지만 실상 상식의 위력은 대단한 것이다. 그리고 한번 버릇들인 고정관념의 독성은 끈질긴 것이다. 그것은 물론 내 소설이 아직 그 통합적 질서의 드러냄에서 아직 한참이나 모자란 탓이겠지만, 나는 저간의 노력과 이해의 방편들에도 불구하고, 자신조차 아직 그 개성(개인적 진실)과 사회 공의라는 이분법적 사고의 버릇에서 멀리 벗어나지 못하고 있는 처지인 것이다.

그것은 이를테면 내 소설을 감시하는 두 개의 전짓불인 셈이다. 말할 것도 없이 하나는 개인적 진실 쪽에서요, 다른 하나는 사회적 공의(당국과 독자는 그런 점에서 같은 편의 검열관들이다) 쪽에서다.

나는 소심하게도 그 두 개의 전짓불에 쫓기면서 끊임없이 선택을 강요당하고 있는 꼴인 것이다. 하지만 그것은 이미 선택의 문제가 아니다(보다는 차라리 자신과 세상과의 싸움의 문제이다). '지시된' 선택은 선택이 아니려니와, 양자는 다 같이 소설이나 삶 속에서 선별적 택일의 대상이 될 수가 없기 때문이다. 그것은 선택의 대상이 아니라 필경은 조화와 통합의 대상인 것이다(그것을 끝끝내 대립 관계로 수용하여 전짓불의 감시에 강압당하고 있는 데선 쫓기는 자의 역설적 권리마저 생길 수 있고, 거기 의지하는 이점도 그리 적지 않을 터이기 때문이다).

되풀이하거니와 나는 아직 그 통합과 조화의 자신 있는 방법을 못 만나고 있는 꼴이다. 그간의 나의 소설적 성과도 별로 만족할 만한 것이 못 되는 형편이다. 그러함에도 나는 그밖엔 다른 길이 없어 보이는 사례들을 요즘도 되풀이 경험하게 되곤 한다.

——독사진과 합동 사진.

언젠가 한번은 광주에서 오랫동안 도자기 일에만 빠져 지내오던 선배가 나를 그곳으로 부른 일이 있었다. 나를 맞은 선배는 그간 그곳을 중심으로 한 우리나라의 도기 제작사와 도공들의 삶의 역사를 설명했다. 그런 끝에 내게 소설을 써보라며 비극적인 사실 한 가지를 소개했다.

조선 왕조 후반, 여주나 광주의 관요 도공들은 좋은 그릇을 구워 조정이나 관가에 바치는 것이 그들의 삶에 부여된 절대적 임무이자 생존의 수단이었다. 관요가 아닌 민간요의 도공들도 그릇을 구워 성중에 들여다 파는 것이 전래의 생업이었다.

그런데 반상의 봉건 질서를 타파하고 만인평등의 세상을 주장하는 사람들은 사기의 성중 반입을 결사코 반대했다. 사기를 사고 그 호사를 누리는 것은 성중 귀족들이나 벼슬아치들 아니면 유족한 부유층들이 대부분이기 때문이었고, 도기의 제작과 성중 반입은 그 사람들의 누림과 체제에의 봉사가 되는 때문이었다. 하여 평등한 민권의 주창자들은 사기 반입자들의 목까지 베어가며 그릇의 반입을 철저히 막았다. 하지만 도공들은 또 죽음을 무릅쓰고서라도 그릇을 성중으로 들여가지 않을 수 없는 처지였다. 그릇을 들여가지 않으면 이번에는 관가의 양반들이 목을 베기 때문이었다. 그리하여 한때 그 사기 반입 통로로 이용되던 서구문 밖 일대에는 도공들의 시체가 끊일 사이가 없던 적이 있었다……

선배는 내게 그런 도공들의 비사를 소설화해보라는 것이었다. 나로서도 물론 속이 어지간히 뜨거워져오는 이야기였다. 만인평등과 민권 사상은 누구보다 그 도공들의 삶을 위한 것이었다. 그럼에도 그 숭고한 대의 아래 누구보다 도공 자신들이 죽어가야 하는 배반 현상, 그들의 죽음은 과연 어떤 뜻을 지니며 어떻게 읽히고 기억되어야 할 것인가……

나는 물론 소설을 쓰겠노라 선배 앞에서 약속했다. 하지만 그간 나의 다짐이나 열망에도 불구하고 실제론 아직 손도 못 대고 있는 숙제이다. 이야기의 깊은 진실은 물론 그 도공들의 어이없는 죽음 속에 있을 것이었다. 민권주의자들의 대의도 그 도공들의 삶의 (혹은 죽음의) 진실 속으로 통합되어야 할 것(반대로 도공들의 죽음의 대의에의 통합은 역사적 사실 자체다)이었다. 그런데 나는 아직 그 통합의 구체적이고 합당한 방법을 찾아내지 못하고 있는 것이다. 어느 한쪽의 진실도 전면적으로 부정되거나 주장될 수가 없는 그 상호 모순과 대립의 관계를 역동적 창조 관계로 힘있게 드러낼 통합의 방법을 못 만나고 있는 것이다. 아마도 그 압도적인 민권주의자들의 대의가 어느 경우에도 폄하되어서는 안 된다는 저간의 고질적 고정관념의 탓일는지 모른다.

하지만 나는 언젠가는 그 비극적 배반 현상의 증거에만 그치지 않을 적절한 통합의 방법을 찾아내어 그것을 실제로 작품으로 써내게 될 희망을 버리지 않고 있음이 물론이다. 그리고 그를 위해 나름대로 힘과 지혜를 모아가게 될 것도 사실이다. 하지만 여기에선 다만 그러한 자신의 희망만으로 내 소설의 방법에 대한 소견의 일단을 대신하면서, 이 이야기와 관련해 한두 마디 개인적인 생각을 덧붙여두고 싶을 뿐이다.

——문학은 궁극적으로 역사적 진실을 지향해야 하지만, 그러나 이 세상 모든 개인들의 삶이 그것을 지향하기를 요구할 권리는 우리에게 없는 것이 아닌지. 그리고 문학에서나 실제의 삶에서나 그 역사라는 것은 재현의 거울이기보다 지양의 거울의 기능을 지녀야 하는 것이 아닐는지.

——당신들의 배역.

(『문학과사회』 1987년 봄호)

소주 체질

내 경험으로 고향 선배 갈곡(葛谷) 형은 흔치 않은 술 예절 두 가지를 가지고 있었다. 그 첫째는, 갈곡은 언제나 술잔만 앞에 하면 기분이 무작정 좋아지는 점이었다. 하긴 술이라는 게 원래 사람의 감정을 단순·솔직하게 만드는 마물인 만큼 그 앞에서 기분이 좋아지는 것이 결코 갈곡만의 독특한 버릇이라곤 말할 수가 없을는지도 모른다. 하지만 우리는 때로 술을 빌려 원망이나 화풀이를 하기도 하고, 때로는 제 마음의 아픈 상처를 달래기도 한다. 심지어는 남을 헐뜯거나 음험한 책모를 꾸미기도 곧잘 한다.

하지만 갈곡은 술 앞에서 절대 그런 음습한 감정을 내보인 일이 없었다. 술만 마시면 세상이나 이웃들의 일 모두가 그저 고맙고 즐거울 뿐이었다. 그것도 무슨 고성방가나 실없는 허품을 떨어대는 식이 아니라, 세상사 모든 일을 넉넉한 품으로 안아버린 사람처럼, 잔잔한 감사와 즐거움이 기분으로 흘러넘치는 식이었다. 별

의별 술쿠세가 많은 세상에 그건 확실히 정갈스런 주법이 아닐 수
없었다.

한데, 그의 그런 기분 좋은 음주법과 무관하지 않은 일로, 남에
게 술 선물을 하기를 좋아하는 것이 갈곡의 두번째 술 예법이었다.
주위에서들 여럿이 경험한 일이지만, 갈곡은 후배들과 술자리를
함께하고 난 다음 날쯤이면 그중 누구에겐가 술병을 선물로 보내
오는 일이 가끔 있었다. 그것은 아무 데서나 구할 수 있는 술이 아
니라, 고급 상표의 값비싼 양주병이나 오래고 희귀한 가조주(家造
酒) 따위였다. 갈곡은 자신이 직접 그런 술을 가지고 나타나거나,
아니면 사람을 시켜 보내면서 이런 소리를 덧붙이곤 하였다. ─속
이 아플 테니 해장을 좀 하라구. 좋은 술이니 밖에서 친구들과 들
이마셔버리지 말고 집에 가서 혼자 아껴가면서 천천히……

나도 물론 예외가 아니었지만, 그렇게 갈곡에게서 술 선물을 받
은 친구가 나의 주변에는 여러 명이 있었다. 그것은 물론 술 좋아
하는 사람들 간엔 있을 수 있는 일이었다. 하여 우리는 갈곡 선배
에겐 어딘지 그런 술이 자주 생기는 데가 있나 보다, 그래 위인은
집에서 늘 그런 술만 마시고 지내겠지, 그쯤 헐거운 선심으로 여
겨 넘겼을 뿐이었다.

한데 알고 보니 사실은 그게 아니었다. 그의 집까지 가서 술자
리를 함께해본 친구들에 의하면, 갈곡이 집에서는 늘상 소주만을
마신다는 것이었다. 그것도 무슨 좋은 술을 아끼기 위해서가 아니
라, 소주를 그만큼 좋아해서라는 것이었다. 뿐더러 그의 집엔 우
리가 짐작해온 바와는 반대로 고급 술이 한 병도 간직되어 있지 않

더라는 것이었다.

"가끔 좋은 술이 생길 때가 있긴 하지. 하지만 그런 좋은 술을 어떻게 내가 먹나. 나는 소주면 그만이거든."

언젠가 한 친구가 어떻게 좋은 술은 남을 주면서 자기는 소주만 마시느냐는 소리에 갈곡이 웃으면서 한 소리가 그랬다고. 게다가 그의 부인의 푸념 섞인 귀뜀엔 듣는 쪽이 민망스러울 지경이었다는 것이다.

"좋은 술이 집 안에 남아 있을 틈이 있나요. 저이는 그저 색다른 술만 생기면 누구한테 못 갖다 줘서 안달인걸요."

그가 늘 그렇게 술 선심을 잘 쓰는 것은 물론 사람이 헤퍼서가 아니었다. 한번은 나도 그의 집에서 함께 술을 하다가 그의 부인으로부터 같은 푸념을 들은 일이 있었는데, 그때 도도하게 술기가 오른 갈곡의 변이 이랬었다.

"허허, 그런다고 내가 아무에게나 술을 주나. 전날 밤 술주정이 사나운 녀석들을 보았을 때나 그랬지……"

하면서 그가 들려준 곡절인즉, 남 앞에 주사가 심한 친구들은 제 속에 필시 어떤 응어리를 지니고 있게 마련이라는 것, 그때 그 응어리를 주사로 풀려다 보면 옆엣사람을 괴롭혀 자리를 꺼리게 만들고, 하다 보면 또 주사만 더 늘어가는 악순환을 빚는다는 것.

"하지만 그런 사람에게 누가 좋은 술을 보내어 그걸 혼자 마시게 해줘봐. 제놈이 사람이라면 남이 준 술을 마시면서 심사가 사나워질 까닭이 있겠어? 부질없는 주사보단 그 술하고 조용히 속이야기나 나누게 되기 십상이지. 그러면서 제물에 고맙고 즐거워지는 거구. 그 술엔 원래 보내준 사람의 호의와 말 없는 충고가 함께 담겨 있게 마련이거든. 더욱이 좋은 술에선 그걸 읽어내기가 더 쉬운 법이구, 허허."

돌이켜보니 그의 말은 사실이었다. 나 역시 갈곡에게 술 선물을 받았던 사례가 그런 술주정 뒤끝이었음이 분명했다. 그리고 그때 나는 혼자서 그 술을 마시면서 나의 깊은 곳을 어루만져주는 듯한 그가 얼마나 고마웠으며, 그것으로 또한 어떻게 자신 속의 사나운 말 응어리를 묵묵히 삭여낼 수가 있었던가……

위인이 은근히 다시 보이지 않을 수 없었다. 더욱이 그가 늘 술 자리에서 조용한 감사와 즐거움에 젖는 것도 그 자신 누구에게선가 말 없는 이해와 위로의 손길을 느끼기 때문이라는 데엔 경탄마저 금할 수가 없어질 정도였다. 그래 그는 전날 밤 주사로 괴로움을 당한 녀석에게 거꾸로 다시 술병까지 보내준단 말인가.

술에 대한 갈곡의 그 두 가지 호인풍 예법은 결국 한 뿌리에서 비롯된 것이었다. 그리고 그건 참으로 행복스런 지혜요, 버릇이 아닐 수 없었다.

하지만 그 같은 지혜스런 버릇이 우연히 얻어질 수는 없는 것이었다. 누구나 그리 될 수 있는 일도 아니었다.

한데 갈곡에게 그런 버릇을 심어준 건 다름 아닌 그의 어머니였다. 갈곡은 그러나 그것만은 좀처럼 말하려 들지를 않았는데, 뒷날 언젠가 술기운이 한창 절정에 올랐을 때, 그는 무슨 즐거운 추억거리라도 되는 양 슬그머니 이런 소리를 털어놓았다.

"……이미 알고 있는 놈이 있을지 모르지만, 우리 어머닌 아버지의 황음(荒淫)에 일생을 망친 분이었지. 허허. 아버지가 술로 일찍 돌아가시면서 집 한 칸 남겨주신 게 없었으니까. 한데 알 수 없는 건 남편을 빼앗아가고 당신의 생애마저 크게 그르치게 만든 그 원수 같은 술에 대한 노인네의 태도였어. 허허. 고학을 한답시고 도회지로 나가서 이 고생 저 고생을 다하고 돌아다니다 어쩌다 한 번씩 화풀이 삼아 시골로 당신을 뵈러 가면, 어머닌 콧구멍만 한 셋방구석으로 나를 맞아들여놓고는 술부터 앵기시는 것이었어. 허허. 그러시며 내게 하시는 말씀이, 이 술이나 한잔하고 푹 자다 가거라. 너하고 나하고 무슨 할 말이 있었냐. 네 할 말 내 다 알고, 내 할 말 네 다 아는디. 글쎄, 그게 술아비 아들한테 원망을 숨기고 그리시는 게 아니라, 진심으로 나를 위해 그러시는 거였어. 허허, 그래 그 어머니 앞에 나는 정말로 아무 말도 못하고 술만 마시고 잠만 자다가 다시 조용히 당신을 떠나오곤 했었지. 필경 누구보다 술이란 걸 잘 알고 계실 당신을 감히 거역할 수가 없었거든. 섣부른 주정 따윈 더더욱 엄두가 안 났구. ……헌데 이상스러운 건 그 술의 효험이었어. 그렇게 술을 마시고 잠만 자다 떠나면서도 나는 늘 당신한테 할 말을 다 털어놓고 가는 기분이었거든. 허허, 어머니가 어떤 마음으로 내게 그렇듯 술을 권했는지 깊은 심중을 다 헤아릴 수가 없었지만, 그 술로 하여 당신과 나는 늘 서로 간에 많은 말을 대신하고 난 기분이었어. 그만큼 깊은 위로를 받은 느낌이기도 하였고 허허…… 지금도 그래 난 술만 마주하면 당신의 그 소리 없는 말씀을 듣곤 하지. 시골에선 지금도 소주 이상의 명주가 없겠지만, 특히 그 시절 당신이 그리 자주 사 오시던

소주 앞에선 말이여. 허허, 그래 나는 그때부터 아예 소주 체질이
되고 만 꼴이지. 해서 좀 억울하지만, 값지고 묵은 술은 남이나 줄
수밖에…… 허허."

여전히 지나치듯한 객담 조였으나 그대로 그냥 흘려듣고 넘어갈
이야기가 아니었다. 그가 지금도 술 앞에 고맙고 즐거운 기분이
되곤 하는 속사연이 바로 거기 있었기 때문이었다. 뿐더러 위인이
집에서 자신은 소주만 마시면서 귀한 술은 아꼈다가 간밤의 주정
꾼에게 선물을 보내는 지혜와 미덕도 그 숨은 내력이 함께 밝혀진
것이었다. 그야 그때 누구도 갈곡이 그 귀하고 값비싼 술보다 소
주가 더 편하다는 소리까지는, 그래서 귀한 술은 남을 주어버린다
는 푸념 투까지는 그래도 다 곧이를 들을 수가 없었지만.

(1988)

종이새의 비행

거실 앞 잔디밭에 떨어져버린 종이비행기는 지난여름 내가 이 잠실동 18층 아파트의 1층으로 집을 옮겨온 바로 이튿날 아침부터 발견되기 시작했다. 집을 새로 옮기고 난 흥분기와 새 동네에 대한 신선한 호기심으로 아침 일찍 잠이 깨어 거실로 나가보니, 아직도 어두컴컴한 창문 밖 잔디밭에 희끗희끗 종이비행기들이 몇개 내려앉아 있었다. 나는 물론 처음엔 그것을 별로 대수롭게 여기지 않았다. 어느 높은 층 개구쟁이 녀석들이 밤새 종이비행기 놀이 시합이라도 벌였던 게지…… 그쯤 무심스레 넘기고 말았는데, 다음 날 아침에도 창밖 잔디밭에는 비슷한 수의 종이비행기들이 여기저기 내려앉아 이슬에 젖고 있었다. 다음 날뿐 아니라 그다음 날도 다시 그다음 날 아침에도 종이비행기는 계속 떨어져 내려앉아 있었다.

나는 비로소 그 종이비행기들에 대한 느낌이 달라지기 시작했다. 처음에는 그저 청소부나 괴롭혀댈 휴지조각 정도로나 여겨지던 그 흰 종이접이들에서 하루하루 날이 감에 따라 무슨 살아 있는 생명체의 조용한 숨결 같은 것이 느껴져오기 시작한 것이다. 아니 그 은밀스런 종이접이의 숨결 뒤에는 내게 어떤 소리 없는 호소의 손짓마저 어리고 있는 것 같았다. 그것들은 때로 하루나 이틀쯤 잔디밭 위에서 햇빛에 바래다가 어느 사이 일시에 자취가 사라지기도 하였고, 때로는 청소부의 발길이 늦어져 잔디밭에 며칠씩 낭자해 있을 때도 있었다. 셋…… 다섯…… 아홉…… 아침마다 수를 더해가던 그것들이 어느 땐 열몇 개까지 늘어 있을 적도 있었다. 날이 더해가고 종이접이의 숫자가 늘어가면 갈수록 그것의 숨결과 호소의 손짓 또한 더욱더 가깝고 역력하게 느껴졌다. 나는 이제 그것들을 그저 철부지 어린애들의 무심스런 장난질로만 보아 넘길 수가 없었다. 버려진 비행물체들의 어렴풋한 숨결과 조용한 손짓은 다름 아니라 바로 그것을 밤마다 창밖으로 날려 보낸 사람의 것인 때문이었다. 어떤 아이일까. 아니면 다소 감상기가 심한 파과기의 처녀? 이후부터 나는 그 새벽의 창문 앞에 종이비행기의 주인공을 상상해보곤 하였다. 내게 먼저 떠오른 것은 그 꿈이 많은 내향성의 어린 사내아이나 소녀 취향을 아직 못 벗어난 청소년기의 여자였다. 소년의 상상은 그런 경우에 누구나 머리에 그려보기 마련인 우울기가 약간 배색된 그림이었다. 몸이 몹시 허약하여 어른들의 과보호 속에 사는 아이, 어쩌면 아예 심신 어느 한쪽의 장애 때문에 문밖출입이 불가능한 아이, 그래서 밤마다 그 자신이 날고 싶은 간절한 마음을 종이비행기에 실어 날려 보내는 아이,

아니면 무슨 진학시험 준비 같은 것으로 밤을 새우다가 잠시 창밖의 어둠을 향해서 지친 심신을 달래곤 하는 아이……

청소년기의 여자에 대한 상상은 그보다 좀 특별한 경험이 밑그림을 이루었다. 언젠가 나는 한 인척을 병문하러 이름난 정신병원을 찾은 일이 있었다. 그때 내가 일을 마치고 병원 뜰을 걸어 나오고 있을 때였다. 머리 위에서 누군가 다급한 목소리로 나를 부르는 소리가 들려왔다. 머리를 들어 쳐다보니 5, 6층 높은 병실 창문에서 웬 여자 환자 한 사람이 나를 손짓해 부르고 있었다. 스물 안팎의 젊은 아가씨였다. 그녀는 내가 자기의 부름을 알아들은 것을 보고는 흰 종이 한 장을 살창문 밖으로 떨어뜨려 내리며 애원하듯 소리쳤다.

──이 편지 좀 우리 집으로 전해줘요. 날 여기서 내보내달라구요.

팔랑팔랑 떨어진 종이를 집어 펴보니, 그러나 그것은 아무것도 적혀 있지 않은 빈 백지였었다.

이번에 내가 그 종이비행기에서 어떤 젊은 아가씨의 모습을 그려보게 된 것은 그때의 기억이 이상스레 오랫동안 머리에서 지워지지 않고 남아 있었던 때문이었다.

어느 쪽이나 별로 화창하고 유쾌한 그림은 아니었다. 그것을 쉬운 대로 꿈이나 소망의 날려 보냄이라고 한다면, 아쉽게도 그 간절한 꿈이나 호소는 낡이 소망처럼 길지를 못했다. 기껏해야 창문 아래 잔디밭으로 떨어져 어둠 속에 버려지고 잊혀진 꿈이었다. 그리고 그 꿈이나 소망의 숨결은 한낮의 햇빛 속에 바래고 변색되어 미구에 한 줌의 귀찮은 쓰레기로나 치워지게 마련이었다. 좋게 말하여 꿈의 껍데기, 혹은 그 서글픈 잔해들이라고나 할까. 그 주인공이 앞서의 상상대로라면 더더욱 우울한 정경이 아닐 수 없었다.

하지만 나는 왠지 그것들이 그렇게 보이질 않았다. 어딘지 서럽고 애틋해 보이면서도, 보다는 따스하고 정겨운 느낌이 앞서곤 하였다. 때로는 거기서 아름답고 행복스런 감동기 같은 걸 느낄 때마저 허다했다. 그런 따스하고 행복스런 감동 속엔 밤 어두움을 향하여 창가에 마주 선 젊은 부부의 실루엣도 지나갔고, 친구처럼 의가 좋은 아비와 어린 아들, 먼 여행길을 떠나간 그 아비를 그리는 다감한 모자나 모녀들의 모습도 스쳐가곤 하였다. 하면서도 다만 한 가지 미심쩍은 느낌은 내 마음 깊은 곳의 어떤 불안감 같은 것이었다. 그것은 물론 그 따스하고 정감스런 유희가, 혹은 그 꿈과 소망과 삶이 행여 어떤 장애에라도 부딪칠라, 하는 따위의 우려에서만이 아니었다. 보다는 오히려 나의 상상의 허구성 혹은 진위 여부에 대한 회의와 불안감에서 비롯된 것이었다. 저 종이비행기들이 과연 누군가의 아름답고 행복한 소망의 착륙체들일까. 내가 전혀 엉뚱한 상상을 하고 있는 게 아닐까…… 그것은 바로 그 보이지 않는 사람의 삶과 그 삶에 대한 회의와 불안감에 다름 아닌 것이었다. 무엇보다도 그 끈질기게 계속된 착륙물의 소리 없는 호소와 손짓은 그것들을 그저 아름다운 정경으로만 보아 넘길 수가 없게 했다. 하다 보니 자연 어떤 날은 낙하물이 거의 없다시피 하거나 반대로 어떤 날은 비둘기 떼라도 내려앉은 듯 잔디밭이 하얗게 뒤덮였거나, 그 단속과 숫자의 변화에도 나는 공연히 신경이 쓰이곤 하였다. 낙하물이 아예 하나도 안 보이거나 반대로 그 수가 갑자기 엄청나게 늘어 있는 아침엔 주인공의 어떤 마음의 흔들림, 아니면 모종 절망적인 파탄의 기미를 보는 듯하여 자신마저 공연히 안절부절을 못해하곤 하였다.

　나는 결국 언제부턴가 그 종이비행기가 날아 내리는 시각과 현장을 내 눈으로 직접 한번 보고 싶은 충동에 쫓기기 시작했다. 저 것들은 과연 어디서 언제쯤 날아 내려앉고 있는가. 몇 층쯤의 높이에서 어떤 사람의 취미와 정성이 그토록 대단스러운가. 나는 밤마다 그 종이접이들이 어둠 속으로 날아 내리는 현장을 보기 위해 혼자 거실로 잠자리를 빠져나와 창문 앞을 멍청히 서성거리곤 하였다. 하지만 한 번도 그 종이비행기가 어둠 속을 날아 내리는 현장은 목격되지 않았다. 하루는 아예 집까지 나가서 잔디밭 주위의 벤치에 눌러앉아 18층까지의 창문을 지켰으나 그것도 싱거운 헛일이 되고 말았다. 어둠 속에 밖으로 열려 있는 창문을 찾아내기가 어렵거니와, 때마침 어디선지 종이접이가 떨어져 내린다 하여도 그것이 몇 층의 창문에선지를 가려내리기도 그리 쉽지가 않을 일이었다. 그 어둠 속 탐색에서 얻어낸 소득이 있다면 비행기를 접은 종이들이(나는 알 수 없는 저어감 때문에 이때까진 거의 엄두를 못 내다가 이날 밤 처음으로 그걸 하나 집어다 보았는데) 이때까지의 막연한 예상과는 달리, 어린애들의 낙서장 조각이나 신문지 나부랭이가 아닌, 옛날 유행가집 책장이라는 것 정도였다. 하지만 내가 그것으로 더 이상 무엇을 알아낼 수 있었을 것인가. 그건 내게 여전히 은밀스런 수수께끼의 비밀 기호 한가지로 오히려 궁금증만 더해왔을 뿐이었다. 그리고 또 아침엔 어느 샌지 그것들이 누군가의 괴로운 불면의 선물처럼 잔디 위를 촉촉이 어지럽히고 있는 것이었다.

나는 그럴수록 심사가 더 어지러울 수밖에 없었다. 일테면 그것들은 내게까지 엉뚱한 불면의 구실이 되어갈 뿐 아니라, 점괘가 그리 신통치 못한 무당점장이처럼 엇나간 상상들을 되풀이하게 하였다. 혹은 그것은 그 보이지 않는 종이접이의 주인공에 대한 나의 지향 없는 소망을 그만큼 간절하고 깊게 해간 것이기도 하였다. 특히나 그 착륙물이 하나도 없는 날이나 한꺼번에 갑자기 늘어 있는 날 아침엔 그의 꿈과 소망이 어떤 손상을 입게 되지 않았기를, 손상을 입기 전에 눈부신 비상이 성취되기를 얼마나 간절하게 빌었는지 모른다. 하고 보면 그것은 뭐라고 하더라도 그 종이비행기의 주인공에 대한 나의 꺼림칙한 불안기의 다른 표현인 셈이었다. 한마디로 나는 그 누군가의 종이접이 장난질로 하여 (물론 그것이 이유의 전부는 될 수가 없겠지만) 자신까지 마침내 잠을 잃은 불면의 환자 꼴이 되고 만 것이다.

하지만 그도 다 예정된 진실에의 길이었는지 모른다. 그 불면증이 드디어는 내게 그 종이비행기의 주인공을 보게 해준 것이었다.

추석달이 거의 반쪽으로 이울어든 지난 10월 초순의 어느 날 새벽이었다. 나는 그간의 불면의 버릇에다 달빛까지 유난히 차갑고 맑아서 밤잠을 좀처럼 이룰 수가 없었다. 나는 아예 잠자리를 차고 거실로 나와 새벽녘 가까이까지 밤을 지키고 앉아 있었다. 그

차가운 새벽녘 달빛에 공연히 심사가 아득해 있던 참이었다. 어느 순간 얼핏 창밖을 스쳐 내리는 물체의 그림자 같은 것이 곁눈질로 느껴졌다. 나는 불현듯 망연스런 의식을 되찾으며 자신도 모르게 창 쪽으로 다가갔다. 무슨 밤새의 야행처럼 창밖을 스쳐 내린 검은 그림자는 의심할 바 없는 그 종이비행기일시 분명했다. 창문 밖 잔디밭엔 과연 방금 떨어져 내린 종이접이 하나가 다소곳이 날개를 접고 앉아 있었다. 나는 드디어 오랜 기다림 끝에 종이비행기가 내려앉는 현장을 목격한 것이었다.

물론 이날 밤 그 종이접이의 낢과 내려앉음을 본 것은 그 한 번만의 일이 아니었다. 거기서 잠시 더 시간이 흐른 뒤 또 하나의 종이접이가 달빛 속으로 내려앉았다. 그리고는 다시 또 세번째, 네번째…… 뿐더러 그 종이접이의 수가 더해갈수록 나는 이상하게 마음이 조급해지고 있었다. 그 숫자가 여섯번째에 이르러서는 마치 그 날렵한 내려앉음에도 불구하고 어떤 크고 무거운 물체의 떨어짐에서처럼 둔탁한 추락음마저 들은 것 같았다. 나의 가슴속에서도 그 추락음의 깊은 진동이 일고 있었다.

나는 드디어 더 참지를 못하고 그길로 집을 나와 앞뜰 쪽으로 돌아갔다. 그리고 거기서 나는 비로소 그간의 나의 엉뚱한 오해를 깨달았다.

도대체 나는 어째서 그동안 어린아이나 감상기의 아가씨들만을 상상하고 있었던 것일까. 어찌하여 삶의 시작에 선 사람들의 꿈과 소망밖엔 생각할 수가 없었을까……

나의 오해란 다름이 아니었다. 내가 집을 돌아 앞쪽 잔디밭에 이르러서도 종이비행기는 계속 날아 떨어지고 있었다. 아파트 건물의 위층을 쳐다보니 과연 거기 한 창문이 열려 있는 게 보였다. 그리고 거기 아직도 하얀 잠옷의 그림자 하나가 창밖으로 소리 없이 종이접이들을 드문드문 날려 보내고 있었다. 그것들이 늘 멀리까지 날지 못하고 바로 우리 거실 앞 잔디 위로 모여 떨어지는 것은 알고 보니 그 창문이 5, 6층 정도의 높이에 불과한 때문이었다. 그가 그 창문가에 조용히 붙어 서서 이따금 그 종이접이들을 날려 보내고 있는 모습은 분명 어린이나 여인의 그것이 아니었다. 그 맑고 차가운 달빛 속에 그 자신이 한 마리 종이새가 되어 금방이라도 하얗게 허공을 날아 내릴 것 같은 창문가의 인영(人影)은 그리하여 내게 어떤 조용한 비탄과 소망의 소리가 번져오는 듯한 그 그림자의 주인공은 분명히 이 아파트에선 흔치 않게 나이를 먹은 노인의 것이었다. 하지만 나는 이날 밤 그것이 정말로 나이를 많이 먹은 노인인지 어쩐지, 노인이라면 그것이 할아버진지 할머닌지, 그런 데까지는 분명히 확인할 길이 없었다. 사실을 말하면 그보다 나는 아직도 설마하는 마음에 그 조용하고 하얀 모습 뒤에서 또 다른 하나의 사람의 그림자——어쩌면 거기 함께 밤을 지켜 새우고 있을지도 모르는 그의 청상 딸이나 어린 손주의 모습을 찾는 데에 더 신경이 쓰이고 있었으니까. 하지만 나는 이날 밤 끝내 그밖에 다른 기미는 볼 수가 없었고, 달빛 속에 드러난 그 하얀 그림자도 정체가 제대로 확인이 안 된 채 그대로 창문이 닫히고 만 것이었다.

인영(人影)의 정체가 제대로 밝혀진 것은 그러니까 그로부터 이틀이 더 지난 뒤, 그리고 그 두 밤 사이 어느 때보다 그 종이새들의 낙하가 불안하게 만들었던 세 밤째가 지나고 난 다음 날 아침이었다. 아마도 그는 그 밤하늘을 날기 위해 그동안 그토록 몸을 말려온 것이었을까. 간밤엔 별다른 기미나 소리를 느끼지도 못했는데, 이날 아침 창문 밖 잔디밭 위에는 그 낭자한 종이접이들의 형체 속에 그가 조용히 내려앉아 누워 있었다. 여든 살 가까이나 나이를 먹으면서 하얗게 여위어온 한 정갈한 늙은이가 마치 그 자신한 마리 종이새로 간밤의 하늘을 날아 내려온 듯이.

(『서울대 동창회보』 1989년 2월)

금지곡 시대
―가위 밑 그림의 음화와 양화 3

고등학교 1학년 때의 일로 기억된다. 내가 몹시 조심스럽게 받들던 한 점잖은 부인의 여행길을 기차역으로 배웅 나간 일이 있었다. 그 부인은 차를 타기 전 역 대합실에 붙어 있는 화장실을 다녀나오시더니, 혼자 웃음을 참지 못하다가 내게 속삭이듯 작은 소리로 실토하셨다. 아무개야, 나 남정들처럼 선 채로 일을 보고 나왔다. 바닥이 어찌나 지저분하던지…… 말할 것도 없이 그 순간 내 머리엔 점잖은 부인이 흰 치마를 걷어 올리고 남자처럼 선 채로 일을 치르는 모습이 떠올랐다. 그리고 부인의 어이없는 파격에 함께 따라 웃지 않을 수 없었다.

한데 이상한 것은 그냥 엉뚱스럽고 우습기만 한 것이 아니라, 묘한 감동이 함께 스치고 간 것이었다. 그 장난스런 우스개식 파행이 그녀에게선 수치스런 기행성보다 이상한 품격을 발해 보인 것이었다. 그것은 어느 날엔가 그 부인이 가을꽃이 만발한 그 댁

뜰가에 나와 앉아 한적, 투명한 오후의 햇볕 속에 당신의 먼 옛 시절의 추억에 젖어들다 어느 순간 문득 잠이 들어가는 코를 골기 시작했을 때의 감동, 그때의 그 순연하고 정갈스런 품위를 되새기게 하였다.

하지만 그때 나는 그것이 내게 왜 그처럼 품위 있고 아름다우며 감동스럽게까지 느껴지는지, 이유를 거의 알 수 없었다. 그것이 진실로 감동할 만한 일인가, 어떤 품위나 아름다움 따위와 상관이 있는 일인가도 알 수 없었다. 그 이유는 알 수 없었지만, 그것을 나름대로 소중한 경험으로 마음속 깊이 새기게 된 것이었다.

따지고 보면 그 무렵 내겐 이미 이유나 의미가 아리송한 일들이 부인의 경우에 앞서서도 얼마든지 많았다.

그보다 몇 년 전, 열두 살 때의 여름, 나는 밤마다 마을 소년대에서 군가 합창과 비판 회의로 자정이 가깝도록 시달리곤 하였다. 그러던 어느 날 밤 나는 끝없이 이어지는 비판 놀음에 견디다 못해 변소라도 가는 척 어둠 속으로 혼자 슬그머니 회장을 빠져나와버렸다. 그때 회의를 이끌던 소년대장이 가까운 친척 형이었으므로 내심 그의 묵인이나 비호를 기대하고서였다. 한데 알고 보니 그날 밤 그런 식으로 회의장을 몰래 빠져 도망간 것이 나 이외에도 여러 명이던 모양이었다.

이튿날 저녁은 집회 벽두서부터 전날 밤 이탈자들의 색출 작업이 시작됐다. 회의실 옆에 붙은 작은 골방 안에 대장인 친척 형이 혼자 들어앉아서 대원들을 한 사람씩 들여보내게 하였다. 방을 들어간 대원들은 그 형으로부터 뭔가 비밀 질문을 받고, 옳게 대답하면 제자리로 돌아가 앉게 했고, 대답이 틀리면 회의장 앞에 따로 늘어서 있게 하였다. 골방 안에서 무엇을 묻는지만 미리 알아내면 곤경을 빠져나갈 방도가 있었다. 하지만 골방을 들어갔다 나온 대원들은 누구도 그곳의 질문을 발설할 수가 없었다. 상호 감시에 길이 든 데다가 분위기마저 매우 살벌했기 때문이었다. 하지만 나는 일루의 희망을 버리지 않았다. 친척 형의 비호에 대한 기대 때문이었다. 그 형도 그 일이 좋아서가 아니라, 진작부터 감시의 대상이 되고 있는 성분 나쁜 자기 집안을 구하기 위하여 부러 열성을 부려온 터였다. 그런 만큼 내 어려운 처지를 헤아려 곤경을 면하게 해줄 걸로 기대한 것이었다.

하지만 형에 대한 나의 기대는 어림없는 희망에 불과했다. 형이 그걸 무참스럽게 외면해버린 것이다. 차례가 되어 골방으로 들어가니, 형은 나에게 아무 귀띔도 없이, 어젯밤 해산할 때 마지막 부른 노래가 무슨 군가였느냐고, 섭섭하게도 매우 공평하게 물었다. 나는 물론 물음에 대답을 못하고 어물쩍한 눈길로 형의 처분만 기다렸다. 형은 그러는 나를 회의장 앞 이탈자들의 열 끝으로 가 서게 했다. 결과는 다른 몇몇 이탈자들과 함께 전날 밤의 반동 행위에 대한 (자아 및 상호) 비판의 과정을 거쳐서, 그 비판이 대원들에게 접수되는 절차로 40여 명 전체 대원들로부터 볼따구니와 눈두덩이 퉁퉁 부어오르도록 돌림귀빰치기를 감내해야 했던 것—머리에서 지워버리고 싶은 어린 날의 괴로운 기억의 한 갈피이다. 뿐더러 (그 무렵) 한동안 원망과 의혹 속에 나를 헤매게 한 불가

사의한 수수께끼의 한 장이었다. 명색 집안의 형이란 사람이 어떻
게 그랬을까. 사람이 어찌 차마 그럴 수가 있었을까……

또 한 번은 이런 일도 있었다.

앞서의 일과 거의 같은 무렵, 집안 어른 한 분이 어느 날 저녁
죽음의 막다른 위협에 쫓기고 있었다. 날이 어두워지면 그날 밤
안으로 마을 사람들의 마지막 심판을 받게 되어 있다고 하였다.
그런 기미를 알아차린 어른이 초저녁 어둠을 타고 우리 집으로 몰
래 피신을 청해왔다. 그때 우리 집 부엌 나무청 밑에는 비밀 지하
실이 하나 숨겨져 있었다. 일제 때부터 이런저런 강제 공출 물품
이나 생솔가지·밀주 술항아리 등을 숨겨오던 곳이었다.

그 어른이 누구에겐지 그곳을 귀띔 받고 급한 처지 피신을 청해
오신 것이었다. 우리는 내심 물론 반가울 리가 없었다. 그 무렵 시
국이나 마을 사람들의 서슬 퍼런 분위기로 보아서 그런 인물을 집
안에 숨겨주는 것은 섶을 지고 불길로 뛰어드는 것 한가지로 위험
한 노릇이었다. 하지만 어머니는(아버지는 그때 이미 돌아가시고
안 계셨다) 그런 위급지경에도 주름살 하나 없이 깨끗한 나들이 차
림을 하고 오신 그 집안 어른의 어려운 주문 앞에 감히 내키잖아
하는 기색을 내보일 수가 없었다. 어머니는 다만 그처럼 어려운
집안의 어른을 비좁고 습기 찬 지하실 따위에 모시게 된 것을 자신
의 허물인 양 송구스러워했을 뿐이었다. 그 지하실은 아닌 게 아
니라 비좁고 습기가 눅눅한 외에도 검댕이와 거미줄이 주렁주렁
매달린 데다 생쥐들의 출입까지 빈번했던 때문이었다.

하지만 우리는 사정이 사정인지라 그 같은 위험과 송구스러움을

무릅쓰고 그 어른을 지하 밀실에 숨겨드리는 수밖에 없었다. 그리고 기왕 저지르고 나선 일일 바에야 들키지나 말고 일이 무사히 지나가주십사 오돌오돌 문밖 기미만 지키고 앉아 있었다. 그런데 이게 웬 망발이란 말인가. 그로부터 두어 시간쯤 지나고 났을 때였다. 마을 사람들의 동정은 아직 향배를 알 수 없는 자정 녘쯤이었다. 죽은 척 숨을 죽이고 숨어 앉아 있어야 할 어른이 손수 지하실 뚜껑과 나뭇단을 헤치고 저벅저벅 부엌문을 걸어 나오시는 것이었다. 그리고는 놀라 어쩔 줄 몰라 하는 어머니와 우리 식구들은 아랑곳도 않은 채 구겨지고 더럽혀진 옷자락을 툭툭 털면서, "나 죽더라도 내 집에 곱게 앉았다가 잡혀가 죽겠네" 한마디를 남기고는 의연한 걸음걸이로 어두운 사립을 걸어 나가버리시는 것이었다.

하고 보니 이 또한 불가사의한 수수께끼의 하나가 아닐 수 없었다. 그 시절 그 나이론 도대체 그 어른의 처신을 이해할 수가 없었다. 어른이 어째서 다시 지하실을 나오고 말았을까. 지하실이 아무리 비좁고 누추하단들 목숨을 구하자고 숨은 곳이 아니던가. 당신은 죽음도 두렵지 않았단 말인가. 죽음의 위협 앞에서도 참아낼 수 없었을 만큼 다른 어떤 무엇이 있었더란 말인가. 그것이 대체 무엇이었을까. 밖에서 기다리는 죽음의 위험조차도 그를 붙잡아두지 못하고 지하실을 나가게 한 것이 과연 무엇이었을까……

하지만 그도 물론 그 당장엔 이해가 전혀 불가능한 일이었다. 그래서 내게 썩 오래도록 마음의 숙제로 남아온 일이었다.

속을 털어놓은 김에 균형을 취하기 위하여 어릴 적 이야기를 한 가지만 더 덧붙여두고 싶다. 역시 초등학교 시절의 전란기 후반.

세상이 다시 한 차례 바뀌고 나서였다. 어느 날엔가 마을회관 앞 마당에는 동네 청년들 3, 40여 명이 모조리 불려 나와 두 줄로 서로 마주바라기로 세워졌다. 청년들을 향해 모임을 주관하러 나온 면 지서 순경은 어정버정 김이 빠진 그 집합 상태를 한동안 사납게 닦아 세우고는, 그 벌로 청년들에게 서로 자기 앞사람의 뺨따귀를 후려갈기게 하였다. 청년들은 목시울 카랑카랑 독이 오른 순경의 구령 소리에도 불구하고 그저 마지못해 손을 들어 상대방의 볼을 어루만지듯 매질의 시늉들만 해 보이고 있었다. 평소에 허물없이 지내온 이웃들을, 그나마 나이마저 들쭉날쭉 위아랫사람이 마주 선 처지들에 차마 힘을 넣은 귀쌈질은 어려웠기 때문이었다. 지휘 순경은 그러나 인정사정이 없었나. 몇 차례 호동에도 싱파가 안 보이자 드디어는 자신이 시범을 보이기 위해 줄의 맨 앞에 선 향도 앞으로 다가섰다. 그리고는 이렇게 기합을 넣어 때리라며 앞사람 의 볼따귀를 주먹으로 힘껏 내갈겼다. 그 시범과 다그침에 몰린 청년은 그제서야 이젠 어쩔 수가 없다고 체념한 듯(혹은 자기만 일 방적으로 얻어맞은 데에 분통이 동한 듯) 손바닥에 약간 힘이 태이 고 있었다. 뿐더러 그 상대방도 이젠 손해를 볼 수가 없다는 듯 좀 더 세차게 손을 올려붙였다. 순경은 그 시범조의 경쟁적인 가격을 신호로 나머지 대열의 사람들에게도 똑같은 구령으로 매질을 강요 했다. 하낫 둘, 하낫 둘…… 순경의 우스꽝스런 구령은 대열 전체 가 차츰 열을 얻어 나중에는 서로가 상대방에 지지 않으려고 제풀 에 악이 받쳐 사나운 주먹질이 정신없이 오갈 때까지 계속 속도를 더해갔다. 친소의 관계도 소용이 없었고 체구나 나이차도 상관이 없었다. 키가 큰 사람은 매를 덜 맞으려고 고개를 잔뜩 뒤로 빼올린 채 두 손을 마구 휘저어대었고, 키가 작은 사람은 손해를 볼세라 바락바락 몸을 솟구치며 독기를 뿜어댔다. 그런 어이없는 난장판은 순경의 "그만!"이라는 마감 구령에도 한 대라도 상대를 더 갈겨주려는 집념으로 한동안이나 기세가 잦아들지를 않았다……

한편으론 겁이 나고 한편으론 우스꽝스럽기조차 했던 그날의 진풍경 역시도 내겐 오랫동안 잊혀지지가 않았다. 그 기이한 행작들이 아무래도 잘 이해가 가질 않았다. 어떻게 서로 허물이 없는 줄 알면서도 상대방에게 뺨따귀 올려붙일 수 있었을까. 처음 사람은 순경의 강요 때문이었다 치더라도 나중엔 서로가 원수지간이나 된 것처럼 다투어 열을 올려댄 것은 무엇이란 말인가. 사람이 어떻게 그럴 수가 있는 것인가. 사람이 어째서 그리될 수 있는 건가……

그러나 물론 그런저런 일들이 나 혼자만의 경험일 수는 없는 일이고, 더욱이 그것이 필생의 수수께끼로 남아 있을 수도 없었다. 대개 다른 사람들의 경우가 그렇듯이 나 또한 한 해 두 해 나이를 먹어가면서 그 이유나 의미들을 서서히 깨달아가기 시작했다. 일례로 그 잔혹스럽고 희극적인 줄뺨치기 기합 같은 것은 그로부터 한참 더 나이를 먹은 뒤 20대 시절에 군대엘 가서야 그 비의가 비로소 분명해졌다. 이전에도 물론 철이 조금씩 들면서부터 어떤 짐작이 없었던 것은 아니지만, 군영 시절 그 가차 없는 선착순 기합놀이에 시달리면서, 내가 남을 뒤로 잡아제치고 앞에 서지 않으면 내 몫의 고통이 끝이 없음을 보면서, 옛날의 그 줄뺨의 더러운 비의에 대하여 새삼 사무친 각성이 이루어진 것이었다.

그런 깨달음들은 다른 수수께끼들에 대해서도 대개 비슷한 경로로 이루어지게 되었는데, 그런저런 각성이나 이해의 내용은 결국 다른 것이 아니었다. 그게 사람과 세상의 모습이요, 사람이 살아가고 세상 돌아가는 길이라는 것이었다. 일테면 옳고 그름의 심판을 떠나서 사람의 본성과 삶의 길에는 그 부인에게서와 같은 아름다운 환상과 빛나는 꿈이 있을 수 있는가 하면, 친척 형의 고발과 같은 잔혹스런 배반도 불가피할 때가 있을 수 있다는 것, 죽음의 위협에 맞서 스스로 지하실을 나온 자존성이 있을 수 있는가 하면, 원망이 없이도 남의 뺨을 갈겨대는 맹목적 폭력성 또한 서글픈 속성의 하나일 수밖에 없다는 것──다시 말해 사람과 삶의 길에는 그 밝은 곳과 이두운 곳(혹은 신성과 마성이라 말해도 좋을지 모르겠다)이 함께 있을 수 있으며, 경우따라 그것이 이렇게도 저렇게도 드러날 수 있음과 같이, 사람따라 그것을 이렇게도 저렇게도 이해하고 볼 수 있는 복합적 시선의 괴로운 자리에 서게 된다는 것이었다.

──수수께끼의 얼굴들.

아랫자리 사람이 승진을 하려면 윗사람에게서 보거나 보았어도 못 본 척해야 하는 세 가지 금기의 장면이 말해진 때가 있었다. 그 상사가 용변소에 앉아 있는 것, 침을 발라가며 열심히 돈을 세는 것, 마지막으로 이성과 잠자리를 같이하는 은밀스런 장면. 사람이 살아가면서 겪어가게 마련인 용렬한(그래 보이기 쉬운) 장면을 남에게 들키고 나면 그 상대방은 곱게 기억되기 어려워 뜻하지 않은 피해를 입게 된다는 뜻일 게다.

이와 비슷하게 우리 주위에는 보지 말아야 하고 듣지 말아야 하고 말하지 않아야 할 일상적 생활의 금계 사항들이 허다하다. 시집살이 석삼년의 부덕은 고사하고, 제 마누라나 자식 자랑을 하는 것은 팔불출로 매도되며, 제 전답가 풍년 농사 자랑은 추수를 망치게 할 망발로 힐난 받는다. 남의 자식 허물이 아무리 크다 해도 그것을 입에 담지 않는 것 또한 자식 가진 사람의 덕목으로 되어 있다. 가톨릭 신부님은 신자에게서 접문한 고해의 내용을 밖에 말하는 것이 절대 금기로 되어 있다. 구미 소설에서는 오랜 세월 동안 고해성사의 장면을 묘사하는 것조차 삼가해온 것이 전통이라고 듣고 있다. 사람의 배설물이나 인체의 치부 명칭들은 우리도 흔히 ×, 혹은 ×× 따위로 적고 말하는 것이 관례로 되고 있다. 필경 후런스런 장면임엔 분명하겠지만, 그래 우리 소설에서 배변의 장면을 잘 찾아보기 어려운 것도 같은 맥일 것이다.

긴말할 것 없이 사람들이 함께 살아가기 위해선 어쩔 수 없게 된 현상들일 것이다. 서민은 위대하며, 그 삶에 상처나 아픔을 주는 것은 큰 죄악이라는 것이 우리 모두의 양식의 합의인 것처럼, 그래서 그것들은 궁극적으로 한 사회의 풍속이나 도덕적 규범 혹은 그 덕목들과도 깊이 관련된다. 그것을 함께 지켜나갈 때라야 서로 간에 삶이 더 편해지고 그 값을 높일 수 있기 때문이다. 어떻게 보면 이웃과 더불어 살아가는 길을 위하여 우리 스스로가 제 본성의 일부를 묶고 지내자는 약속인 셈이다.

먼저 결론부터 말한다면, 그 같은 불가피성과 덕성에도 불구하고 한 사회의 활력까지 억압하는 금계망의 절대화는 우리에게 적지 않은 갈등을 야기시킴도 사실이다. 그 같은 묵계나 금계 체계들은 본시 우리 본성의 일부의 억제나 조절을 전제로 하고 있는 것인 데다, 한 사회의 금계 체계는 시대의 변천에 따라 그 요구와 도덕적 구속력이 달라지는 때문이다. 뿐더러 그 같은 삶의 방식과 풍속의 변화에 따라 자율적 덕성의 근거를 잃어버린 낡은 금계망은 그 굳어진 체계의 구속력으로 우리의 삶을 부단히 간섭하고 억누를 뿐인 때문이다. 그래 한편으론 우리의 삶은 그처럼 낡고 맹목적인 금계망을 부수고 뛰어넘으려는 시도를 끊임없이 계속해온 깃도 사실이다. 이찌 보면 바로 우리 인긴들의 삶의 역사는 그 낡아버린 금계망의 간섭으로부터 우리의 삶을 해방시켜내려는 끊임없는 도전의 역정처럼도 보인다. '보았던 사실을 말해서는 안 된다'는 간단한 금지와 우리 인간의 본성에 관련하여 저 시대와 양의 동서를 넘어서 인구에 회자해온 '임금님의 귀' 설화는, 다른 한편으로 우리 인류의 그 같은 끈질긴 노력의 한 실례가 될 것이다. 그것은 바로 한 가지 본성에 대한 금계의 압력이 우리의 삶을 어떻게 왜곡시키고 파괴하며, 거기 길들지 않으려는 본성의 저항이 얼마나 집요하고 끈질긴 것인가를 보여준다 할 것이다. 우리의 삶에 그같이 맹목적인 금계망의 간섭을 벗어던지려는 노력이나 그 성과들은 오늘 우리의 일상 가운데서도 얼마든지 체험이 가능한 일이다. 앞서 예로 든 금계 사항들이 오늘 우리에겐 이미 금기가 아닌 것들이 많으며, 어떤 글들에서나 × 나 ××로 대신되어온 비어·상소리들이 거침없이 표기되어, 그것이 오히려 글의 활력과 사실성을 더해주는 미덕이 되고 있다. (그래서 어떤 나이 든 선배는 요즘 들어 놈자 년 자가 함부로 횡행하고 남녀간 치부 명칭의 직접적인 호칭이 다투어 선호되고 있는 현상에 이 무슨 저급스런 감각주의의 창궐인가고 한탄과 비애를 금치 못했었지만.)

하지만 이 같은 끈질긴 노력과 낡은 금계망의 척결 노력에도 불구하고 우리의 삶에는 그 금계의 무게가 늘 일정한 정도로 지속되어온 것도 부인할 수 없는 사실이다. 그것은 물론 일정 정도의 금계망의 수락은 우리가 살아가는 데에 필요한 질서와 덕목의 기초를 이루는 운명일뿐더러, 그것은 어느 때, 어느 곳에서나 우리에게 요구되는 삶의 지혜소(素)인 때문이다. 다시 말해 한 시대의 낡은 금계망이 힘을 잃고 물러가면 그에 대신하여 새로운 시대를 위한 새로운 금계망이 계속해서 다시 조성된다는 것이다. 뿐더러, 세상이 더욱 복잡해지고 우리 삶의 양상이 다양해져갈수록 그것을 조화롭게 통일시키고 이해와 가치의 상충을 해소해나갈 '공동선'의 기초로서의 금계 체계의 요구도 그만큼 더 절실하고 일반적인 현상이 되어갈 것임이 분명하다. 그 금계 사항의 명문적인 표현이 법률 체제라고 한다면 우리 삶 가운데의 수많은 법조문(특히 형법)들은 그 같은 현상의 한 단적인 예가 될 것이다. 어찌 보면 우리는 요즘 그 수많은 금계의 덫과 법률의 지뢰밭 한가운데에서 육신과 정신이 꽁꽁 묶여 서 있는 느낌이 들 때마저 없지 않다. 이런저런 일상의 풍습과 규범들로 인해서, 사상과 체제의 대립이 독점해온 가파른 생존의 조건들로 인해서, 심지어는 한 시절 우리가 경험한 저 압살적 권위주의 권력의 형성과 그 유지 과정들 가운데서.

하지만 누구나 짐작하고 있듯이 금계가 많은 세상이 그만큼 더 좋은 세상이라고 말할 수는 물론 없다. 법이 많은 세상이 결코 좋은 세상일 수 없듯이. 보다는 오히려 금계가 많은 세상일수록 우리 삶이 더 불편하게 억눌리고 답답해지기 쉬운 것이 당연한 이치일 것이다. 그것이 아무리 우리 삶을 위한 불가피한 장치라 하더라도 금계나 법률은 우리 본성의 일부를 묶어 억제하는 것이 전제가 되기 때문이다. 하물며 그 수많은 금계망들 가운데는 낡아빠진 외각(外殼)의 권위로 우리의 삶을 부당하게 구속하려 들거나, 일부의 이익만을 위한 거짓과 폭력의 수단으로 이용되고 있는 경우나서 없시 않음에랴.

다시 한 번 승복하거니와 우리 삶에서의 일정한 금계망은 그의 수락이 어차피 불가피한 사정이다. 우리가 함께 살아가는 길에서는 그에 따른 압력과 심신 간의 부자유도 감내해나가는 것이 우리의 운명이다. 그러므로 이는 또 다름 아니라 그 같은 금계망의 압력 자체는 그리 큰 문제가 아니라는 뜻이기도 하다. 낡고 부당한 금계망은 버리고 삶의 활력까지 고갈시킬 정도의 과도한 압력은 이를 조절해나갈 객관적 필요성과 기준이 어느 정도 분명한 때문이다. 그 금계망의 보다 큰 문제는 그러므로 내겐 그 일도양단식 이분법적 선악관과 그에 따른 사물 인식의 획일적 단면성 쪽에 있어 보인다.

당연한 노릇이지만, 하나의 금계 체계는 세상의 모든 사물 현상과 인간의 행위를 '해도 좋은 일'과 '안 되는 일'로 단순하게 이분한다. 해도 좋은 일은 선한 것이며 안 되는 일은 부도덕하고 악한 것으로 명백히 규정한다. 사물 현상이나 인간의 행위에는 옳고 그름이 공존하는 양가성이 얼마든지 있을 수 있지만, 현실의 금계망은 하나의 사물에서 그 같은 복합 가치를 용인하지 않는다. 하나의 사물에서 복합적 양가성을 인정할 수 없을뿐더러, 필요할 때에는 그러한 양가성마저 금지와 허용 혹은 선한 것과 악한 것의 일면적 가치체로 통합 인식하여, 허용·불용의 기준을 결정한다. 본질의 단계에서나 인식의 단계에서나 그의 값과 뜻을 재는 금계 체계의 자는 선악 이분의 눈금밖에는 못 지닌다는 말이다.

바로 그것이 내게는 금계망의 보다 큰 문제점으로 보이는 것이다. 왜냐하면 우리 세상사나 인간의 행위들에는 절대적으로 옳고 선한 것이나 절대적으로 그르고 악한 것이란 실상 알아보기가 그리 쉽지 않은 때문이다. 우리 인간의 됨됨이가 원래 그러하듯 그보다는 오히려 사람의 행위나 세상의 일들은 옳은 것과 그른 것, 선한 것과 악한 것, 아름다운 것과 추한 것들이 부분적으로 함께하는 가치와 의미의 복합체로 이루어져나가기 예사다. 심하게 말하면 그것들은 거의가 이렇게도 볼 수 있고 저렇게도 볼 수 있는 양가성의 존재요 현상들이기 십상이다. 따라서 그것들은 당연스럽게도 그 이분법적 금계 체계의 단순한 눈길 앞에 나서기를 싫어한다. 그 단순한 획일성의 눈금에 의한 자체 의미와 가치의 계측을 싫어한다. 일면적 가치체로의 가차 없는 판정과 귀속을 두려워하기 때문이다. 그것들은 원래 선악 양가성의 복합적 전체성으로 인식될 권리를 보유하고 있는 이외에도, 그 금계망의 투박한 자로 인한 선악 간 단가성으로의 획일적 귀속이 자체의 모습과 본질에 대한 오해·왜곡으로 인한 가치의 감소가 불가피해질뿐더러, 경우에 따라서는 당해 금계망의 혹독한 박해마저 감내해야 할 처지가 되기 쉬운 때문이다.

그런 까닭에 어떤 금계망의 힘이 지나치게 압도적일 때 그를 거스를 어떤 행위나 현상들은 물론 사실상의 양가적 가치 구조체들까지도 그 존재나 외향적 작용을 드러내려 하지 않을 것이 당연하다. 그것은 그 보이지 않는 삶의 이면에서 어두운 자기 침잠과 은밀한 침묵 속에 또 다른 새로운 금계망의 압력과 갈등을 스스로 빚어 담는 세월을 이어간다. 그 한 시절 세상을 이끌고 지배해나가는 힘있는 금계망에 대한 어떤 명분이나 자기 증거조차도 드러내지 못한 채. 그리하여 모든 압력과 갈등을 자기 무력성의 대가로 체념한 채.

크지 않은 체구에도 계산(谿山)의 위인됨은 언뜻 바위를 느끼게 한다. 크고 우람하기보다 그의 아호처럼 어느 한적한 산길 계곡가의 인적어린 바윗덩이, 잠시 쉬어 앉아 세상 살아가는 이야기라도 몇 마디 나누고 가고 싶은 바위, 실상은 아무 이야기가 없었으면서도 다시 일어서 길을 떠날 때는 그 묵연스런 침묵의 말 속에 저절로 아쉬운 정회를 느끼며 한두 번 눈길을 되돌아보게 되는 바위—거꾸로 말하면 계산은 그렇듯 허물이 없으면서도 단단한 것이 느껴지고, 정회가 깊으면서도 침묵으로 말하고, 순리를 좇아 물 흐르듯 가식 없는 삶을 살아가면서도 제자리를 좀처럼 바꿔 앉을 줄 모르는 위인으로 보인다. 한마디로 쉽게 자신을 드러내 보이지 않는 위인이다……

이는 언젠가 내가 남녘 무등산의 한 산곡에 들어박혀 이날 입때껏 그림에만 빠져 지내는 계산이란 친지에 대해 적은 노트의 한 대목이다. 계산은 한마디로 내게 그런 느낌과 인상으로 새겨진 위인이었다. 그 계산의 부인에게 나는 몇 해 전 어떤 필요에서 아내로서 겪어온 계산에 대한 이야기를 좀 적어 보내주십사 부탁의 편지를 보낸 일이 있었다. 그 부인의 답장 가운데에 뜻밖에도 나를 놀라게 한 대목이 있었다.

……나는 지금 깊은 꿈을 꾸고 있소. 이 깊은 꿈이 퍼뜩 깨는 날 나는 내 모든 것을 훌훌 털어버리고 멀리 날아갈 것이오. ─언젠가 그이가 제게 한 말입니다. 그때 저는 그의 그런 한 깊은 삶 곁으로 한 발짝도 가까이 다가갈 수 없는 자신을 발견했습니다. 그리고 비로소 우리가 서로 얼마나 크나큰 외로움 속에 서럽게 마주 서 있는가를 절감했습니다……

나를 놀라게 한 것은 물론 그가 무엇 때문에 그 부인 앞에 그토록 비정하고 가슴 아픈 고백을 털어놓았는가 하는 잔인스러움 때문이었다. 하지만 나는 이내 그의 진심을 깨달을 수 있었다. 이유는 확연히 설명할 수 없지만, 그가 사실은 가장 정직하게, 그리고 눈물겹도록 순정하고 아름답게 그의 아내와 자신을 사랑하고 있다는 확신이 들어온 것이다. 그가 꿈을 깨는 날 어디론지 훌훌 날아가버리겠다고 한 것도 그의 아내와 자신의 삶을 포함한 지상의 현실을 모두 버리고 떠나겠다는 것이 아니라, 그의 예술의 화창한 성취 위에 눈과 정신이 한껏 자유로워져서 그의 아내와 자신을 포함한 지상의 현실을 보다 더 힘있게 사랑할 수 있게 되기를 바라는, 그러나 그것이 좀처럼 쉽지 않음을 절감한 안타까움과 절망감을 이기지 못해 솟아오른 피맺힌 절규로 읽힌 것이다. 버리고 떠남이 더 큰 믿음과 돌아옴의 길이 된다! 떠남에의 꿈이 더 아름답고 큰 사랑을 말한다! 그것은 내게 참으로 절절한 감동으로 가슴을 적셔왔다. 그리고 그때 나의 머릿속엔 그가 이미 깊은 꿈을 깨고 일어나 그의 산 정상에서 은빛 날개를 펴고 찬란한 비상을 준비하고 있는 모습이 선했다. 그것은 참으로 눈부시게 아름다운 삶의 구가요 승리의 모습이었다.

나는 이후부터 주위에다 실없이 그 이야기를 떠벌리고 싶은 충동에 자주 쫓기곤 했다. 하지만 나는 누구에게도 쉽게 그 이야기를 할 수 없었다. 지금도 물론 마찬가지지만, 그 이야기의 진실을 전하는 데에는 보통 어려움이 따르지 않았기 때문이다. 그것은 물론 내 이야기 방법의 미숙성에서 온 허물의 탓이겠지만, 무엇보다 내겐 우선 그 '훌훌 날아간다'는 일차적 사실 의미가 마음에 걸렸다. 그 말의 일차적 어의는 '지상의 일들에서 떠난다, 현실적 삶의 문제들을 외면한다'는 뜻이 강했다. 그 같은 직접적이고 사실적인 지시성에 비해 그것이 보다 큰 '돌아옴과 사랑의 길'이 되리라는 내 이차적 의미 해석은 너무도 관념적이고 무기력한 것이었다. 그 결과로 이야기의 의미가 '떠남과 외면' 일방으로 귀일하게 되고 보면, 그것은 더 이상 감동스러울 수가 없는 부도덕한 현실 유기의 일화가 될 뿐이었다. 나는 그 같은 오해에 대한 방비책에 자신이 없었다.

거기다 그 이야기가 어려웠던 두번째 이유는 그 같은 삶의 어떤 완성감이나 밝은 행복감 때문이었다. 당사자의 고통과 진실이 어떤 것이었든지, 그리고 그의 비정한 선언과 그 아내의 가슴 아픈 절망감에도 불구하고, 앞서처럼 나는 두 사람의 삶과 사랑에서 눈부신 행복과 성취를 느낀 것이었다. 그것은 일테면 스스로 충족된 삶의 완성감이었다. 그리고 바로 그것이 나를 망설이게 하였다. 스스로 충족된 삶에는 더하거나 더 나은 데로 향해 나아갈 것이 아무것도 없는 때문이었다. 따라서 그것은 그 두 사람 이외에 다른 사람들에게는 아무것도 상관을 지닐 수가 없는 삶인 때문이었다. 참으로 그런 느낌만을 주게 될 일이라면 그것은 굳이 다른 사람에게까지 이야기를 건넬 바가 없을 것이었다. 아니, 보다도 그것이 어쩌면 우리 이웃들의 넋을 뽑고 잠재우는 퇴행적 배덕 행위가 될 수도 있을 것이었다……

여기서 한번 소인배의 과민성과 금계망의 눈금으로, 우리가 부르는 노래를 대강 밝고 행복한 삶을 구가하는 '즐거운 노래'와 힘들게 억눌린 어두운 삶을 원망하는 '슬픈 노래'로 이분해본다. 그리고 어느 시대, 어떤 곳의 일반적인 삶의 양상이 지극히 부조리하고 고통스런 어둠 속에 갇혀 있는 상황을 상정해본다. 그런 경우 우리는 그 어둠의 마당에서 즐거운 노래를 부를 수가 있을까. 그런다면 그것은 말할 것도 없이 상갓집에서의 노래와 같은 미친

짓이 될 것이다. 거기서는 마땅히 힘든 삶을 비탄하고 억누름에 분노하며 부조리를 증거하고 밝은 삶을 기원하는 '슬픈 노래'가 어울리기 때문이다. 거기 비해 밝고 '즐거운 노래'는 상갓집에서의 노래와 같은 부도덕성뿐 아니라, 갇히고 억눌려온 어두운 삶에 대한 올바른 현실 인식을 방해하는 것은 물론, 나아가 엉뚱한 환상과 미망 속에 의식의 마비 현상을 가져올 수 있는 때문이다. 아니이젠 그런 구차한 가정법을 써야 할 필요도 없으리라. 굳이 드러내 말하지 않더라도 우리는 바로 그 같은 '즐거운 노래'의 부도덕성의 한 시절을 알고 있는 것이다. 즐거운 노래가 아름답지 않을바는 아니지만, 당분간은 그런 노래를 삼가해 부를 것——한마디로내가 그 화가의 이야기에 애를 먹은 것은, 그것이 ㄱ 시절의 묵시적 요구였고, 스스로도 거기 동의가 불가피해진 때문이다. 나아가나의 동의 여부에 관계없이 그것이 그 시절의 한 당위적 명제로 이해된 때문이었다. 더 솔직하게 말하면 그 같은 시대의 엄중한 명제 앞에 나는 그 이야기가 '즐거운 노래'로만 일면적으로 해석될오해의 가능성을 배제할 능력에 자신이 없었고, 그로 인한 본의아닌 폐해와 배덕성에 스스로 두려움이 앞선 때문이었다. 그래 나는 차라리 그 노래와 금계망의 거친 이분법 앞에 혼자 속에 숨어있는 '전체적 진실'의 유보적 실체로서 그것을 지금까지 지녀온 것이었다.

그렇게 혼자 숨기고 참아온 이야기가 그 남녘 산골짝의 화가의일만이 아니었음은 물론이다. 1장에서 보인 바나 그 밖의 몇몇 경험들에 대해서도 나는 여태 그 같은 의구심과 자제를 제법 계속해온 셈이있다. 이 세상 사물 현상들이 모두 복합적 양가성을 지닌 것이라 하더라도, 그리고 이 세상과 우리 삶 자체가 그런 것이라 하더라도, 나는 그것을 전체성으로 설득력 있게 드러내 보일 능력이 모자랄뿐더러, 그중의 어떤 것들은 이웃 일반에게만이 아니라 나 자신에게까지도 그저 밝고 즐겁게만 보이는, 그래서 뜻모르게 아름답게만 보이는 일면적 소모성의 성취담 조 이야기에 그칠 가능성이 큰가 하면, 반대로 어떤 것들은 그저 맹목적 파괴성과 패륜적 잔혹성만을 드러내고 있는 듯 싶어 보인 때문이었다. 개인적이고 내면적인 감동에 반하여 우리 사회의 일반적 금계망에 순응하여 이성적 판별력으로 발설을 억제해온 사정은, 가령 근자에 주위에 무성해진 농악놀이 소리나 박수 소리에 맞춘 우렁찬 합창 소리를 만났을 때의 내 정서적 반응 상태에서도 마찬가지다. 상당한 의혹의 위험성을 각오하고 고백한다면, 나는 근 40년 전 어느 한 시절의 무서운 경험 이후로 농악기의 연주와 박수 소리에 실린 다중의 합창 소리를 그리 좋아하지 못한다. 좋아하기보다 은근히 가슴이 내려앉는 경우마저 없지 않다. 초저녁에 농악 소리가 울려 퍼지고, 마을회관에서 동네 청년들의 박수와 합창이 계속되는 날 밤이면 끔찍스런 일들이 일어났던 때문이다. 하지만 나는 그 같은 개인적 사연이 있음에도 내 진심을 함부로 털어놓지 못한다. 근자에 잦아진 농악기들의 놀이와 다중의 합창 행사는 그 시대적 의미가 각별하기 때문이다. 내 개인의 진심을 털어놓고 그것을 설명하고 주장하려 할수록 그 역기능만 자꾸 더해갈 뿐이기 때문이다. (밤늦은 시각이나 새벽녘에 울리는 전화벨 소리는 누구나 반가워할 바가 아니거니와, 앞서의 일에 비해 그 전화벨 소리에 유난히 병적인 공포감을 발동하곤 하는 내 심리 상태나 그 사연은 고백이 한결 용이할 것이다. 왜냐하면 그 같은 전화벨 소리에 대한 공포감이나 그 사연의 고백은 모종 물리적 보복의 위험 외에 이 시대 일반의 진실의 동의를 얻을 수 있기 때문이다.)

  하고 보면 나 또한 그 눈에 보이지 않는(그래서 더욱더 일반적으로 수렴력이 강한) 한 시대의 금계망에 스스로가 꽁꽁 묶여 지내온 격이 되리라. 그리고 그로 인한 자기 갈등의 압력을 지어 지녀온 셈이리라. 하지만 나는 물론 그것을 불평하거나 원망하지 않는다. 되풀이 말하거니와 그 거친 이분법적 인식망과 그에 기초한 금계망의 수락은 우리 시대의 한 운명적 명제이자, 나 자신보다 크고 이성적인 진실을 향한 자의적 지향과 결단의 결과로 이해되기를 바라는 때문이다.

  그럼에도 불구하고 내게는 아직 좀 신중하게 되새겨보아야 할 몇 가지 본질적 문제들이 남는 것도 사실이다. 그것은 우선 세상사 모든 것을 선악 일면체로 귀결 짓고 마는 이분법적 금계 체계의 인식법에 대한 의구심이다. 세상엔 정말로 그처럼 절대적으로 선하고 절대적으로 옳은 일이 있을 수 있는 것인가. 모든 현상과 행위들에 대해서 그런 구분이 가능한 것인가. 그러한 태도나 인식의 기준은 무엇이며 그것들은 궁극적인 정당성을 지닐 수 있는 것인가. 다음으로는 그것이 비록 가능하다 하더라도 우리가 그중의 어떤 것(일방적 해석을 기피하려는 것들까지 포함하여)을 멀리하거나 입을 다무는 식으로 취사선택을 행하는 것이 온당한 노릇인가, 우리에게 그런 권리가 있는 것인가, 밝고 행복한 이야기는 정말로 우리의 정신을 마비시키고 속이기만 하는가 하는 등등에 대한 의문이다. 앞서 예를 든 '즐거운 노래'는 그 자체로서는 물론 무고한 것이다. 나아가 그것이 표상하는 밝고 행복한 삶은 우리 생존 과정의 필수적 조건이자 궁극의 목적이다. 우리가 널리 선택해온 삶, 그 어둠 속에 억눌리고 고통 받은 삶들의 '슬픈 노래'도 궁극의 목표는 그것들을 물리치려는 자기 각성과 결단을 통하여 밝고 행복한 삶을 열어가려는 데에 있을 것이다. '슬픈 노래'는 그러므로 실상 우리 인간성의 아름다움과 행복한 삶의 고귀성들을 말하기 위한 반어적 수사법의 한 방편에 다름 아닌 것이다.

'즐거운 노래'가 부도덕시되는 것은 그 자체의 반도덕성 때문이 아니라, 그것이 오히려 허무맹랑해 보일 만큼 세상을 힘들고 어둡게 이끌어온 무리들의 허물과 그 허물을 엄격히 추궁하고 척결하려는 한 시대의 양심의 결벽성 때문일 것이다. 그리고 그런 점에서, 또는 우리 삶과 세상이 그처럼 투철하고 결벽스런 도덕성과 진보적 인격체들에 의해서만 영위되고 있지를 못하다는 점에서 그 같은 '슬픈 노래'에 대한 배타적 선호와 '즐거운 노래'에 대한 금기시 현상은 경우와 본말을 너무 무시한 일종의 독선으로도 보인다. 아니 그 같은 독선적 금계망 또한 넓게 보아 우리 삶을 또 한 번 되묶는 답답한 굴레나 어두운 함정이 되는 게 아닐까…… 솔직히 말하여 그간에 나는 거기 스스로 순응을 해오면서도 그 같은 의구심들이 끝내 사라지질 않았고 그 도도하고 압도적인 금계망의 결벽스런 명분 앞에 그에 대한 확연한 자기 해답을 얻지도 못해온 것이다. 그리고 그에 대한 의혹이 깊을수록 나는 그 '슬픈 노래'의 비장미나 비극미에의 경사 속에 한편으론 화창하고 '즐거운 노래'들에 대한 꿈을 혼자 은밀히 간직해온 터이다.

자연히 그만큼 갈등의 압력도 더해갈 수밖에 없었다. 언젠가 나는 「전쟁과 악기」라는 어쭙잖은 소설에서, 그 소리가 아무리 위험하고 파괴적인 것이라 하더라도 한 줄의 소리〔音價〕를 제거해버린(혹은 유보해버린) 악기의 연주는 온전한 음곡의 연주가 될 수 없음을 말한 일이 있었다. 하물며 그렇게 추방된 음가(즐거운 노래)가 궁극적으로 우리 인간들 개개인의 삶에 있어 추하고 부도덕하기보다 오히려 가장 소중한 덕목이자 아름다운 가치의 표상일 경우에랴. 더욱이 그 부도덕성의 자의적인 시인과 그로 인한 금계망의 명백한 수락에도 그에 대한 은밀스런 꿈과 향수가 끝끝내 잠들지 못하고 있음에랴. 그 갈등의 압력의 크기는 더 말을 할 나위도 없으리라. 그래 그 같은 갈등의 압력이 '노래' 대신 이런 식의 남루한 넋두리로 변한 것인지 모르지만, 그러나 그 압력이 이런 넋두리로도 감당불급이 된다면 그때는 다시 무엇으로 대신될 수 있을 것인가.

── 금지곡에 대한 향수.

골목길에서 일은 퍽 다급한데 주위에는 아무래도 마땅한 장소가 없다. 마침내는 더 이상 참을 수가 없어져 사람의 발길이 뜸한 사이에 에라 모르겠다. 담벼락에 마주 붙어 급한 일을 치른다. 사람이 나타나기 전에 일을 끝내려 있는 힘을 다해 용을 써대면서. 하지만 아무리 기를 쓰고 덤벼도 아랫배의 욕망은 시원스럽게 꺼져들질 않는다. 그저 무한정 답답하고 지루한 분출만 계속된다. 그 길고도 초조한 자기 쫓김. 그러다 끝내는 누군가의 방해로 미처다 욕망을 풀지 못한 채 묵지근한 기분 속에 꿈이 깬 경험은 누구나 어렸을 때 한번씩은 겪게 되는 악몽일 것이다.

이와 비슷한 사출 욕망의 꿈은 그보다 훨씬 나이를 먹은 뒤 사춘기의 짜릿짜릿한 춘몽기 때였다. 나의 사춘기는 별로 고운 것도 심각한 것도 못 되었지만, 그런 가운데도 나잇값을 치르느라 제법 뜬구름 같은 한 시절을 지나갔다. 눈에 보일락 말락, 손에 닿을락 말락, 때로는 전혀 엉뚱한 상대와 부끄러운 고개까지도 오를락 말락. 그러다 대개는 아쉬움 속에서 못내 허무하게 꿈이 깨고 마는 안타까움──이도 또한 누구나 비슷하게 겪어 넘기게 마련인 악몽록일 터이다……

나는 어디선가 내 하루 동안의 마음의 균형을 고르기 위해 어릴 적부터 가끔 아침 녘으로 그 화투패의 점괘를 떼어보는 남세스런 버릇을 고백한 일이 있다. 뿐더러 나는 거기서 내가 원하는 좋은 점괘가 애초에는 그저 재미있는 놀이나 좋은 음식을 얻어먹는 따위에서 나이를 먹어감에 따라 가슴이 두근거려지는 이성의 문제로, 그리고 다시 재물 등속의 선호 과정을 거쳐 종당에는 주위와 자신의 무탈을 비는 마음의 즐거움으로, 그 소망이 서서히 바뀌어가더라는 고백을 덧붙였던 것으로 기억된다. 그런데 사람이 나이를 먹어가면서 변해가는 것은 화투패 점괘에서처럼 마음으로 바라는 소망뿐만 아니라 꿈의 내용도 마찬가지일 것이 분명하다. 나이를 먹어가면서 겪는 일이나 소망하는 일도 함께 달라지는 때문이다.

돌이켜보면 내가 이날까지 시달려온 꿈(악몽)들도 그 주요 레퍼토리와 내용들이 계속 달라져온 게 사실이다. 연차별로 되돌아본 내 악몽들의 주요 목록의 내용은 대개 이런 식이 됨 직하다.

우선 앞서의 요몽(尿夢)과 비슷한 시기의 꿈으로 저 무서운 흉한에게 쫓겨대는 도망질 꿈이 있다. 강도나 악당에게 끝없이 쫓기는 꿈, 그러다 어떤 땐 높은 나무나 지붕, 언덕 끝 같은 데서 천길 허공으로 몸뚱이가 떨어져 내리는 꿈. 떨어져도 떨어져도 끝이 없는 추락에 제물에 소스라쳐 잠이 깨고 나서도 한참씩 후줄근히 땀에 젖고 있다간, 아가 또 꿈을 꿨구나, 키 크려고 그런다, 곁에 계신 어머니의 다독거림을 받고서야 비로소 다시 안심하고 눈을 감는 그런 꿈. 같은 무렵, 그 인자스런 어머니가 돌아가신 꿈 때문에 베갯잇을 적시며 훌쩍거리다가 바로 그 어머니의 꿈 단속의 손길에 어둠 속에 혼자 멋쩍고 안심스런 한숨을 삼키던 밤도 부지기수였을 것으로 기억된다.

그런 꿈들은 물론 이후로는 별로 자주 꾸게 되지도 않거니와, 어쩌다 비슷한 걸 꾸게 되더라도 내용이 많이 우회적이다.

좀더 사연이 깊은 꿈은 거기서 더 나이를 먹어 겪은 저 6·25전란에 대한 악몽이다. 6·25의 참화가 나만의 경험이 아닌 바에야 그에 대한 악몽 또한 나만의 특별한 꿈 목록일 수는 없겠지만, 어쨌거나 그 처참한 전란을 겪은 뒤부터 6·25는 한동안 두렵고 절망

직인 내 악몽의 단골 레퍼토리로 마감조차 기약 없는 잔인한 장기 공연을 시작한 것이다. 어떤 땐 다시 전란이 한창 치열하게 계속 중인 시절을 꿈꿀 때도 있었고, 어떤 때는 유사한 새 전란이 일어나 막막한 불안감에 허둥대고 있을 때도 있었다. 뒤늦게 오인으로 밝혀지긴 했지만, 마치 언젠가 민방위 본부의 공습경보 사이렌으로 사람들이 한동안 심한 불안감과 혼란에 싸였던 것처럼. 전란 중에 외가가 멸문을 당하다시피 한 내 전란 공포증은 그렇게 자주 나를 괴롭혀온 악몽의 주류가 되고 있었다.

이와 비슷하게 나를 안타깝고 주눅 들게 한 것은 앞서 말한 희미한 사춘기를 지난 뒤 청년기 무렵부터의 군영 생활의 꿈이다. 나는 물론 일찌감치 병역의 의무를 끝내고 나온 처지니 가끔씩 그런 꿈을 꾸게 되는 것도 이상해할 일은 아닐 게다. 하지만 그 꿈속의 내 병영 생활은 대개 옛날 일의 단순한 재현이 아닌 데에 괴로움이 있었다. 일단 제대를 해 나갔던 내가 어떤 사유로 해선지 재입대를 해 들어와 애를 먹고 있는 경우가 허다했다. 꿈속에서도 나는 이미 내가 병역 복무를 끝내고 제대를 해 나간 처지임을 알고 있다. 그래서 뭔가 일이 잘못되어 재입대를 해 들어오게 된 억울한 사정을 호소하고 싶어 한다. 그러나 누구도 그것을 인정하고 잘못을 시정해주려지 않는다. 그래서 끝내는 제대까지의 세월을 날짜로 셈하고 그것을 다시 밥그릇 수로 세면서 수첩에서 하루하루 그것을 지워가던 그 옛날의 막막한 절망감을(그것을 두 번이나 다시 시작한다는 것은, 그리고 그것을 알면서도 한번 더 견뎌야 한다는 것은 얼마나 더욱 막막하고 낭패스러웠던가) 되씹으며 사지가 녹아나고 오금이 무너지는 듯한 절망과 체념의 시절을 감수한다. ……그런 악몽의 한 시절을 견뎌낸다.

그에 이어 마흔 줄에 들어서면서부터 새롭게 등장한 내 숙성하지 못한 꿈의 소재나 등장인물들은 그간의 깊은 마음속 은인들. 나 하나의 경우뿐 아니라 사람은 누구나 오랜 삶의 과정에서 여러 가지 보살핌과 은덕을 입게 마련이다. 온정을 입고 지혜를 얻고, 혹은 삶의 의지나 경제적 도움에까지도. 돌아보면 나의 경우는 그런 신세 짐과 은혜 입음이 유난히 많았던 듯싶어질 때가 있다. 그런 신세 짐이 특별히 많았다기보다 그 신세 갚음, 은혜 갚음이 많이 모자랐다고 하는 편이 나을는지 모른다. 은혜를 입고 보은을 하는 것은 마치 술 사기나 겸주사에이 부조 행위처럼 오는 곳으로 되돌아가기가 어렵다. 사는 곳이나 시기에 따라서 오는 곳 가는 곳이 다른 때가 허다하다. 언제 한번 그 어른을 찾아 뵙기라도 해야 하는데…… 마음속 벼름뿐 그 일의 실행에는 불가피한 사정이나 구실들이 일쑤 앞장을 서곤 한다. 그게 두고두고 마음의 빚으로 남아서 나를 죄스럽고 민망하게 만든다. 뿐더러 내가 스스로 찾아 뵙고 배은을 사죄드리기 전에 불시에 어디서 불쑥 만나지지나 않을까, 지레 혼자서 두려움에 쫓기기까지 한다……

그런데 언제부턴가 그분들이 정말로 꿈속으로 홀연히 나를 찾아 나타나기 시작하신 것이다. 세상 살아나온 것을 이따금씩 되돌아 보는 버릇이 생기면서부터였던 듯싶다. 차를 타고 가다가, 어떤 모임 가운데서, 어떤 때는 나의 집이나 혹은 얼토당토않은 미지의 장소들에서. 그러니끼 꿈속에서의 그런 갑작스런 만남이 전혀 즐겁고 떳떳한 것일 수가 없다. 꿈속에서도 그런 만남이 송구하여 제 두려움 속에 혼자 조바심을 쳐댄다. 그리고 그런 때 상대방은 대개 이쪽의 진심을 차갑게 외면해버리기 일쑤다. 어떤 변명과 사죄의 노력에도 그저 냉랭한 외면의 눈길뿐. 어떤 혹심한 질타보다도 더 괴롭고 아픈 침묵뿐……

하지만 이제는 이 정도로 그만 내 괴로운 악몽의 목록을 마감하는 게 좋을 것 같다. 이후로도 물론 여기에 추가될 흉몽의 최근판들이 없는 것은 아니다. 일테면 졸지에 위아랫이빨이 옥수수알처럼 빠져 쏟아진다든지, 신발짝을 잃고 마냥 조바심을 쳐댄다든지, 잔칫날을 만나서 지접도록 음식을 먹어댄다든지(나는 언제부턴가 늘 소화 기능이 좋지 못한 편이다)…… 이런 따위 자신의 부실한 건강에 대한 우울증의 변주편이 자주 등장하는 것도 필경은 그런 예의 하나일 수 있을 것이다. 하지만 근자 나의 악몽의 무대는 그런 건강의 변주 편들에도 불구하고 전혀 새로운 변화가 일고 있는 것이다. 복고 편이랄까, 종합 편이랄까. 요즘 들어선 그 건강의 변주 편들 이외에 옛날에 이미 상연을 거친 꿈들이 번갈아 새롭게 재연되기 시작한 것이다. 게다가 요즘엔 그 횟수마저 부쩍 더 빈번하여 건강에 대한 변주 편은 차라리 그 리바이벌 무대의 막간물에나 불과해 보일 정도이다. 그러니 이제는 새 악몽 목록의 소개보다, 어찌하여 갑자기 지나간 악몽들의 재연이 그토록 빈번해지고 있는지, 그 이유나 사연 쪽이 더욱 수상해진다.

그야 앞에서도 말했듯이, 그간에도 물론 옛날의 악몽들이 한 시절로 말끔히 사라진 것은 아니었다. 어린 날의 요욕에서부터 근래의 그 은인들에 대한 자기 배신감에 이르기까지. 그간에도 나는 꿈 속에서 종종 괴로운 재연을 겪어온 게 사실이다. 하지만 다시 또 이 나이가 되어서 어린 날의 요욕과 추락의 위기에 쫓기고 6·25의 두려움과 멀어진 은인에 대한 자기 배신감에 되풀이 몸을 떨어야 하는 악몽들이라니…… 그 같은 과거의 즐겁잖은 악몽들이 판을 차지하고 나서듯 빈번해진 현상엔 나름대로의 사연이 있을 게 분명한 것이다. 그리고 그것은 사정을 조금만 따져 생각하면 해답이 그리 먼 데 있는 것도 아니다.

저 19세기의 족집게 해몽가 프로이트 박사를 빌려올 것도 없이, 꿈이란 우리의 실제 삶 속에 잠재된 욕망이나 두려움 혹은 그로 인한 억압된 갈등과 무의식의 표현이다 그래 우리는 그 꿈속에서노 현실에서처럼 욕망을 성취하려 하거나 갈등을 해소하려 애를 쓰게 마련이다. 그런데 내가 꾼 악몽들에서는 그 소망들이 거의 이루어지질 않는다.

낭떠러지에서 계속 떨어지는 과정 속에 꿈이 깨고 마는 것처럼 6·25전란의 끔찍스러움이나 은인들에 대한 깊은 죄책감에서도 그 것을 벗어나고 싶은 간절한 소망 속에 안타까운 꿈이 깨게 되는 때가 대부분이다. 그리고 비로소 의식을 되찾곤 후 한숨을 내쉬곤 한다. 하지만 그것이 꿈속에서 시달린 욕망과 갈등의 참 해결책은 될 수가 없다. 그것이 현실의 대행적 변주요, 현실의 갈등이 엄존하고 있는 이상엔 문제 중단의 가짜 해결일 뿐인 것이다.

그리고 그런 점에서 꿈속에서의 욕망이나 괴로운 갈등들은 꿈속에서 성취되고 해소되어도 안 되는 것일 게다. 그게 바로 악몽의 악몽다운 점이지만, 꿈속에서의 욕망의 실현은 곧바로 현시의 악몽을 낳는 때문이다. 그 팽팽한 어린 날의 요욕이나 춘몽들의 경우는 더러 꿈속에서 깨끗이 해소되는 경험이 없지 않을 것이다. 그것은 꿈속의 욕망의 해소이자 현실의 그것의 해소이기도 할 것이다. 하지만 그 분출 뒤의 낭패스런 현실 각성. 그것은 바로 그 현실까지도 괴로운 악몽으로 적셔버리는 것이 아닌가.

악몽 속의 욕망이나 괴로운 갈등은 다만 그 꿈을 깨는 것만으로는 해소될 수가 없는 것이다. 더욱이 현실의 숙제가 풀리지 않고 있는 한엔 그것들이 꿈으로 해소되어서도 안 되는 문제들인 것이다. 꿈이야말로 (아니 그 꿈조차도) 바로 우리의 삶과 의식의 감시 장치인 까닭이다.

요즘 와서 옛 악몽들이 빈번하게 다시 재연되는 현상도 이제는 사연이 자명해진 셈이다. 그것은 아직도 옛날의 소망이나 갈등의 문제들이 현실에서 정직하게 해소되지 못하고 있는 탓일 것이다. 그래서 그것이 요즘 와서 다시 나를 감시하기 시작한 때문일 것이다. 아니 어쩌면 나이를 먹어가면서 내게 그만큼 부질없는 기우나 겁이 나는 탓일 수도 있으리라. 나는 차라리 그러기를 바란다. 이제 와서 그 6·25와 재입대의 악몽들에 되풀이 시달리는 것이 현실의 문제는 아니기를 바라는 때문이다.

——악몽의 그림자.

(『문예중앙』 1989년 봄호)

잃어버린 절

──가위 밑 그림의 음화와 양화 4

남녘 해변가의 고향 고을 북역(北域)에 천관산이라는 이름의 큰
뫼가 하나 있었다(라고 사실을 과거형으로 말하는 것은, 여기서의
그것은 내 유년의 기억의 산을 이름인 때문이다). 천관산이라는 본
래의 이름보다 일대에선 그저 '큰산'이라 부르고, 오랜 세월 그렇
게 알려져온 산이었다. 큰산에 비 몰려온다, 큰산으로 소풍 간다,
큰산이 울었다──등등으로 말해질 뿐 아니라, 역내의 각급 학교들
이 예외 없이 그 산세와 정기를 예찬하고 있는 교가들도 천관산으
로보다는 그저 큰산으로 일컬어온 그런 산이었다. 산뚜껑의 꼭지
처럼 거대한 바윗덩이가 무겁게 올라앉아 있는 정봉(구룡봉이라
하였다)은 날씨가 좋은 날에도 자주 구름에 가려지고, 가뭄이 들
거나 장마가 지는 것들도 모두 그 산의 영기와 조화의 탓인 듯 말
해질 정도로 근동에선 빼어나게 높고 우람한 산이었다. 산이 그렇
듯이 더 크고 높아 보이는 것은 남쪽 기슭이 바로 십 리 안팎으로

바다에 임해 있어 표고가 한눈에 드러나 보이는 탓도 있었을 것이다. 배를 타고 앞바다를 나가보면 산이 이내 속으로 뿌옇게 멀어지다 제물에 사라져갈지언정 시야가 가려 그 모습이 숨어드는 법이 없었으니까. 어떤 사람들은 산의 정상인 구룡봉엘 올라서 보면 제주도가 멀리 물 위에 떠 있는 보릿대 모자처럼 아득히 건너다보인다 하였고, 부근에는 한라산의 봉화를 영암의 월출산으로 받아 이어주는(그 말대로 한라산과 월출산을 바로 이어주는 것은 아니었겠지만) 봉수대 터가 아직 그대로 남아 있다고도 하였다.

이 산은 그러니까 나의 향촌인 대덕이나 장흥 고을뿐만 아니라 이웃 강진이나 물 건너 완도의 일역(약산·고금면 등)에까지도 성가가 꽤 알려진 명악인 셈이었다. 뒷날 기록을 찾아 알게 된 일이지만, 이 산은 예로부터 내장산·월출산·변산·두륜산 등과 함께 호남의 5대 명산으로 불리어왔다 하니 이에서도 그 웅자나 풍치를 대강은 짐작할 수 있을 터이다.

자연히 이 산에는 옛부터의 고태스런 이야기들이 많았고, 더욱이 이곳 지역민들의 삶의 애환과 변천사에는 이 산이 사단(事端)이 되고 있는 경우가 많았다.

그 산에 대한 나의 어릴 적 기억은 단오·망종이나 추석 같은 명절에 마을 남정들이 아침 일찍 그 산으로 놀이를 가는 것이었다. 그것은 물론 산놀이보다도 깊은 산골의 야생 과일 열매나 약초·나무새들을 찾아가는 산행이었다. 봄철 산행에선 갖가지 나물 자루들이, 찬 달빛에 젖어 돌아오는 가을 녘 산행에선 밤이나 감 자루들이, 절기따라 마을 사람들의 어깨를 무겁게 하고 있었다.

하지만 그 같은 봄·가을 큰산행은 8·15 이후부터 그 관습이 사라졌다. 고을 안 산길가 큰 나무의 둥치들이 하얀 삐라들로 도배질이 되면서부터였다. 그리고 종종 밤어둠을 타고 그 '산손님들'이 내려와 피아간 인명을 상하고 다닐 때부터였다. 마을에선 보통 '공비'나 '반란군'으로 부르는 그 사람들을, 밤으로 산길에서 마주치게 되거나 저들의 불시 방문을 당하게 됐을 때는 '산손님'이나 '밤손님'으로 정중하게 부르도록 단속되던 시절이었다. 그 사람들 역시도 근본을 알고 보면 바로 한 동네나 인근 마을들에서 산으로 들어간 사람(入山者)들이었지만, 그새 성정들이 모질게 달라진 위인들의 은신처가 그 큰산의 깊고 험준한 산속인 때문이었다.

마을 남정들은 그래 이제 그 산행의 절기가 되어도 큰산으로 가는 대신 대창들을 깎고 경비막을 지어 올려 제 마을들만 지켰다. 때로는 면사무소나 지서 주위에 대울타리를 둘러치고 방어호를 파는 울력에 가가호호 사람들이 동원되어 나가기도 하였다. 그러다 한번은 온 고을 남정들이 손에 손에 대창을 들고 사방팔방으로 큰산을 에워싸고 올라가는 일대 수색전이 벌어진 적도 있었다. 그날 수색에는 얼마나 많은 사람들이 동원되어 나섰던지, 정오쯤에는 10여 리 밖 상거에서도 산꼭대기가 사람으로 하얗게 뒤덮인 것을 볼 수 있었을 정도였다. 그런 대규모 수색전은 그 후 그 6·25의 혼란기를 거쳐 정세가 평정을 되찾을 때까지 몇 차례나 번갈아 되풀이되어나갔다.

그런 건 너무 거창한 싸움 이야기고, 눈길을 좀 바꿔보면 큰산을 둘러싼 인간사 가운데는 그 풍정이 제법 넉넉해 보이는 다툼들

도 있었다. 다름 아니라 그것은 대덕과 이웃 관산 고을과의 오랜

세 겨룸 현상들인데, 두 고을 간의 갖가지 세 겨룸의 원인인즉 바

로 그 큰산의 위치와 산세 해석에서부터 비롯된 것인 데다, 다툼

의 승부 또한 그 산세의 해석의 향방으로 결과되는 때문이었다.

이 산은 구룡봉 정상 부근을 경계로, 대덕은 산의 서남쪽에, 이

웃 관산은 산역의 동북쪽에 각각 위치하고 있었고, 산세의 흐름조

차 어느 방향에서 보아도 나름대로의 얼굴을 짓고 앉아 있었다(산

의 표상이랄 만한 것들로 구룡봉 바위는 대덕에 속하였고 봉수대 시

설은 관산역에 위치했다). 하여 대덕과 관산 사람들은 예로부터 이

산의 정기를 독점해 누리고자 네 산이다 내 산이다 다툼이 잦아온

것이었다. 관산은 실상 이 산의 이름[天冠山]에서 고을명이 유래

(1936년 고읍면에서 관산면으로 개칭)한 데다 동북으로 흘러내린

완만한 산역에 깃들어 사는 인총이 많으니 제 쪽 산이라 하였고,

대덕은 대덕대로 남쪽을 향해 품을 열고 앉은 넓은 산세와 방위를

내세워 자기 쪽 산이라 우겨온 것이었다. 두 고을 간의 그 같은 다

툼은 그저 그 이름과 정기를 누리려는 명목상의 겨룸에만 그치지

않고 보다 현실적인 실세의 부딪침마저 빚어져오고 있었다. 양쪽

고을 초군(樵軍)들이 산 경계에서 벌이는 씨름판이 잦은 것도 그

러했고, 농사철 가뭄에 기우제를 올릴 때면 예외 없이 심한 편싸

움이 벌어지는 사정도 그러했다. 가뭄이 심해지면 두 고을 사람들

은 서로 번갈아가며 큰산으로 올라가 기우제를 지냈다. 그 대규모

기우제 끝에는 산중 분묘를 파헤쳐서 불사르는 파묘 행사가 뒤따

랐다. 가뭄이 드는 것은 큰산에 누군가가 묘를 잘못 써서 화기(火

氣)를 돋워 올려 수맥을 말려버린 탓이라 해서였다. 사람들은 산의 기맥을 해치는 분묘들, 특히 평장으로 도장된 분묘들을 찾아내어 유골을 파헤치고 불태워 뿌렸다. 그 같은 파묘의 대상을 대덕 사람들은 관산 쪽 산역에서, 관산 고을 사람들은 대덕 쪽 산역에서 찾아내려는 데서 말썽이 일곤 했다. 일테면 서로가 제 고을 묘는 지키고 남의 고을 분묘만 파헤치려는 데에서 그같이 험악한 집단 폭력이 빚어지곤 했던 것—

큰산을 둘러싼 두 고을 간에는 자연히 사사건건 대립과 다툼이 많을 수밖에 없었다. 그런 대립과 다툼 가운데서도 상대 쪽 고을보다 유능한 인재 길러내기, 학교 세우기와 장학 사업 일으키기, 유 승격 성취와 편의 기관 유치 운동 같은 것은 두 고을 공히 발전적이고 진취적인 고을세 부양의 계기가 되어준 것도 많았다. 그렇듯 큰산은 대덕과 관산면 두 고을 역사의 공동의 마당이자 지역세 발전의 소중한 동력 구실을 감당해온 셈이었다.

그런데 이 큰산과 관련하여 빠뜨릴 수 없는 일의 하나는 옛날에 이 산에 규모가 엄청난 큰 절이 하나 자리 잡고 있었다는 사실이다. 어렸을 때 나는 사람들이 그 큰산을 말할 때 절에 관해서도 꼭꼭 한마디씩 하는 소리들을 들을 수 있었다.

—큰산엘 들어가면 사방에 옛 절터가 남아 있는데, 그 도량이 얼마나 컸던지 절이 불타 없어질 때 죽어 쌓인 빈대 껍질이 지금도 발등을 덮어올 정도란다.

—큰절터 앞에는 산중복껜데도 용둠벙이라고 부르는 깊은 소(沼)가 하나 뚫려 있어, 그 소에서 아홉 마리의 용이 살다가 등천

을 해갔단다. 그래 절터 뒤엔 지금도 용이 꿈틀거리며 하늘로 올라간 발자국 모양이 남게 됐고, 큰산의 정봉을 구룡봉이라 하는 것도 거기서 이름이 유래한 것이란다.

— 용이 하늘로 올라간 것은 절이 불타 없어져 거기서 더 살 수가 없게 된 때문으로, 그로 하여 용들이 떠나버린 큰산은 이후부터 정기를 잃은 죽은 산이 되고 말았단다. 그래 산만 컸지 이 산 아래선 큰사람이 나기가 어렵게 되었고……

큰산에 걸맞은 큰절의 전설이었다. 그것도 그냥 그런 이야기로만이 아니라, 산중복께에 실제로 절터와 용소가 남아 있다는 것이었다.

하지만 나는 나이 어려 거기까지 산을 직접 들어가본 일이 없었다. 산이 크니까 으레 절도 있었겠지 하는 정도로, 그 절의 이름이 무엇이었으며 어느 때 어떤 일로 불타 없어지게 되었는지, 그런 데 대해선 별로 마음을 써본 일이 없었다. 뿐더러 절이 불타 없어지고 용들이 산을 떠나 하늘로 올라가버린 일을 아쉬워하거나, 그래 큰산이 정기를 잃고 죽은 산으로 변하여 그 아래선 큰사람이 나지 못하게 된 것을 그리 섭섭해해본 일도 없었다. 심지어 그 절은 처음부터 불에 탄 절터로만 남아 있어온 듯 절로보다 절터와 그 전설에나 익숙해온 것이었다.

그것은 이곳 고을 사람들조차도 그런 데엔 그리 관심을 두지 않아온 탓이기도 하였다. 내 어릴 적의 그 어른들 역시도 큰산의 큰 절터로(천관산을 그저 큰산으로만 말하듯) 막연히 말할 뿐, 본래의 절 이름을 말하거나 그걸 궁금해하는 일이 없었다. 절이 세워지고 융성할 때의 일은 물론 그 절이 언제 어떻게 불타 없어지게 되었는지에 대해서도 입에 올리거나 궁금해하는 일이 별로 없었다. '큰절'로보다는 '큰절터'로만 말하듯, 그리고 늘상 그 절터의 규모에만 감탄을 일삼듯 그때의 어른들도 절이나 그 절이 있었던 사실보다는 절이 남긴 절터와 그 선담조(禪譚調) 전설들에나 귀가 오래 익어온 것이었다.

큰산은 그래 절이 없는 '큰절터'와 그 절터가 빚어낸 '절터의 이야기'만을 지녀온 것이었다.

큰산과 큰산의 절터에 대한 관심이 내게서 되살아난 것은 그로부터 어언 20여 년의 세월이 흐른 뒤, 해남 고을 대흥사에서 한 보물급 동종을 만나고부터였다. 광주 지역으로 중학교를 나갔다가 집안이 파산하여 식구들이 이리저리 흩어진 바람에, 나는 근 20년간 실망과 열패감 속에 고향 고을을 거의 등진 채 살아가고 있었다. 새 삶의 터를 잡기에 힘이 부친 탓도 있었지만, 고향 고을이래야 찾아들 집칸조차 없어진 데다 늘상 암울하고 부끄러운 무력감만을 부추겨온 때문이었다. 어렸을 적의 작은 추억조차도 깃들일 수가 없던 곳, 내 어린 꿈을 무참히 짓밟아버렸던 곳, 나를 일찍부터 내쫓긴 자의 신세로 떠돌게 만들었으며, 돌아가 안길 곳이 그리도 긴 세월 허락되지 않던 곳…… 어쩌다 한번씩 그쪽 가까운 길을 스쳐 지나가게 되거나, 어렸을 적 일들이 떠오를 때마저도 고향은 내게 늘 그런 식의 남루하고 척박스런 느낌뿐이었다. 자연히 큰산과 큰절터의 기억도 머릿속에서 까맣게 잊혀지다시피 되고 있었다.

　그렇게 한 20년을 흘려 지내고 난 어느 해(아마 60년대 종반쯤의 어느 해였을 것이다) 가을, 나는 한 가지 글거리의 확인차 해남 고을의 큰가람 대흥사의 법계를 찾은 일이 있었다. 그리고 그곳 표충사의 유물관을 구경하다 뜻밖에 장흥 쪽 큰산의 종 하나가 그곳으로 옮겨와 보관돼오고 있는 사실을 알게 되었다. 나는 물론 큰산(천관산)의 옛절 유물로 그런 종이 남아 있었던 사실조차 모르고 있었으니, 그 종의 유래나 그것이 어디서 어떻게 옮겨온 물건인지, 그런 걸 미리 알고 있었거나 알아봤을 리가 없었다. 나는 처음 종이 종각에 매달려 있지 않고 유물관에 구경거리로 앉아 있는 게 별스러워 그 앞에 잠시 발길을 머물러 서게 됐을 뿐이었다. 그런데 그게 사실은 저 유명한 탑산사 구리종으로, 이후 큰산과 큰 절터에 대한 내 길고 긴 꿈과 서글픈 탐색의 계기가 된 것이었다.

　탑산사 동종(銅鐘)──임시로 대용한 석조물 좌대 위에 아무렇게나 앉혀놓은 석 자 높이(鐘高 79센티미터, 口經 43센티미터) 정도의 고태스런 동종 앞엔 그 같은 표찰 아래 종의 내력이 간략하게 소개되어 있었다. 내용인즉, 이 종은 본시 장흥골 천관산의 탑산사에 있었던 것으로, 임진왜란 때 절이 불타 없어지고부터 이곳으로 옮겨와 보관되고 있다는 것, 보물 88호로 지정되어 있는 이 종의 제작 연대는 여러 설이 있으나, 그 기법이나 종신에 새겨진 문양·명문[계사(癸巳)라는 연대가 새겨져 있음] 들로 보아서 고려 때의 작품으로 알려지고 있다는 것, 소리는 성륜(聲輪)이 몹시 장원하고 양명(陽明)하다는 것 등이 주 요점이었다.

나는 새삼스레 종의 이모저모를 자세히 살펴보지 않을 수 없었다. 그리고 서서히 자신도 모를 어떤 형언할 수 없는 정회에 빠져들기 시작했다. 큰산에 정말로 탑산사라는 이름의 절이 있었다니. 뿐더러 그 절이 이런 종을 남기고 불타 없어졌다니. 나는 마치 자기 뿌리를 모른 채 제 조상을 욕하며 세상을 부박하게 떠돌아다니던 탕아가 어느 날 문득 자신의 본모습을 깨달았을 때처럼 부끄럽고 뜨거운 회한기가 치솟았다. 그리고 그 같은 서글픈 회한기는 종의 자태가 고아하고 미려해 보일수록〔종의 정부(頂部)는 두 발로 교묘하게 여의주를 받들고 있는 정교하고 아름다운 용형 조각으로 이루어지고, 세 부분으로 나누어진 음관(音管) 몸체는 그 마디마다 연화문과 당초문·보살상 등의 모습이 아름답고 섬세하게 조각되어 있었다〕, 그런데도 이제는 소리를 잃은 채 한낱 유물관의 관람물로나 주저앉아 있는 처지가 무심스러워 보일수록 나를 더 애틋하고 하염없는 상념에 빠져들게 하였다.

나는 결국 유물관 안내인과 법랍이 높으신 스님들까지 찾아가 종에 대해 더 자세한 설명을 구했다. 종의 내력이나 소장 경위는 물론 그 원적소였던 탑산사에 대해서도 부쩍 더 알고 싶은 것이 많았기 때문이었다. 고향 고을 큰산 속에 탑산사라는 절이 있었다는 게 정말 사실인가. 그 절은 언제 누가 세운 절이며, 규모와 사세는 어느 정도였던가. 임란 때 절이 소실된 게 사실이라면 그 자세한 경위는 어떠하며, 그에 대한 후일의 도모는 어떠했던가. 종은 누가 어떻게 이 절로 옮겨왔으며, 그에 대한 소상한 기록이나 구전 같은 것은 없는가…… 그런 궁금증과 아득한 정회들이 나를 끝없이 휘갑아든 때문이었다.

하지만 안내인도 나이 드신 노장들도 탑산사와 구리종의 내력에
대해서는 기대처럼 자세한 걸 알지 못했다. 탑산사는 다만 종신의
보살상 아래 새겨진 명문〔塔山寺火香徒上玄智云云……〕과 한 향
토지(조선조 말엽에 찬술된 것으로 추측된 무명씨의 필찬본『장흥풍
정록』)에 매우 단편적인 기록이 발견될 뿐이어서 자세한 사실(史
實)까지는 알 수가 없지만, 그나마의 명문과 기록들로 미루어 저
신라조의 애장왕 연간(788~809년)에 영통화상이라는 스님이 그
런 이름의 절을 천관산에 세운 바가 있었던 게 분명하며, 그 절이
소실된 것은 후일 조선조 때의 임란을 전후한 병화 때문인 것으로
알려져왔다는 것이 스님들의 설명의 전부였다. 더욱이 지금까진
그 천관산에도 옛날 탑산사의 절터로 확인된 곳이 없어서 굳이 거
기에 관심을 두어온 사람이 없었다는 것―하지만 천관산엔 원래
부터 고사지(古寺址)가 많을뿐더러, 아직까지 불사를 계속해오고
있는 선방이 몇 군데 남아 있어 그중의 어느 곳이 탑산사의 법맥을
잇고 있는 곳인지 모른다는 추측이 뒤따랐을 뿐이었다. 그야 이미
수백 년 전에 없어진 절간인 데다 그 유지(遺址)나 기록조차 별로
확실한 것이 없다면 누군들 거기 관심을 갖거나 자세한 내력을 알
고 있을 리가 없었다. 더욱이 그 절이 오늘의 대흥사에까지 특별
한 법연이 닿아 있을 수도 없는 외방의 도량임에랴.

하지만 이제 탑산사라는 이름의 한 사찰이 오랜 세월 동안 큰산
으로 불리어온 고향골 천관산에 실재하고 있었던 사실은 내게 차
츰 분명해지고 있었다. 그리고 그 절에 대한 뒷흔적이 희미하면

희미할수록, 후인들의 관심이 공소하면 할수록 나는 그 당연스런 세정의 흐름이 더없이 속절없고 애틋하게만 느껴졌다.

나의 그 같은 수수로운 감회는 그 구리종의 뒷이야기들에서 더한층 깊어갔다. 종에 대해서도 절사람들은 그것이 어떻게 이 절로 옮겨왔는지 자세한 경위를 알지 못했다. 하지만 그 종이 아직껏 현존해 있는 데다 그것을 오랫동안 보관해온 탓에선지, 종에 대한 절사람들의 관심이나 기억은 그 종으로 하여 멀리 법덕을 발했을 절에 대해서보다는 한결 더 확연하고 사실적인 데가 많았다. 그중에서도 특히 왜정 때의 수난사는 가슴속 깊은 곳을 아프게 후려왔다.

조선을 강점한 일제 때의 왜인들은 조선 땅의 농토나 산야뿐 아니라 모든 생산물과 재화를 마음대로 빼앗아갔다. 그중에도 특히 물욕에 눈이 먼 자들은 문화 유적지나 고분들을 도굴하고 사찰의 유품들까지도 닥치는 대로 훑어갔다. 이런 노략질엔 대흥사의 유물관도 예외가 될 수 없어 몇 차례나 같은 화를 당했다 하였다. 그중 한번은 유물관에 보관된 금자어서병풍(金字御書屛風, 임진란 때의 서산대사의 충절에 뒷날 정조 임금이 금자어서로 유덕을 칭송하는 글을 써 내린 하사품)과 탑산사의 구리종을 함께 도둑맞은 일도 있었댔다. 하지만 원래 대흥사 도난 유품들은 그 자체의 신통력을 발휘하여 큰 화를 입기 전에 되돌아오게 마련이었는데, 이때의 기이한 사연인즉 이러했다.

—나라가 무력하게 국권을 빼앗긴 지 어언 30여 년, 그리고 표충사 유물관에서 구리종이 모습이 자취를 감춘 지 십수 년째 되어가던 일제 말 무렵의 어느 해 일이었다. 어느 여름날 한 일본인이

예의 구리종을 수레에 숨겨 싣고 대흥사 절길을 찾아가고 있었다. 구리종을 다시 표충사로 돌려주고 제 집안의 액운을 거둬가주십사 부처님께 빌기 위해서였다. 그 종은 그새 이리저리 여러 사람의 손을 거치고 있었는데, 그때마다 그것을 지니게 된 자는 까닭 없이 졸지에 가운이 기울고 게다가 자주 천역까지 앓게 되어 오래잖아 다시 다른 사람에게로 은밀한 거래가 이뤄져오곤 했던 것. 그러다 종당엔 위인이 멋모르고 그걸 사 지니게 된 것인데, 작자 역시 그때부터 매사가 불운하고 까닭 없이 가세가 기울기 시작한 것이었다. 위인은 생각다 못해 끝내는 어느 점쟁이를 찾아가 그 까닭을 묻기에 이르렀다. 점쟁이의 점괘인즉, '절에 있어야 할 귀하고 영험스런 물건을 지니지 못할 사람이 지닌 허물' 탓이라는 것이었다. 그래 위인은 종의 원 소재지를 이리저리 수소문하여 몇 달 만에 제 발로 대흥사를 찾아가던 길이었다.

종과 함께 도난당한 금자어서병풍도 왕조 말기부터의 수난의 기간이 좀더 길기는 하였지만 그 수난의 사연은 엇비슷하였다. 그리고 금병풍은 그쯤 수난과 신통력의 발휘 끝에 무사히 옛 절로 되돌아올 수가 있었다. 거기 비해 동종이 절까지 돌아오는 데는 거기서도 좀더 곡절이 뒤따랐다. 아니, 그 구리종의 안타까운 수난은 거기서부터가 외려 더 기구했다.

그 왜인이 마침 수레를 이끌고 해남 헌병대 앞길을 지나갈 때였다. 뭔가 수상하게 보자기로 짐을 덮어 싣고 지나가는 그 수레로부터 입초를 서고 있던 일인 헌병의 귀에 웅웅웅웅 이상한 소리가 들려왔다. 헌병은 냉큼 수레꾼을 불러 짐을 열게 하였다. 하고 보니 속에서 종이 혼자 울고 있었다. 그 소리인즉 종이 절을 떠난 이후 위급 지경에 처할 때마다 울어온 소리였다. 사람의 힘으로는 전혀 그치게 할 수가 없는 소리였다.

하지만 왜병은 그러거나 말거나 종소리 따위엔 별 관심이 없었다. 이 무렵은 바로 부족한 전쟁 물자를 조달키 위한 쇠붙이 공출이 한창이던 때였다. 왜병은 두말없이 구리종을 징발하여 부대 건물 뒷마당의 기둥에다 매달았다. 편이 닿으면 다른 철물과 함께 차상급 수집지로 보내기 위해서였다.

하지만 위인들은 그 구리종을 끝내 외지로 실어 보내질 못했다. 헌병대 뒷마당 기둥에 매달려서도 종이 혼자 계속 울어대는 바람에 위인들이 그것을 두려워한 때문이었다. 구리종은 결국 헌병대 뒷마당의 기둥에 매달린 채 8·15 종전과 해방을 맞이하게 되었다. 그리고 이후 한동안 대흥사 앞산의 만일암에 보관되어오다 뒷날에 다시 표충사 유물관으로 옮겨오게 된 것이었다.

되풀이하거니와 그 구리종은 애초 본사가 왜란 중에 불타 없어진 바람에 정처를 다른 절로 옮겨온 처지였다. 그 종이 다시 시대를 건너뛰어 재차 왜인들에게 욕을 당한 꼴이었다. 서글프고 기구한 운명이 아닐 수 없었다……

하지만 종은 이제 그도저도 소리가 없었다. 소리를 잃은 채 객사의 유물관에 깊고 먼 침묵만 지키고 앉아 있었다. 불가의 범종이 그 법덕을 발하는 데에 자리를 가릴 바는 아닐 일이겠지만, 이제는 그 소리조차 울릴 수 없게 된 처지가 영락없는 유배지의 신세 한가지로만 보였다. 확실한 원처(元處)를 찾을 길이 없는 터에다,

이제는 입이 닫혀 제 소리와 내력까지 까맣게 잊혀져가고 있는 무심스런 구리종…… 내가 그 앞에 그리 허망스럽고 서글픈 심회를 금할 수 없었음은 오히려 당연한 일이었을 것이다.

— 잃어버린 종.

하지만 그날의 대흥사 길은 내게 그런 허망하고 서글픈 감회뿐 아니라 몇 가지 소중한 확신 같은 것을 굳게 심어주고 있었다. 큰산이라 불리어온 천관산에 옛날 탑산사라는 이름의 사찰이 실재했다는 것—바꾸어 말해, 나는 이때 비로소 큰산의 큰절터가 탑산사라는 실명 사찰의 유지였을지 모른다는 추측과 함께, 그 사찰이 임란을 전후하여 불타 없어진 뒤 유물로서 오직 범종 한 점이 대흥사로 옮겨지게 된 사실을 알게 된 것이었다. 그리고 그것은 큰산의 '큰절터'로만 막연하게 이야기 듣고 기억되어오던 그간의 내 무지와 무관심을 일깨워 탑산사라는 이름의 실재의 사찰이 내게 어떤 구체적인 진실의 모습으로 어렴풋이 현신을 시작해온 것이었다. 이때까지의 내 삶이 스스로 그토록 무력하고 무위하게 느껴져온 탓이었는지 모른다. 그리고 막연히나마 스스로 거기 어떤 자기 탈각의 욕망이 숨쉬고 있었는지도 모른다. 탑산사라는 절의 실재 사실, 그 절이 임란의 병화로 소실되었다는 사실, 그것들은 내게 그 큰산과 큰산의 절터뿐 아니라 자신의 삶에 대해서도 모종의 유사한 무지와 미망의 기미를 맡아내게 한 것이었다. 왜냐하면 나는 여태까지 한번도 그 절터에 앞선 사찰의 실재를 생각해본 일이 없었고, 사람들은 언제나 절이 폐사된 내력을 '빈대가 들끓어 그 극성을 못 이겨 불태우고 만 것'으로 말해온 때문이었다.

한마디로 나는 이후부터 큰산과 큰절에 대한 인식을 새로이 하기 시작했고, 더욱이 아직도 불사를 계속하고 있는 선방 암자들이 몇 곳 남아 있다는 데에는 언제고 직접 한번 산을 찾아가야겠다는 결심까지 굳히게 되었다. 일테면 사라진 탑산사의 옛 사지를 찾아보고 그 성세시의 법덕과 영광을, 그 큰산과 큰절의 옛꿈을 오늘에 다시 되새겨보고 싶어진 것이었다. 아니, 거기엔 오랜 세월 제정처를 잃어버린 유배의 신세로, 끝내는 그 소리마저 빼앗기고 앉아 있는 대흥사의 구리종을 제자리로 옮겨와 그 소리를 맘껏 울리게 하고 싶은 막연하면서도 소박한 소망이 함께하고 있었을 수도 있었다.

어쨌거나 그런저런 내 소망은 무엇보다 탑산사가 실재했었던 사실과, 그 소실의 원인이 '빈대 떼의 극성'이 아닌 '임란시의 병화 때문'이었다는 사실에 크게 부추김을 받은 셈이었고, 굳이 내가 산까지 찾아 올라가고 싶어 한 것도 우선은 그러한 사실들의 확인을 위해서였을 터였다.

물론 나는 그것으로 당장 산을 찾아가 오를 수는 없었다. 고향쪽 나들이가 그리 쉽지도 않거니와 어쩌다 근방을 지나치는 길이 있어도 산세가 너무 깊어 쉽사리 엄두를 낼 수 없는 때문이었다. 산부터 불쑥 찾아 오르기보다는 사전 지식이 더 필요하리라는 생각도 있었다.

나는 산을 오르기 위한 준비 작업으로 큰산의 실태와 탑산사에 대한 자료들을 시간을 가지고 차근차근 찾아 모으기 시작했다. 고향 쪽을 지나거나 그쪽 사람들을 만날 때면 큰산에 대한 이런저런 이야기들을 다시 묻고, 이곳과 관련이 있음 직한 고서나 사찰지, 향토지들을 대할 때마다 이 산과 그 사찰에 대한 숨은 기록들을 찾아보곤 하였다. 그런데 그 같은 사실의 확인 작업은 나를 새삼 놀라고 감동케 하였다.

표고 723미터 높이의 '큰산'은 우선 명칭부터가 근자의 천관산 외에도 천풍산, 대흥산 혹은 지제산 따위로 옛부터 이름이 내외에 널리 알려져온 명악이었다. 이 산에 대한 문헌 자료는 16세기 중엽의 『동국여지승람(東國輿地勝覽)』, 18세기 중엽의 『여지도서(輿地圖書)』 등의 고기들과 근래에 편간된 여러 향토지들에 적지 않은 기록이 남겨져 있었다.

그 한두 예로, 『동국여지승람』에는 이 산의 이름과 산세에 대하여, "천관산은 옛날 천풍 혹은 지제산이라 불리었는데, 산세가 몹시 높고 험하여 가끔 흰 연기와 같은 기운이 서린다(天冠山……舊天風或云支提極高險往有異氣如白煙……)"하였고, 다시 이 산의 불적에 관한 설명〔長興都護府 佛宇條〕 중에서 "천하를 통한 것이 다 일기(一氣)로 쏟아져 내려와 개천이 되고 그 쌓임은 산을 이루었다. 영(嶺)의 남쪽 바닷가에 임한 땅, 옛 오아현의 경계에 천관산이 자리하니, 꼬리는 궁벽한 구석에 도사리고, 머리는 큰 바다에 잠겨 그 일어서고 엎드림을 거듭하여 구불구불 몇 주의 땅에 걸치며 그 기운의 쌓임이 크기도 하다〔僧靜明記 通天下一氣也, 世爲川讀 積成山云云……〕"고 감탄한 승 정명의 기문(記文)을 소개하고 있었다. 이렇듯 천관산은 예로부터 그 웅자가 외방에까지 널리 알려져, 더러는 호남의 금강 혹은 5대 명산의 하나라 칭하기도 하였고, 심지어 전술한 『장흥풍정록』의 저술자는 "천관산은 예로부터 영묘하고 기이하기로 이름이 높았고, 두류나 서석과 같이 높은 산으로도 당할 수가 없었다"고 했을 만큼 그 성가가 돋보여온 산이었다.

자연 이 산엔 산세와 기령에 걸맞게 불사가 크게 성했음도 당연했다. 앞에서 인용한 향토지에는 이 산의 크고 작은 골짜기들에 1백여 소가 넘는 가람과 암자, 전각들(보현사, 화엄사, 천관사, 왕룡사, 일림사, 심숙암, 영은암, 서운암, 장천암, 동일암, 내장암 등등)이 산재하여 있었다는 기록뿐 아니라, 앞서 대흥사나 옛날 고향 고을 사람들이 말했듯이 오늘에까지도 산의 곳곳에 실재의 사지와 여맥의 선실들을 남기고 있다 하였다.

먼저 천관보살이 주거했다는 데에서 절 이름이 유래했다는 천관사에 관해서는 앞의 책 『동국여지승람』의 장흥도호부 불우조(佛宇條)에 연하여, "……영통화상이란 이가 일찍이 꿈을 꾸니 북쪽곶〔北岬〕이 땅으로부터 솟아오르는데, 화상이 가지고 있던 석장(錫杖)이 날아 산꼭대기를 지나 그 북쪽곶에 이르러 내려꽂혔다. 화상이 꿈에 석장이 꽂혔던 곳에 숲을 베고 가람을 세우니 이가 바로 지금의 천관사다〔有靈通和尙嘗夢北岬從地而泥所云云……〕"라는 창건 설화가 소개되고 있었다. 하지만 이는 불가의 선담식 유래일 뿐이요, 그 자세한 창사의 경위는 이 책의 다른 곳과 앞서의 향토지에 좀더 사실적인 기록들이 남아 있었다.

기록을 종합하면, 이 절의 원래 이름은 화엄사로서, 신라 성덕 왕 4년(705년) 보현사의 정천암을 크게 개축하여 그 절 이름을 화엄사로 개칭하고 교종의 승려 영변 등 5인에게 운영케 하면서 화엄경을 설하게 하였던 바, 후일 애장왕 대(800~801년)에 이르러 영통화상이라는 이가 다시 천관사로 개명, 재창건한 것으로 되어 있었다. 그에다 신라 성덕왕(당시엔 아직 화엄사였을 때인 듯)은 쌀 3백 석과 등유 두 석을, 그리고 뒷날 애장왕은 다시 밭 8백 결(結)과 노비 4백 명을 이 절에 시주했던 사실도 그 사세와 관련하여 유념해볼 대목이었다. 그리고 오늘날까지 남아 있는 이 절의 유적으로는 절터 입구에 아직도 절이름을 지키고 남아 있다는 극락전 당우 이외에 3층 석탑(고려 초기 제작 추정, 보물 795호)과 석등(우리나라 현존 석등 가운데에 가장 아름다운 것의 하나로 제작 연대는 통일신라 말기 800~860년으로 추정, 지방문화재 184호), 극락보전 전면 왼쪽 계단 앞에 서 있는 5층 석탑(고려조 후기 조성 추정, 지방 유형 문화재 115호) 등을 들 수 있었다.

다음으로 또 하나 빼놓을 수 없는 불적으로는 관산 쪽 산복에 남아 있는 옥룡사지. 이 절은 일찍이 고구려를 친 당장(唐將) 설인귀가 남쪽 천관산이 승지(勝地)란 말을 듣고 도승을 데리고 이곳까지 찾아와 불전을 세우고 화엄경을 설하게 했다는 유래를 지닌 곳이었다. 그때가 고구려 보장왕 26년(667년)이니 이 절의 창건은 천관사보다도 40여 년이나 앞서는 셈이다. 이 절 역시 귀한 유적유물을 많이 남기고 있는데, 그중에도 특히 좌상석불(총고 2.1미터, 고려조 중기 조성 추정)과 금동약사여래입상(金銅藥師如來立

像, 1964년 4월 10일 발굴, 백제계 작품으로 7세기 후반 조성 추정)
은 그 작품들의 미술적 가치뿐 아니라 절의 연혁을 추정해내는 데
도 중요한 단서가 되고 있다는 것.

이 밖에도 천관산엔 구룡봉 아래로 수많은 절터들이(사람들은
89찰이라 하였다) 집중되어 있는 데다, 산간엔 그 같은 사지나 유
물들뿐 아니라, 앞서의 천관사나 옥룡사들처럼 당우의 일부가 아
직까지 남아 있어 후인들이 그 도량을 지키고 있는 경우도 있었고,
아니면 사라진 절 이름을 빌려 새 절을 앉힌 곳도 여러 곳이라 하
였다.

그처럼 큰산과 그 절들에 대한 기록들을 찾아내고, 사지와 유물
들의 빛이 분명하게 밝혀져갈수록 내게선 서서히 옛 성세시의 법
경의 형세가 되살아나고 있었다. 일테면 어릴 적의 그 큰산과 큰
절터가 이제는 천관산과 천관사로(혹은 여타의 이름이 밝혀진 절들
로) 기명화되면서, 그 위에 희부연 은성연월(殷盛烟月)의 성세가
꿈결처럼 아득히 떠오르곤 하였다. 그것은 내겐 참으로 일찍이 경
험하지 못한 소중한 감동이었다. 그리고 자신과 고향 고을에 대한
어떤 울림 깊은 자각, 자긍심의 징후가 아닐 수 없었다.

하지만 나는 그런데도 아직은 산을 실제로 찾아 들어가볼 생각
을 못하고 있었다. 그저 이따금 산의 주변만 맴돌면서 이런저런
기록이나 이야기들만을 취합할 뿐 정작에 자신이 사지들을 탐사하
러 산을 들어가볼 엄두는 못 내었다. 이제는 물론 다른 일이 바빠
서나 고향 길이 주저스러운 탓에서가 아니었다. 그 일을 부질없게
여겨서도 아니있다. 나는 이후부터 틈이 날 때마다 고향 길을 자

주 찾아 나서곤 하였다. 한번쯤 직접 산을 찾아 올라보기 위해서
였다. 산과 절에 대한 꿈이 간절해질 때면 예정 없이 불쑥 길을 나
서기도 하였다. 어떤 땐 가슴속의 충동을 가다듬기 위해 일부러
해남까지 대흥사 길을 들러서 돌아 들어가기도 하였다. 그래 거기
'유배소'의 구리종의 침묵 앞에 회한 깊은 심회를 실어 가보기도
하였다.

하지만 아무래도 실제의 산행은 이루어지지 않았다. 나는 아직
도 탑산사의 위치나 그 절에 대한 기록은 찾아내지 못한 때문이었
다. 애초 이 산과 산의 절들에 대한 나의 관심은 '탑산사의 구리
종'이 실마리였고, 하여 이 산에서 제일 먼저 사지나 기록을 찾아
보고 싶은 곳이 탑산사였음은 두말할 나위가 없었다. 하지만 내가
만난 고기나 사지, 향토지들에선 내 주관심사인 탑산사에 대한 더
이상의 자세한 기록을 찾아볼 수가 없었다. 기록뿐만 아니라 이
절에 대해서는 사람들의 기억 속에도 흔적이 남아 있는 것이 거의
없었다. 절터의 위치를 알고 있는 사람도 없었고, 대흥사 구리종
한 점을 제외한 다른 출토 유물이 남아 있는 것도 없었다. 하다 보
니 근역에선 천관산에 그런 절이 있었던 사실을 알고 있거나 믿으
려는 사람조차 흔치 않았다. 어쩌다 우연히 그런 절 이름을 주워
들은 일이 있는 사람들 중에서도 그저 아득한 전설로 흘러 들어왔
을 뿐, 실재했던 이야기로나 절 이름으로는 알고 있는 사람이 드
물었다. 하물며 그 절에 대한 옛날의 일들을 알아보려는 사람이
없는 것은 더 말을 할 필요도 없었다. 아직은 내 견문이나 조사가
부족한 탓도 있었겠지만, 그 절에 대한 탐색의 유력한 단서는 여

태도 그 대흥사 구리종의 명문과 『장흥풍정록』 중의 짧은 언급(대흥사에서 처음 설명들었던 바, 신라 애장왕대에 영통화상이 창건한 절로 전해져오고 있다는), 그리고 그를 인용한 근간 향토지들의 애매한 추측들이 전부인 셈이었다.

하여 그 탑산사의 실재 사실 여부는 내게 다시 한동안 깊은 의혹거리가 되고 있었다. 그리고 그런 답답한 의문은 한때 탑산사가 별개로 실재했던 절이라기보다 바로 천관사의 별칭이 아니었을까 하는 무모한 추측까지 낳게 했다. 지금까지도 몇 개의 선실이 남아 그 법맥을 이어오는 천관사에 대해선 앞서 말했듯 기록이 비교적 소상하게 남아 있을 뿐 아니라, 그런 기록이나 탑산사라는 절 이름의 유래를 캐고 보면 추측이 가능한 대목이 많았다. 신라 말엽의 애장왕과 영통화상——고기나 향토지의 기록에 의하면 두 절은 창건자나 창건 연대가 거의 같았다. 한데도 탑산사에 대해선 그 절 이름 이외에 다른 기록을 거의 찾아볼 수 없는 것이 두 절은 애초 하나의 가람으로, 탑산사가 천관사의 한때의 별칭이었을 가능성이 충분했다. 아니면 서로 비슷한 시기에 탑산사가 천관사의 말사(末寺)로 건립되었다가 그 본찰인 천관사에 앞서 폐사된 절이었을 가능성도 농후했다.

탑산사가 천관사의 별칭이었을 가능성은 바로 천관산의 또 다른 별칭(탑산)의 가능성에서도 그러했다. 앞서 말했듯 '천관보살의 거소'에서 그 이름이 유래했다는 천관산은 옛날의 천풍이나 대흥산, 오늘의 큰산 외에 지제산이라는 또 하나의 별칭이 있었다. 그런데 이 '지제'라는 옛날의 별칭은 이 산에 불탑과 불적이 많을 뿐 아니라, 산형이나 지세가 흡사 불탑을 닮은 데서 유래한 것이라 하였다. 그렇다면 사람들은 지제산 외에도(어쩌면 천풍이나 지제산보다도 먼저) 이 산을 '탑산'이라 불렀을 수도 있었다. 그리고 그 산 이름을 따라 이 산의 대표 가람 격인 천관사를 탑산의 절—바로 탑산사로 불렀거나 그 이름의 말사를 세웠을 수도 있었다. 나아가 만약 그런 추측이 사실과 부합한다면, 탑산사는 결국 그 법맥이 천관사로 면면히 이어져오고 있는 절이랄 수 있었다. 말하자면 탑산사는 이 산의 모든 다른 절터들과 함께 오늘의 천관사 혹은 큰절로 이름이 대신되고, 그 유지가 천관사나 큰절의 그것으로 표상되어도 큰 잘못이 없으리라는 말이다.

하지만 그것은 어디까지나 한갓 추측에 의한 가능성에 불과할 뿐, 사실로 주장할 수 있는 뚜렷한 근거가 있는 일은 아니었다. 사실의 주장커녕, 추측의 근거들에 대한 정반대의 해석이 가능하기까지 하였다. 절의 창건자와 시기가 같거나 비슷한 것은 당시 이 산에 불사가 한창 성행했던 사실로 보아 충분히 그럴 수 있는 일이었다. 뿐더러 탑산사가 천관사의 별칭이었거나 말사였다면 후세의 천관사지 중에 그런 사실이 한번쯤 거론되었을 법한데도, 그간엔 어디서도 그런 흔적을 찾아볼 수가 없었다.

탑산사가 천관사의 별칭이었든 말사였든, 그런 추측의 근거가 확인될 수 없는 한, 탑산사는 여전히 천관사와는 별개의 사찰로 그 사지나 법맥이 탐명되어야 하였다. 그리고 끝내 그 탑산사의 유지나 위치를 찾아낼 수 없음은, 그 절이 영영 과거의 암흑 속에 전설의 선방으로나 묻혀버린 사실은 나의 산행을 늘 견딜 수 없는 허망감으로 가로막아버리곤 하였다. 산행을 결심하고 모처럼 고향 길을 들어서고 보면 어느새 가슴속이 휑하니 식어버리곤 하였다. 아릿한 흥분기 속에 눈앞에 역력하던 그 산과 절간들의 성세경은 온데간데없어지고 가슴속엔 그저 황량하고 무참스런 폐허감뿐이었다. 그것은 물론 사라진 절에 대한 내 애틋한 감회의 변이 현상일 수도 있었지만, 따지고 보면 실은 이 산과 고을 일대의 세정이 그처럼 척박하고 무기력해 보인 때문이기도 하였다. 오늘엔 실제로도 산이 너무 앙상하게 헐벗은 모습인 데다, 근동의 세정마저 그에 못잖게 메말라 보이기만 하였다. 그 바위산의 앙상한 모습은 이 산이 한시절 그렇듯 큰 불덕을 품었던 사실조차 상상하기 어렵게 하고 있었다. 산자락에 깃들어 사는 사람들의 삶이나 세태상역시도 어느 한시절 성세가 지나간 흔적이라곤 거의 찾아볼 수 없을 만큼 남루하고 피폐했다. 탑산사만 하여도 이들에겐 그저 그 '큰산의 큰절터' 속의 한 전설의 절일 뿐이었다. 그것도 저 왜인들의 병화와 분탕질 때문이 아니라, 빈대 떼의 극성으로 불로 태워 없애버린, 그래서 지금도 발목이 덮일 정도로 껍질이 수북하다는 허문과 폐허 속의 한 절터일 뿐이었다. 불덕이 넘쳐 흐르던 은성 연월의 성세는 도대체 이 산과 이 고을 사람들과는 아무 상관도 없는 헛꿈이었던 듯만 싶었다. 고향 고을을 찾아간 나의 가슴속에선 모든 것이 그처럼 허망스런 헛꿈으로 여겨지기 일쑤였다. 탑산사를 비롯한 이 산의 성세는 아예 있은 적도 없었거나, 아니면 어떤 알지 못할 이변으로 모든 것이 사라져버리고 만 듯한 허망스런 느낌만 들어오는 것이었다.

어쨌거나 나는 그 황폐감과 무력감에 스스로 발이 묶여 실제의 산행을 단행하지 못한 채 고향과 산 주변만 계속 맴돌아 다니고 있었다. 그리고 그럴수록 나는 더 초조하게 산행의 소망에 깊이 쫓겨대는 꼴이기도 하였다. 따라서 그만큼 탑산사의 사지나 실제 위치에 대한 아쉬움도 더해갔다.

무엇보다 나는 이제 거기서 산에 대한 소망을 단념할 수가 없었다. 지금 와서 다시 그것을 버리기엔 나의 꿈과 정회가 너무 깊어진 뒤였고, 그것도 또한 자신과 고향 고을의 긍지를 다시 한 번 팽개쳐 잃는 일이 되는 때문이었다. 누추하고 무력하고 황폐스러울망정 그곳은 필경 내 운명의 모태였고, 내 삶의 마지막 귀소지였다. 다행히 산과 절에 대한 옛일의 근거도 확실했다. 지금은 어떤 경위로 형세가 그리됐든, 거기 수많은 절들과 성세가 있었다는 사실만은 부인할 수가 없었다. 무엇보다 이곳의 절에 있던 구리종이 다른 고을 다른 절에 유물로 가 있었다. 그리고 그곳 유물관 대좌 위에 제 소리를 잃은 채 세월만 기다리고 있었다. 나는 언제부턴가 그 종의 침묵을 그런 어떤 기다림으로 새겨 지녀온 것이었다.

감상적인 생각일시 분명하겠지만, 다름 아니라 나는 이제 막연히나마 이 고을의 산과 세태의 피폐상을 그 구리종과 종소리를 잃은 탓으로 여겨온 것이었다. 뿐더러 탑산사의 실재 사실의 확인은 그 구리종의 귀환을 위한 연고권의 유력한 근거가 될 수 있으리라 여긴 것이었다. ……종이 옛 자리로 돌아와 그 소리를 다시 울려 퍼지게 한다면(그것은 어쩌면 내가 그 구리종의 침묵 앞에 섰을 때부터 마음속에 싹이 터 자라기 시작한 소망이었는지 모른다) 이 산의 성세와 밝은 법덕을 다시 일으켜나가게 될 수도 있을 일이 아닌가. 언젠가는 그 종을 다시 이 고을로 옮겨와 잃어버린 소리를 맘껏 울리게 해야 하였다. 유배지에서 긴 세월 침묵으로 쌓아온 법덕을 이 산하에 맘껏 발하게 해줘야 하였다. 그래 그 과거의 성세시의 소리로 해서나마 이 척박스런 고을의 피폐감과 무력감을 씻어낼 길을 찾아봐야 하였다.

하지만 그 같은 내 범박한 소망에 비해, 그 소망을 실현해나갈 길은 찾기가 어려웠다. 그리고 나는 그러면 그럴수록 그 종소리가 울려 퍼지던 성세시의 산에 대한 꿈과 감회만 더 깊어갔다. 아니, 그 꿈과 감동이 깊어갈수록, 헐벗은 산과 메마른 세정에 대한 내 허망감이 깊어가면 갈수록, 나는 그 산행에 대한 바쁜 소망에 쫓겨대며 멀찍이 대흥사와 고향길의 허행들만 계속하고 있었다. 이번에야말로 정말 산을 올라가보리라, 제법 작심을 하고 고향길을 들어섰다가도 끝내는 그 허망감과 무력감에 앞이 가려 발길을 다시 슬그머니 돌이키곤 해온 것이었다.

──잃어버린 절.

그러나 나는 언젠가는 결국 산을 올라가야 하였다. 그것은 적어도 큰절이 빈대 떼의 극성으로 사라진 것이 아니라는 것, 이 고을의 삶이 원래부터 그렇듯 누추하고 무력한 것이 아니었다는 사실의 확인의 길이었다. 그리고 또한 이 산과 고을의 성세가 영락하게 된 바른 경위를 찾아가는 길이며, 오늘의 황량스런 피폐상을 되돌아보고 옛 성세를 다시 도모해나갈 방도를 구하는 일의 시작이기도 하였다. ······한데 알고 보니 동기는 다를망정, 나의 그 산행은 내게 그동안 여러 가지 이야기로 도움을 주어오신 그 큰산 밑 마을의 내 누님의 마음속 소망이기도 하였다. 세시 때마다 그 산의 암자들로 치성을 드리러 다니던 초로의 누님이 한번은 내게 넌지시 이런 말을 건네왔다.──내 언젠가 내가 다니는 절(나중에 알고 보니 그게 바로 새로 세운 탑산사였다) 스님께 자네 말을 했더니, 스님 말씀이 진작부터 자네란 사람을 알고 있었다데그래······ 자넨 언젠가 산을 찾아 올라와 당신을 찾게 될 사람이라고, 스님은 진작부터 그걸 기다리고 있었다고 말이네. 그러니 자네 나하고 언제 한번 산을 안 가볼라는가?

그것은 물론 스님이 어디서 미리 내 일을 이야기 듣고 한 말일 수 있었다. 그러나 나는 그런 스님의 우연찮은 한마디도 내 앞일을 미리 내다본 불가항력의 예언처럼 마음이 끌렸다. 그리고 거기 담긴 나를 위한 누님의 발원의 뜻이 새삼 나를 더 심하게 재촉해댔다.

그런데 과연 나의 산행에 대한 스님의 예언 조나 누님의 발원은 오래잖아 나의 발길을 그 큰산으로 이끌어가고 있었다. 아직도 매번 산 아래나 멀찌감치 스쳐 지나다니며 마음의 짐만 더해가던 그해 늦봄 녘이었다. 이때도 나는 큰산 쪽 산행 대신 종이나 한번 찾아보고 길을 돌아설 양으로 느지막한 행로에 예의 해남골 대흥사를 찾아들었다. 한데 웬일인지, 이번엔 그 유물관에 앉아 있던 구리종의 모습이 보이지 않았다. 사연을 알아보려 주위를 살폈으나 마땅히 물을 만한 사람조차 없었다. 나는 이상하게 마음이 조급해져 유물관을 나와 법당 쪽으로 내려갔다. 구리종에 무슨 변고가 생겼는지 알아보기 위해서였다. 내가 한 스님의 뒤를 쫓아 법당 앞 돌계단을 올라섰을 때는 스님들이 방금 불상 앞에 저녁 공양 예불을 올리려던 참이었다. 나는 왠지 불경스런 느낌이 들어 어문(御門)으로 그것을 들여다보기가 민망했다. 그래 다시 다른 스님을 찾아 그 앞에서 몸을 막 돌이키려던 참이었다. 느닷없이 등 뒤에서 벼락치듯 한 종소리가 내 뒤통수를 후려쳤다. 그 순간 나는 머릿속이 얼얼해져 그 자리에 그대로 몸이 굳어 서버리고 말았다. 소리를 듣고 몸이 얼어붙어 굳어 선 순간에 바로 나는 그것이 어떤 종소리인지를 알아차린 것이었다.

—그 종소리다! 종이 드디어 소리를 다시 얻은 거다.

소리를 들어본 일이 없는 종이었다. 그저 막연한 마음속 상상뿐 실제 소리가 어떠리라는 것은 전혀 그려본 일조차 없던 나였다. 더욱이 그 종소리는 내게 어떤 울림이나 성률으로서가 아니라, 머리를 후려치듯 세찬 불몽둥이질을 가해온 격이었다. 한데도 나는 그 순간 바로 그것을 그 구리종 소리로 단정한 것이었다. 그리고 온몸을 타고 내리는 절절한 감동 속에 무연히 소리가 다하기를 기다렸다.

소리는 계속 다섯 번을 울리고 나서 나를 서서히 충격에서 풀어주기 시작했다. 내가 제정신을 되찾고 났을 땐 종소리는 이미 산등성을 넘어가고 그 여운만 낮고 여리게 귓가를 맴돌고 있었다. 종소리는 실상 내가 느낀 것처럼 우람했던 것 같지는 않았다. 굴곡이 심한 성률의 여운으로 보아 그것은 깊고 장원하기보다 밝고 애연한 소리였음이 분명했다. 그것이 내게는 불시에 머리를 후려치는 천둥소리로 들려온 것이었다.

정신을 차리고 다시 안을 들여다보니 과연 법당 왼편 쪽 나지막한 종대에 그 구리종이 이미 소리를 거둔 채 조용히 매달려 있었다. 소리가 이미 사위어진 마당에 금방 들은 종소리가 거기서 울려 나온 것인지도 알 수가 없었다. 하지만 나는 의심치 않았다. 소리가 끝난 뒤에도 나는 아직 그 소리를 듣고 있었기 때문이었다. 종소리는 다만 그 한 번이나 다섯 번의 타종에 의해서만이 아니었다. 종은 계속해서 내 귓가에 소리를 울려 번지고 있었다. 타종이 끝나고 내가 그 법당 안에 매달린 종을 들여다보았을 때도 그리고 소스라치듯 발길을 돌이켜 그 앞을 떠나 절을 나올 때까지도——내게는 그 소리의 여운이 귓전을 쉴 새 없이 떠돌아다니고 있었다. 마치 그 종에 어떤 변고가 생길 때마다 제물에 소리가 번져 흘렀듯이——

적어도 내게선 그렇듯 구리종이 기나긴 침묵을 깨고 다시 소리를 울리기 시작한 것이다. 그리고 나는 쫓기듯 바로 예정을 바꾸어 장흥 쪽으로 천관산을 찾아 나서게 된 것이었다. 이번에야말로 그토록 오래 미뤄오기만 하던 산행을 작심하고 나선 것은 거기까지 계속 나를 뒤쫓아온 종소리의 질타 때문이었다. 법당 앞에서 벼락 치듯 뒤통수를 후려친 이후로, 종소리는 내가 그 법당 앞을 떠나 절길을 내려올 때도, 그리고 드디어 산행을 결심하고 큰산 쪽으로 발길을 돌려가고 있을 때도 끊임없는 질타와 울림 깊은 절규로 나의 산행을 재촉해온 것이었다.

따지고 보면 좀 맹랑한 노릇일 수도 있었다. 하지만 그것이 맹
랑한 만큼 내겐 더 절실하고 화급한 일이었다(그걸 믿을 수는 없는
일이지만, 그때 내게 그 큰산 암자 스님의 예언의 말이 떠올랐던 것도
그 한 원인이었다 할는지). 어쨌거나 그로 하여 그해 늦은 봄 어느
날, 미루고 미뤄오던 나의 산행은 마침내 그 실현을 보게 된 것이
었다. 내가 대흥사에서 종소리에 쫓겨 장흥의 큰산 밑 누님을 찾
아 들어간 바로 다음 날이었다.

하지만 미리 결과부터 말하자면, 그것은 내게 또 다른 낭패와
실망의 도정에 다름 아니었을 뿐이다.
그날은 마침 우중충한 날씨에 아침부터 보슬비가 내려 젖고 있
었다. 나는 뒤늦게 마음이 조급해진 참이라, 그만 보슬비쯤 아랑
곳하지 않고 누님을 길잡이로 큰산행 길을 나섰다. 길을 나서고
보니 그도 그리 산행엔 나쁜 일진이 아니었다. 두어 시간 남짓 걸
리는 산길에 습기진 공기는 외려 호흡하기에 편했고, 비에 젖은
신록에도 싱그러움을 썩 더했다. 게다가 일단 산길을 들어서고 보
니 절을 찾아 나선 건 우리 쪽만이 아니었다. 무슨 특별한 절후제
도 아닌 날에 앞뒤로 간간이 같은 산행꾼들이 길을 이어 올라가고
있었다. 그간에 이미 들어 알고 있던 일이지만, 산골엔 아직도 몇
몇 선실을 갖춘 암자들 이외에, 다른 여러 종교나 무속 신앙의 기
도소·치성대들이 한데 뒤섞여 들어와 있다 했다. 머리에 제물 꾸
러미를 꾸려 인 아낙들은 각기 그 암자나 기도소들로 치성을 드리
러 가는 길이었다. 누추한 생존 속에 웬 소망들은(그래 소망거리들

이 더 많은지도 모르지만) 그리들 많은 건지, 그런 치성길은 무싯날을 가리지 않고 다른 날도 연일 그침이 없는 터에 이날은 마침 봄비에 일손을 놓고 나선 아낙들이 더 많아 보인다는 누님의 귀띔이었다. 하긴 누님도 길을 나선 김에 나름대로 제물 꾸러미를 하나 마련해온 터였으니, 본격적인 치성길에야 더 이를 바가 없겠지만.

이래저래 이날 나의 산행은 때를 제법 탄 격이었다. 그 가운데도 무엇보다 다행스러운 것은 관산 쪽 사람들의 봉수대 복원 작업 소식을 들은 것이었다. 종소리가 갑자기 나를 질타하여 산행을 서두르게 한 것은 이때를 놓치지 않게 하려는 데서였는지도 모른다. 산을 오르다 보니 산행꾼 가운데엔 아낙들만이 아닌 남정들까지 몇 사람씩 끼어 가고 있었다. 사연을 알고 보니, 이날로 관산 쪽에서 봉수대 복원 작업대가 산을 올라온다는 것이었다.

봉수대란 아는 대로 높은 산꼭대기에서 불을 피워 그 횃불[烽]과 연기[燧]로 급보를 전하는 옛 통신 방법이었다. 봉수망은 한시도 기능이 중단될 수 없었으며, 설치 장소는 관망이 편리한 높은 산봉우리에 20리 내지 30리 상거를 기준으로 하였던바, 기록에 의하면 천관산에도 고려 의종 때부터 봉수대가 설치 운용되어왔다 하였다. 이 산은 얘기되어온 것처럼 한라산과 월출산을 직접 연결하지는 않았더라도 사방의 이웃 고을과 봉수를 주고받은 남해안의 중요한 통신 기지였음이 분명했다. 산의 정상에는 그래 아직도 가로 8미터, 세로 7.5미터 넓이의 봉수대 터와 그 석축 일부가 남아 있는바, 그 밑받침대만 하더라도 장정 7, 8명이 겨우 움직일 수 있을 정도의 큰 바윗돌들로 둘러져 있으며, 넓은 판석들을 시루떡처럼 차근차근 쌓아 올라간 일부의 석벽도 원래의 규모를 충분히 짐작케 한다는 것—

이 봉수대의 활동이 끝난 것은 그러니까 조선 말엽(1896년) 새로운 통신 방법과 교통의 발달로 전국의 봉수 제도가 폐지되면서부터였다. 그런데 전국적인 봉수 제도의 폐지가 이 산에선 다만 불이 꺼지게 된 것만이 아니었다. 봉수대의 불이 꺼지자 고을 사람들은 방구들장으로 혹은 돌다리 반석으로 그 대벽을 헐어 내려간 것이었다. 더러는 골짜기의 암자나 치성소들에서 그것을 허물어가기도 했다 하였다. 봉수대는 결국 기단석 일부만 남아 있게 되었고, 그것은 바로 봉수대의 파괴뿐 아니라 큰산 자체의 마지막 파괴로 이어지게 된 것이었다 대의 불이 꺼지고 폐허회의 길을 걷게 된 그 봉수대의 종말이야말로 이 산과 고을과 그 영욕을 함께 해온 또 다른 영고사의 한 상징인 셈이었다. 그런데 근자 들어 인근 고을(관산) 사람 수인간에 폐허로 버려진 대터를 보다 못해, 그 자취마저 아주 사라져 없어지기 전에 복원을 서두르자는 논의가 있어왔다고. 그리고 상당 기간 의논과 준비 끝에 마침 이날로 그 현장 작업이 시작된다는 것이었다—그것은 내겐 여태 생각지도 못해온 반가운 소식이었다. 폐허로 버려졌던 봉수대를 되세우려는 사람들이 있었다니! 그런데 여태까지 어디서도 그런 움직임의 기미를 만나지 못하고 있었다니—그것은 어쩌면 이 고을 사람들이 그 허물어진 심성 속에 자긍심을 되찾으려는 움직임의 기미임이 분명한 것이었다. 그리고 이들로 하여 언젠가는 봉화대에 횃불이 다시 밝혀질 수가 있다면, 잃어버린 종소리가 이 고을에 다시 법덕을 펴게 될 날도 기대해볼 수 있을 것이었다. 내가 여태까지 그런 기미를 몰랐던 것은 내로라 고을 일을 좌지우지해온 인사들만을 찾아온 까닭이었다. 그 사람들의 입에서는 그런 소리를 들은 일이 없었다. 나중에 확인이 된 일이기도 하지만, 그 일을 의논하고 손을 맞잡고 나선 사람들은 관산에서나 대덕에서나 이름을 드러내지 않은 초군 농부들이었다. 옛날에 큰산으로 산과일을 따러 다니고 여름 가뭄에 기우제를 다니던 촌가 필부들이었다. 산행 중의 남정들을 내가 아무도 알아보지 못한 것도 바로 그 때문이었다. 하지만 내겐 그러한 사실이 더 뜻깊고 반가웠다. 내가 만나온 유지급 인사들은 그런대로 그 처지들을 자족하고 있음에 반하여 뒤에 물러앉아 살아온 필부들은 그것으로 가슴 깊이 숨겨져온 소망을 드러내고 있는 때문이었다.

하지만 그런 값지고 고무적인 기미들에도 불구하고 이날의 내 산행은 끝내 더한 서글픔과 낭패의 행정이 되어버리고 말았다.

나는 일단 이날의 산행으로 그 오랜 숙제의 문을 열고 들어선 셈이긴 하였다. 그러나 막상 산을 오르고 보니, 그 산과 절터와 봉수대들의 폐허상은, 그리고 그 산간과 절간들의 피폐상은 아래서 상상했던 것보다 정도가 훨씬 심했다. 그것은 우선 그 황폐한 산림과 절터들의 형세에서부터 여실하게 절감됐다. 해발 7백여 미터의 명악답지 않게 길 주변의 숲은 높이를 더해갈수록 개암이나 철쭉, 싸리, 도토리, 노간주 따위 관목류 일색으로, 줄기가 큰 나무는 기껏 개느티나 잎이 넓은 떡갈나무 정도뿐 볼품이라고는 거의 찾아보기가 어려웠다. 골짜기 곳곳에 널려 있는 절터의 유지들도 그러한 폐허감을 갈수록 더해갔다. 산중턱부터는 아닌 게 아니라 골짜기골짜기 옛 절터들이 즐비했다. 더욱이 정상 부근 용바위 아래로는 수많은 절터들이 마치 동네를 이루듯 하고 있었다. 탑산사에 앞서 도중에서 멀리 바라다본 천관사——그 수많은 고사지들 중에서도 아직까지 사운을 면면히 이어가고 있는 천관사의 법경은 특히 그 성세시의 흔적이 어디보다 완연했다. 거기에 하늘을 떠받고 있는 듯한 용바위의 위용하며, 여기저기 암자들이 다시 들어앉아 있는 골짜기의 정경들——대개가 그간 산 아래서 듣고 예상해온 바 그대로인 것이 많았다. 하지만 한때의 성세가 스쳐간 폐허에의 감회는 이야기로보다도 그 실상 앞에 더 처연스러워지게 마련이었다. 막상 내가 본 그 절터들의 폐허는 산 아래서 듣고 상상해온 것보다 훨씬 더 비애롭고 무참스러운 것이었다. 어느 한 곳 옛 성세를 되돌이켜보려 한 흔적이 없었다. 그저 버려지고 잊혀져왔을 뿐이었다. 버려지고 잊혀져온 것만이 아니었다. 사람들은 그것을 괴이한 방법으로 오히려 부수고 짓밟아오고 있었다. 곳곳에 자리 잡은 수상한 교적(敎籍)의 암자들이나 칠성각, 산신각, 치성대의 번창이 그 원인이었다. 지세나 경관이 웬만한 곳에는 어김없이 암자나 무가가 들어앉아 있었고, 볼품 있는 바위나 맑은 샘물 근처는 아낙들의 치성이 줄을 잇고 있었다. 골짜기는 불덕의 밝은 서기보다 각종 무속기가 판을 치고 있었다. 그야 큰산과 무가에의 치성을 안 좋게만 보아온 내 처지는 아니었다. 아무리 몽매한 무가풍 치성에도 나름대로의 정성과 그에 대한 보상이 있게 마련이었다. 그 보상 중에서 가장 값진 것이 생자와 망자 혹은 영계신령들과의 영혼의 교합을 믿음에서 돌아가신 선인들과의 친화력을 유지하고, 생사의 경계를 뛰어넘는 것이었다. 그러한 노력과 믿음과 소망은 힘들고 고달픈 이들의 삶에선 크나큰 위안이 아닐 수 없었다. 산을 찾아다니는 내 누님이 바로 그러했다. 누님은 그 산행에서 매번 돌아가신 자형의 내생을 축원하고 그 자식들의 앞날을 의탁했다. 그리고 산을 내려온 누님의 표정은 더없는 미더움과 안도감에 젖어 있곤 하였다. 나는 그런 누님을 부질없어하지 않았다. 누님에겐 그것이 무엇보다 익숙한 자기 구원에의 길이었다. 산을 찾아 빗속에 치성을 드리고 있는 아낙들에게도 그것은 가장 익숙한 신앙의 길(그것이 정통적인 현대 종교이든 무속의 방법이든)이었다. 하물며 이들의 치성과 기구에는 그 찌들고 남루한 삶의 역정으로 하여 누구보다 간절하고 깊은 비원이 서리고 있을 터임에랴. 그 앞엔 목이 메고 가슴이 뜨거워져오는(왜 이들은…… 어찌하여 이들은 끝끝내 이토록!) 비애가 솟을망정, 뉘라서 그것을 소리쳐 허물할 수는 없는 것이었다.

하지만 그것은 어디까지나 이 고을과 이 산의 현상에 대한 당위적 이해일 뿐, 그러한 현상을 거꾸로 뒤집어보면 거기 어떤 완고한 자폐성의 징후를 만나지 않을 수 없었다. 무엇을 행하고 어떻게 살아가든 뉘라서 상관할쏘냐! 우리에겐 오직 이뿐 다른 길이 없는 것을! 거기엔 그런 어떤 강한 거부감과 숙명적 자폐성이 보이지 않는 장벽을 쌓고 있는 느낌이었다. 그리하여 산은 그 스스로 잊혀진 산이 되고, 고을의 삶은 그 스스로 잊혀지고 버려진 변방의 기민상 격이 되어가고 있었다. 게다가 내가 이날의 산행에서

120

내 오랜 숙제의 해답으로 감지해낸 그 자폐성의 징후는 언제부턴가 내 산행을 기다리고 있었다는 그 새 탑산사의 스님에게서까지 기미가 짙게 느껴졌다.

우리가 그 산중복께의 탑산사에 이르자 스님은 이날의 산행까지도 미리 알고 기다리고 있었던 듯 누님이 미처 소개도 하기 전에 나를 허물없이 반겨 맞아들였다. 그리고 누님이 불당으로 치성을 드리러 들어간 뒤, 우리는 한동안 둘이서만 마루 위에 자리를 마주하고 앉아 있게 되었다. 우리는 당연히 스님이 나를 기다리게 된 연유에서부터 이야기를 시작했다. 이미 짐작해온 대로 스님이 나를 기다린 것은 별다른 신통술을 발휘해서가 아니었다. 스님은 언제부턴가 내가 그 절골과 탑산사의 내력을 찾아다닌다는 소문을 듣고 있었노라 하였다. 그래 실은 자신도 예의 대흥사 구리종을 회수해올 길을 마련할 생각에서 그 '옛 절터'에 동명의 암자를 세우고 때를 기다려오던 터라 나와는 필경 뜻이 통할 데가 있으리라 여긴 때문이랬다. 뜻이 그러하매 언젠가는 산을 찾아오게 마련이 겠고, 그것은 그에게도 더없이 반값고 큰 힘이 될 수 있겠기 때문이었노라…… 스님은 과연 기다린 보람이 있었다는 듯 나를 지기처럼 허물없어하였다.

하지만 그 스님도 기대하고 온 바와는 달리 옛 탑산사의 내력엔 그리 밝은 데가 없었다. 기껏해야 내가 그간에 찾아 안 정도뿐, 알고도 그러는지 몰라서 그러는지 더 이상 자상한 일은 속을 털어놓으려질 않았다. 절의 성쇠사나 구리종이 대흥사로 옮겨진 경위들에 대해서도 나와 한가지로 그저 막연한 심작과 추정들뿐이었다.

그런 식의 막연한 자신의 추정 위에 구리종을 되찾아올 깊은 소망만으로 동명의 절을 짓고 기다려온 것뿐이었다.

그런 스님이 나를 크게 실망시켰음은 두말할 것이 없었다. 한데다 스님은 종에 대한 염원과 집착 때문인지 별로 이렇다 할 근거도대지 못한 채 그의 암자의 위치에 대해서는 거의 맹목적인 확신을가지고 있었다──이곳이 옛 탑산사의 자리였던 것은 분명하지요. 소승도 그간 백방으로 알아보고, 그 도량의 법맥을 잇고자 이곳에다시 불사를 시작한 것이니까요. 탑산사의 옛 자리는 말할 것도없이 내 가장 주된 관심사이자 이날의 산행의 목적이기도 하였다. 그래 스님에게 어찌하여 이곳에 탑산사라는 이름의 절을 세우게되었느냐, 그것이 옛 자리를 바로 찾아 한 일이냐고 조심스레 물었을 때, 그는 거침없이 단언해온 것이었다. 그리고 스님은 그 같은 확신의 근거가 무엇이냐는 내 되물음에 대해서도 여전히 별다른 근거가 없는 말로, 그저 때가 되면 자기 말이 사실임이 밝혀질날이 올 것이다, 무조건의 믿음만을 강요해온 것이었다.

하지만 나는 물론 별 근거가 없는 그의 일방적인 주장을 받아들일 수가 없었다. 아니, 그저 그것을 받아들일 수 없거나 그로 인한실망이 깊어진 정도를 넘어, 스님에게서마저 어떤 남루한 허욕과자폐성의 기미가 느껴져온 것이었다. 무엇보다 그것은 진실로 종을 기리고 그 소리를 염원하는 길이 될 수 없었다……

나는 그 스님과는 더 이상 긴 이야기를 나눌 생각이 없었다. 다시 말하거니와 스님은 어딘지 그 구리종을 기리고 소리를 원함에있어 나와는 길이 크게 달라 보인 때문이었다. 나는 그쯤 스님 앞을 물러 나와, 이번에는 혼자서 산의 정상을 향해 봉수대 터를 찾아 올라갔다. 누님의 치성에 시간을 보태드릴 겸, 산을 올라온 김에 정상을 한번쯤 올라가 봐야 했기 때문이었다.

하지만 그 정봉 길도 내게는 역시 실망감뿐이었다. 무엇보다 이날은 날씨가 궂어서 정봉의 조망이 좋지가 못했다. 뿐만 아니라 그곳 정상의 봉수대의 폐허까지 궂은 날씨만큼이나 나의 심회를 음습하게 적셔왔다. 이미 이야기를 들은 것처럼 봉수대의 모습은 원형을 상상해볼 수 없을 정도로 무참스럽게 허물어져 있었다. 그냥 허물어져 주저앉은 게 아니라, 대석들을 이리저리 져 옮겨가 흔적을 아예 찾아볼 수가 없었다. 남은 것은 아래쪽 몇 층의 벽계석(壁階石)과 깨어져 버려진 돌조각들뿐이었다. 거기에 복원 차 산을 올라온 사람들이 어디선가 되찾아다 놓은 벽계석 몇 점이 실비 속에 하염없이 젖고 있을 뿐이었다. 하지만 허물어지고 사라져 간 것들은 다만 그 폐허의 자리를 남길 뿐, 스스로 그 사연을 말하지는 못했다……

나는 새삼 황량하고 처연스런 심사 때문에 더 이상 그 앞에 머물러 있을 수가 없었다. 도망치듯 발길을 되돌려 비 젖은 풀섶길을 헤치고 다시 탑산사 쪽으로 내려왔다.

그러나 이날의 나의 산행은 그걸로도 아직 다 마무리지어진 것이 아니었다. 내가 그 누님의 탑산사 치성소 가까이까지 길을 내려와서였다. 나는 우연찮게도 그곳에서 비로소 이날의 산행의 절정이라 할 만한 기이하고 충격적인 일을 목도하게 되었다. 산을 내려와 설간 오른쪽 계곡께에 자리한 누님의 두번째 치성소(누님은 먼저 불전 공양이 끝나면 그곳 석간수 앞에 두번째 치성을 드리고 있으리라 하였다)를 찾아 내려가고 있을 때였다. 아깟번 스님과의 마주침을 피하여 발기척을 조심조심 절간 앞뜰을 건너가고 있는데, 예의 계곡 쪽에서 웬 왁자지껄한 사람들의 소리가 들려왔다. 남정과 아낙들이 한덩이로 얽혀 싸우는 심한 다툼 소리였다. 나는 슬금슬금 불당 앞을 가로질러 소란이 일고 있는 그 계곡길로 내려섰다.

그쯤에서 나는 더 길을 내려갈 필요가 없었다. 다툼질도 그때쯤엔 이미 한고비를 넘긴 뒤였다. 절문에서 멀지 않은 골짜기 쪽으로 커다란 바위 아래 노천 치성대가 한 곳 마련되어 있었고, 그 석계석 치성대 주위로 웬 아낙들이 떼를 지어 웅성거리고 있었다. 그리고 그 아래 골짜기 쪽으로는 아낙들의 저주와 앙칼진 드잡이질에 놀라 쫓긴 듯 괭이나 삽 같은 공구들을 멘 남정들이 슬금슬금 절 경내를 비켜 내려가고 있었다. 어느새 누님까지 함께 뒤섞인 아낙들의 무리는 여기저기 빗속에서 치성을 드리고 있던 여자들이었고, 그 패악질에 쫓겨 내려간 남정들은 이날로 부서진 봉수대의 복원 작업을 온 사람들이었다. 나중에 누님에게 들어 안 일이지만 다툼의 사연인즉 다름이 아니었다. 봉수대 복원 작업을 올라온 남정들이 그 일을 위해 우선 허물어져 흩어진 벽계석부터 찾아 모으는 일을 시작한 것이었다. 여기저기 그 벽계석을 옮겨갔을 만한 곳을 찾아 헤매 다니던 위인들이 이 절에 딸려 있는 치성대 계단석에서 비슷한 판석을 찾아낸 것이 화근이었다. 위인들은 다짜고짜 그 판석들을 제자리로 파 옮겨갈 요량으로 괭이질을 내려찍고 덤

벘는데, 그때 일대의 치성꾼 아낙들이 순식간에 남정들을 에워싸고 막아선 것이었다. 아낙들의 그 같은 결사적 방해전은 신성한 치성대의 훼손이나 파괴를 막기 위한 것이었음이 물론이었다.

하지만 거기서 나를 더 놀라게 한 것은 그 같은 소동에 대한 스님의 태도였다. 이때쯤엔 그 아깟번 암자의 스님까지 뒤늦게 선실 앞마루로 나와서서 묵묵히 소동을 지켜보고 있었다. 그 산신령이나 거목기암에의 치성은 물론 온당한 불가의 법속이 아니었다. 더욱이 방금 소동을 불렀던 치성대 시설은 누가 보아도 이 절에 딸린 기복소임이 분명했다. 스님은 의당히 그 상서롭지 못한 세간인들의 소동을 가름해줘야 하였다. 한데도 스님은 소동에 아무런 처결을 내릴 생각이 없이 그저 묵연히 구경만 하고 있었다. 아니, 그저 그렇게 남의 일을 바라보듯 구경만 하고 만 것도 아니었다. 그는 그렇듯 오불관언식으로 한동안 침묵만 지키고 서 있더니, 소동이 거의 다 가라앉는 기맥을 보고서는 제물에 천천히 고개를 가로젓고 있었다. 그리고 거기 넋이 빠져 서 있는 나를 두고 흘려대듯 혼잣소리식으로 중얼거리고 있었다. ──흠흠, 저들에게 그보다 간절한 불사가 없고 보면, 저들을 물리치고 그걸 옮겨갈 수는 없는 일인 것을……

──잃어버린 산.

큰산의 산행은 오랜 숙제를 벗기보다, 나를 더한층 참담스런 망실감에 젖어들게 하였다. 나는 거기서 종이 놀아올 수 없는 보다 더 확연한 사유를 보게 된 격이었다.

종이 돌아올 수 없는 것은 애초 탑산사와의 연고를 입증해낼 수 없는 때문이었다. 연고의 근거가 될 탑산사의 실재 사실과 종의 이전 경위가 밝혀져야 하였다. 적어도 탑산사의 옳은 사지나 위치라도 제대로 밝혀져야 하였다. 그것들이 밝혀져서 이쪽에 그 옛 절의 법맥을 이어갈 도량이 다시 세워진다면(그리고 거기에서 그것을 원한다면), 대흥사 쪽에서도 종의 반환을 긍정적으로 고려해보겠다는 여유 있는 태도였다. 대흥사 쪽의 태도를 쉽게 곧이들을 수는 없는 일이지만, 그걸 그대로 곧이듣는다 하더라도, 이쪽에선 아직 그 사지 하나 제자리를 찾을 길이 없었다. 그것은 그날의 산행에서도 마찬가지였다. 새 암자의 스님은 일언지하에 단언하고 나섰지만, 아무 근거도 보여주지 못한 그 말은 누구도 곧이들을 수가 없는 것이었다.

종이 돌아올 수 없는 사정은 그뿐만이 아니었다. 그날의 산행에서 목도한 보다 깊은 사유는 이 고을의 망연한 삶에 있었다. 아니, 그날의 산행에서만이 아니라 그간에 줄곧 부딪혀온 이 고을의 삶의 풍정은 헐벗고 허물어진 산세 이상으로 황폐하게 느껴져온 것이 내 솔직한 심경이었다. 원인이 결과가 되고 결과가 다시 원인이 되어 도는 악순환의 역사랄까. 절이 불타고 종소리가 사라짐으로 하여 고을이 그토록 피폐하게 되었다면, 이제는 그 피폐해진 산야와 세정으로 하여 종소리가 다시 돌아올 수 없게 된 셈이었다. 그 완고한 무속화의 자폐성, 그 굴레 속에 견고하게 옭매인 고을 사람들의 망연스런 생존상 속에는 종의 귀환을 위한 아무 관심이나 준비가 없었다. 비록 대홍사 쪽의 아량이 있다 한들 그 위에 옛 절의 옳은 자리가 찾아지고 종의 이전 경위가 제대로 밝혀진다 한들, 이대로는 구리종이 돌아올 수가 없었다. 돌아오게 된다 한들 무슨 뜻이 있을 수가 없었다.

종이 되돌아올 수 없는 보다 깊은 사유는 그 누추하고 자폐적인 고향 고을의 망연한 삶 속에 있었다. 그리고 그것을 한번 더 분명히 깨달을 수 있었던 점에서 그날의 내 산행은 부질없는 허행으로 끝난 것이 아니었다. 그것은 나를 더욱 안타까운 의구심에 쫓기게 하였다. 그 같은 실망과 황폐감에도 불구하고 나는 그 절과 구리종의 일을 그만 단념하지 못하고 오히려 전보다 초조한 심사 속에 고향 고을 주위를 자주 맴돌게 된 것이다.

어찌 보면 그건 그 소리 없는 종소리의 환청 때문이기도 하였다. 다름 아니라 그날 그렇듯 심한 낭패감 속에 산을 내려오고 있을 때, 나는 느닷없이 뒤통수를 후려치듯 하던 그 대홍사에서의 종소리를 다시 들은 것이다. 뿐더러 그 소리는 그날 이후로 나를 계속 일깨우고 재촉해대듯이 때 없이 귓가에 맴돌았다. 언제 어디서도 나는 그 소리를 벗어날 수가 없었다. 고향 고을에서도 대처의 집에서도 그걸 잊고 다른 일에 몰입해보려 하면 할수록, 소리는 더 집요하고 극성스럽게 나를 그 큰산 쪽으로 쫓아대곤 하였다.

하여 나는 이후로도 예서나 제서나 틈만 나면 늘상 그 가망 없는 구리종의 일에 다시 매달려들곤 하였다. 이제는 사실상 근거를 알 수 없는 옛 사지를 찾는 일은 거의 단념을 하고 있었다. 보다는 언젠가의 종의 귀환에 대비하여, 이쪽 사람들의 마음속 자리 마련

쪽에다 더 관심을 기울여갔다. 그것이 어찌 보면 옛날의 사지나, 그와 구리종과의 연고를 밝히는 일보다 더 중요해 보인 때문이었다. 이제는 옛 절터나 연고권보다도 고을 사람들의 삶이나 의식이 더 문제인 때문이었다. 거기 대해 어떤 실제적인 고양책이 당장 마련될 수는 없었다. 오랜 세월 동안 고향 고을을 등지고 살아온 주제에 그것은 내게 가능한 일도 아니려니와 새삼 분수를 넘어서는 일이었다. 고향 고을 사람들이 그 완고한 자폐성과 황폐한 삶의 굴레를 벗는 일엔 우선에 허물어진 자긍심을 되살려내는 일이 중요하다면, 내게는 다만 그 자긍심의 근거를 고을의 역사와 그 영광 가운데서 찾아보는 작업이 가능할 뿐이었다. 그리고 그것은 고을 사람들뿐 아니라 그간에 더 황량하고 무기력하게 허물어진 내 삶과 자긍심을 위한 일이기도 하였다.

나는 계속 기회가 닿는 대로 고향 고을을 찾아가 큰산 부근을 맴돌면서, 이번에는 그 큰산과 절뿐만 아니라 인근 고을들의 삶의 영고사까지 광범하게 조사해나갔다. 누구나 제 고향 고을에 눈길을 쏟다 보면 그런 느낌이 들게 마련이겠지만, 나는 그 뒤늦은 고향 탐색 과정에서 새삼 가슴이 뜨거워져오는 감회를 절감하게 될 때가 한두 번이 아니었다. 더러는 큰산과 그 법계에 대한 내 막연한 추단을 분명히 해준 것도 있었고, 더러는 흩어지고 버려진 채로 눈길을 무심히 스쳐 지나온 일들에도 더없이 소중스런 역사의 숨결이 깃들어 있는 것들도 많았다. 그 쉬운 예 몇 가지를 소개하면 대개 이러하다.

——어렸을 적 나의 초등학교가 자리하고 있던 회진리(천관산 남

쪽 10리 거리 포구 마을) 주변에는 여기저기 오랜 흙성(토성)과 석성의 흔적들이 많았었다. 사람들은 그게 모두 옛날 왜구의 침노를 막기 위한 성이었다 하였지만, 어릴 적 일이라 그저 무심스레 지나쳐 들어넘긴 성지였다. 그 성지가 바로 임진·정유년 간의 중요한 수군 기지요 충무공 이순신의 명량대첩의 출진지로 여러 기록에 드러나 있었다.

조선 시대의 수군 편제는 각 지역 요소에 만호진이 설치되고, 이들 몇 곳의 만호진들은 차상급 지휘관인 첨사(僉使, 혹은 僉節制使)의 관할에 속했으며, 그 첨사 위에 다시 전라 좌수사·우수사가 있었다. 회령포진(회진리의 옛 군영 명칭)은 그런 만호진의 한 병진으로 명종 연간(1545~67년)에 이 지역에 왜구가 출몰하자 이웃 보성에서 이곳으로 옮겨 장흥부 유일의 해상방어 요새로 설치된(1554년) 것이었다. 회령포진이 이곳으로 옮겨진 이듬해인 을묘년엔 바로 왜구들이 남해안 일대(강진, 장흥, 영암)를 쑥밭으로 만든 을묘왜변(왜구들은 이때 회령포 등의 만호들이 진을 친 득량만을 피하여 강진만 쪽으로 상륙해 들어왔다)을 겪었고, 이어 후일에는 저 임진년과 정유년의 왜란을 치르게 된 것이었다.

하고 보면 이때 흉포한 왜병들이 산과 절을 불태우고 그 소장물들을 약탈해갔을 것은 상상하기가 어려운 일이 아니었다. 왜화는 또한 그뿐만이 아니었다. 그로부터 3백여 년이 흐른 저 왕조 말기, 왜인들은 다시 이 땅을 강점하여 그간에 우거진 수림을 남벌해가 큰산을 또 한차례 벌거숭이로 만들어버린 것이었다.

그런데 그보다 중요한 것은 그렇듯 계속적인 왜화 속에서 이 고을 사람들이 그때마다 저들의 난적질을 그저 무기력하게 보고만 있지를 않았다는 사실이었다. 저 왜란기의 호국승 허한대사(1542~1633, 임란 당시 승의병을 모집하여 승군의 좌영장으로 분전)가 어렸을 때 이곳 천관산에서 계를 받아 입문을 한 것도 우연이 아니려니와, 이 고을 사람들은 누구보다도 제 땅을 지키는 일에 앞장서 나섰고, 자존과 긍지를 진력해 지켜온 백성들이었음이 분명했다. 그것은 당시 백의종군중의 충무공이 이곳에서 흩어진 전열과 군비를 재정비하여 명량대첩의 위업을 이룩하게 된 경위에 서만도 충분히 입증이 되고 남았다.

충무공의 『난중일기』에는, 공이 백의종군으로 광양에서 구례, 옥과, 낙안, 보성 등을 거쳐 정유년 8월 18일 회령포진에 도착하기까지엔 별다른 군비를 확보하지 못한 상태였다. 하던 것이 공이 이곳에 머문 뒤부터 병선과 군량, 병기들뿐 아니라 병원(兵員)까지 상당수 충원이 가능하여 전열을 어느 정도 정비할 수 있었다. 그것이 복직 후의 공의 힘이 되었고, 명량대첩 출진의 밑받침이 된 것이었다. 여기엔 물론 관민을 망라한 이 지역민들의 성원과 희생적 참여가 앞장을 섰던 것은 더 말할 나위가 없었다. 그 한 사례로 충무공 등을 보좌한 관군 협찬 활동과 공이 회령포진에 머물렀던 일과 관계가 컸을 것으로 짐작되는 장흥인들(천관산 아래 관산은 장흥부의 고읍으로 지역적으로 이때의 장흥인이란 관산과 대덕을 중심한 인근 지역민들이 많았을 것이다. 1392년 조선 태조원년 이전의 장흥부는 고장흥, 즉 현재의 천관산하 방촌리 일대에 자리함)의 의병 활동 참여도는 전라 53개 읍 중 10위권을 벗어난 읍세에도 불구하고 그 규모가 각각 5위 이내로 기록되고 있으니, 이 한 가지 사실만 보아도 회령포를 중심으로 한 당시 장흥인들의 의기와 그에 따른 희생이 어떠했던가는 극명히 알 수 있는 터이다. 더욱이 그 같은 높은 의기는 한낱 제가 사는 고을이나 지키려는 편협한 향토애에서가 아니라 나라의 위난을 앞장서 물리치려는 멸사구국의 차원(그 참전지의 광범위함!)에서였음에랴. 그런데 이러한 드높은 기개는 이후로도 계속 이 고을 사람들의 정신적 전통으로 면면히 이어져 내려오고 있었으니, 왕조 말엽의 동학 혁명 활동과 을사·병술(1910년) 국치 때부터 45년 민족해방 때까지의 이 지역 의병 활동·항일 투쟁사들이 그 좋은 본보기인 것이다.

동학혁명의 최후 저항지는 이곳 장흥과 강진 지역이었으며, 1895년 갑오 12월 그 마지막 석태들 싸움에서 분사한 동학군 중 지금까지 이름이 전해진 희생자 46명 가운데에 천관산하의 대덕·관산인이 23명에 이른다. 이에 남도장군으로 일컬어지던 혁명군 지휘자 이방언은 장흥에서 일군에게 체포되어(12. 25.) 후일(1896. 4. 25.) 독자 성호와 함께 장흥 장대(將台)에서 참형을 당한다.

이후 구한말의 항일 의병 활동과 일제 치하의 독립 운동 사례들은 일일이 다 헤아리기가 어려운 형편이다. 한마디로 천관산의 지나간 역사는 그 찬연한 법계의 성세뿐 아니라, 이 산의 정기를 이어받은 지역민의 의롭고 영광스런 삶이 늘 함께해온 셈이었다. 그리고 이제는 그 영광과 성세가 오늘의 폐허상으로 변하게 된 사연도 썩 분명해진 셈이었다.

하지만 나는 그럴수록 더 감회가 창연스러워지기만 하였다. 산과 고을이 이처럼 피폐해진 것은 절들이 불타 구룡이 하늘로 올라가 버려서나 종소리의 법덕이 사라진 때문이 아니었다. 산의 정기가 끊겼거나 고을 사람들의 심성이 비루해져서도 아니었다. 고을 사람들의 기개나 제 땅에 대한 사랑은 오히려 넘칠 만큼 충만해온 셈이었다. 아니, 이 고을은 의기나 자강·자각이 모자람에서가 아니라, 넘쳐 흐름에서 오히려 그 산하와 삶의 초토화를 불러들인 셈이었다. 임진·정유년 간의 항전은 제쳐두고 동학 혁명군의 최후 결전시만 하더라도 장흥 근역에는 농민군 3만 명이 집결했고, 천관산 인역에도 그 수가 4, 5천에 이르렀으니 그 분전상과 인명 피해 및 재산상의 손실은 더 이를 바가 없을 터이다. 고을의 피폐화는 그 장흥인들의 자생적 의기의 한 결과일 수 있었다. 절이 불타고 종이 유실된 것도 어찌 보면 피폐화의 원인이기보다는 그 과정과 결과일 수 있었다. 또한 그런 뜻에서 오늘의 피폐상은 그 의기와 영광스런 역사의 역설적 응보의 표상이랄 수 있었다. 그것은 역사의 어이없는 모순이자 잔인스런 배반이 아닐 수 없었다. 하여 그 역사가 의롭게 빛나 보이면 보일수록 나는 그 애틋하고 허망스런 심회가 더 깊어가기만 하였다. 심지어 그 역사라는 것에 대한 야릇한 배반감 앞에 가슴속이 차갑게 얼어붙기까지 하였다. 이 피폐하고 무기력한 현실이 진정 그 의로운 피흘림의 역사의 옳은 응보란 말인가. 그것이 비록 그 큰 역사에 바쳐진 희생이었다 하더라도 한번 허물어져 폐허가 된 땅은 이토록 다시 일어서기가 어려운 것인가. 역사의 참값은 물론 그것이 아닐 것이다. 그 보상이 그런 것은 아닐 터였다. 그 역사의 진실한 유산은 그것을 이어 살아가는 후세의 삶을 더 힘차고 자랑스럽게 해주어야 하였다. 그 힘으로 허물어지고 쓰러진 것들을 다시 일으켜 세울 수 있는 근기(根氣)라야 하였다. 하여 그 역사를 이어 사는 사람들의 삶이 스스로의 행함 속에 보다 더 힘차고 빛나는 것이 되게 해주어야 하였다. 의로운 역사에는 그런 힘과 빛이 지녀 있게 마련이었다.

한데도 그렇듯 허물어진 산하와 그 삶을 힘차게 다시 일으켜 세우지 못하고 무심히 방치해온 책임은 어디에 있는가. 그 황량스런 자폐증의 굴레 속에 그 삶이 스스로 무력해져가고 있는 세정의 허물은 어디에 있는가. 불에 타 사라진 절들과 유배행의 구리종에? 허물어진 봉수대와 그 불길의 사라짐에? 상징적으로는 아마 그렇게 말할 수도 있을 터이다. 하지만 이제 와 다시 생각해보면, 그것들은 폐허화의 한 과정이자 결과적 현상으로서, 폐허화의 원인으로서보다는 다시 일으켜 세움의 대상으로서의 상징물 쪽에 더 가까운 것들이었다.

허물과 책임은 그런 물상보다 역시 고을 사람들의 심성 쪽에 물어져야 하였다. 그런 물상들을 잃거나 다시 세우는 일은 역시 사람의 소임에 속하는 때문이다. 그렇다면 다시 그 허물은 이 고을의 어떤 사람들에게 물어져야 할 것인가. 누가 그 허물과 책임을 자임하고 허물어진 것들을 다시 일으켜 세우러 나서야 할 것인가. 그 무속적 치성에 의지해 살아가는 이 고을 여인들이? 혹은 봉수대의 벽계석을 허물어다 방구들을 놓았다는 산 아래 사람들이나 사라진 봉수대를 다시 세우고자 빗속에 흩어진 벽계석들을 회수하려다 곤욕을 치르고 쫓겨난 촌부들이? 아니면 그 어이없는 광경을 보고도 고개만 가로젓고 있던 암자의 스님이?

책임은 물론 그 모든 사람들에게 함께 있을 것이었다. 그중에도 유지층이나 산의 여맥을 지켜온 절간의 스님들에겐 누구보다 그 책임이 더할 것이었다. 하지만 그 책임이 모든 사람들에게 공유되고 있다 함은 어느 누구도 진실로 책임을 져야 할 사람이 없다는 것 한가지였다. 그 허물을 앞장서 짊어지고, 허물어진 것을 다시 일으켜 세우러 나서야 할 사람이 없다는 것 한가지였다.

그것은 일의 옳은 방책이 아니었다. 허물어짐의 근원과 허물을 밝히는 것은, 그로 하여 다시 일으킴의 길을 열고 방법을 얻는 일이며, 다시 일으킴의 시발점이 될 수 있는 때문이었다. 그리고 그 다시 일으킴이야말로 나의 가장 큰 관심사이자 목적인 때문이었다.

한데도 나는 어디에도, 어느 누구에게도 그 분명한 책임을 지울 데가 없었다. 그리고 무엇보다도 그것이 나를 무던히도 난감하게 하였다.

——잃어버린 역사.

하지만 기왕지사 마음을 깊이 못 쓰고 살아갈 바에야 차라리 그런 식으로 시일이나 흐르다가 그럭저럭 일이 끝나는 게 나았을는지도 모른다. 거듭된 낭패와 실망감 때문인지, 그간 다시 몇 년의 세월이 흐름에 따라 내게선 그 종소리의 환청 현상이 차츰 뜸해지기 시작한 데다, 그 정도도 제법 견딜 만하게 되어간 때문이었다.

한데 그러던 중 드디어는 그 서글픈 진상이 드러나기에 이르고 만 것이다. 그것도 몹시 놀랍고 달갑잖은 경위로 해서였다.

　천관산 근동에선 이 고을의 의기나 영광과 관련하여 관산인 존재 위백규 선생의 유덕이 자주 되새겨 기려지곤 하였다. 존재 선생은 조선 시대 영·정조 때(1727~98)의 천관산하 고읍 방촌 출생으로, 후일 천문, 지리, 율력, 산수 등에 통달하고, 특히 주역에 밝아 그 생애 중에 『존재집(存齋集)』『정현신보(政弦新譜)』『경서조대(經書條對)』『시소전기서설(詩疏傳記序說)』등 많은 저술을 남긴 큰 학자였다. 이 어른의 생애가 유별난 감회를 느끼게 한 것은 정조 연간에 당신의 학덕이 조정에 알려져 선공감부봉사(繕工監副奉事), 옥과 현감, 경기 전령 등 여러 번 관직에 제수된 바 있었으나, 당신은 끝내 벼슬길을 사양하고 향리에서 학문과 저술, 양영(養英)에만 끝까지 전념한 것이었다. 그 고고한 기개와 높은 학덕, 그리고 향군 수성과 탐구의 정신은 이 지역민의 오랜 사표가 되어오고 있었다.

　나도 물론 이전부터 이 어른에 관한 기록과 전문들을 적잖이 접해왔음이 물론이었다. 하지만 나는 한서의 독해력도 미치지 못하거니와, 대부분의 저술들이 내 관심사 바깥 것들이어서 거기 크게 마음을 써오지 않았던 터였다. 그런데 뒷날 나는 천관산하 한 고택에서 『지제지(支提志)』라는 선생의 새 저술 한 가지가 발견된 일이 있다는 소문을 접하게 되었다. 『지제지』라면 천관산의 옛 별칭이 지제산이었으니, 바로 그 천관산의 지지(地誌)일시 분명했다. 뿐더러 그것이 천관사의 지지가 분명할진대, 그 산의 절들, 특히 탑산사에 관한 기록을 거기서 기대해볼 수 있었다. 나는 그 귀한 소식에 자신의 게으름과 주의의 소홀했음에 자신을 탓하면서도, 새로운 긴장과 흥분기에 쫓기듯 단걸음질에 다시 고향 고을로 내려 갔다. 그리고 『지제지』가 소장되고 있는 선생의 방촌리 종손가를 찾아갔다. 허물어진 산이나 피폐해진 세정에 대한 책임의 소재가 아직까지 밝혀지지 못했더라도, 그것들을 다시 일으켜 세우는 일은 보다 더 중요한 일인 때문이었다. 『지제지』에 만약 탑산사에 대한 내력이 적혀 있다면, 적어도 그 옛 자리만이라도 밝혀져 있다면, 그것은 그 절을 다시 일으켜 세우는 일의 시발점이 될 수가 있었 다. 그리고 탑산사가 이 산과 고을의 허물어짐의 상징일 수 있듯 이, 그것들을 다시 일으켜 세우는 일의 상징도 될 수 있었다.

위씨 종가의 하 씨는 과연 소문으로 듣던 대로였다. 하 씨는 몇 해 전 선생의 재실 서고 정리 중에 『지제지』라는 저술을 한 권 찾 아낸 바 있었다 하였다. 그리고 거기엔 내가 기대해온 대로 천관 산의 지세나 여러 사찰들의 내력이 상술되어 있을 뿐 아니라, 탑 산사의 창건사나 위치에 대한 것들도 밝혀져 있었던 걸로 알고 있 다 하였다.

그런데 안타깝게도 이번 일 역시 행운은 거기까지뿐이었다. 거 기서부터는 일이 이상한 방향으로 흘러가기 시작했다. 책이 발견 된 것은 생각보다 오랜 일로 이미 5, 6년 이전의 일이었다. 하지 만 아쉽게도 그는 이미 그 책을 집 안에 지녀오지 못하고 있었다. 어디서 어떻게 소식을 들었던지, 그 새로 지은 탑산사의 스님이 두어 해 전에 그곳으로 책을 보러 왔더라 하였다. 그리고 그 책을 훑어보고 크게 반색하면서 전권 필사를 청해오더라는 것이었다.

『지제지』는 그래 그때 한두 달을 기한하고 스님이 필사를 위해 산으로 옮겨간 것이었다.

스님으로선 족히 그럴 만한 일이었다. 옛 절의 이름을 빌려 새 암자까지 세운 스님에겐 그 책이 무엇보다 귀중한 전거거리가 아닐 수 없었다.

문제는 스님이 여태도 그 책을 돌려보내 주지 않고 있는 점이었다. 약정한 기한을 한참이나 넘기고도 소식이 감감하여 사람을 보냈더니, 처음에는 그저 좀 일이 늦어지고 있노라, 이런저런 핑계로 시일을 끌더니, 어느 땐가부터는 아예 책을 잃어먹었노라, 엉뚱한 발뺌을 하고 나서더라는 것이다. 그래 하 씨는 이 2, 3년간 탑산사까지 몇 차례나 헛걸음질만 시켰을 뿐 차마 이러지도 저러지도 못할 처지에서 어정쩡한 세월만 흘려보내고 있는 터랬다.

나는 낭패감이나 실망보다 그런 스님의 경우부터가 의심스럽지 않을 수 없었다. 그건 하 씨도 마찬가지였지만, 그가 진정 책을 잃고 그러는 것 같지가 않았다. 산골 절간에서 그런 책을 훔쳐갈 사람이 있기도 어렵거니와, 약조한 기일이 한참이나 지난 뒤에야 그런 식의 발뺌을 하고 나선 것, 더욱이 그간에 필사의 일조차 시작하지 않고 있었다는 데에 이르러서는(하 씨는 하다못해 그의 필사본이라도 돌려받고 싶어 했으나, 스님은 그조차 일을 착수하기 전에 변을 당했노라, 시치밀 떼고 있다는 것) 누구도 스님을 곧이들을 수 없게 되어 있었다. 필시 스님에게 그럴 만한 곡절이 있음이 분명했다. 책을 가져간 것이 두세 해 전이라면, 내가 실제 그 큰산을 올라가 스님을 만나보기 이전의 일이었다. 그리고 그땐 그가 필사를 했거나 말았거나 책의 내용을 다 알고 있었을 때였다. 아직은 근거를 밝힐 수 없지만, 언젠가는 분명히 그의 새 절터가 옛 탑산 사의 자리를 제대로 찾아 앉은 사실이 밝혀지게 될 때가 오리라 서 슴없이 단정한 것도 그로 인한 모종의 확신이 있었기 때문일 수 있었다. 상식을 벗어난 그의 실덕엔 그의 절과 관련된 어떤 곡절이 있을 수 있었다.

나는 이번에는 실망과 흥분보다 새로운 의혹 속에 다시 산을 찾아 올라갔다. 우선 새 탑산사의 스님을 만나보기 위해서였다.

하지만 예상한 대로 스님은 내게 대해서도 역시 딴전뿐이었다. 하 씨의 말대로 그가 연전에 거기서 『지제지』를 빌려온 건 사실이지만, 그 후 필사의 일을 시작하기도 전에 실제로 그 책을 잃어먹고 말았노라는 변백이었다. 그래 그 책의 원본은 물론 필사본조차 지니지 못하고 있다는 발뺌이었다. 더욱이 스님은 그 책을 잃어먹었다는 사실 이외에 그 경위나 책임에 대해서는 일언반구의 설명이 없었다. 그 책이 언제 어떻게 없어졌느냐, 이런 산속 절간에서 그런 일이 있을 수 있느냐, 그런 책을 탐한 자가 누구겠으며, 그 책이 이곳에 올라와 있는 사실을 안 자가 누구겠느냐, 그 귀한 책을 분실한 책임을 어떻게 지겠느냐, 책을 되찾기 위한 어떤 방책을 강구해왔느냐…… 내 연이은 다그침들에도 스님은 그저 막무가내식으로 맥없이 고개만 가로저을 뿐이었다.

불행 중 다행이랄까, 그나마 끝에 가서 그가 마지못해 시인을 해온 것은 책을 가져다가 잃어먹기 전까지 몇 차례 내용을 훑어보았다는 사실이었다. 책이 전판 한문으로만 씌어져 있어 그가 그

138

필사의 일을 시작하기 전에 내용의 해독 작업부터 착수했던 때문이었다. 책이 사라진 건 그 해독 작업이 거의 끝날 무렵이어서 스님은 아직 그 내용을 일부나마 기억하고 있을 것이 분명했다. 나는 그 스님의 기억의 내용에 마지막 기대를 걸었다.

하지만 스님은 거기 대해서도 별반 시원한 응답이 없었다. 지금은 사라지고 없는 수십 곳의 옛 사찰과 산세, 지형지물들을 옛 명칭들로 설명하고 있어 확실한 해독이 어려웠다는 핑계로, 뿐더러 그간 시일이 오래 흘러 기억이 확실치 못하다는 핑계로, 스님은 거의 다른 곳에 대한 이야기는 입을 열지 않았다. 스님의 응답은 다만 그 사라진 탑산사조(條)에 대한 것뿐이었다. 그것도 막연한 감탄조 속에 스쳐 흘린 그 절의 규모와 위치에 대한 몇 마디뿐이었다.

—전번에 오셨을 때도 그런 말씀을 드린 듯싶습니다만, 그 절 자리가 지금 바로 이곳이었던 것은 분명했지요. 기록엔 절이 거느린 당우나 선소들이 여러 곳 따로 소개되고 있었는데, 그 도량이 이 산에선 어느 곳 못지않은 굴지의 법계였던 모양이구요.

……그로선 당연한 일이었는지 모르지만, 그는 애매한 대로 탑산사의 규모나 위치에 대해서만은 그렇듯 자신 있는 추단을 서슴지 않았다. 그리고 언제고 책이 다시 나타나면 그 모든 사실이 확인될 수 있을 거라며 스스로도 그 『지제지』가 몹시 아쉬운 듯 그것을 잃게 된 자기 힐책을 겸하여 엉뚱스런 몇 마디를 덧붙이고 있었다.

—하지만 아까 선생도 이런 산속에서 그 책을 탐할 사람이 누구겠느냐고 하셨듯이, 그 책이 어디 그리 멀리까지 샀겠습니까.

어차피 이 산속 어디쯤에 있겠지요. 눈으로 직접 본 일이 아니니 그게 꼭이 어디라 지목은 못하지만, 책이 이 산속에 남아 있기만 하다면 언제고 사실을 드러내게 될 테고요……

나로선 물론 스님이 탑산사의 위치나 규모를 확인해준 것만이라도 그런대로 큰 소득이 아닐 수 없었다. 그리고 그 스님마저 『지제지』의 분실을 아쉬워하는 판국에 더 이상 그를 다그치고 들 수도 없었다. 하지만 그 엉뚱한 스님의 몇 마디는 그대로 무심히 흘려 들을 수가 없었다. 거기엔 필경 잃어버린 책에 대한 스님의 암시가 들어 있음이 분명했다. 그리고 그가 '이 산속 어디'라고 한 것은 같은 산역의 천관사를 가리키고 있음이 분명했다.

나는 새삼 어떤 예감이 치솟기 시작했다. 그래 다시 그것을 스님에게 물었다. 책이 가 있는 곳이 천관사입니까, 그 책이 천관사로 간 거라 보십니까──스님은 일단 나의 그런 예단을 나무라듯 말없이 고개를 가로저었다. 하지만 내 생각은 대개 과녁을 적중하고 있었다. ──나는 보지를 못한 일이오. 허나 그곳에서도 그 책의 내용을 일부 알고 있다 하더이다…… 고개를 가로젓고 나서 스님은 다시 은근히 시인을 해왔다. 나는 다시 스님에게 그 이유를 물었다. 그 책이 아무리 귀한 보물이라 한들, 같은 법문을 받들고 살아가는 이웃 절 처지에 거기까지 무리한 짓을 저지를 까닭이 무엇이겠느냐. 스님은 이번에도 확연한 대답을 회피한 채, 짐짓 말끝을 흐려두는 식이었다. ──글쎄, 소승도 설마 거기서 그랬을 거라곤 믿고 있지 않소이다만…… 그 책으로 하여 탑산사가 이 산의 큰 법맥을 이어온 가람으로 밝혀지게 된다면, 지금까지 이 산의

140

본사 노릇을 해온 곳으로서는 속이 그리 편치가 못할 대목도 있겠지요.

하여 내가 이날 탑산사를 나선 길로 그 천관사까지 찾아보았을 건 당연했다. 그걸로 쉽사리 진실이 밝혀질 수는 없겠지만, 일단은 사실 여부라도 알아보기 위해서였다.

하지만 예상한 대로 천관사에서도 결과는 마찬가지였다. 천관사에서도 사실이 밝혀지기커녕은 오히려 일이 더 아리송해져가기만 하였다. 천관사는 역시 그 넓은 도량으로 하여 한때의 성세를 족히 짐작할 만한 큰 가람터였다. 폐허가 되다시피 한 넓은 도량 안엔 그런대로 아직 몇몇 당우와 선방들이 성세의 여맥을 지키고 남아 있었다. 선걸음에 잠시 찾아 만나본 그곳 스님은 탑산사의 스님보다도 법랍이 꽤 깊어 보였다. 한데다 스님은 그 법랍의 깊이만큼이나 마음이 열린 탓에선지, 사람의 말을 그다지 회피하는 편이 아니었다.——탑산사에서 없어진 책을 알아보러 오신 게지요? 스님은 첫 대면서부터 내가 찾아온 용건을 미리 알고 물어왔다. 뿐더러 그런 일이 한두 번이 아닌 듯 스님은 내 탑산사에서의 일들을 눈에 보듯 샅샅이 짐작하고 있었다. 나는 그 스님 앞에 차라리 마음이 편해져서 거두절미 『지제지』의 행방부터 물었다. 나의 물음에 스님은 오히려,——그 절에 있는 책을 어디에다 묻습니까, 핀잔을 하듯이 되묻고 나서는, 그 책은 아직도 탑산사에 그대로 잘 간직되고 있을 거라, 간단히 단언했다.

나는 다시 한 번 어리둥절해진 속에서도, 스님에게 그 까닭을 묻지 않을 수 없었다.——책을 원본째 숨겨서 무슨 득을 보려고요?

그 책이 무슨 그럴 만한 값이 있는 겁니까? 하지만 그건 어리석은 물음이었다. 스님은 딱하다는 듯 혼자 껄껄 웃고 나서, 그에 대한 얼마간의 설명을 덧붙였다.——그건 아마 위인이 새 절터를 잘못 짚어 잡은 탓일 게요…… 이 산에 옛날 탑산사라는 규모 큰 절간이 있었다는 건 사실이지요. 위인이 그걸 알고 탑산사의 법맥을 잇겠다고 이리저리 옛날의 절터를 찾다가 거기다 자리를 정하고 절을 지어 앉혔겠지요. 헌데 이번에 그 책이 나타나고 보니, 거기 쓰인 기록에 절터를 잘못 잡아 앉은 것이 드러나게 된 거지요. 옛 탑산사의 재창건이 아니라, 생판 다른 절을 지어 앉은 꼴이 된 거 아니겠소…… 일테면 그래 그 새 탑산사의 스님은 그런 사실을 덮어두기 위해 책을 숨기고 말았으리라는 것이었다. 나는 다시 묻지 않을 수 없었다. 그렇다면 당신은 그 숨겨진 책의 내용을 어떻게 알고 있느냐, 지금의 탑산사가 옛 자리를 찾아 서지 못했다는 사실을 어디서 어떻게 알았느냐——스님은 제법 거기 대해서도 그럴 만한 근거가 있었다. 탑산사의 스님은 한문으로만 되어 있는 그 책 내용 해독 중 몇 차례 이쪽의 도움을 청해왔다는 것. 그리고 그 옛 탑산사의 자리가 드러남과 동시에 책이 어디론가 자취를 감추고 말았다더라는 술회였다. 한데도 탑산사는 천관사에 그런 도움을 청한 일조차 없는 듯이 책을 묻는 사람에게마다 은근히 이쪽을 지목해오곤 했었다고.

그 허심탄회한 어조와 사리의 흐름으로 보아 스님의 추단은 사실일 수도 있었다. 하지만 나는 그 같은 사실의 이해에도 불구하고 마음이 더 무겁고 혼란스러워지기만 하였다. 그렇다면 탑산사는 어찌하여 다만 책을 숨긴 것으로 일을 마무리질 않는 것인가. 스스로 책을 숨기고도 그 허물을 굳이 천관사 쪽에 돌리려 해온 이유는 무엇인가. 그것으로 그가 무슨 이득을 얻을 수가 있는가. 아니, 그는 언젠가는 책이 다시 나타나게 될 때가 있을 것이고, 그때는 그의 새 탑산사가 옛 절의 자리라는 것이 분명히 밝혀지리라 자신하고 있었다. 그것은 도대체 무엇을 말하고 있었음인가. 탑산사와 천관사 중에 어느 쪽의 말을 사실로 곧이들어야 할 것인가.

천관사의 스님은 그런 의문점들에도 나름대로 그럴듯한 추리를 거들었다. 그 책의 일이나 사실이 밝혀질 날이 오리라 한 것은 한마디로, 탑산사의 스님이 언젠가는 그 책의 기록에 나타난 옳은 옛 절 지리에 제대로 절을 다시 세워 앉히려는 생각 때문일 터이며, 그때까지는 지금의 절 자리가 옳은 곳이 아님을 덮어두고 지내다가 새 절을 제자리에 세우고 난 다음에는 책이 다시 나타나고 사실이 드러나더라도 상관이 없는 일 아니겠느냐는 것이었다. 한데다 그런 일로 굳이 책을 숨기기까지 했어야 할 필요가 무엇인지, 더욱이 그 허물을 천관사 쪽에 덮어씌울 까닭이 무엇인지, 그로하여 그가 얻을 이득이 무엇이겠느냐는 내 잇따른 추궁에 대해서도 스님은,──그 해답은 당신이 이미 탑산사 쪽에서 가지고 온 것 아니겠소, 가벼운 힐책 투로 한마디를 되묻고는,──한 산속에 이웃해 있는 도량이니 그게 제법 사리에 닿아 보이는 탓도 있겠지만, 보다도 그 위인 자신이 말했듯이, 탑산사로 이곳 법계의 중심을 삼고 싶어선 게지요. 보다시피 여기도 이젠 어느 절 법맥을 이었다 할 수 없을 만큼 폐허가 다 된 마당이라…… 탑산사가 제 옳은 자리를 찾아서 이곳보다 맘에 맞는 큰 절을 세우고 보면 이 골 사람들의 불공길 발길도 그쪽으로 많이들 몰려갈 게 아니겠소. 게다가 그 책엔 탑산사뿐 아니라 이 천관사에 대한 기록도 적지가 않았으니 말이외다. ……도량이 적잖이 넓어 보이는 속에서도 노골적인 폄하와 힐난의 기미를 숨기지 못해하고 있었다. 그 스님의 말씀인즉 과연 얼마든지 그럴 만한 개연성이 있는 일이었다.

하지만 나는 그 모든 것이 비록 사실이라 하더라도 거기서 비로소 사실을 만나게 된 후련한 기분이 될 수가 없었다. 후련한 기분커녕 모든 것을 깡그리 부인해버리고 싶을 만큼 마음이 자꾸 더 무거워지고 있었다. 탑산사고 천관사고 양쪽의 말을 다 곧이듣기가 싫었고, 그 말 속의 사실 자체를 부인해버리고 싶었다. 그 같은 혼란과 낭패감은 스님이 그때 내게 무심히 던져온 마지막 몇 마디로 하여 더욱 그 깊이를 더해가고 있었다.

—하다면 어쨌거나 그 잃어버린 절이 다시 빛을 볼 때가 오기는 할까요? 일테면 그 옛날 탑산사의 옳은 자리에 절이 다시 설 때가 오겠느냐는 말씀입니다.

절을 내려오기 전 깊은 낭패감 속에 자기 위안 삼아 한마디 건네본 나의 말에, 스님은 모처럼 정색을 한 표정으로 고개를 가로젓고 만 것이었다.

—아마 당분간은 어려울 거외다. 어쩌면 영영 안 될 일일지도 모르고. 사람들의 불사에도 각기 제격에 맞는 길이 있음이라, 지금은 아무래도 이쪽이나 그쪽이나 이대로 그럭저럭 격이 제법 맞는 듯싶어 보이니 말이외다……

이제 이 이야기는 이쯤에서 그만 끝을 맺는 것이 좋을 것 같다. 어쨌든 이제는 사정이 어느 정도 분명해졌을 뿐 아니라, 나로선 더 이상 이야기를 계속해나갈 수도 없는 때문이다.

아니, 아직도 사실이 제대로 드러났다고 할 수 없을는지 모른다. 『지제지』는 아직도 소재나 행방이 밝혀지질 않았고, 그의 분실 여부조차 분명해지지 못했다. 하지만 그것들은 이제 중요한 것이 아니었다. 『지제지』는 어쩌면 탑산사에 그대로 간직되어 있을 수도 있었고, 그쪽 말대로 천관사로 자리가 옮겨져 있을 수도 있었다. 어떤 뜻에선 두 절이 손을 맞잡고 그것을 숨겨오고 있는 격일 수도 있었다.

어쨌거나 그건 내게 큰 상관이 없는 일이었다. 중요한 것은 일이 그렇게 되어온 사유였다. 탑산사나 혹은 두 절에서 일을 그렇게 만들어온 숨은 목적이었다. 그것도 이제는 속사정이 거의 분명해진 셈이었다. 그 헐벗은 산, 기나긴 세월 속에 폐허로만 남아온 이름 없는 사지들, 황량하고 무기력한 고을의 피폐상, 그 자폐성의 굴레를 벗지 못하고 있는 불사의 무속화——그것은 아마 그런 일들과 크게 상관이 되고 있을 터이었다. 그리고 무엇보다 대흥사의 구리종이 이 산으로 되돌아오지 못하고 있는 사정과 상관이 있을 터였다. 그것은 그 무심한 탑산사의 스님이 흩어진 봉수대의 벽계석으로 인한 소동에도 그저 무연히 침묵만 지키고 있다가 내뱉고 돌아선 말, 저들에게 그보다 간절한 불사가 없고 보면 운운…… 스님 자신도 이제는 그 흐름을 거역할 수 없는 듯싶어 보이던 수상한 체념 투나. 천관사 쪽의 늙은 스님이 지금은 이대로가 격에 맞는 불사가 되고 있어 구리종이 돌아오기 어려울 거라던 말들에서 그 동기가 충분히 감지될 수 있었다. 한마디로 이곳에선 구리종이 돌아오는 걸 원치 않고 있었다.

하지만 나는 여기서 그 동기를 말하고 싶진 않다. 『지제지』의 기록으로 절의 옳은 위치가 밝혀지자 그 기록을 숨겨버려야 했듯이, 나도 또한 그 동기를 짐작할 수 있으되 그것을 차마 여기서 말할 수가 없는 것이다. 어쩌면 이토록 지루한 이야기를 함께해온 일이나 그 끝에 만나게 된 작은 진실이나마 그것을 속 시원히 드러낼 수 없게 된 내 작은 동기까지도…… 그로 하여 내겐 비록 제물에 벙어리꼴이 되어야 하는 그 숙명과도 같은 답답함이 뒤따른다 하더라도. 그리고 바로 그날 산을 내려오면서부터 다시 귓가에 맴돌기 시작한 그 구리종의 유장한 종소리가 이날까지 끊임없이 나를 괴롭히고 따라다닌다 하더라도.

―잃어버린 말.

밝힘

1) 글 속의 탑산사와 천관사, 혹은 그곳 봉수대와 고을 사람들, 스님들에 대한 서술은 전혀 사실과 거리가 먼 허구임을 밝혀둔다. 절과 고을 사람과 스님들에 대한 나의 생각은 오히려 그와 반대일 것이나, 작의상 그 같은 왜곡이 불가피해진바, 행여 이로 하여 거명된 고을이나 도량들, 그 스님들께 누를 끼치게 될까 염려되어 사족

을 덧붙인다.

2) 『지제지』에 대한 서술 역시 같은 이유로 얼마간의 허구가 가해졌다. 『지제지』는 이미 1976년에 그 원본이 한글로 주역(註譯)되어 발간된 바 있다. 글 중에선 책 내용의 일부를 『장흥풍정록(長興風情錄)』이란 가상 책명의 것으로 대신하여 사용했다.

3) 이 밖에 역사적인 사실이나 지지의 근거는 『동국여지승람』이나 『여지도서』 『지제지』 등의 고기(古記)들 이외에 다음의 글들을 참고, 혹은 직접 인용하였다.

* 「동학농민전쟁·석태들 전투」(강수의, 장흥문화원장)
* 「봉수제도와 천관산 봉수대 복원」(위황량)
* 「임진왜란과 장흥의병」(고원대, 순천대 교수)
* 「천관산의 불교유적」(성춘경)
* 「항일투쟁과 장흥」(이상근)
* 「회령포진성과 정유재란」(이해준, 목포대 교수)

(『현대문학』 1989년 7월호)

키 작은 자유인
── 가위 밑 그림의 음화와 양화 5

1954년 4월 3일 오후. 고향 마을 산모퉁이의 한가한 바닷가 개펄 바닥. 어머니와 나는 썰물 진 개펄을 헤매며 게를 잡고 있었다. 나는 그해 이른 봄 광주의 한 중학교 입학시험에 합격하여 개학날이 이틀 뒤로 다가와 있었다. 내일이면 나 혼자 고향집과 어머니를 떠나 광주의 한 친척집으로 더부살이를 가야 했다. 어머니는 빈손에 아이를 맡기러 보낼 수가 없어, 일테면 그 미안막이 선물로 갯가에 지천으로 나와 노니는 게라도 한 자루 잡아 보내려는 것이었다. 그 시절 어려운 시골의 봄철 살림엔 그 밖의 다른 치렛거리를 마련할 길이 없었기 때문이었다. 산비탈을 스쳐 지나가는 솔바람 소리에도 가슴이 메어오고, 먼 수평선 위를 흐르는 흰 구름덩이까지 공연히 눈물겹기만 하던 한나절, 어머니와 나는 그 막막하고 애틋하고 하염없는 심사 속에 짐짓 더 열심히 게들만 쫓고 있었다.

그리고 이튿날, 나는 아직도 살아 바글거리는 게 자루를 짊어지고 왼종일 3백 리 버스 길에 시달리며 내 숙식을 의탁할 광주의 외사촌누님네를 찾아갔다. 그러나 막상 그 집에까지 도착하고 보니 게 자루는 이미 아무 소용도 없는 꼴이 되어 있었다. 게 자루 따위가 변변한 선물거리가 될 수도 없는 터에, 덜컹대는 찻길에 종일을 시달리다 보니, 자루 속의 게들은 이미 부스러지고 깨어져 고약스레 상한 냄새를 풍기고 있었다. 나는 그 게 자루가 그토록 초라하고 부끄러울 수가 없었다. 그것이 내 남루한 몰골이나 처지를 대신하고 있기라도 하듯이 그 외사촌네 사람들 앞의 자신이 그토록 누추하고 무참하게 느껴질 수가 없었다. 하여 그 누님이 코를 막고 당장 그 상한 게 자루를 쓰레기통에다 내다버렸을 때, 나는 마치 그 쓰레기통 속으로 자신이 통째로 내던져 버려진 듯 비참한 심사가 되고 있었다.

하긴 그렇다. 그것은 바로 그날까지의 나 자신의 내던져짐이었음에 다름 아니었을 터였다. 내가 고향에서 도회의 친척집에 가져올 수 있는 것이 오직 그뿐이었듯, 그 게 자루에는 다만 상해 못 쓰게 된 게들만이 아니라, 남루하고 초라한 대로 내가 그때까지 고향에서 심고 가꾸어온 나름대로의 꿈과 지혜와 사랑, 심지어는 누추하기 그지없는 가난과 좌절, 원망과 눈물까지를 포함한 내 어린 시절의 모든 것이 담겨 있었다. 그래 그것은 내 어린 시절의 삶 전체가 무용하게 내던져 버려진 것 한가지였다. 그리고 그것은 어찌 보면 지극히 당연한 노릇이기도 하였다. 나는 이제 그 남루한 시골살이의 껍질을 벗어던지고 보다 더 깔끔하고 강건하고 영민한 도회인의 삶을 배워 익혀나가야 했기 때문이었다. 고향 마을에서들은 누구나 그것을 동경하고 부러워했듯이, 바야흐로 내겐 그런 삶의 길이 앞에 한 때문이었다. 맵시 곱고 정갈스런 누님이 아니었더라도, 나는 상한 냄새의 게 자루와 함께 고향과 고향에서의 모든 것들을 스스로 미련 없이 내던져 버렸어야 하였다. 그래서 부단히 배우고 익혀 아는 것도 많고 거둬 지닌 것도 많은 생산적 의식층으로 자라났어야 하였다. 했더라면 아마도 내 삶에는 좀더 이루고 얻은 것이 많았을는지 모른다. 이루고 얻은 것이 많지 않더라도, 마음만은 한 곬으로 값진 뜻을 좇아서 부질없는 헤매임이 적었을는지 모른다.

하지만 내겐 아마도 그런 노력이 많이 모자랐던 모양이다. 아니면 지혜가 모자랐는지도 모른다. 나름대론 노력을 안 한 바도 아니었고 지혜를 구하지 않은 바도 아니건만, 한마디로 내게선 그 쓰레기통에 버려진 게 자루가 여태도 멀리 떠나가주질 않고 있는 것이다. 어린 시절과 함께 내던져져 썩어 없어졌어야 할 게 자루가 그 남루한 꿈과 동경의 씨앗자루처럼, 혹은 좌절과 눈물의 요술자루처럼 이날 입때까지 나를 계속 따라다니며 사사건건 간섭을 일삼고 있는 것이다. 그리고 그로 하여 나의 삶의 몰골은 끝없는 갈등과 무기력한 망설임 속에 형편없는 왜소화와 음성화의 길만을 걷게 해온 것이다. 도회살이 이미 40년에 가까우면서도 서울에선 늘상 임시 기류 생활 같은 어정쩡한 느낌에 고향을 종종 다시 찾아 내려가보기도 하지만, 고향에선 또 고향에서대로 오래전에 이미 떠나간 사람이 되어버린 자신을 발견하고 부끄럽고 면구스런 발길

을 되돌아서야 하는 — , 그 자랑스런 도회인도, 그렇다고 고집스
런 고향지기도 될 수 없는 어정쩡한 떠돌이의 서글픈 여정 속에.
그 조심스럽고 누추한 자유의 추억 속에.

하고 보면 그날의 부끄러운 게 자루는 그렇듯 누추한 내 음화성
삶의 여정에서 끝끝내 버릴 수 없는 서글픈 숙명의 짐꾸러미가 아
니었던지 —

— 숙명의 씨앗 자루.

그 고향 마을을 떠나기 훨씬 이전의 어린 시절 — 더운 여름날이
면 들일을 나고 들던 어른들이 마을 앞 정자나무(팽나무) 아래서
지친 몸을 한참씩 쉬어가곤 하였다. 한번은 들일을 나가던 마을
교회 장로님이 그 자리로 끼어들며 짐짓 엉뚱스런 푸념을 하였다.

— 우리 집 새끼들은 사시사철 개짓머리(감기)나 몸살기 한번
드는 놈이 없단 말여. 이런 흉년엔 가끔 입맛을 잃고 드러눕는 놈
이라도 생겨야 하는 건데 말여.

슬하에 줄줄이 8남매를 둔 장로님이 여름 생계가 어려운 것을
농으로 흘린 말이었다. 8남매를 거느린 가장 노릇을 하자면 나이
들고 점잖은 장로님이라도 그토록 늘상 힘든 들밭 일에 매달려 지
내야 했을 것은 말할 나위가 없었다.

그러던 어느 일요일 한낮. 면소 마을 교회의 젊은 목사님(우리
마을 교회에는 그때 아직 담임 목사님이 없던 터라 그 면소 교회 목사
님이 가끔씩 먼 길을 찾아와 예배를 인도해주고 돌아갔다)이 예의 정

자나무 아래로 장로님을 찾아 나타났다. 아침 녘에 일찍 주일예배를 끝내고 들일을 나간 장로님이었는데, 이날사말고 하필이면 때가 늦어 당도한 면소 교회 목사님이 길을 돌아서기 전에 그의 면대를 청해온 것이었다. 전갈을 전해 받은 장로님은 손발조차 씻을 틈이 없이 바짓가랑이를 걷어 올린 채 황망히 정자나무께로 달려왔다. 그리곤 목사님이 무슨 일로 그를 크게 꾸짖으려는 기미도 없는 터에, 장로님은 지레 그 나무 그늘 아래 쉬고 있던 젊은 목사님 앞에 죄인처럼 쩔쩔매며 손을 비벼댔다.

— 저 들판에 피어 있는 백합꽃을 보십시오.

그런 장로님을 향해 자신이 바로 그 백합처럼 흰 피부와 깔끔한 옷차림을 한 목사님은 거기 어디 정말로 백합꽃이 피어 있는 것이 눈에 보이기라도 하듯 여름 볕에 타고 있는 지친 들판을 가리켜 보이며 조용조용 간절한 목소리로 말했다. — 주님의 날에는 백합꽃들까지도 일하지 않습니다. 주님의 날에는 오직 저의 빛깔과 향기로 주님을 찬송할 뿐입니다. 그리 해도 주님께선 당신의 큰 사랑과 영광 속에 저들을 지켜주시고 열매 맺게 해주십니다. 그 백합꽃이 주님의 날을 맞아 입을 걱정, 먹을 걱정을 하는 걸 보았습니까?

어딘지 좀 엄숙하고 준열스런 데가 있어 보인 건 사실이었지만, 그러나 그 목사님의 잔잔한 목소리나 웃음기 띤 얼굴빛은 늙은 장로님보다도 더 너그럽고 인자해 보이기만 하였다. 한데도 장로님은 그럴수록 더 그 앞에 몸둘 바를 몰라 하며 자신의 허물을 빌었다. — 이거, 정말로 면목이 없구만요. 제 믿음이 아직 모자란 탓입니다. 믿음이 모자라 주님의 역사에 눈이 어두운 탓입니다. 이제부터라도 열심히 더 많은 기도를 하렵니다. 목사님께서도 이 어리석고 가엾은 종을 위해 기도해주십시오……

뒤에 안 일이지만, 젊은 목사님 앞에 장로님이 그토록 얼굴을 붉히며 송구스러워한 것은 더 말할 것도 없이 그가 이날 주일 예배를 소홀히 하고 안식일에 들일을 나간 허물 때문이었다. 그 허물이 과연 작지가 않았음은 그때 그 같은 장로님의 간청을 저버리지 못한 목사님이 그 자리에 선 채로 장로님의 흙 묻은 두 손을 붙잡고 한참이나 회개의 기도를 올리고 간 사실로도 짐작이 충분히 가능했던 일이었다.

하지만 이제 와 사실을 말하자면, 나는 아무래도 그 일이 수상했다. 주님의 날에는 일을 하지 않아도 주님께서 알아서 먹여주고 입혀주신다—? 그것은 내게 참으로 놀라운 사실이었다. 주일날에는 오직 주님을 노래하고 그 은혜에 감사할 뿐, 자신이 입고 먹을 것을 구해서는 안 된다는 인심 좋은 계율은 잔일에 찌들어온 여름살이 시골 아이에겐 더할 수 없이 고마운 복음이 아닐 수 없었다. 하지만 그건 역시 나어린 내 소견에도 쉽사리 믿기지 않는 꿈같은 이야기였다. 실제로는 절대로 그렇게 될 수가 없는 어른들의 허황스런 말속임질만 같았다. 속임수가 아니라면 머리 나쁜 사람들의 억지고집일 것도 같았다. 무엇보다 내가 그걸 곧이들을 수 없게 한 것은 장로님의 그 먹성 좋은 8남매 아이들이었다. 내가 그것을 곧이듣고 싶어 할 때마다 장로님의 그 8남매가 줄줄이 눈앞에 떠올라온 때문이었다. 그리고 어쩌면 장로님이 정말로 그중의 한둘이 몸살기로 몸져누워 입맛을 놓게 되기를 바랐을 것 같았기 때문이었다. 때로는 그 장로님이 들일을 나가지 않고 주 찬미의 노래만 일삼고 있는 동안 그의 여덟 아이들은 허기와 배앓이로 몽땅 몸져누워 신음을 하고 있는 광경이 스쳐 지나가기도 하였다. 그런데 장로님은 정말로 그 말을 믿을 수가 있었을까. 그래 이제부터는 주일날 하루라도 그의 들밭 일을 쉬게 될 수가 있을까……

일테면 내 그 같은 비뚤어진 의심 속은 외람되게도 그 나이 드신 장로님의 신앙심에까지 당찮은 욕을 먹여드린 셈이었다. 하지만 뒷날에 와 나의 그런 의구심은 전혀 근거 없는 것이 아니었음이 드러났다. 그것도 바로 장로님 자신이 그것을 밝혀 입증해 보인 것이었다. 장로님이 이후부터 주일날 하루라도 들일을 나가지 않고 온종일 주님을 위한 기도와 찬송만으로 지냈는지 어쨌는지는 지금 기억이 확실치 않다. 하지만 장로님이 비록 목사님의 충고대로 그 안식일의 계율을 충실히 지켜 오직 기도와 찬송 속에 진종일을 지냈다 하더라도, 그는 그 기도와 찬송 가운데서 자신과 그의 먹성 좋은 여덟 아이들을 주님께서 낙번 없이 먹여주시리라는 점에 대해서는 믿음이 그리 많지 못했음이 분명했다. 얼마 뒤 장로님은 어디선지 그 무렵 논밭에 설쳐대는 들쥐약을 잔뜩 들여다가 동네 가가호호 고루 돌려 팔았는데, 오래잖아 그 약이 생쥐새끼가 먹어도 죽어줄 생각을 않는 가짜 밀가루 약임이 드러나게 됐던 것— 그리고 그래 그 가짜약 구설수에 장로님은 끝내 그 교회를 지키지 못하고 늘그막에 마을까지 떠나게 되고 만 것이다.

주일날 안식일의 계율을 지켜서 기도와 주찬미 속에 지내는 장로님보다 자신과 여덟 아이들을 위해 안식일의 계율까지 어기며 찌는 들밭 햇볕 아래 흙 묻은 손으로 이마의 땀을 씻어내리는 그 정직한 늙은이에게서 오히려 섭리자의 신선한 사랑을 찾고 싶어해온 내 고약스런 곡해벽—이건 이렇고 저건 저렇다 치자고 사람들 간에 미리 서로 약속된 일의 값과 질서들, 나아가 그 진실성과 권위를 의심하고 믿지 못해하는 내 겁 많고 옹졸스런 인간관(혹은 세상관)의 한 달갑잖은 씨앗을 그 누추한 자루 속에 담아 지니게 된 사례다.

하지만 내게 그런 의혹과 불신의 몹쓸 씨앗을 심어 담아준 것이 그 고향 마을 장로님의 일뿐만이 아니었음은 두말할 나위가 없는 일이리라. 국민학교 5학년 때의 내 담임 선생님의 일 또한 그런 사단 중의 하나일 것이다.

6·25 전화로 교사를 잃은 우리는 새 교사가 세워질 때까지 이 동네 저 동네의 각 마을회관들로 흩어져 분산 수업을 받고 있었다. 5학년은 마침 우리 동네 회관을 빌려 쓰게 되어, 그 담임 선생님도 아예 우리 동네로 숙소를 얻어 들어와 있었다. 그런데 그 선생님의 숙소가 하필 마을 처녀들의 밤마실 방 아랫집인 것이 동네 청년들의 심사를 건드렸다. 본교에 하나뿐인 오르간까지 끌어다 놓고 선생님은 밤마다 처녀들을 불러내어 노래를 가르치는 판이었으니, 동네 청년들이 그 총각 선생님을 곱게 볼 리가 없었다. 마을엔 오래잖아 선생님에 관한 갖가지 민망스런 소문이 떠돌았고, 그만큼 선생님과 동네 청년들 간에는 이런저런 갈등과 다툼질이 빈번

했다. 그 선생님과 청년들 간의 불화가 끝내는 내게까지 불똥을 튀겨왔다.

청년들 중에 제법 말발깨나 내세우던 가형이 그 선생님을 골탕 먹여온 뒷모사의 주역으로 지목된 때문이었다. 그 형에 대한 유감 으로 선생님은 언제부턴지 사사건건 나를 못 봐 하기 시작한 것이 다. 지난날을 돌이킬 때 누구나 흔히 하는 소리지만, 그때까지만 해도 나는 늘 학과 성적에서나 품행 면에서나 남이 넘볼 수 없는 모범생으로 되어 있었다. 그런 나를 선생님은 조금도 알은척해주 려 하질 않았다. 숙제를 아무리 잘해가도 내 차례에선 매번 외면 을 하고 지나갔고, 그림 그리기 같은 걸 열심히 해가도, 이게 누가 대신 그려준 것이냐고 엉뚱스런 추궁이나 핀잔이 예사였다. 그리 고 그해 5월 어린이날 행사 때는 몇 년간 내리 도맡다시피 해오던 모범어린이상이 뒤늦게 도회 학교에서 전학을 해 들어온 어업조합 이사님의 아들에게로 돌아갔다.

그것은 내게 큰 충격이 아닐 수 없었다. 억울하고 분한 마음에 누구보다 그 선생님이 원망스러웠던 것도 사실이었다.

하지만 나는 미처 그 선생님을 헐뜯고 다닐 틈조차 없었다. 내 가 그 어린이날 모범상을 뺏긴 것은 마을에서도 하나의 사건이 되 어버린 때문이었다.─제가 발길 디밀고 들어와 살고 있는 동네 아일 젖혀두고 다른 동네 녀석한테 상을 발랑 넘겨줘? 그 아이 아 비가 어업조합 이사라서? 나를 대신하여 다시 그런 노골적인 험담 들이 나돌기 시작했고, 그것은 평소에 그를 못 봐 해오던 동네 청 년들 간에 특히 더했을 것이 뻔했다. 청년들의 그 같은 비방은 어느 날 참으로 고약스런 행동으로까지 나타나기에 이르렀다. 그날 아침 그 회관 교실 앞 선생님의 교탁 위엔 보기에도 흉칙스런 커다란 똥무더기가 힘차게 사리를 틀고 올라앉아 있었다. 간밤에 누군지가 교실로 숨어들어 선생님에 대한 분풀이로 그래 놓고 간 것임이 분명했다. 선생님에겐 더없이 고약하고 곤욕스런 선물이 아닐 수 없었다.

나는 웬일인지 그 꼴을 본 순간 이상스레 예감이 좋지를 못했다. 아직은 선생님이 나타나기 전이어서 먼저 온 녀석들은 물색없이 그 꼴을 재미있어하고들 있었다. 나도 물론 녀석들처럼 그 꼴이 은근히 고소했을 건 당연했다. 하지만 그게 고소한 건 한순간뿐이었고, 내겐 이내 불안스런 예감이 덮쳐들기 시작했다. 선생님이 설마 나를 의심할 리는 없었다. 그것은 전혀 사리에도 맞지 않는 일이었다. 한데도 나는 왠지 자꾸 그 일의 허물이 내게 있는 것처럼 기분이 지레 난처했다. 그리고 제물에 두렵고 부끄러운 느낌마저 들었다. 가형도 물론 그런 짓까지 저지를 위인은 아니었지만, 불길스럽게도 자꾸 그 형님의 얼굴이 눈앞을 어지럽혔다.

아니나 다를까. 그 상서롭지 못한 나의 예감은 선생님의 심중을 정확하게 적중하고 있었다. 잠시 뒤 회관 교실 문을 들어선 선생님은 처음엔 아예 화조차 나지 않는 듯 교탁 위의 그 흉칙스런 오물덩이를 향해서 한동안 망연스런 표정만 짓고 서 있었다. 하더니 이윽고는 제정신이 돌아온 듯 침착한 눈길로 천천히 주위를 둘러보다 말고, 끝내는 그 시선을 정확히 내게로 겨눠왔다. 그리고는 비로소 치밀어 오르는 분노를 간신히 억누르고 있는 듯한 목소리로,

──네가 똥을 치고 교탁을 닦아라!

낮고 짤막하게 명령했다. 내겐 그 낮고 짤막한 선생님의 한마디
가 무엇보다 단호하고 위협적일 수밖에 없었다. 넌 이게 누구 짓
인 줄 알겠지? 그러니 그걸 알고 있는 네가 똥을 치우는 게 당연
한 책임이지? 선생님의 위태롭게 자제된 목소리에서 나는 역력히
그런 추궁과 힐책의 소리를 듣고 있었던 것이다.

나는 감히 무고의 변명 한마디 하고 나설 엄두도 못 내보고 선생
님의 명령을 묵묵히 수행하는 수밖에 없었다. 아무도 도와줄 거
없다, 저 혼자도 잘할 거다──선생님이 짐짓 아이들을 향해 오금
을 박아대는 소리에 나 역시 끓어오르는 원망과 굴욕감을 짓씹었
다. 멀찌감치서 그 꼴을 지켜보며 밉살스럽게 킬킬대는 녀석들의
원망스런 눈길 속에서.

그러나 그날 내가 애꿎게 떠안은 곤욕거리는 그뿐만이 아니었
다. 선생님은 다행히 내가 그 교탁의 오물을 치우고 냄새 한 점 나
지 않게 물걸레질을 마칠 때까지 더 다른 아무런 추궁이 없었다.
교탁 청소가 끝나갈 무렵쯤엔 내 쪽은 더 이상 거들떠보지도 않은
채 그 혼자 한가하게 창가에 기대서서 수첩에다 무엇인가를 적고
있을 뿐이었다. 하긴 선생님도 증거가 없는 일이니 나에 대한 힐
책이 더 이상은 무리였을 터였다. 뿐더러 그 일은 건드리면 건드
릴수록 구린내가 자꾸 더 번져나게 마련이었다. 선생님 자신의 체
면을 위해서, 그쯤에서 조용히 일을 덮어두고 넘어가는 게 나았
다…… 그게 선생님에 대한 나의 판단이자 소망이었다.

하지만 알고 보니 나의 그런 판단과 소망은 뜻밖에도 표적을 전

혀 빗나가고 있었다. 교탁을 말끔히 씻어내고 나자, 선생님이 이
번에는 새로운 힐책 대신 그새 미리 마련해둔 쪽지접이 하나를 내
앞에 내밀었다.

―이거 지금 당장 네 형이라는 사람한테 갖다드려.

말투부터 매우 심상찮아 보이는 그 선생님의 쪽지접이는 내가
교탁의 오물 자국을 지우는 동안 그가 말없이 창가에 기대서서 마
련한 것이었다. 나는 다시 한 번 사지가 가라앉는 듯한 절망감이
앞을 섰다. 아직 일이 다 끝난 게 아니었구나⋯⋯ 하지만 이번에
도 나는 어쩔 수가 없었다. 아직 내용이 밝혀진 건 아니었지만, 그
내용이 무엇이 되었건 나는 그 명령을 거역할 수 없었다.

나는 말없이 쪽지를 받아 쥐고 힘없는 발걸음으로 다시 집으로
돌아갔다. 집이 가까워질수록 이번에는 선생님보다 그런 쪽지를
전해 받을 형님 쪽의 반응이 나를 더 두렵게 하기 시작했다. 평소
에도 나에겐 무엇보다 두려운 것이 그 터울 많은 형님의 불 같은
성깔이었다. 쪽지에 쓰여져 접힌 내용에 따라서는 우선 내 다리몽
둥이부터 그 자리에서 요절이 나게 될 판이었다. 나는 아무래도
그냥 그대로는 쪽지를 갖다 바칠 수가 없었다. 일의 성질에 따라
서는 형님 쪽에 대해서도 사전 대비책이나 적절한 호신책이 마련
되어야 하였다. 그래 나는 그 10리만큼이나 멀게만 느껴지는 골목
돌담길 모퉁이에 숨어 서서 내 먼저 그 서면의 개봉을 단행했다.

하고 보니 참으로 기가 막힐 일이었다. 선생님은 대체 무엇을
근거로 그 같은 판정을 내렸는지 모른다. 그건 어쩌면 선생님이
직접 형님을 지복할 수 없어 그 형님이 제풀에 허물을 자복하고 나

서게 하기 위한 술책이었을 수 있었다. 하더라도 명색이 선생님이라는 사람이 그 제자에게 어찌 차마 그처럼 비정스런 배역을 시킬 수가 있었던지 —

쪽지 속엔 대개 이런 식의 글발이 서슬을 세우고 있었다.

……전번 5월 5일 어린이날의 모범학생 표창 시 귀 자제의 수상 탈락 사실과 관련하여 당해 아동의 담임교사로서 본인은 그간 귀 자제의 주변인들로부터 참을 수 없는 수모와 교권상의 손상, 나아가 부당한 비방을 당해온 바 있습니다.

근자에는 더욱이 귀 자제의 품행이 현저히 방자하여, 혹은 선생님에게 무단히 반항하고 혹은 아동으로서 상상할 수조차 없는 기괴한 소문들을 퍼뜨려 모욕적인 행사를 일삼고 있는가 하면, 심지어는 엄숙, 신성해야 할 교육장과 학습 분위기를 훼손하는 망측스런 행위까지를 서슴지 않는 등, 그 비행과 탈선이 극에 이르고 있습니다.

따라서 본인은 담임교사로서 귀 자제의 교육을 더 이상 책임져 나갈 수 없는 것으로 사료되어, 유감스러우나 이에 자진 퇴학을 권고하오니, 귀 부형께서는 이상의 제 사실들을 양찰, 숙고하시어, 아래 양식의 부형 동의란에 서명 날인하여 송부하여주시기 바랍니다.

(점선 아래로) 자퇴서. (다시 줄을 바꿔) 제5학년 이름 아무개…… 자퇴 이유 — 위 아동은…… 수학 능력 부족 및 성격상의 결함 운운…… 이상의 사유로 자진 퇴교코자 합니다…… 이에 자퇴를 동의합니다…… 1952년 5월 ○일 위 아동의 학부형 아무개 (날인)……

한마디로 그것은 선생님 자신에 대한 그간의 비방과 모욕 행위의 배후로 나와 가형을 싸잡아 겨냥한 자퇴 권유서였다. 아니 권유나 동의 서식이기보다 그 자체가 퇴학 처분의 통보서에 가까웠다. 그야 형식이나 절차로 보아서 그것으로 퇴학이 다 결정 난 것이라고는 생각할 수 없었다. 앞서 말한 대로 그것은 혹은 뒤에 숨은 형님의 자복을 끌어내기 위한 술책이거나, 더 이상의 비방과 모욕 행위에 대한 엄중한 응징의 경고일 수도 있었다. 하지만 다만 그렇게만 보기에는 문맥의 흐름이 너무도 단호하고 단정적이었다. 나를 빌미 삼아 형님이나 마을 청년들과의 일전도 불사하겠다는 의지가 너무도 역력했다. 나는 그 선생님의 적의만만한 도전이 새삼 두렵고 원망스러웠다. 그리고 쪽지에서 그것을 읽게 될 형님의 성깔이 지레 더 겁이 났다. 그건 내겐 일테면 사형선고장 한가지였고, 나는 그 자신의 사형선고장을 자신의 손으로 집행인에게 들어 바치려 가고 있는 꼴이었다. 형님의 성깔은 필시 선생님에게보다도 내게부터 벼락을 내릴 것이 뻔했다. 이 못난 병신 새끼야! 도대체 무슨 바보 멍청이 짓거리를 했길래…… 그렇다고 그 형님 앞에 그걸 전해 바치지 않을 도리도 없었던 그 절망스런 처지라니—

하지만 이제 나는 그날의 뒷이야기는 이쯤 생략을 하고 넘어가는 편이 나을 듯싶다. 내가 그렇듯 어쩔 수 없는 처지에서 쪽지를 집까지 가져가기까지의 참담스런 심정은 누구라도 짐작이 가능할 터이므로. 그리고 때마침 형님이 집을 비우고 들일을 나간 사이

멋모르는 어머니에게 쪽지를 맡겨두고 나 역시 그길로 나무지게를 짊어지고 학교 대신 산속으로 도망을 치고 만 다음 일들에 대해서도 더 이상 자세한 설명이 필요치가 않을 터이므로.

결론만 말한다면 나는 그 며칠 동안 끼니때만 지나면 식구들과 선생님과 학교 아이들을 피하여 때아닌 나뭇짐질에나 열중해 지내다가, 한 주일쯤 뒤에는 어른들 사이에서 일이 그럭저럭 해결되어 나도 다시 어물쩍 학교를 나다니기 시작하게끔 되었다.

하지만 내가 아직도 그 일을 잊지 못하고 오늘 다시 그것을 되돌아보게 되듯, 그것으로 일이 다 끝난 건 아니었다. 그 1년간의 껄끄러운 학교 시절에 대한 것은 말할 것도 없거니와, 미덥고 존경스러워야 할 그 담임 선생님에 대한 나의 아픈 기억— 성스러운 사도, 페스탈로치의 교육 정신, 군사부일체…… 그런 말들을 들을 때마다 나는 아직도 그때의 일들이 사라지지 않고 오히려 앞장서 머리를 내밀곤 하는 것이다. 물론 내게도 그 전후의 초등학교 시절과 중학교·고등학교·대학 과정들을 거쳐 이날 입때까지 세상살이를 해오면서 마음으로부터 존경하고 사랑과 은혜를 크게 입어온 살아 있는 스승상이 없는 것은 아니다. 하지만 불행히도 그렇듯 귀중한 선생님들의 모습 뒤에도 내겐 늘 그 시절의 어두운 기억이 한 가닥 검은 장막을 드리고 있곤 하였다. 선생님도 사람이다. 선생님도 똥을 눈다. 그걸 먼저 알아야 참 선생님의 모습을 알 수 있다!

그 성직에 대한 그릇된 편견과 비뚤어진 인식— 하지만 새삼 돌이켜보면 나는 무엇보다 그것을 일찍이 버렸어야 하였다. 그랬어야 참으로 그 선생님들에 대한 나의 권리를 주장하고 세상일들도 더 편해졌을 터였다. 한데 아직도 그 일을 이런 식으로 기억하고 있음은 내 밴댕이 속 같은 좁은 소견이 여태도 그럴 수가 없었던 탓일 게다. 성스런 사도에 대한 비뚤린 편견의 더러운 씨앗, 그 광주 길에 그것을 자루째 던져 없애버리지 못한 내 용렬성 탓인 게다. 하여 자업자득, 사람과 세상사에 대한 나의 그런 의심과 불신의 버릇은 내 삶까지를 이토록 비좁고 누추한 것으로 만들어온 것이리라. 하기야 나의 세상살이가 이렇듯 비루하고 누추해진다 한들, 그 씨앗이 거짓이나 허구 속에 열매맺어진 것이 아니라 사실의 경험과 그 빛 속에 익어진 것일진대, 그 발아를 어찌 쉬 발본해버릴 수 있었을까마는—

가령 이런 경우, 나는 진실로 그것이 가능하지 못함을 부끄러워해야 할 일인지 모르겠다.

나는 이미 전편에서, 저 6·25전란 중에 어두운 지하실 피신처에서 일어나와 당신 자신의 죽음의 자리로 결연히 걸어갔던 한 집안 어른의 이야기를 쓴 일이 있을 것이다. 나는 거기서 그 어른이 그렇듯 집을 나간 다음 일은 밝힌 바가 없었다. 그런데 그날 밤 우리를 놀라게 한 것은 오히려 그 어른이 집을 나가고 난 다음에 일어난 일이었다.

어른을 부엌 나무청 지하실에 숨겨두고 우리가 더욱 불안해한 것은 우리 집 식구 외에 그 비밀 지하실의 존재를 알고 있는 이가 한 사람 있었기 때문이었다. 한 해에 방 한 칸씩을 늘려가는 식으로 아버지(당시엔 이미 고인이 되신)가 십수 년 전 몇 해에 걸쳐서 그 집을 지을 때, 그 어려움을 함께하며 아버지의 일을 도왔던 마을 친지분이었다. 마을에선 오직 그 한 사람만이 우리 집 지하실의 비밀을 알고 있었다. 오래전 일이라 잊어버렸을 수도 있었고, 성정이 별나게 모가 난 사람도 아니었다. 더욱이 아버지의 타계 이후에도 우리 집과는 각별한 친분을 계속해온 터이라 그를 크게 걱정할 처지는 아니었다. 하지만 시국이 시국인 데다 만에 하나 그가 마음을 달리 먹고 보면 우리에겐 크나큰 재앙이 덮쳐들 수 있었다. 우리는 말로는 '그가 설마' 하면서도 내심으론 은근히 걱정이 안 될 수 없었다. 그리고 그 때문에 어려운 일이 생기기 전에 어른이 제물에 우리 사립을 나가준 것이 그토록 고맙고 다행스러울 수 없었다.

그런데, 그러고 얼마쯤 뒤였다. 우리가 만에 하나 기우와 불안 속에서도 설마설마 하던 일이 실제로 일어났다. 그날 밤엔 마을회의에서도 어른의 피신을 미리서 점치고 있었던 모양이었다. 뿐더러 그 행선지나 은신처의 소재도 제때에 밀고가 되어 있었던 꼴이었다. 아니 그건 굳이 밀고라고도 할 수 없는 자랑스런 폭로였으리라는 편이 더 옳을는지 모른다. 어른이 집을 나가고 식구들이 한동안 불안한 가슴을 가라앉히고 있을 때였다. 사립 쪽에서 갑자기 사람들의 급박한 발자국 소리가 들려왔다. 발자국 소리들은 우리집 식구들을 아랑곳도 않은 채 곧바로 부엌의 나무청 쪽으로 몰려갔다. 그리고 두런두런 나무청을 들추고 지하실을 샅샅이 살피는 기척이더니 이윽고 수런수런 허탕친 발길로 다시 서둘러 나왔다. ─이 집엔 안 왔구만. 나무청 밑이 아니면 이 집 안엔 달리 숨을 만한 데가 없어. 일행을 의기양양 앞장서 왔다가 허탕을 치고 돌아가면서 자기네들끼리 주고받은 그 목소리의 주인은 바로 돌아가신 아버지를 도와서 지하실을 함께 팠고, 아버지 사후에도 우리 집과 변함없는 우의를 나눠왔던 그 고마운 친지분이 분명했다.

이제 우리는 일을 용케 무사히 넘기게 된 것을 다행스러워할 수조차 없었다. 오직 치가 떨리고 사람이 두려울 뿐이었다. 나중에 안 일이지만, 그날 밤 이들은 당사자인 어른 자신의 집보다 우리 집 쪽부터 먼저 덮쳐온 것이라 하였다. 어른의 거취나 은신처에 대한 예단과 제보가 어떤 것이었는지, 그 친지분의 의기양양한 장담이 어떤 것이었는지가 눈에 보듯 훤했다. 식구들의 불안감은 절망적일 수밖에 없었다. 그리고 그때의 나의 배신감은 이날토록 그 더러운 싹이 썩어 묻히지 못한 채 더러는 인자하고 관용스런 사람들에게서, 더러는 정의롭고 강직한 사람들에게서, 심지어는 지극히 숭고한 지성과 신념의 사람들에게서마저도 언뜻언뜻 그 저열스런 불신의 얼굴을 겹쳐 내밀곤 해온 것이다.

하지만 어쨌거나 그것이 내게 그처럼 사실과 사실의 경험에 근거해 있고, 내 삶 속에 썩지 않은 씨앗으로 살아 숨을 쉬고 있는 판에, 내가 어찌 그것을 쉽사리 외면하고 딴전을 피우듯 살아갈 수가 있을 것인가. 그로 하여 오히려 사람과 세상일에 대한 이해의 잘못이나 무모한 거짓을 부르게 되는 일은 없을는지 — 스스로 누추하고 불편스러워진다 하더라도 나는 아직 그 같은 자문의 폐습을 버릴 수가 없는 것이다.

— 지워지지 않는 음화 필름.

하더라도 역시 의혹과 불신과 갈등의 씨앗은 내게서 일찍이 발아를 막아야 옳았을 터이다. 하여 그 퇴영성과 자기 왜소화를 지양하고 보다 더 대범하고 전향적인 도량으로 우리의 삶을 바라봐야 했을 것이다. 이 세상과 인간사를 보다 더 미덥고 희망적인 것으로 이해하고 좇을 수 있어야 했을 것이다. 그랬더라면 아마도 나의 삶도 보다 더 힘있고 떳떳하게 도모해나갈 수 있었을지 모른다. 비록 이루고 거둔 것은 없더라도 이렇듯 무력하고 혼란스런 삶보다는 판다운 판이라도 한번쯤 벌여볼 수가 있었을지 모른다. 나는 결국 그러지를 못한 셈이었다. 다시 말할 것도 없이 애초의 화근은 그 도회로의 청운의 길에서 쓰레기통에 버려진 게 자루와 함께 내 어린 날과 고향 고을에서의 삶의 기억들을, 그 어설픈 기억들의 씨앗자루까지를 버리지 못한 탓이었다. 앞서의 일들은 그러니까 자신도 차츰 그 독성을 깨닫게 되었던 만큼 기억의 씨앗을 미련 없이 버림이 마땅한 것들이었다. 뿐더러 실제로 그러고자 애를 쓴 일들이기도 하였다. 한데도 내 삶 속에 아직 그 뿌리가 남아 있음은 그 생명력이 턱없이 모질어, 어떤 토양과 기후 조건 아래서도 제 뿌리를 내리고 싹을 피우는 잡초처럼, 버려진 다음에도 썩어 죽음이 없이 매번 다시 새싹을 내어 민 때문이었다.

버려 치운 씨앗들도 사정이 그러하니, 항차 내 자신이 그 독성을 모르고 마음이 기운 일의 경우들엔 더 말을 할 것이 없었다. 그러한 경우로서, 가령 내가 여태껏 진취적인 야망 속에 큰일을 도모할 대인풍을 못 배우고 비루한 소인배의 무위무용한 허념 속에 덧물려 어둡고 비좁은 음화의 세계 속을 헤매고 살아가고 있음은 그 어렸을 적부터의 꿈과 전범이 바로 그러했던 때문이 아닌가 생각된다.

그 시절 나의 시골집 골목 앞집엔 이런저런 기행과 일화투성이의 김 씨 영감님 한 분이 살고 있었다. 늘그막에까지 체격이 썩 실팍하여 도깨비들과도 두려움 없이 친하고, 혹은 시신의 혼백과도 말이 잘 통했다는 영감님이었다. 그것은 어렸을 때 그 댁 할머니로부터 내가 실제로 이야기 들은 일인데, 젊었을 적 한번은 밤바다로 그물질을 나갔다가 한밤중에 빈손으로 돌아온 영감님이 그날따라 웬일로 부엌에서 손수 요기상을 들고 나와 허둥지둥 사립을 다시 나가더랬다. 할머니에겐 그저 알은체하지 말고 집 안에 가만히 기다리고 있으라는 눈짓 당부를 남기고서였다. 할머니는 일이 하수상하여 어둠 속에 먼발치로 영감님을 살금살금 뒤밟아갔더니, 영감님은 한달음에 동구 앞 둑방께까지 상을 들고 내려가선 거기 기다리고 있던 어둠 속의 누군가에게 당신의 저녁을 대신 요기시켜주더라는 것. 할머니는 어인 일로 손님을 집으로 데리고 오지 않고 요기상을 거기까지 내가게끔 되었는지 전후사가 더욱 궁금하여 어둠 속으로 바싹 더 거리를 좁혀 들어가보았지만, 그녀에겐 그저 영감님이 도란도란 손님에게 음식을 권하는 소리뿐, 상대방 쪽에선 보이는 것도 말소리도 사람의 기미를 느낄 수 없었더라고. 한참 만에 손이 먹다 남긴 음식을 주위에다 깡그리 뿌려버리고 돌아온 영감님께 그런저런 곡절을 물었더니, 당신의 대답인즉, 그간 몇 밤 동안 적적한 밤어장길을 뒤따라다니며 제물에 길동무 노릇을 해준 도깨비가 있었는데, 녀석이 이날따라 배가 심히 고프대서 그런 식으로 저녁 대접을 해보낸 것이었다더라고—

다른 한번은 또 영감님의 밤그물에 고기 대신 사람의 시신이 걸려 올라온 일이 있었는데, 그때도 김 영감은 두려움커녕은 세상 만인 중에 당신에게 하필 의지 없는 저승길을 의탁해온 고단한 혼백의 뜻을 고맙게 받아들여 서슴없이 그 치상을 감당해주었댔다. —녤부턴 필시 고기 떼로 그물이 메어질걸세. 그 혼백이 내게 약속을 했거든. 하긴 오늘 난 위인 때문에 말짱 밤일을 놓쳤으니께. 내일이라도 고기를 몰아와주면 뉘 좋고 매부 좋은 식의 행운인 게지. 허허.

그뒤 그 혼백이 과연 당신의 말대로 그물이 메어지도록 고기 떼를 몰아다주었는진 확실치가 않지만, 그게 김 영감이 그 밤으로 시신을 뭍까지 메어다가 자기 들밭 귀퉁이에 매장을 해주고 돌아와선, 물색 모르고 당신의 빈손만 섭섭해하는 '수두배기 할멈'을 실없이 놀리며 달래던 소리였댔다.

그런데 김 영감은 그 밤바닷일에서만이 아니라 밝은 날의 뭍일에서도 그렇듯이 늘 아무것도 거치는 것이 없었다. 일제 말기나 독립 정부 수립 후에 단속이 매우 심했는데도 김 영감은 바로 자기 집 텃밭에 잎담배를 재배하여 피웠고, 장독 근처에다는 비상약용으로 앵속까지 버젓이 꽃을 피워냈다. 어느 여름엔가는 손버릇이 좋지 않은 동네 녀석 하나가 이 집 담 너머로 가지를 늘어뜨린 풋배송이에 손을 대다가 영감한테 들켜 달아난 일이 있었는데, 김 영감은 바로 그 아이네 집으로 알이 채 여물지도 않은 풋배를 한 소쿠리나 따 보내어, 녀석의 아비가 지레 겁을 먹고 달려와 백배 사죄를 하고 가게 만들기도 하였다.

그렇듯 매사에 거침이 없는 것처럼 자기 싫은 일에는 어떤 손해도 아랑곳을 않는 김 영감이었다. 한번은 그 할머니가 봄비 속에 촉촉히 낮잠을 즐기고 있던 영감님을 깨워 일으켜, 들밭에 고구마순을 좀 내고 오라 채근했더니, 김 영감은 아무 말 없이 텃밭에 어우러진 고구마순을 거두어다 작두질로 둥성둥성 길이를 잘라낸 다음 웬 느닷없는 쟁기질 채비를 갖춰가지고 사립을 나가더랬다. 그러고서 김 영감은 밭두둑을 치는 대신 토막친 고구마순들을 거름 부리듯 논밭에 뿌려 넣어놓고는 쟁기질로 그것을 갈아 덮는 것으로 일을 대충 끝내고 돌아왔다는 것— 또 다른 한번은 빗속에 어정어정 마을을 갔다 들어오는 영감님의 몰골에, 으레 또 낮술타령이나 하다 돌아오는 길이려니 싶어 할머니가 몇 마디 싫은 소리를 했더니, 김 영감은 금세 무슨 긴요한 나들이라도 생각키운 듯 별안간 장롱 속의 새 옷을 꺼내오라더랬다. 그리곤 할머니가 영문을 모른 채 꺼내다준 새 옷을 갈아입고 나선 어허 취한다, 허이구 취한다, 느닷없이 헛 건주정 소리를 내질러대면서 새하얀 나들이 옷이 흙범벅이 될 때까지 섬돌 아래 빗물 속을 나뒹굴어대더랬다.

그런 어이없는 김 영감의 심술통에 이후부터 그 할머니가 영감 싫어할 소리나 주문을 삼간 것은 더 말할 나위가 없었다. 기왕 술 이야기가 나왔으니 말이지만, 김 영감에겐 그 주벽이나 주량에 대한 일화도 남다른 것이 많았다. 김 영감은 늘상 바닷일에 매달려 살아온 만큼, 그래 한땐 안 노인이 술을 마시지 않았을 때마저 애

먼 잔소리를 일삼았을 만큼 얼굴에 늘 불콰한 주기가 맴돌 때가 많았다. 언제 어디서고 술병만 눈에 띄면 아예 그 자리에서 바닥을 보고 나야 자리를 일어서는 식이었다. 그러니 실제로 술기를 하지 않았을 때도 김 영감은 늘 언동이 반쯤이나 취한 사람처럼 호방하고 엉뚱했다. 어느 아침엔 할머니가 서 홉들이 맥주병에다 배급 석유를 가득 받아다 마루 끝에 놓아두었더니, 영감님이 아침에 바닷일을 나가면서 그 석유병을 슬쩍 집어 들고 갔더랬다. 해 질 녘에 바다를 다녀온 그 김 영감, 할머니의 추궁에 건성으로 대꾸를 해온 소리인즉, 그래? 그게 그래서 뒷맛이 좀 이상했구만 ─ 단숨에 병을 비우고 입을 떼는데 어디서 어렴풋이 석유 냄새가 스치더라니. 하지만 어쨌든 취하긴 마찬가지던걸 뭘…… 배탈이라도 나기는커녕 아직도 술기가 완연해 보인 얼굴로 너털너털 웃어넘기고 말더라는 것이었다.

김 영감은 결국 그 술로 인해서 어이없는 화상을 입기까지 하였다. 김 영감의 나이 어언 환갑 고개를 넘고 있을 무렵이었다. 하루는 겨울 빗속에 바닷일을 다녀오면서 젖은 몸에 술기가 너무 심해 있더랬다. 더욱이 이날은 심한 술기에도 뼛속까지 스민 한기가 잦아들지 않은 듯 계속해서 온몸을 떨어대고 있더랬다. 그래 안 노인은 영감님의 옷을 벗기고 아랫목에 누인 다음 아궁이 하나 가득 장작불을 지폈다고. 그렇게 한나절 동안이나 영감님을 재웠다가 이젠 좀 목이 풀리고 쉴 만큼 쉬었으려니 싶어 곤히 잠들어 있는 영감님을 깨워놓고 보니, 그의 몸은 그사이 등짝과 엉덩이와 종아리, 발꿈치들이 방바닥에 온통 익어 눌어붙어 있는 꼴이었다고.

이후 김 영감은 몇 달 동안 고생고생 끝에 몸을 다시 일으켰으나, 상처는 좀처럼 아물지를 않았고 걸음걸이마저 심하게 절뚝거리며 지내다가 끝내는 그날의 후유증을 안은 채 당신의 생애를 마감하게 된 것이었다——

일테면 김 영감은 자신의 한세상을 아무렇게나 살고 간 셈이었다. 그런데 웬일인지 내게는 이날까지 그 김 영감의 모습이 두고두고 한 우람한 거인의 동상을 짓고 서 있는 것이다. 세상을 위해서 나 자신을 위해서 남이 이루지 못한 큰일을 이룬 사람들, 그 생의 역정이 그만큼 장쾌했던 사람들의 이야기를 접할 때마다 내게는 번번이 그 영감님의 모습이 함께 떠오르곤 해온 것이다. 남을 위해 큰일을 행한 바도 없었고, 따라서 큰일을 이룬 바도 없었으니 나 자신 그럴 만한 까닭을 알 수 없는 일이다. 굳이 어떤 까닭을 캐려 한다면 김 영감은 오히려 그 남의 삶을 개의치 않는 자의 성 속에 그의 삶이 그렇듯 거침없고 진실되어 보였다고나 할 수 있을지 모르겠다.

그렇게 말하고 보니 뒤늦게 한 가지 생각키는 일이 있는데, 그 김 영감에겐 실상 우리 마을뿐 아니라 근동 일대에 크게 이름이 알려진 아들 하나가 있었다. 일제 때 대처로 나가 사범학교를 졸업한 뒤 조국 광복과 사회 운동에 투신한 젊은 사상가였다. 6·25전란 중 사망 소식이 전해질 때까지 도피와 옥고와 영광이 교차한 우여곡절의 삶을 살고 간 젊은 풍운아였다. 그의 영욕은 능히 그 육친인 김 영감의 삶에까지 짙은 그림자를 드리울 수 있었다. 하지만 그 아버지인 김 영감의 생애는 그의 아들로 하여 한 번도 눈에 띄는 변전을 겪은 일이 없었다. 학교 공부를 나간 뒤 죽음에 이를 때까지 마을에서 함께 지낸 때가 많지 않았던 탓도 있었겠지만, 김 영감은 도대체 그 아들의 일을 내놓고 입에 올린 적이 거의 없었다. 제 자식이 쫓기며 곤욕을 치를 때 그 목소리가 죽는 일도 없었고, 그 아들이 제 세상을 만나 경배를 받을 때 새삼스레 허리가 높아지는 일도 없었다. 자식의 일엔 도대체 오불관언식으로 자기 세상을 살아갔다. 때로는 한마을 사람들조차도 김 영감에게 그런 아들이 있다는 사실을 잊고 지낼 적이 많았는데(그래 실은 나 역시 그 일이 뒤늦게사 생각났을 터이지만) 김 영감은 그 아들의 마지막 소식을 접했을 때도 그저 한동안 앞집 지붕 너머 하늘만 쳐다보고 앉았다간, 이 시절이 그놈을 그리 데려간 것인데 우리가 어쩌겠는가, 지금까장 우리가 제 놈만 쳐다보고 살아온 배도 아니고……위로 투의 한마디를 안으로 내뱉고는 그걸로 간단히 체념을 하고 난 듯, 나아가 자식의 일은 아예 망각을 해버린 듯 이후로는 한 번도 그 일을 입에 담는 일이 없었다는 것이었다.

그 거침없는 호방성 외에도 남의 삶 위에서 자신의 삶을 이루고 누리려 하지 않음, 그 아들의 삶과 죽음마저 자기 삶의 이룸이나 누림거리로 삼지 않음 —— 그것이 내게 그 김 영감의 모습을 거인의 그것으로 지니게 한 것인지 모른다. 그것이 지금까지도 무턱대고 나를 종종 감동케 하고 있는지 모른다.

스스로 기억의 뿌리를 뽑아버리고 싶지 않은 내 철없는 동경의 인물상은 그러나 물론 그 김 영감의 한 경우에 한한 것일 수는 없을 터. 그 밖의 여러 다른 초상들 중에서 여기에 하나만 더 소개하자면 규순이라는 이름의 한 실없는 장난꾼 청년의 경우다.

규순 씨는 일찍이 6·25전란 초반에 군엘 들어갔다가 한쪽 발뒤꿈치를 잃고 의병 제대를 해나온 상이용사였다. 그 규순 씨는 입대 전 마을에서 성미가 퍽 괴팍하고 심술이 사나운 청년으로 알려져 있었다. 마을 사람들과는 공연히 이런저런 일들로 시비가 잦았고, 고집이나 심술기도 그를 앞설 사람이 없었다. 집안이 원래 그랬던지 위인에겐 동네에서 어른들도(제 아비나 집안 어른들조차도) 당해낼 수 없다는 별종 심술꾸러기 조카아이가 하나 있었는데, 그 소문난 조카아이의 고집통이나 심술기마저도 그 앞에선 전혀 기를 못 폈을 정도였다. 일이 그리 된 연유인즉, 어느 추운 겨울 밤 그 조카아이의 부모가 집을 비울 일이 있어 심술쟁이 두 숙질 간에 모처럼 한방 잠자리를 하게 되었는데, 그 어린 고집통이 드디어는 먼저 심술기가 발동하여 삼촌에게 공연히 이부자리를 못 덮게 빼앗아 가버리더랬다. 기미를 알아차린 삼촌은 아무 말 하지 않고 시간을 기다렸다가 이불을 독점하고 나서 직성이 풀린 조카 녀석이 옷을 홀랑 벗은 채 오줌을 누러 나간 사이(녀석은 물론 제 이불이 못 미더워 삼촌에게 몇 번씩 다짐을 받고 나갔지만) 모른 척하고 안에서 문고리를 잠가버렸댔다. 추위 속에 서둘러 일을 끝내고 방으로 들어오려던 녀석이 잠겨버린 방문 앞에 있는 대로 악을 쓰며 심통을 부려댔을 건 말할 것이 없었다. 이 새끼야, 개새끼야, 네 맘대로 해봐. 녀석은 울며불며 잠겨버린 문틀에다 주먹질 발길질을 쉴 새 없이 퍼부어댔다. 난 이제부턴 방으론 죽어도 안 들어갈 것인께, 내가 여기서 얼어 죽어버려서 너 새끼도 아부지한테 맞아 죽게 할 것인께 …… 하지만 규순 청년은 일언반구 대꾸가 없이 깜깜한 침묵 속에 녀석의 항복을 기다리고 있었다. 그 문밖의 영악스런 심술꾼도 그만 소동쯤은 통할 기미가 없음을 알아차린 듯, 이번에는 어물쩍 방법을 달리하여 울음 속에서도 은근히 애원 조로 나오기 시작했다. 이 새끼야, 규순이, 개순이 이 새끼야 인자 들어오라고 해라, 문 열어놓고 들어오라믄 인잔 들어가줄께 …… 규순 청년은 그래도 아직 대꾸를 안 했다. 차제에 아예 녀석의 고집통을 고쳐놓기 위해서였다. 그런데 과연 그 규순 청년의 매정스런 침묵 작전은 드디어 기대했던 전과를 나타냈다. 한동안 끈질기게 애소를 계속하던 녀석이 마침내는 갑자기 울음소리를 뚝 그치고 말짱한 목소리로 말해온 것이었다. — 삼촌? 나 인자 울음소리 그쳤제? 그런께 인자 좀 들어오라고 해보소. 그럼 나 아부지헌티도 일러바치지 않을 텐께—

그런 식으로 제 조카 녀석의 고집통까지 보기 좋게 까뭉개준 위인의 성깔이었다. 그런 성깔의 규순 청년이 전쟁터에서 한쪽 발을 다치고 돌아와 절뚝절뚝 목발걸음을 하고 다니게 되었으니 마을 사람들은 은근히 위인의 행패가 두렵지 않을 수 없었다. 사지를 헤매다 돌아온 사람인 데다 그 무렵엔 상이군경들의 행동거지도 거칠어 위인 또한 어지간히 성깔이 더 거칠어졌으리라, 지레짐작을 하게 된 탓이었다. 그래저래 마을에선 그를 함부로 가까이하려는 사람이 없었다.

그러나 한동안 시일이 흐르다 보니 마을 사람들의 예단은 전혀 터무니없는 기우임이 드러났다. 자세한 속사정은 알 수도 없었지만, 그는 그 육신의 불구를 안겨다준 전장의 와중에서도 사람이 조금도 달라진 것이 없었다. 심성이 모질고 표독스러워지기보다는 있던 성깔까지 오히려 전보다 너그럽고 싹싹해진 쪽이었다. 그를 꺼리는 어른들에겐 상대 쪽이 민망스럴 정도로 지극히 공손했고, 아랫사람들에겐 늘상 실없이 보일 만큼 쾌활하고 장난스럽게 굴었다. 그는 마치 아직 철이 덜 난 어리뱅이처럼 동네 조무래기들과 어울리기를 특히 좋아했는데, 위인에겐 그 옛 심술통과 고집기조차도 아이들과의 그런 어울림의 방편이 되고 있었다. 그는 그 어린 친구들을 즐겁게 해주기 위해 다친 자리를 더 우스꽝스럽게 절뚝거려 보이기도 하였고, 때로는 마을 앞 팽나무 그늘 아래서 조무래기들에 둘러싸여 전쟁 무용담에 한창 신이 나 있기도 하였다. 그러다 마을로 엿장수라도 들어오면 푼푼치 못한 자기 주머니를 털어 새삼 어린 친구들의 환심을 사기도 하였다.

한번은 주머니가 아예 빈 터수에 엿장수가 그냥 마을을 지나쳐 가는 것을 보고는 마음이 썩 안됐던지 아이들에게 뒤늦게 엉뚱한 엿심부름을 시킨 일이 있었다. ─ 이 한쪽 신발짝을 가지고 가서 엿이나 바꿔오너라. 그는 발뒤꿈치를 다쳐 늘상 맨발을 하고 다니던 한쪽 발 신짝을 짐짓 무용지물처럼 목발로 걸어 던지며 아이들에게 말했다. 그리고는 설마 싶어 어물어물 결행을 망설이고 있는 녀석들에게 천연덕스런 얼굴로 재촉을 해댔다. 나헌티 이쪽 신발은 있으나 마나 한 거 아니냐. 빨랑 쫓아가서 엿을 바꿔오라니까. 아이들은 그제서야 안심을 하고 그 멀쩡한 한쪽 신발을 들고 가서 정말로 엿가락을 바꿔왔다. 규순 청년은 아이들에게 엿가락을 고루 나눠준 다음, 이번에는 그 혼자서 절뚝절뚝 요란스레 목발을 휘둘러대며 예의 엿장수에게로 쫓아갔다. 그리고는 그 엿장수의 엿판 밑에서 자신이 방금 들려 보낸 한쪽 신발짝을 찾아들곤 엿장수 사내를 족쳐대기 시작했다.—그러면 그렇지, 내 분명코 이럴 줄 알았다니까. 이놈들이 내 신발짝을 여기다 훔쳐다준 거 아니냔 말여! 헌데 당신은 이런 철딱서니 없는 놈들헌테 얼씨구 좋다구 엿을 바꿔줘? 당신 눈엔 그래 이 한 다리가 안 보여? 다리를 다친 병신은 아예 신발짝이 소용없다는 거여 뭐여! 제대로 꿰고 다니지도 못할 신발이니 엿이나 바꿔먹으라고 당신이 놈들을 시켜 짜고 한 짓 아니여? 이런 경우가 도대체 어떤 경우여…… 허면 어디 한번 이 병신 다리목의 맛을 좀 볼 테여? 절뚝절뚝 목발을 짚고 나타나 불문곡직 엿판 밑을 뒤져대는 바람에 그렇지 않아도 기가 잔뜩 질려 있던 엿장수는 규순 청년의 노기 어린 호통에 얼굴색이 하얗게 변해갔을 건 당연했다. 그래 그는 결국 고무신발에 엿가락에 이미 당해놓은 손해는 고사하고 일이 그리되게 된 변명 한마디 못한 채, 거꾸로 애걸복걸 제 몹쓸 실수에 대한 사죄의 표시로다 남은 엿가락을 한줌이나 더 덜어 바치고서야 눈앞이 캄캄했을 그 위기를 넘기고 허겁지겁 마을을 떠날 수 있었다.

그처럼 엉뚱스런 웃음거리를 빚곤 하던 위인의 장난기는 비단 그 어린 친구들을 상대로 해서만이 아니었다. 일종의 낙천성이나 호사성이라고도 할 수 있는 위인의 짓궂으면서도 악의 없는 장난기는 어른들의 진중하고 절박스런 일에서도 똑같이 발휘됐다.

그의 방유(放遊) 시절, 다른 한번은 편모슬하의 가난한 마을 청년 하나가 면소 마을 장터거리에서 불의에 군 입영 요원으로 붙잡혀가게 된 일이 있었다. 청년이 백 리 밖 읍내 학교의 집결지까지 끌려가 속수무책 자신의 신체검사 날만을 기다리고 있을 때였다. 그 시절 그런 식으로 무영장 길거리 징집을 당해갔을 경우엔 바깥에서 누군가가 손을 잘 써주면 어렵잖이 길을 찾아 다시 몸을 빼나올 수 있던 때였다. 당시 청년의 집안 사정은 그의 입영이 너무도 절망적인 상태였다. 그러나 청년에겐 손을 써줄 사람도 힘도 없었다.

그러던 참에 규순 청년이 뜻밖에 일을 쉽게 자청하고 나섰다. 그것도 방법이니 절차에 조금도 힘이 들어 보이지 않는 우스개 장난거리식 계교로 해서였다.

일이 끝난 뒤 마을 사람들 간에 은밀히 떠돌아다니던 위인의 계교는 이러했다. 일을 자청하고 나선 그는 친구의 어머니에게 밥과 떡을 찌게 하여, 그것을 큼지막한 보자기에 싸들고 읍내까지 나가서는 절뚝절뚝 장정들의 집결지로 찾아갔다. 그리고 자신의 상이용사 복장과 증명서의 힘을 빌려 집결지 정문의 위병소를 간단히 통과해 들어갔다.

그런데 얼마 뒤 상이용사 복장에 모자를 깊숙이 눌러쓰고, 한 손엔 빈 밥통 보자기를, 다른 한 손엔 목발을 끼어 잡고 절뚝절뚝 위병소를 다시 빠져나온 것은 아깟번의 규순이 아닌 그의 마을 친구였다. 규순 청년이 친구를 변소칸으로 끌고 가 옷을 서로 바꿔 입은 다음 자기 대신 친구를 빼내 보낸 것이었다. 그러고서 위인은 친구를 대신하여 이틀 뒤에 행해진 신체검사장에서, 농삿일을 하다가 농기구에 잘못 발뒤꿈치를 잃게 된 병신 행세를 연출하여, 애송이 군의관을 거뜬히 속여 넘기고 의기양양 마을로 되돌아온 것이었다.

각박하고, 살벌하던 그 시절의 일로 해선, 그것도 엄중한 군 관계의 일로 해선 웬만큼 간덩이가 부은 사람이거나 세상일의 경중을 알아차리지 못하는 사람이 아니고선 아예 상상이나 엄두조차 못 낼 계교였다. 하지만 위인은 그 일을 망설이거나 두려워하기보다 무슨 짓궂은 내기놀음이라도 즐기듯 간단히 해치우고 만 것이다. 그러고도 무슨 공치사나 보답을 바라기커녕 일의 과정과 성공만을 통쾌해했을 뿐이었다. 일의 진행 과정에서도 겁을 먹고 망설인 것은 오히려 당사자인 청년 쪽이었고, 위인은 그저 제 장난기를 못 참아 하는 듯한 가벼운 표정이었을 뿐이었다고.

몸을 다치고 와서 그 짓궂고 고집스런 성깔마저 밝고 티 없고 수월해진 규순 청년. 그래 그 마음에 막힌 곳이 없어 보이던 키 큰 어른 친구— 그러니 그가 원체 아이들과 어울리기를 좋아하기도 했겠지만, 아이들도 그를 아무 두려움이나 허물이 없는 친구로 즐거운 한 시절을 함께한 것이었다. 그리고 나는 아직도 선악관에 투철한 결벽스런 정의의 심판자들을 볼 때마다, 혹은 사랑과 용서의 철학을 펴나가는 우리 시대의 지성과 양심들을 볼 때마다 혼자서 은밀히 그의 기억을 그립게 떠올리게 되곤 하는 것이다.

이 역시 내 삶을 도모해나가는 데에 한 번도 목소리를 높여보지 못하게 한, 허세와 흉내로나마 대인 풍모 한번 꿈꿔보지 못하게 한 허물일 게다. 그리고 그 허물 또한 그 보잘것없는 씨앗자루를 미련 없이 버리지 못했던 탓일 게다.

　——이중 노출의 초상.

　되풀이하거니와, 일반적인 상식과 세상관 위에서 자신과 세상일을 경영해가기 위해선 그 모든 내 어린 날의 초라한 꿈의 초상들을 일찌감치 버렸어야 하였다.

　하지만 나는 그로 인한 내 삶의 왜소화와 비생산성에도 그것들을 끝내 버리지 못해온 셈이었다. 한골목 김씨 영감이나 규순 청년들처럼 내 어린 꿈이 스민 동경의 초상들은 물론이려니와, 동네 장로님이나 담임선생님, 지하실의 밀고자들처럼 의혹과 불신과 원망의 대상으로 조성된 사람들조차도 끝끝내 그럴 수가 없어온 것이다. 누가 뭐래도 그것들은 내가 직접 체득한 정직한 사실이자 진실인 때문이었다. 더욱이 전자들은 세월이 쌓이고 사람과 삶에 대한 경험이 더해갈수록 더욱더 소중스런 내 자유인의 초상으로 모습지어온 때문이었다. 남의 삶을 빌려 그에 기대지 않음으로 하여 자기 삶에 조금도 거침이 없었던 김 영감, 어두운 지하실에서 차마 더는 낮아질 수가 없어 스스로 그곳을 나와 배신자가 기다리는 자기 죽음의 자리로 꿋꿋이 걸어 나간 집안 어른의 자존심, 죄 없이 불구의 몸이 되어 돌아와서도 원망이나 복수심 대신 자신과 이웃과 세상을 용서하고 스스로 마음이 열려 우리들의 즐거운 친구가 되어준 어른 장난꾼(원망이나 복수 대신 자신과 이웃을 용서하여 스스로를 해방해나간 사람으로는 언젠가 다른 곳에서 소개한 바 있는 나의 외종형—천신만고 위험한 죽음의 도피행에서 살아 돌아와 주위의 두려움과 은근한 기대에도 그 혼자 말없이 염소 한 쌍을 끌고 서 산으로 들어가버린 그 외종형의 경우도 마찬가지일 터이다), 그 비정스런 담임선생님까지는 아니더라도(그 역시 혈기 방장한 젊은 선생님이었다는 점에선 달리 생각해야 할 대목이 없지 않겠지만) 심지어는 식욕 좋은 여덟 자식들 때문에 주일예배를 소홀히 한 그 고달픈 장로님까지를 포함하여, 이들의 초상은 내게는 누구보다 참되고 분명한 자유인, 비록 키가 작아서 제 발밑 땅밖에 넓고 먼 삶의 터는 일궈낼 수 없었다 하더라도 그럴수록 내겐 더 알뜰하고 소중스런 자유인의 초상으로 지녀져온 것이다.

하고 보면 옛날 내 초라하고 남루한 상광길의 게 자루는 이날까지 오래오래 내 삶을 모양 짓고 이끌어온, 보잘것은 없으나마 그런대로 소중한 꿈과 진실의 씨앗, 무엇보다 내 나름의 자유인의 모습과 그에 대한 꿈의 씨앗이 함께 깃들어온 셈이었다. 하지만 거기 깃든 자유인의 모습이 어찌 그 몇 경우들뿐이었을 것인가. 온종일 고된 논밭 일에 시달리다 돌아와서도 밤마다 희미한 등잔불 아래 먹을 갈고 붓을 다스리시던 내 집안 당숙 어른(생전엔 한 번도 당신의 필서를 남에게 보이거나 내보낸 일이 없었는데, 당신 사후에야 장 속에 버려 쌓인 글씨가 한 아름이나 뭉쳐 나와, 가계가 어려웠던 늙은 숙모님이 어떤 도회인에게 지폐 몇 장 건네받고 그걸 깡그리 건네주고 말았다 하였다), 온갖 농작물의 새 품종을 구해다가 시험 재배를 하면서, 동네 아이들이 길섶으로 기어 나온 참외꼭지

하나라도 잘못 건드렸다간 어디선가 반드시 불호령을 쏘아대곤 하던 호랑이 농사꾼 정빈 씨—하면서도 또 엉뚱스레 마을에서 누군가 어려운 일을 당했거나 빈가집 아이가 대처 지역 윗학교엘 들어가는 일이라도 생기면 때마다 은밀히 사람을 불러다가 힘을 보태곤 했다는 명색 없는 독지가, 그런 사람들의 모습도 내게는 누구보다 기품 높은 예술가, 유족한 재산가, 아니 오히려 그 자리를 넘어선 자유인의 모습으로 소중하게 살아 숨쉬고 있는 것이다.

그러니 어찌 그 싱싱하게 여문 씨앗들을 게 자루와 함께 버려져 썩게 할 수 있었겠으며, 그리하지 못했음을 아쉬워하기만 할 것인가. 내 삶판이 아무리 비좁고 무력하여 이룸이 적다 하더라도 나는 어차피 그럴 수가 없었겠고, 앞으로도 그럴 것이 분명해 보이는 것이다. 이에 대해선 근자에 내가 고향 마을을 찾은 길에 한 이웃 어른의 인생 체험 속에서 다시 한 번 분명히 확인받고 온 바 있어, 내 어설픈 감상 투를 대신하여 그 어른의 무심한 듯 범상찮은 회고담으로 이 지루한 이야기의 마무리를 삼고 싶다. 듣고 나니 문득 어떤 외국 작가의 우화풍 소설의 한 장면이 연상되던 그 노인 어른의 회고담의 요지는 이런 것이었다.

—내 나이 아직 마흔 살 안짝의 한창 시절이던 그 경인년 전란(6·25) 때의 한여름…… 함자를 대면 자네도 누군지 알겠네만, 그때 우리 동네 윗자리 일을 맡고 있던 차 씨 어른이 하룻밤엔 중요한 마을 회의를 앞두고 나를 은밀히 당신 집으로 불러 이르데…… 내일 회의에선 자네를 젊은 사람들의 책임자로 삼을 테니, 그때부텀은 자네가 앞장서 나서서 이 농네가 근동의 모범이 되게

끔 힘차게 새 시대를 열어나가야 하네——허니 어쩌겠는가. 그 앞
에선 어물어물 고개를 끄덕여주고 자리를 물러나올밖에. 허나 그
어른이 나를 앞세우려는 속셈이나, 그 시대에 대한 책무라는 것이
어떤 것인지는 뻔한 속 아니었겠나. 그래 정작에 회의가 열린 다
음 날엔 위험을 무릅쓰고 일찌감치 뒷산으로 몸을 피해 올라갔지.
올라가선 온종일 온몸의 피가 마르고 치가 떨리는 공포 속에 긴긴
하루해를 꼴깍 다 넘기고 내려왔어. 그러나 일이 어디 그것으로
끝났겠는가. 그로하여 이후 나는 그 몇 달 동안을 보이지 않는 죽
음의 위협에 쫓기면서 지레 한시도 마음을 놓고 지낼 수가 없었지.
그 두려움이 어찌나 깊었던지, 세월이 많이 흘러간 지금에 와서도
그때의 일이 통 잊혀지지가 않는구만. 허지만 나는 이날 입때까지
그때의 내 결정을 한번도 후회해본 일이 없었네. 그때 그 어른의
말을 고분고분 들었으면 한때는 제법 행세깨나 했을 테고, 그 담
은 또 무슨 일이 어찌 됐을지 모르지만…… 하지만 그건 뭣보담도
사람의 일이 아니었거든. 산꼭대기의 바위틈에 혼자 숨어앉아 내
려다본 그 마을회관 마당의 야릇한 광경…… 낭자한 아우성 속에
바글바글 들끓어대던 그 악착같은 인간들의 볼품없는 소동이라
니…… 끔찍하고 저열스럽기가 그건 아무래도 사람의 일이 아니
었어……

(『문학사상』 1989년 8월호)

이 여자를 찾습니다

  이 글은 근자 필자가 처지가 퍽 딱해 보이는 한 고향 친지를 위해 대필해준 심인(尋人) 광고 소책자의 내용을 차용해 쓴 것인바, 아직도 어디선가 그 애달픈 인생행로를 헤매고 있을 그의 누이의 종적을 널리 물을 겸해 여기 다시 몇몇 대목 이해의 편의를 위한 첨삭을 가하는 것으로 이 글자리의 이름과 구실을 대신하고 나름대로의 보람도 얻고자 했음을 밝힌다(*표 대목은 책자를 그대로 인용한 부분임).

  *책제(冊題): 박장순 여인을 찾습니다.

  *호소와 당부의 말씀(실종인 박장순을 찾는 사람 남동생 박장덕의 기원): 소생은 앞에 적은 실종녀 박장순과 일점혈육의 남매지간으로 뒤에 그 곡절을 소상히 밝혀드리게 될 것인바, 심히 안타

깝고 불가피한 사정으로 그동안 거진 20년 가까이나 허망하고 격절스런 상리(相離)의 세월을 보내온 처지입니다. 그러나 근자 들어 소생은 끝내 그 고혈(孤子)한 누이의 실종까지 초래한 수난의 사연에 관해 뜻밖에 새로운 사실을 알게 되어, 뒤늦게 뼛속이 짓녹아 내리는 창연스런 회한에 이르게 되었습니다. 〔중략〕 이 뒤늦은 깨달음과 회오의 정한으로 해서나마 소생은 이제라도 누이를 다시 찾아 만나 그 누이 곁에서 남은 인생행로를 함께하며 작으나마 위로와 의지가 되어주고 싶습니다.

그러나 이제는 그 누이의 종적이나 뒷소식조차 전혀 들을 길이 없는 형편이 되고 말았습니다. 〔중략〕 그간의 소생의 소홀과 패덕(悖德)에 대해서는 스스로 그 허물을 책임져나갈 각오인바 이 어리석은 글을 접하신 독자 제위께서는 부디 저의 허물을 뒤로 미루시고, 불행한 누이를 위한 이 죄 많은 사내의 간절한 소망과 미욱한 충정을 너그러이 헤아려 살펴주시기를 빕니다. 나아가 잡초처럼 무력하고 고달픈 삶이나마 그간에 잃고 살아온, 미미한 대로 소중스런 사람의 값을 되찾아 그것을 함께 귀하게 누리며 살고 싶어 하는 이 가련한 오뉘를 위하여 모쪼록 뒤에 적은 사연들을 마저 다 읽으시고, 행여 제 누이의 소식이나 소재로써 저희 남매가 생애를 걸어 뼈에 새기고 살아가도록, 자애로운 은혜를 베풀어주시기를 거듭 머리 숙여 당부드립니다.

1989년 4월 일

실종인의 남동생 박장덕 삼가 적음

＊실종인의 신상 사항

본적: 전남 장주군 홍덕면 갈평리 482번지

성별 및 나이: 여, 42세(1948년생)

가족 사항: 부 박순도(1962년 본적지에서 해상 실종 사망)

　　　　　모 곽성녀(1963년 가출 실종)

　　　　　동생 박장덕(남 39세, 위 박장순을 찾는 사람)

＊실종 시기와 경위: 1970년까지 본적지에서 위 남자 동생 박장덕(당시 나이 20세)과 함께 단둘이 살아오던 누이 박장순(당시 나이 23세)은, 이해 3월 장주 읍내(문외동 20번지)의 윤씨가(尹氏家)에 후취로 출가(재혼부 윤 씨의 당시 나이 68세). 같은 해 9월 후처 박장순이 보양제로 제공한 뜸부기 곰국을 먹은 직후, 그 남편 윤 씨가 이유 불명으로 급사하자, 위 박장순은 그 윤 씨가 일족들에 의하여 그녀가 가주 윤 씨를 살해할 목적으로 뜸부기 곰국에 독물을 투입, 그를 죽게 했다는 혐의로 사직 당국에 고소됨. 이후 2심까지 1년여 간의 재판 과정에서 그녀의 혐의와 죄과가 인정되어 1971년 11월 무기 징역형을 확정받고 광주와 전주, 대전 등지의 교도소에서 총 17년간 복역. 1987년 8월 15일 광복절 특사의 혜택을 입어 나이 40세로 순천교도소에서 출감. 출감 직후 잠적. 현재까지 실종 상태임.

＊실종녀 박장순의 특징

외모: 신장 160센티미터 정도의 건장한 체격에 황갈색 머리의

말상형 얼굴. 콧잔등 주위에 약간의 마마 자국이 있고, 왼쪽 눈에 상당한 사시 증세가 있어 유년 시 마을에서 '째그시' 또는 '새우 눈'이란 별명으로 자주 놀림을 받음. 평상시 대개 입을 벌리고 지내나 말은 거의 없는 편임. 어눌하고 순한 말씨. 걸음걸이는 구부정한 어깨에 성큼성큼 남자풍.

성품: 순박하고 선량한 편. 자기 일에 대한 악의나 경계심이 태무한 낙천적 순응형. 특히 성적 수치심이 박약하여 자기 방어력이 허약함.

* 실종 시까지의 안팎 정황

실종 전의 사정: 부 박순도는 1962년까지 상기 장주군 주소지에서 본인과 처 곽성녀, 장순·장덕 남매 4인 가족의 가장으로 연안 채취선 일에 종사타가 이해 가을 돌풍으로 사망(당시 나이 48세).

모 곽성녀는 이듬해(1963년) 5월(음력 초파일) 인근 천일산 관음사에 수중원혼이 된 망부의 천도 치성을 갔다가 행방을 감추고 잠적(당시 나이 37세). 후일 소문엔 한마을 고용살이 총각과 작반 도주한 것으로 알려짐.

이후 7년 동안 무학의 박장순은 남동생 장덕(모 가출 당시 13세로 초등학교 4년 중퇴)을 보살피며 어려운 집안 살림을 맡아 꾸려온 처지였으나, 동생 장덕 편에서는 그 누이 장순을 오히려 부끄럽고 귀찮은 존재로 여김.

이 시절 장순에 대한 마을 사람들의 회상: 아버지가 바다에서 죽어 돌아오지 못한 일이나 어머니가 나이 어린 오누이를 버리고 마을의 고용살이와 도망을 친 일들에 대하여 장순은 원망이나 슬픔보다 어쩔 수 없는 자신의 운명에 순응하듯, 또는 그 비극성을 미처 감지하지 못한 듯 전날과 별 다름없이 동생 장덕과 함께 태연스럽고 담담하게 생계를 연명해감……

여기에 필자가 알고 있는 사실을 좀더 덧붙이자면 이를테면 이런 식이었다. 그 박장순은 일종의 체념 기나 병적인 낙천성 속에 모든 일을 되어가는 대로 맡겨두고 사는 식이어서, 동생 장덕이 학교를 중도 퇴교한 일에 대해서도 그를 만류하거나 애석해하는 일이 없었고, 어른 없는 자기 책임의 집안 살림에 대해서도 무사태평 식으로 방심스런 대응 태도였다. 다른 사람을 두려워하거나 의심하고 경계하는 일이 없어, 마을의 청소년들로부터 가끔 성적 유희의 대상이 되기까지 했지만, 장순은 그 치매성 순박성으로 인하여 자신의 성적 수치심마저 숨기지 못한 정도. 한번은 마을 젊은이들이 야반 작당 장순을 집단 추행한 비행이 있었던바, 그 일이 마을에 알려진 사연은 가해자들의 은밀스런 침묵에 반하여 피해 당사자인 장순 자신의 동네 총각들 양물 품평과 행위 시의 숙달성에 대한 사후 감상담이 주인(主因)이었다고 전해진다. 이는 물론 동네 아낙들의 실없는 호기심의 부추김에도 일부 허물이 있었으려니와, 어쨌거나 그로 하여 어린 동생 장덕까지 마을의 심심찮은 놀림감이 되었으며, 그 장덕 또한 그의 누이를 얼간이 반편 취급, 심히 불결시하고 소원시하며 학대한 것이다.

＊비극의 길, 후취 혼인: 1970년 3월 나이 23세의 박장순은 그의 마을의 한 생선 행상 여인으로부터 장주 읍내 거주 늙은 홀아비 윤 씨의 후처 자리로 혼처를 권유받음. 당시 윤 씨는 나이 65세로 본처를 사별하고 3년 가까이 단신으로 지내온 영감으로, 재산도 아쉽잖고 자식들 봉양도 나무랄 데 없었으나, 열 자식 효성이 한 악처의 홀대만 못하다는 식으로, 그 심사나 행실이 편치가 못해 보여, 드디어는 그 자식들의 의견을 수합하여 노부의 말년을 맡길 만한 재취감을 물색하고 나섰던 것……

통혼이라기보다는 영감의 노년 시중과 회춘연(回春宴)에 봉사할 공녀(貢女) 천거 격이었다. 당연히 그만한 반대급부의 조건이 곁따랐다. 윤 씨 생존시의 호의호식과 자의롭고 공경받는 내외 생활의 보장은 물론, 선부 망시에는 장순이 희망가에서 후일을 누리고 살 만한 충분한 유산을 배분하고, 그녀 출가 후의 장덕에 대해서도 혼자서 제 앞날을 도모해나갈 수 있는 가계를 지속적으로 보장해준다는 것이었다.

하여 며칠 후 장순은 장덕의 의식주를 포함한 모든 일을 그 매파 격인 생선 장수 여인의 처분에 맡긴 채 그녀를 따라 간단히 읍내의 윤씨가로 떠나갔다.——내 특별히 너를 생각해서 발 벗고 나선 일이구만. 영감쟁이의 나이가 좀 기운 게 흠이지만, 막말로 니 처지에 그런 자리라도 아니면 시집가서 계집 구실 한번 해볼 날이 있었어? 것도 아직 그 나이에 영감이 기력만은 젊은 사람 못잖이 팔팔하다는디. 세상사 쓴맛 단맛 다 겪어본 처지에 젊은 색시 귀염은 또 오죽이나 할 거구. 마음만 정하고 나서믄사 그길로 니 팔자는 바로 장주 성내 부자 영감 안방마님 팔자여! 생선 행상 여인의 급한 다그침 외에도 당사자인 장순이 다른 사람 일처럼 단자리에서 마음이 쉬 기울어든 때문이었다.

그렇게 일단 읍내 윤씨가의 사람이 되어간 장순은 그런대로 별 말썽 없이 순탄한 몇 달간을 보냈다. 애초의 약속이나 기대와는 달리 몇 가지 아쉬운 점은 있었다. 생선 행상 아낙의 시퍼런 장담과는 딴판으로 신랑 영감은 들은 말보다도 나이가 오륙 세나 더 많은 70대 중반쯤의 노구로 보이는 데다, 젊은이 못지않던 기력 또한 공연스런 아낙의 허풍에 불과했다. 당연한 일로서 자식들이 다 장성해 있고, 집안 간의 우애가 썩 돈독해 보이는 이외에, 가세나 재산이 그리 내놓고 자랑힐 민한 징도도 못 되었다. 하지만 장순은 그런 것을 굳이 허물하려 들지 않고 그런대로 제 처지에 만족하고 지내려는 편이었다. 집안에서 특별히 공경을 못 받고 호의호식까지는 못하더라도 지아비의 성품이 너그러운 편인 데다, 영감쟁이에 대한 잔시중거리 이외에 특별히 다른 주위 사람의 눈치를 볼 일은 없었기 때문. 먹고 입고 자는 데에 큰 불편이 없었고, 무엇보다 고향 마을의 생선 행상 아주머니가 이후로도 자주 윤씨가를 드나들면서 장덕의 일을 대신 잘 보살펴준 때문이었다.

그러나 불행히도 장순의 그런 태평시절은 오래가질 못했다. 윤씨가 후취살이 반년 남짓 되어서 이해 9월 윤씨 영감이 불의에 급사의 변을 당하자, 그에게 보양제로 뜸부기를 몰래 고아 먹인 후취댁 장순에게 늙은 지아비 독살의 혐의가 씌워진 것이다.

하지만 그 같은 비극은 이미 전서부터 무관찮은 전조가 있었던 일이었다. 장순이 일찍부터 성적 수치심이 박약했던 것은 그녀의 정서적 결손 현상에서가 아니라, 어머니로부터 물려받은 성 형질의 자연스런 발로 때문이었는지 모른다. 늙은 윤 씨와의 잠자리에서 장순이 남정의 양기를 과도하게 탐한다는 소리가 출가 얼마 뒤부터 행상 아낙을 통하여 친가 동네에까지 흘러 들어오곤 하였다. 그 보챔이 어찌나 심하던지 몇 달이 안 가서 늙은이의 기력을 말이 아니게 탈진시켜 그 자식들과 아랫사람들을 민망하고 걱정스럽게 한다 하였다. 그러나 장순은 그럴수록 더 노구를 못 견디게 보채었고, 그 바람에 종내는 기가 진한 늙은이까지 그녀를 썩 탐탁해하지 않는다는 소문이었다. 그런 중에도 이렁저렁 여름철까지 넘기고 선선한 가을 절기로 접어들 무렵이었다. 장순이 이번에는 어디서 소문을 주워듣고 누구에게 은밀히 부탁을 해두었던지, 무기력한 노구의 기력을 북돋기 위한 보양제로 뜸부기 한 마리를 구해 들여와서는 다른 식구들 몰래 그것을 늙은이에게 고아 먹인 것이었다.

* 남편 독살범으로 무기형 복역 — 가석방 출옥 — 실종: 확실한 근거는 없는 말일지언정, 뜸부기가 신묘한 남성의 보양제나, 허약한 몸에다 과다하게 취하면 감당 불급으로 오히려 해를 당한다는 이야기는 근동에 널리 알려진 바였다. 망인의 일족들도 물론 그것을 알고 있었고, 어리석은 후취댁의 과실을 과실로 너그럽게 접어 넘어갈 수도 있는 일이었다. 그러나 끝내 윤씨가는 망인의 죽음을 독살로 치부했고, 이후 1년여 간의 송사 끝에 그녀를 무기수의 죄

인으로 만들었다……

여기에는 윤씨가 나름대로의 그럴 만한 사정이 있었다. 윤씨가 사람들은 애당초 일을 그렇듯 시끄럽게 끌어갈 의도가 아니었다. 뜸부기의 독성 작용과 후취댁의 무지와 무모성을 감안하여 장순만을 조용히 집에서 내보낼 생각이었다. 그런데 장순은 무슨 배짱에선지 한사코 윤씨가를 떠나려 하지 않았다. 자신에겐 뜸부기를 고아 먹인 허물밖에 다른 아무런 잘못이 없으니, 그녀에게 처음 약속된 재물을 내줘야 집을 나가겠다고 버티었다. 그러나 윤씨들은 그럴 수는 없었다. 애시당초 그럴 생각에서 한 약조도 아니려니와 그녀는 어쨌든 늙은 지아비를 죽게 한 죄인이었다. 망부 생시부터도 사정이 불가피해 입을 다물고 참아온 밉상의 여자였다. 거기다제 허물은 아랑곳이 없이 막무가내식이니 더 다른 방도가 있을 수 없었다. 윤씨들은 결국 장례식 한 달쯤 뒤부터 장순을 살인범으로 몰아갔다. 이번에는 뜸부기를 잘못 고아 먹인 과실로 해서가 아니라, 그 속에 몰래 독극물을 풀어 먹인 고의적인 독살의 혐의를 걸어서였다. 일단 송사를 시작한 윤씨들은 있는 재력과 인력을 다 동원하여 일방적으로 그녀를 닦달해나갔다. 뿐더러 이때부터 몸과 생각이 감방 속에 꼼짝없이 묶여 지내게 된 장순의 처지에선 어떤 방어나 자구책도 마련할 수가 없었다. ── 어따, 계집 색정 드센 건 뱃속에서 타고난 모양이더라만, 그런다고 늙은이한테 그런 숭한 짓거리까지 저질렀어야 쓰겄냐. 그랬으믄 또 고이 지를 나가랄 때 냉큼 물러나올 일이제, 그 마당에 누가 저를 곱게 보아 뒷감당을 해준다고 버팅기기는 버팅겨. 그러니 재산 탐으로 뜸부기가 아니

라 독물을 타 먹였다는 허물까지 뒤집어쓰제. 설사 그렇게 재산
탐이 바쁘더라도 미욱하게 그리 보채고 들어야 할 일은 또 무엇이
고. 가만히 죽어 참고 기다리고 있었으믄 영감탕구 앞날이 얼마나
남았다고. 그런 중정 저런 중정 미리 헤아리지 못하고 년의 처지만
생각하고 나선 내가 죽일 년이제…… 마지못해 한번씩 구치소 면
회를 다녀오거나 제 마을 사람들을 만나게 될 때마다 제물에 애가
탄 듯 넋두리를 늘어놓곤 하는 행상 아낙마저도 윤씨들보다는 장순
쪽의 허물을 나무라대는 판이니, 무지하고 무력한 장덕은 말할 것
도 없거니와 누구라도 밖에서 그녀의 뒷일을 힘써 돌봐주려는 사람
이 있을 수 없었다. 장순은 그렇듯 고립무원의 처지에서 모든 일을
그저 '법에서 알아서' 처결해주리라는 막연한 희망뿐, 자기 사활의
갈림길 앞에서도 속수무책 시간만 기다리는 처지였다.
　하지만 그 장순의 마지막 한 가닥 희망이었던 '법'이라는 것도
별반 믿을 것이 못 되었다. 그녀의 곤핍한 처지를 위해서 국선 변
호인이 붙여지고, 죽어 묻힌 시신을 다시 파헤쳐내는 소동까지 벌
이고서도, '법'에선 어인 일인지 그녀의 독살 혐의를 인정하여 가
혹하게 무기징역형을 선고한 것이다. 뿐더러 장순으로선 별로 소
망치도 않은 몇 달간의 2심 절차의 결과도 예상했던 대로 무기징
역형 그대로였다.

　하지만 장순은 이제 그것을 그리 억울해하지도 않았다. 재판 과
정에서 자신의 결백을 힘써 주장하려 들지 않았듯, 자신의 삶이
통째로 결딴나는 무서운 운명의 갈림길 앞에서도 그녀는 마치 별

다른 감회나 원망이 없는 사람처럼 묵연스런 체념 속에 자신을 순종시켜나간 것이었다. 자기 운명의 결판의 마당에서마저 매사 그렇듯 순응적인 심성이고 보니, 그녀의 수형 생활 역시 특별한 변고나 곡절이 있을 수 없었다. 광주와 대전, 전주 교도소들을 두루 거쳐 다닌 기나긴 복역 생활을 장순은 하루같이 차분하게 잘 치러 나갔다. 새삼스레 허물을 벗고 싶어 하는 일도 없었고, 억울한 수형 생활을 답답해 못 견뎌 하거나 짜증스러워하는 일도 거의 없었다. 장순은 차라리 그곳을 자신의 필생의 안식처로 삼고 지내듯 어딘지 평온하고 안정된 생활이었다. 그만큼 자기 일에 성실하고 열심인 것은 물론, 동료 죄수들에 대한 마음 씀씀이도 늘 한가족처럼 따뜻하고 인정 깊게 굴었다. 처지가 애초에 그런 탓도 있었지만, 다른 사람처럼 특사나 감형을 고대하거나 출감 일을 초조하게 기다린 일도 없었고, 누군가 바깥사람의 면회를 소망하는 일도 없었다. 형이 확정되고 난 이후 복역 생활 중의 면회나 출옥 희망에 대해선, 언젠가 단 한번 그 고향 마을의 행상녀가 광주 근처 교도소로 장순을 찾아갔을 때, 그녀가 부지중 잊고 있던 사람의 기억이 되살아나기라도 하듯이, 우리 동상 장덕이는 어디서 여태까지 무엇을 하고 있답디까…… 어디서 무슨 일을 하고 살고 지내든지 어서어서 제발 덕덕 큰돈이나 벌어와서 이 못난 동기간 신세를 좀 살펴주란다고 해주시오…… 전에 없던 한탄 투의 하소연을 늘어놓았던 것뿐이랬다. 그러나 그것도 소리를 전해 듣고 끌려가듯 찾아간 장덕을 앞에 했을 땐, 나는 일없다, 나는 일없으니 내 걱정은 하지 말고…… 너라도 돈을 벌어 사람값을 하고 살거라. 사람

없고 돈 없으면 누구라서 사람값을 지니고 살겠더냐…… 자기 지내는 처지는 상관하려 하지 않고 무심한 장덕이 힘든 세상 살아갈 일만을 되풀이 당부하더랬다.

장순은 그런 식으로 세상에서 까마득히 잊혀진 채 기나긴 17년의 옥살이를 치른 끝에 1987년 8월 15일 전남 순천 교도소에서 광복절 가석방 특사의 혜택을 입어 밝은 바깥세상으로 다시 풀려나오게 되었다.

그러나 당시로선 교도소 내의 관련 부서 사람들이나 그녀와 가까웠던 감방 동료들 이외에 그녀의 출감 사실을 안 사람이 아무도 없었다. 따라서 그녀가 옥문을 나선 이후로 어디론지 종적을 감추고 사라져버린 사실도 당시로선 전혀 아는 사람이 없었다. 그녀의 출감과 실종 사실을 동생 장덕이 알게 된 것은, 그로부터 1년쯤 뒤인 1988년 4월경 그 역시 이런저런 범죄의 이력과 오랜 도피행 끝에 2년여의 쓰디쓴 옥살이를 치르고 나와서였다. 자신도 나이 들어 누이와 함께 옥살이를 치르면서, 속절없이 시들어가는 그 누이의 인생사를 새삼 가슴 아파해오던 차에, 형기를 마치고 고향 마을을 찾아들었다 뜻밖에 그 누이의 옛날 '범행'과 관련하여 새로운 사실을 알게 됨으로 해서였다. 예의 한 동네 행상녀로부터 뒤늦게 누이의 '범행'에 숨겨진 새로운 사연을 듣고서, 뜨거운 회한과 분노 속에 한달음에 그녀를 찾아가보니, 누이는 이미 한 해 전에 옥을 나가 그 행방이 묘연해져버린 것이다.

* 동생 박장덕의 누이 장순에 대한 곡해와 회한, 간구의 사연:

실종녀 박장순의 처지가 그런 곤경에 이르도록 비정스런 무관심과 외면으로 일관해온 동생 장덕의 몰인정의 허물은 가위 배신과 패륜에 버금가는 것이겠다. 뿐더러 이제는 박장덕 자신도 그것을 자인하고, 참담스런 회한 속에 누이를 다시 찾아 만나서 속죄의 길이 열리기를 간구하고 있는 터이다……

그러나 한편, 장덕의 그 같은 매정스런 외면에는 나름대로 그럴 만한 사연이 없지 않았다. 그 생김새나 말씨나 행실들이 하나같이 반편스런 누이 장순의 존재는 유년 시부터 장덕의 부끄럼건지에다 그의 삶의 애물스런 걸림돌 격이었다. 더욱이 그녀의 성적 수치심이 결여된 행실들은 그를 늘 혐오스럽고 분노케 하였다. 장순이 어디서 말썽이 깃을 하고 나면 장덕도 한 물색의 열산이 쥐납을 당했고, 그녀가 마을 사내들의 놀림감이 되고 나면 그도 창피스런 웃음거리가 되곤 했다. 장덕이 초등학교 4학년으로 중도 퇴교를 하고 만 것도 아버지의 죽음이나 어머니의 가출보다 그 누이로 인한 창피스러움을 더 감당하기 싫어서였다. 장덕은 때로 그런 장순이 소리 없이 갑자기 죽어 없어지거나 제 곁에서 어디로 사라져주기를 바랐고, 실제로 그런 식의 행동을 해 보이기까지 하였다. 그러나 그것은 물론 부질없는 헛소망이었다. 장순은 아버지나 어머니보다도 지겹고 끈질기게 그의 곁에 남아 붙어 괴롭고 거추장스런 그의 삶의 굴레가 되고 있었다. 그리고 희한하고 저주스런 성희에만 눈이 뜨여가고 있었다. 그녀가 그 행상녀의 허황스런 몇 마디에 히죽히죽 마음이 쉽게 기울어든 것도 그녀의 그런 어이없는 색정기 때문으로만 보였다. 뿐더러 장덕에겐 장순이 곁을 떠난 짧은 한 시절을 빼앗아가고 장순에게 그 기나긴 영어의 생활을 불러온 뜸부기국 소동도 장덕은 대개 그 장순의 어이없는 색정기의 재변쯤으로 믿게 된 것이었다. 행상녀의 넋두리도 처음엔 그런 식이었거니와, 장덕은 그래 누이의 처지가 그 지경에 이른 때에도 그녀와 그녀의 색정기를 저주하며, 누이의 전정이 어떻게 짓밟히든 오불관언 눈을 돌리고 지내온 것이었다.

아니, 그것으로도 장덕은 그 누이로 인한 피해를 다 모면할 수가 없었다. 분명하게 눈에 드러나 보일 일은 아니지만, 어떻게 생각하면 장덕의 삶 역시도 그 누이 장순으로 하여 결딴이 나고 말 격이었다. ─그래도 자네는 한 피붙이가 아닌가. 자네 말고 또 누가 찾아가볼 사람이 있는가. 이제라도 한번 찾아가 만나보소. 어디서 뭣을 하고 살고 있길래 소식 한번이 없느냐고, 언제 돈 벌어 저를 살려주러 온다더냐고, 자네 기다리는 원정에 목이 꺽꺽 메데…… 누이의 옥살이가 5년 너머까지도 그녀의 일에서 끝내 눈을 돌리고 지내오던 장덕이, 더욱이 이제는 심신이 제법 거칠게 굵어진 사내가, 누이의 면회 길을 다녀온 행상녀의 푸념에 뒤늦게 귀를 준 것이 첫 사단이었다. 장덕은 왠지 그때부터 제 삶의 어느 대목에선가 문득문득 그 누이의 소리가 들려오기 시작했다. 동상아, 동상아…… 나를 이래 두고 너는 어디서 무엇을 하고 있을 거나, 어서어서 돈이나 많이 벌어와서…… 전부터 늘 가슴 깊이에서 듣고 있었으면서도 짐짓 모른 척 외면을 해왔던 듯싶은 소리는 이제 그에게 둥지를 틀고 들어앉은 듯 끊임없이 그의 마음을 어지럽혀대었다. 그가 모처럼 누이의 면회 길을 나선 것도 행상녀의 푸념이나 누이의 처지 때문이 아니라, 그 소리의 성화에 끌려서였달 수 있었다. 그래 그때 장덕은 누이가 정말로 그를 직접 괴롭혀대는 장본인이기라도 하듯이 매정하고 퉁명스럽게 그녀에게 말했었다. ─이게 다 운이 사나운 누님 팔자 소관이제 나하곤 아무 상관이 없는 일 아니여! 그리 알고 인자부턴 날 기다리려고도 하지 말어. ─나는 일없다. 나는 일없으니 내 걱정은 하지 말고…… 그때 그 누이의 간절한 당부 역시 그를 귀찮게 할 기미는 조금도 없었다. 하지만 그것도 다 소용이 없었다. 면회를 다녀오고 나서도 그 마음속 소리의 성화는 여전했다.

장덕은 끝내 그 소리를 피해 도망치듯 그의 집을 버리고 고향 마을을 떠나갔다. 처음 한동안은 연안 고깃배 일을 따라다니나 몇 년 후엔 다시 육지로 올라와 간척장이나 댐 공사, 도로 공사 같은 막일판으로 해변 지역 일대를 두루 헤매 다녔다. 그러면서 그는 공사판 주변에 성행하는 밤 노름판엘 차츰 가까이하기 시작했고, 종내는 근동의 한다 하는 꾼들과도 자리를 함께하며 만만찮이 솜씨를 겨루기에 이르렀다. 한데도 그는 아직 그 소리를 완전히 벗어나지 못했다. 소리가 여전히 그를 쫓아다니고 있었다. 너라도 어서어서 돈 많이 벌어와서…… 아니 이제는 그 자신 누이의 애절한 소망처럼 돈벌이부터 서둘러야 한다고 이를 갈아붙였다. 하면서 언젠가는 제 힘으로 정말로 누이를 구해내주고 싶어 마음이 턱없이 조급해지기조차 하였다. 손쉽게 한몫 움켜쥘 기회는 노름판을 앞설 곳도 흔치가 않았다. 게다가 어장과 공사판 주변은 어디보다 밤 노름판이 성한 곳이었다. 장덕은 날이 갈수록 노련하고 대담한 꾼의 자리를 굳혀갔다.

그러나 판세만 요란하고 손길만 번잡할 뿐 자리를 일어서고 나면 손에 잡힌 건 늘 보잘 것이 없었다. 들고 나는 일이 때로는 엇갈리는 터에다, 씀씀이가 그만큼 헤퍼진 이외에, 이따금은 단속 관서 사람들의 예기찮은 기습으로 무마비까지 적잖이 털려나가는 때문이었다. 어떤 땐 그마저 여의치가 못해 보여 판돈과 밑천까지 고스란히 팽개쳐두고 빈손 도주를 불사해야 하는 때도 드물지가 않았다.

그래 한 10여 년 그쪽 밥을 먹은 끝에 장덕은 아예 이번에는 그 '싹쓸이 사냥꾼' 쪽으로 얼굴을 바꾸었다. 어느 날 밤 또 한차례 단속반에 걸려들어 판돈을 팽개치고 쇠수갑까지 매단 채로 줄행랑을 놓게 된 걸 계기로 해서였다. 위험을 벗어난 뒤에 수갑을 풀어들고 곰곰 생각하다, 그걸 좀 유용하게 활용해볼 방도가 떠오른 것이었다. 그러지 않아도 늘 일이 손쉬워 보이던 터에, 제물에 그럴듯한 무기가 굴러든 격이었다. 무엇보다 중요한 사냥 무기가 생긴 터에 기회를 섣불리 놓쳐 보낼 수가 없었다. 하여 그는 이후부터 그 쇠수갑 하나를 밑천 삼아 얼굴이 알려진 지역을 비켜가며 거꾸로 노름판을 털고 다니기 시작했다. 장덕이 지닌 신분의 징표라곤 제가 제 팔에서 풀어낸 그 쇠붙이뿐이었으나, 그 동네 밥 이력을 3년 너머나 쌓아온 장덕은 누구보다 그 풍속과 꾼들의 약점을 익히 알고 있었다. 장덕은 그 특유의 우악스런 말씨에다 좀 무지스런 뚝심의 힘을 빌려 어쭙잖기 짝이 없는 그 쇠붙이 하나로도 어사또 못지않은 큰 위력을 발휘했다. 그만큼 벌이가 크고 손쉬운

198

대신 신변의 위험도 가중되게 마련이었다. 그는 끊임없이 쫓기면서 덮치고, 덮치고 나서는 다시 자신이 쫓겼다. 동상아, 동상아, 나는 이래 두고…… 그 귓속 깊은 곳에서 들려오는 소리가 아직도 여전한 채, 그러나 그 누이를 구해내기 위해서라는 건 떳떳지 못한 제 사냥질의 구실일 뿐 하룻밤새 억만금을 손에 끌어 쥐었대도 정작에 그녀를 찾아 나서려는 생각 같은 건 염두에도 두어본 적이 없는 채였다.

그런 세월이 다시 몇 년을 흘러갔다. 그리고 장덕은 이번에야말로 진짜로 자신의 손목에 쇠고랑을 차게 됐다. 이어 도박과 공갈 협박, 재물 탈취, 공무 집행 방해와 사기, 폭력 행사 등 갖가지 혐의로 재판을 거친 끝에 드디어는 2년여 간의 감옥살이를 시작하게 되었다.

장덕의 처지가 거기에 이른 것도 근본의 허물은 누이 장순에게서부터랄 수 있었다. 하물며 장순 자신의 신세를 그르치게 된 일에는 자신 아닌 다른 누구에게 허물을 물을 수 없었다. 그녀 자신 말고 다른 누가 그 값을 대신해줄 수가 없었다. 장덕은 그래 그 누이의 신상에 어떤 일이 닥쳐들든 모든 것을 그녀 자신의 그 얼뜬 색정기 탓으로, 그녀 스스로 자신의 더러운 피로 불러들인 업보로 치부하고, 그도 또한 좀처럼 다스리기가 수월찮은 제 피의 요동질을 달래기에나 열중해온 것이었다.

장순의 인생길을 망친 재앙의 사단은 뭐니 뭐니 해도 그 어머니로부터의 더러운 핏줄의 유산에 있었다 ── 장덕은 그렇듯 그 누이의 암기를 시종일관 불결스런 유전성으로 저주했다. 뿐더러 그것을 누이의 재앙에 대해 무관심한 외면의 의당한 구실로 삼아오면서, 그러는 자신을 늘 떳떳한 것으로 믿어왔다. 적어도 그가 그 옥살이에서 풀려나, 고향 마을의 행상녀를 다시 만나게 될 때까지는 그러했다.

옥문을 나서면서 문득 누이를 한번 찾아가보고 싶은 생각이 인 것도 그러니까 알고 보면 피를 나눈 동기간의 정리에서보다도 옥살이의 신고를 함께하고 난 사람의 지향 없는 자기 연민의 심사에서랄 수 있었다. 어쨌거나 장덕은 그녀의 복역지조차 알 수 없어 고향 마을부터 찾아 들어갔더니, 예의 그 행상녀가 그의 옷깃을 붙들고 누이의 해묵은 비밀 한 가지를 실토해온 것이었다.

—순이 년이 그때 뜸부기를 과 먹인 것은 영감의 애기 하나를 배고 싶어였다네그래…… 애기를 낳아놔야 무슨 일이 생기더라도 쉽게 집을 쫓겨나지 않으리라는 요량에서였겠제. 내 그때는 저쪽 사람들 말 단속이 심한다다 자네 맘만 더 아프게 할 것 같아 입을 닫고 있었네만, 내가 그때 광주로 면회를 갔을 때 년이 뒤늦게 그런 속을 털어놓데. 서에서나 재판 때나 그런 소리를 해봤지만 죄를 만들려는 덴 아무 소용이 없더라고…… 생각 없는 금수도 제 살 지혜는 있더라고, 년한테 어디서 그런 중정이 생겼던지. 그런 년을 제 집으로나 돌아와 살게끄럼 손을 맞잡아주진 못할망정 철 없는 색정기에 눈이 뒤집힌 년으로나 치불 하고 들었으니, 그런 내가 굳은 땅에 쎄를 박고 죽을 년이제……

옥살이를 하고 나온 장덕의 눈이 먼 행패가 두려워선지, 아니면 정말로 남매의 겹친 고난에 마음이 아파선지, 그녀가 뒤늦게 털어놓은 진실 앞에 장덕은 새삼 뜨거운 회한의 정이 복받쳐 오르지 않을 수 없었다. 그는 곧 그길로 발길을 되돌려 누이의 마지막 소식이 있었다는 순천 교도소로 무작정 그녀를 찾아갔다. 그리고 거기서 장순이 1년 전에 이미 출감을 해나간 사실을 알게 됐다. 늙은 지아비를 독살한 죄로 오랜 옥살이를 하고 나온 제 부끄러움에서였든지, 혹은 아직도 동생 장덕이 고향 고을 부근을 떠돌고 있을 줄 알고 그의 짐거리가 되고 싶지 않아서였든지 — 장덕으로선 그어느 쪽이더라도 가슴이 아팠지만 — 어쨌든 이제 장순은 감옥을 나와서도 계속 고향 마을을 등진 채 어디론지 종적을 감춰가버리고 만 것이었다.

하지만 그 동생 박장덕은 이제 알고 있는 것이다. 그의 누이 장순은 그 핏속의 음기를 못 견뎌 한 얼치기 색녀가 아니었다. 그 암기로 남정을 탐하여 늙은이에게 약을 먹여 죽인 독부도 아니었다. 암기는 그녀의 가장 소중스럽고 눈물겨운 생의 능력이었고, 그녀는 그 암기를 모성으로 품어 익혀 제 앞의 삶의 길을 마련하려 했던 것뿐이었다. 그것은 부끄러운 죄악이기보다 그녀에겐 무엇보다 절실한 삶의 소망이었을 터였다.

이번에는 누이를 더 모른 척 버려둘 수가 없었다. 그것은 그 젊음을 통째로 빼앗아간 기나긴 옥살이에 이은 또 한 번의 무책임하고 잔인스런 유기였다. 누이와 자신을 함께 버리는 패륜적 인간 유린의 철면피한 범죄였다. 누이에게도 그녀 나름의 소중스런 사람값과 알뜰한 삶의 길이 점지되어 있게 마련이었다. 이제라도 기어코 그녀를 찾아 만나 그의 삶의 값을 누리고 살게 해주어야 하였다. 그것은 다름 아닌 사람으로서의 누이의 권리이기도 하였다…… 장덕은 그로부터 전심전력 가뭇없는 누이의 행방을 찾는 일에 모든 노력과 정성을 기울였다. 그러나 이렇다 할 성과를 못 얻은 채 어언 1년여의 시간만 흘러갔다. 그래 끝내는 막다른 궁리 끝에 이 같은 광고 책자까지 꾸며내게 된 것이다.

* 마지막 당부 ── 글 대필자로서

무심히 지나치고 계신 당신 주위 어디에 혹여 이 가엾은 여인의 얼굴이 숨어 섞여 있을는지도 모른다. 그리고 지금 그녀의 지치고 여린 삶의 숨결이 속절없이 사위어가고 있을지 모른다. 부디─, 이 일을 자업자득 남의 일로 꾸짖으려지만 마시고 너른 마음 한구석에 작은 흔적을 남기셨다가 행여 반가운 소식으로 두 오뉘에게 큰 은혜 베풀어주시기를 이 글의 대필자로서 다시 한 번 손 모아 기원한다. 이 남루한 글, 너그러운 마음으로 끝까지 읽어주신 데에도 다시 한 번 깊은 감사를 드린다.

이미 다 짐작한 일이겠지만 박장덕의 그 회한 어린 소망은 그로부터 몇 해가 지난 이날까지도 이루어지지 못하고 있다. 그래 필자는 지금도 하루빨리 그의 소망이 이루어져 두 남매가 서로 만나 함께 살게 되기를 마음 깊이 기원하며, 그를 위해 독자 제위의 관심을 거듭 당부드리고 싶다. 필자 역시 장순에게도 사람으로서의 삶의 길이 있어야 하며, 그 길 속에 제 사람의 값을 누리고 살 권리가 있다는 데에 진심으로 공감하는 때문이다.

아울러 사족일시 분명하지만, 장순과 장덕 남매의 기쁜 상봉의 날을 위해 꾸며진 작은 광고 책자의 내용을 빌린 이 이야기를 끝내면서 마지막으로 한 가지 더 소개해두지 않을 수 없는 논담은, 근자 한 정치인의 남한 단독 유엔 가입 시비에 대한 박장덕 씨의 돌연스럽고도 완강한 소견이다. 그 정치인의 당국에의 충고인즉, 지금 북한 측이 반대하는 남한 단독의 유엔 가입 추진이 우리 한민족 전체의 소망인 남북통일 문제에 행여 부정적으로 작용할 소지가 없겠느냐는 것이었다. 그에 대한 장덕 씨의 영문 모를 반감은 생각 밖으로 진지하고 단호한 것이었다. ……북한도 한때는 남북한 동시 유엔 가입을 희망한 적이 있다. 그후 북한은 그것이 여의치 않자 태도를 바꾸어 남한 측을 배제한 북한 측만의 단독 가입을 집요하게 노려왔다. 따라서 지금 와서 북한 측이 남북한 동시 (유엔) 가입을 민족 분단 고착화 책동으로 매도하며 반대하는 것은 자기들 쪽 저의를 등 뒤에 숨겨놓은 정략적 술책의 거짓 선전일 뿐이다. 북한 측이 그토록 동시 가입을 반대하는 것은 민족 분단의 고착화를 걱정해서가 아니라 동시 가입으로 저들이 얻는 것보다 남쪽에서 얻는 것이 더 클 것으로 판단한 때문이다. 저들의 반대는 자기들 쪽 가입을 원치 않음이 아니라, 남쪽의 가입을 막아내는 것이 목적이다. 생각해보라. 남쪽이 배제되고 저들만의 단독 가입의 길이 열리게 된다면 저들이 통일에 장애가 될 것을 염려하여 그 기회를 미루거나 단념할 수 있겠는가…… 또한 남쪽만이 먼저 가입이 이루어지면, 저들은 국토와 민족의 분단 상황 고착화를 염려하여 비회원국으로 계속 남으려 할 것인가. 북쪽은 저들만의 단독 가입으로 저들만이 민족을 대표하고 싶은 것이다. 우리 국민 중에 그것을 모르는 사람이 있는가. 그런데 이 사람은 무엇을 걱정하고 있는가. 지금 한 나라의 유엔 가입 문제는 그 나라 그 민족의 지위와 위신, 나아가 자존심과도 관계된다. 북쪽이 가입을 미루고 싶어 한다 하여 남쪽까지 함께 기회를 미뤄둔 채 언제까지 주변국으로만 남아 있어야 하는가. 더욱이 저들만의 단독 가입을 통한 저들만의 대표성 획득 획책을 외면한 채, 남쪽만의 가입이거나 남북 동시 가입이거나 그것이 통일의 장애가 된다는 것은 진실을 외면한 정치적 수사일 뿐이다…… 북쪽이 어떤 이유에서든 동시 가입을 반대한다면 우선 남쪽만이라도 가입을 해야 한다. 우리와 유엔과의 관계에 있어서나, 민족의 권위와 자존심을 위해서나, 우리 국민은 그럴 조건과 자격이 충분하다……

어울리지 않는 자리에 엉뚱한 인용이 길어져 민망스럽기 그지없지만, 박장덕 씨의 주장을 줄거리만 요약하면 대개 그런 식이었다. 이 글에 소책자의 내용을 차용함에 있어, 장덕 씨는 왠지 굳이 그 같은 자신의 주장의 개진을 절대적인 조건으로 내세운 것이다. 필자는 물론 그가 어째서 그 일에 그리 관심이 깊은지를 알 수가 없었다. 무엇 때문에 그가 그 일에 그토록 진지하고 열을 내고 있는지, 어디서 그토록 나름대로 해박하고 정연한 논리를 익혔는지, 무엇보다 그것이 그의 누이를 찾는 일과 어떤 상관이 있는지를 전혀 이해할 수가 없었다. 하지만 필자로선 이제 이 정도의 소개로써 그에 대한 더 이상의 논의는 삼가려 한다. 그는 마치 그것이 누이를 찾는 일에 어떤 필수적인 조건이나 되는 양, 혹은 누이의 신세가 그리 된 것이 마치 유엔 가입이나 통일 문제와 어떤 관련이라도 있는 양 집착을 하면서도, 그에 대한 곡절엔 별 시원한 말이 없었던 때문이다. 한세상 노상 밟히지만 않고 살려다 보니 그런데도 그만한 소견이 생기더라던가— 하지만 어쨌든 이 글을 씀에 있어 그것은 필자에겐 불가사의하고도 불가피한 조건이었다.

그래 필자는 아직도 그 깊은 속을 모른 채, 그의 주장의 옳고 그름이나 공감 여부에는 별 상관함이 없이(솔직히 말하면 부질없는 노릇으로 여겨지기까지 한 터이지만), 다만 그와의 무조건식 약속을 이행한 것뿐이니, 독자 제위께서는 그쯤 너그러이 양해해주시면 고맙겠다.

(『현대소설』1989년 겨울호)

지관의 소

1

……이 형? 나 이거 양정관이란 위인이오. 하두 오랜만이라 이름자나 잊어버리지 않았는지 모르겠소. …… 허허, 아직 잊지 않으셨다아, 그거 고맙소. 헌데 근간에 내 전시회 안내 팸플릿 같은 거 받아보신 일 있소? …… 알겠소. 받아보지 못했다면 오히려 다행이오. 애당초 맘에도 없는 일이었는데, 원했대도 할 수가 없게 됐어요. 명색 오늘이 개막전 날인데 마침 한동네에 달갑잖은 잔치를 벌인 집이 있어서요. 최루탄 화염병에 이쪽 길이 몽땅 다 틀어막혀버렸어요. 덕분에 전시회고 뭐고 다 깽판이 난 거지요. …… 나한텐 차라리 잘된 노릇이지 뭐요. 허허…… 그러니 행여 이 형도 이쪽엔 발걸음일랑 할 생각을 마요. 어차피 팸플릿을 못 받으셨다면 그럴 예정도 없었겠지만…… 어쨌든 그리 아시고, 그럼

나 전화 끊어요. 기회 닿으면 또 소식 나누기로 하고……

　15년 가까이나 소식을 알 수 없던 지관 양정관(止觀 梁正觀) 화백으로부터 그런 갑작스럽고 두서없는 전화를 받은 것은 지금부터 2년여 전 1987년 초여름 어느 날 저녁 무렵의 일이었다.

　나는 전화를 끊고 나서도 선생이 정작 내게 무슨 말을 한 것인지, 얼핏 진의를 종잡을 수가 없었다. 선생 자신의 말 그대로 이름을 기억해내기조차 수월치 않을 만큼한 세월이 흐른 데 반해, 그의 전화가 너무도 갑작스러웠던 데다, 그 투박하고 덤벙대는 성품마저 조금도 달라지질 못하고 있는 탓이었다. 뒤죽박죽으로 쏟아댄 그의 말의 앞뒤를 추려보면, 그가 모처럼 개인전을 가지면서 내게 미리 그 개막날을 알려수려고 안내 팸플릿을 보냈는데, 한 동네 거리에 무슨 변고가 일어나 개막전을 망치게 되었노란 이야긴 모양이었다. 그런데 자기 작품전을 준비해온 사람이 그 일이 애초부터 맘에 없었다는 건 무어고, 깽판이 난 게 오히려 잘된 노릇이라니? 그야 옛날에도 자기 그림 일을 늘 시답잖게 비하하여 개인전 같은 건 염두에도 없어하던 양 화백이긴 했다. 그 대범스럽고 덜렁대는 성품에 자기 전시회 이야기라니 말이 그리 쉬울 수는 없었을 터였다. 그것도 그동안 소식 한 번 없다가 갑자기 사람을 불러대는 일이라니. 하지만 경위야 어찌 되었든 일단 작정을 하고 벌이고 나선 일인 데다 안내 팸플릿까지 다 찍어 보낸 마당이었다. 개막전 절차에 어떤 변고가 생겼다면 뒷단속부터 서두르고 나서는 게 당연했다. 그런데 아직 그 팸플릿조차도 못 받아본 사람에게(그래 당연히 찾아갈 생각도 해본 일이 없는 사람에게), 무턱

내고 전시장 발길부터 막고 나서는 경우라니, 그의 말을 그대로 곧이들어야 할지 어쩔지도 한동안 망설여지지 않을 수 없었다.

아니, 실상 이제는 그의 진의가 어느 쪽이 되었든, 그런 게 문제가 될 수는 없었다. 소식을 들은 이상엔 그가 원하건 원하지 않건 간에, 나로선 어차피 전시장엘 한번쯤 가봐야 할 처지였다.

하지만 그도 물론 쉬운 일이 아니었다. 안내 책자도 아직 도착하지 않은 데다 통화 중에 자세한 장소를 말한 일이 없어 전시장이 어딘지부터 알 수가 없었다. 전시장 길목이 최루탄과 화염병 잔치로 출입이 어렵게 된 사정 설명은 있었지만, 근간엔 곳곳에 화랑도 많았고 게다가 최루탄과 화염병 소동으로 길이 막히는 곳도 많아서 그게 어디쯤인지 짐작이 쉽지 않았다. 옛날 잡지 일로 함께 어울려 지내던 사람들도 그의 소식을 모르고 지내오긴 마찬가지여서, 길을 찾아가자면 시중의 모든 화랑들에 전화를 걸어보는 길밖에 없겠는데, 그건 보통 정성이 뻗치지 않고는 못 해낼 일이었다. 진의가 어느 쪽인지 분명치는 못했지만, 한마디로 병 주고 약 주는 식의 그의 지레 사양이 내 게으른 성미에다 그런저런 구실을 덧얹어준 셈이었다. 그리고 나는 결국 그런 식으로 하루이틀 일을 미루고 있다가 끝내 그 전시 기간을 넘기고 만 것이었다.

하지만 뒤미처 그런 사실이라도 알게 된 것은 사후에나마 그가 보냈던 그 전시회 안내 팸플릿을 받아볼 수 있게 된 덕이었다. 그러니까 내가 그 팸플릿을 받은 것은 정작 그 닷새간의 전시 기간을 넘기고도 이틀쯤이나 더 시일이 지나고 난 6월 25일께의 일이었다. 그것도 곡절이 어찌 된 것인지, 발송일이 전시회가 거의 끝나가던 23일 자로 소인되어 있는 지각 우편물이었다. 나는 그 뒤늦은 팸플릿의 도착으로 해서야 전시회가 이미 끝나버린 사실을 비롯하여 이런저런 앞뒤 사정들을 대충 짐작할 수 있게 된 것이었다.

팸플릿을 받아보니 책자 뒷면에 적힌 그의 주소와 전화번호가 경기도 광주군의 한 촌락 마을께로 되어 있었다. 나는 그의 전시회 일로 인한 민망스러운 마음뿐 아니라, 서울 시내 학교에 교직을 갖고 있던 선생이 그새 한적한 시골 마을로 들어가 지내게 되기까지의 사정도 궁금하고 하여 그쪽 번호로 곧 전화를 걸었다. 하지만 이날도 선생은 어딘지 집을 나가고 없었고, 전화를 받은 것은 전에 한 번도 얼굴을 본 일이 없는(양 화백과의 술자리는 늘 바깥에서뿐이었고, 그는 유독 더 집안일 따위를 입에 올리는 일이 없었다) 그의 부인이었다. 부인은 옛날에 잡지 일을 함께한 인연과 양화백이 한두 차례 내 소설의 삽화를 그려준 일로 하여 예상보다 나를 잘 기억하고 있었다. 그리고 그만큼 첫 전화 통화에도 별 허물을 느끼지 않는 투였다.

"여기로 온 지가 10년이 훨씬 넘었어요. 서울 학교 일도 그만둔 지 오래고요. 그림을 좀 그려보자고 저지르고 나선 일이었는데, 웬걸요…… 여기 와서도 그림 일보다는 술타령이 더 많았지요. 옛날 분들하곤 대개 소식을 끊고 지냈지만, 가까운 그림 동네 친지분 몇하고 이 동네 젊은 사람들하고였지요."

몇 마디 인사말 끝에 역시 대범스런 남자풍 목소리의 부인이 화백의 근황을 전해온 말이었다. 알고 보니 그 전날의 전시회 일 역시도 선생의 성품이나 그날의 뒤죽박죽 식 전화 통화 이상으로 엉망이 된 꼴이었다. 부인은 근래 새삼 선생의 그런 저조한 침체가 염려되어, 그림 일에 대한 의욕을 좀 부추겨보려는 뜻으로, 그간에 이따금 손을 보아 던져놓은 작품들을 정리하여 조촐한 개인전을 마련했었다 하였다. 선생은 물론 처음부터 고개를 내저었지만, 그러는 남편을 몇 번씩 설득한 끝에, 전시회를 위해 그가 새 그림을 그리지 않는다는 다짐과 그림 동네의 가까운 몇 사람 이외엔 전시회 소식이나 안내 책자를 만들어 돌리지 않는다는 조건으로 간신히 승낙을 얻어낸 일이었다고. 승낙이 떨어진 뒤에도 선생은 계속 남의 일 보듯 관심이나 참견을 해오는 일이 거의 없어, 부인이 혼자서 작품 표구도 맡기고, 그의 눈을 피해가며 안내 책자까지 몇 부 만들어, 그런대로 작품전의 모양새를 갖췄댔다.

"그런데 하필이면 전시회 개장 첫날 한 동네서 그 민정당 후보 지명 대회 잔치가 벌어지질 않겠어요. ……그래요. 전시장이 민정당사 부근의 같은 안국동이었으니까요. 시위대와 전경들로 길이 막혀버린 바람에 손 보탬을 하러 미리 와 있던 몇몇 사람 외에는 개전 예정 시간이 한참이나 지나도록 얼굴을 내민 사람이 하나도 없었지 뭐예요. 그야 지독한 최루탄 가스 때문에 미리 와 있던 사람들까지 문을 닫고 서둘러 회장을 철수해 나와야 할 판이었으니까요."

부인은 새삼 그날의 궂은 상황에 속이 상한 듯 흥분기로 목소리가 떨리고 있었다. 부인의 그런 아쉬운 푸념은 결국 한 동네잔치나 최루가스 쪽보다도 남편 양 화백에 대한 원망이 번져가고 있었다.

"우리는 차라리 개막을 다음 날로 미루자고 하였지요. 그렇지만

이 양반이 어디 남의 말을 듣는 성밉니까. 정한 시간을 넘겼으면 그걸로 되었다는 거예요. 아니 그걸로 모른 척하고 넘어가주기나 했으면 좋았게요. 이 양반 갑자기 무슨 망발이 솟는지, 팸플릿을 보내드리려고 내가 미리 연락처를 구해둔 친지분들 명단을 들춰대며 한 분 한 분 전화질을 시작하는 거예요. 눈도 맵고 코도 매운 그 최루가스 속에서…… 그날 이 선생님이 받으신 그런 전화 말예요. 연락처만 마련해뒀을 뿐, 당신의 생각도 그렇고, 조심스러운 데도 있고 하여 몇몇 분밖에는 보내드린 데가 없었는데, 아마 내가 당신 몰래 명단대로 책자를 모두 보낸 걸로 지레짐작을 한 거였지요. 내가 아무리 사정을 설명해도 곧이들을 생각은 아예 안 하구요. 그래 아마 이 선생님두 며칠 뒤에 팸플릿을 맏아보게 되셨을 테지만요. 당신이 그런 전화질을 해버린 터이니 늦게라도 책자를 보내드리긴 해야 하지 않았겠어요……"

그의 요령부득의 전화가 걸려오게 된 경위며, 엉망이 되어버린 전시회 개막 정황, 그리고 팸플릿이 뒤늦게 도착하게 된 전후사가 그걸로 대강 다 밝혀진 셈이었다.

한데 그런저런 사연과 경위를 듣게 된 이상, 나는 그 전화만으로 선생에 대한 내 인사를 대신하고 말 수는 없었다. 전날에 가까이 지내온 처지에 비해 그동안 서로 너무 적조해온 터인데다 모처럼의 개인전이 초장부터 그렇듯이 민망스럽게 된 지경에, 늦게라도 현장을 찾아가보지 못한 나로서는 본인 부재중의 부인과의 전화 통화 정도론 그에 대한 인사가 모자란 때문이었다.

내가 새삼 부인에게 그의 칩거지 방문을 약속하고 오랜만에 그

곤지암께의 농가풍 화실까지 선생을 찾아나서게 된 저간의 경위였다.

2

　며칠 뒤 나는 그런 일에 마음이 넓은 오랜 벗 백야(白也) 형에게 차편을 부탁하여 그와 함께 광주(廣州)까지 그 양 화백의 숨은 거소를 찾아갔다. 가는 길에 차 속에서 일부러 길을 잡아 나서게 된 그간의 사정과 양 화백에 관한 일화 몇 가지를 귀띔 받고 난 백야는 짐짓 좀 어이가 없어 하는 얼굴로 나를 허물하고 들었다.

　"그대도 참 어지간히 한가한 사람이구만. 그래, 장장 15년 동안이나 소식을 끊고 지내온 사람의 전시회 하나 못 가봤다고 이렇게 꼭 먼길에 뒷인사를 치르러 가야 하나? 가랑이 사이에서 요령 소리가 낭자하게 잇속을 좇아 다녀도 사람 구실이 어려운 시절에…… 그것도 때가 한참이나 지나간 일에다 바쁜 사람 차울력까지 시켜가면서 말여!"

　그건 물론 백야의 진심이 아니었다. 내가 하필 그 백야에게 동행을 청하게 된 데도 그만한 이유가 있었지만, 그는 실없는 농조와는 반대로 이런 일엔 누구보다 이해가 깊은 위인이었다. 하면서도 늘상 본심을 숨긴 채 허물없는 농기를 좋아할 뿐이었다. 그런 농기는 오히려 이번 일과 나에 대한 그 나름의 공감의 표시인 셈이었다. 그것은 잠시 뒤 위인이 자복하듯 한 번 더 덧붙여온 소리에서도 충분히 읽을 수 있는 일이었다.

"이름이 정관(正觀)이고 아호가 지관(止觀)이라 했던가. 이름이나 아호는 차분할 것 같은데, 그 양반 그 먼 데까지 자넬 끌어들인 걸보니 성품이 어지간히 파격적이긴 한 모양이구만. 자넨 늘 범상하고 상식적인 사람보다 어째 꼭 별스런 기벽이나 광기 같은 게 긴 위인들 쪽에 더 끌려온 터이니 말여."

역시 허물없는 농담 투에다 자신의 진심을 얹고 있는 소리였다. 하지만 그것이 순전한 객담이든 다른 어떤 추궁기를 담고 있는 소리이든, 그의 지적은 정확히 내 정곡을 꿰뚫은 셈이었다.

이유야 어찌 됐든 끝내 전시장엘 가지 못한 자책감이나 뒤늦은 전화질로 민망스러움만 더한 끝에 그의 부인에게 방문을 약속한 것이 이번 나들이 길의 직접적인 동기인 것은 사실이었다. 하지만 백야 말마따나 이즘처럼 바쁘고 각박스런 세상에, 그것도 정작 본인에게선 방문이나 면대를 바라는 말 한마디 듣지 못한 마당에 그만 이유들로 그런 번거로운 행보는 쉽지가 않은 일이었다. 그동안 내내 소식을 끊고 혼자 숨어 지내온 것도 양 화백이었고, 장소도 알 수 없는 작품전엘 못 오게 길을 미리 막아선 것도 그쪽이었다. 선생은 애초 나와의 새삼스런 면대를 원치 않고 있을 수도 있었다. 내게는 그에 대한 어떤 책임이나 의무도 있을 수 없었다. 한데도 내가 군이 그를 찾게 된 데는 분명히 다른 이유가 있었을 터였다. 그 양반 성품이 어지간히 파격적인 모양이라—자넨 늘 별스런 기벽이나 광기가 긴 사람들 쪽에 끌려들길 잘하더라—그 다른 이유는 양 화백에 대한 백야의 그런 거친 청취담과 주변 인물에 대한 나의 괴파스런 선호를 꼬집는 소리 속에 적절한 해답이 들어 있었다. 양 화백은 과연 그럴듯한 언행에 기인풍과 광태가 완연한 인물이었고, 내가 굳이 그 번거로운 행보를 마련하고 나선 것도 그의 그런 질펀한 성품과 기질에 더 마음이 끌려선 게 사실이었다. 양 화백과 나와의 옛 어울림을 되돌아보아도 그 동기나 내용이 대개 그의 그런 분위기와 크게 상관이 있을 터였다.

내가 양 화백을 처음 만난 것은 1968년 가을 무렵 무교동 근처에서 뜻 맞는 몇 사람과 한 월간 잡지 창간 일을 진행하면서부터였다. 그때 그 잡지의 문화면 쪽 일을 맡고 있던 나는, 삽화나 도안 일로 사무실을 자주 드나들던 화백과는 누구보다 일손을 같이하는 시간이 많았었다. 덕분에 나는 그 10년에 가까운 연배 차에도 불구하고 자연스레 그와의 술자리가 잦게 되었고, 그래 그 초장부터 그의 질펀한 성품에 적지 않은 매력과 호기심을 느끼기 시작한 것이었다.

양 화백은 우선 자신이나 세상에 대해 거의 격식을 따지지 않고 살아가는 사람이었다. 평소에도 늘상 술기가 돌고 있는 듯한 검붉은 안색에, 손빗질 정도로 대충 빗어 넘긴 더부룩한 머리 모습과 성긴 턱수염, 그리고 돋보기 너머로나 건너다보듯 하는 짓궂은 눈길에, 어딘지 늘 조급하고 메다꽂듯 퉁명스럽고 거친 말씨들이 화백이 그 시절 내 기억 속에 심어놓은 대강의 풍모였다. 거기다가 그는 걸음걸이마저도 머리와 어깨를 앞으로 수굿이 기울인 채 출렁이듯 건들거리는 타조 걸음 형국이었다.

그렇듯 매사에 초탈스런 양 화백은 술자리의 풍모 또한 이만저

214

만 호방하고 질펀스런 것이 아니었다. 그의 주풍은 흔히들 말하듯 청탁불문에다 때와 장소를 가리는 일이 전혀 없었다. 아침저녁 아무 때나 혼자서 술기에 얼굴이 벌겋게 젖어 나타나는 일이 다반사인 데다, 누구와 동행으로 술을 함께하러 갈 때도, 상대방이 누구든지, 그 처지가 어떻든지 얼굴이나 경우를 아랑곳하지 않고 아무데나 되는대로 먼저 자리를 정해 들어앉아버렸다. 그리고는 역시 주류의 청탁을 가리지 않고 무작정 질펀하게 취해버렸다. 그럴 때의 그의 방만하고 거침없는 객담도 피아간의 체면이나 화재(話材)의 품격 같은 걸 염두에 두는 일이 없었다.

"내 양가 성의 뿌리 말이오? 진짜 가문의 성자가 뭔지도 모르는 별 볼일 없는 가짜 양씨 혈통이에요. 옛날 중국에서 벼슬아치들 말고삐에 매달려 조선 땅으로 들어온……"

그와 만난 뒤 첫 번 술자리에서 서로 간에 향산(鄕山)과 이력들을 건네다가 강원도의 한 시골로 드러난 그의 고향 고을과 양씨 가문과의 지연에 관한 이야기 끝에 그가 느닷없이 자조적인 어조로, 하면서도 어딘지 유쾌한 험담 투로, 거침없이 털어놓는 자기 집안 이야기였다.

"조상님 중의 한 분이 중국 땅에서 어느 시절 말먹이 실력을 인정 받아 그 동네 사신님들의 말고삐를 붙들고 조선 땅까지 따라오게 된 거지요. 헌데 이 양반 조선 땅엘 나와보니 날씨도 따뜻하고 인심도 괜찮거든. 그래 생각이 달라진 모양입디다. 말고삐 붙들고 다시 중국으로 돌아가봐야 어차피 별 볼일 없는 말 종놈 신셀 터에, 에라 그냥 이곳에 주저앉고 말자고 말이오. 하지만 그 양반 어

떻게 한양 땅에 신분을 드러내고 살 수가 있었겠소. 그길로 줄행
랑을 놓아 강원도 첩첩산중으로 숨어 들어간 거예요. 그리고 거기
서 되는대로 척족이 드문 양가로 성을 갈고 지금까지 아들 낳고
딸 낳고…… 내가 바로 그 후손의 한 사람이오. 중국 하천민 출신
마부의 후손…… 허헛!"

　사실인지 어떤진 알 수가 없었지만 첫 대면 격 술자리에서부터
그는 그렇듯 엉뚱스런 객담으로 주위의 심중을 파고든 것이었다.
그리고 그의 그런 거침없고 방만스럽기까지 한 기질은 시일이 지
날수록 진가를 더해갔다.

　"이 형 이거 한번 이야기로 써봐요. 조선 놈들이 일본 땅으로 건
너가 조선 놈 오줌을 일본 놈들 눈병약으로 팔아먹은 이야기인데
말이오……"

　내가 소설 공부를 하는 처지인 걸 알게 된 화백은 이후부터 나와
술자리를 함께할 때마다 내게 그 소재를 제공한다는 명목으로 쉴
새 없이 새 기담(奇談) 유를 늘어놓곤 하였다. 6·25전란 때 배를
주린 고아들이 목숨을 걸고 미군 부대 보급창을 털어낸 이야기 따
위에서, 그런 필사의 얌생이질이 남대문 거리의 '딸기시계' 시절을
거쳐 '유 바이' 도깨비시장으로 발전하기까지의 어두운 사회사로.
스커트 아래로 거대 양물의 위세를 과시하기 위한 남근 자루가 매
달린 팬티스타킹식 남성 복식을 비롯한 중세 서양의 의상 풍속사
에서 정치 풍자만화의 창시자라 할 수 있는 프랑스 혁명기의 '환쟁
이' 도미에(1808~1879)가 그 왕권 전횡 시절 황제를 골탕 먹인
예술적 지략과 용기에 이르기까지. 그리고 그의 만년의 유화와 수

채화가 끝내 세인의 평가를 못 받은 채 절망 속에 혼자 비참하게 죽어간 그 기구한 예술가의 운명담(運命談)까지 — 그의 다양하고 해박한 견문은 동서고금 눈길이 미치지 않은 데가 없어 보일 정도였다.

그런데 양 화백은 무엇보다 그 본업이 화가인 만큼 그런 그의 분방하고 파격적인 기질은 그의 그림들에서 더욱 역력하게 드러났다. 술자리에서 흥이 날 때 그가 가끔 장난 삼아 상대방의 얼굴을 캐리커처해줄 때나, 잡지사 일을 위해 정색한 얼굴로 그림 일을 할 때나 그는 중도에서 붓을 쉬는 일이 없이 단 한 번의 운필로 그림을 단번에 완성해버렸다. 그의 손이 종이 위에 춤을 추듯 선묘(線描)이 회돌이를 치다 멈추면 그림이 어느새 끝나 있곤 했다. 그는 그만큼 대상의 일반성을 과감하게 생략하거나 무시해버린 채 극도로 단순화된 사물의 형상 속에 그가 감응한 특정의 느낌만을 강조해 표현했다. 그래 자연히 그의 그림들에서는 그 분방한 선묘의 형태 속에 정사진과 스냅 사진의 대비에서와도 흡사한 충동적인 생동감 같은 것이 느껴지곤 하였다. 그의 그런 인간과 화풍의 진면목은 그의 본격적인 그림 작업이랄 수 있는 유화 작품들에 이르러선 더 말할 것이 없었다. 그것은 우선 그가 자기 그림의 소재로서 홍수와 농악 놀이, 황소 따위 몇 가지에 깊이 집착하고 있는 데서 쉽게 읽을 수 있는 일이었다.

그 무렵 언젠가 나는 술기를 핑계 삼아 떼를 쓰다시피 하여 청파동 근처 학교에 있는 그의 작업실을 잠깐 구경한 일이 있었는데, 창고처럼 어둡고 비좁은 화실 벽과 바닥에는 하나같이 어둡고 혼탁한 암갈색조의 그림들이 고물상처럼 아무렇게나 난장판을 이루고 있었다. 거의가 아직 다 마무리 손질이 끝나지 않은 미완성의 작품들로, 낭자한 가락 속에 정신없이 휘돌아가는 농악 놀이 마당이나 태초의 혼돈과 여명을 담고 있는 듯한 우렁차고 거대한 홍수의 흐름, 그리고 무엇보다 대지를 향해 그 육중한 돌진을 감행하고 있는 억센 뿔과 하늘을 후려치듯 용틀임질 치고 있는 꼬리의 형상 속에 제 힘과 격정을 견디지 못하여 온몸으로 고통스런 몸부림을 토하고 있는 황소의 그림들이 어수선하게 한데 섞여, 마치 그 마지막 숙성과 출진의 날을 기다리는 옛 아기장수 설화의 밀벽 속처럼 웅성웅성 양 화백의 마지막 손길을 기다리고 있는 형국이었다.

한마디로 그것은 내게 하나의 힘차고 거대한 소용돌이 같은 것을 느끼게 하였다. 파괴와 창조를 함께 잉태한 창세기적 혼돈의 거대한 소용돌이. 그러나 아직은 개벽의 날을 더 참고 기다려야 하는 고통스런 몸부림과 격정의 소용돌이. 그 광포한 힘과 영혼의 소용돌이 —— 아니, 이후 나는 그의 그림뿐 아니라 화백 자신이나 그의 삶 자체가 하나의 커다란 용광로의 소용돌이처럼 느껴지기 시작했다.

그렇다. 술기운에 얼굴이 검붉게 충혈 되어 숨을 식식거리며 까닭 없이 나를 노려볼 때의 화백이 때로 그 그림 속의 난폭스런 황소나 홍수처럼 느껴지듯 이제는 양 화백의 그림을 포함한 그의 삶 전체가 내겐 하나의 질펀하고 거대한 소용돌이의 굽이침으로 다가오기 시작한 것이다. 그러나 아직은 그의 그림들이 미완성으로 남아 기다리듯 그의 삶의 불길 또한 그 치열스런 연소에도 불구하고 아직은 제 원활(遠活)한 출구를 얻지 못하고 요동치는 그 혼돈과 광기의 소용돌이……

일테면 나는 그 양 화백의 세찬 영혼의 소용돌이 앞에 자신을 위태롭게 드러내고 선 격이었다. 그리고 그만큼 그의 삶의 흐름이 하루빨리 질서와 안정을 찾아서 힘차고 정연하게 흘러가게 되기를 소망했다.

하지만 화백은 끝내 그 자기 소용돌이를 잠재울 생각이 없었는지 모른다. 이후 한동안 어울림을 계속하면서도 나는 그가 자신의 그림들을 서둘러 마무리 지으려 하거나 일상사들을 규모 있게 다스려나가려는 기미를 볼 수가 없었다. 그림들은 언제까지나 그런 식으로 내팽개쳐두고 있는 눈치였고, 일상의 행신도 한결같이 방만스럽고 충동적인 그의 기질 그대로였다.

"제 얼굴 돼먹은 생김새대로 살아갈밖에. 나서부터 성정이 그리 천방지축이었던지 정관(正觀)하며 살라고 정관이라 조용한 이름을 지어주었는데, 정관하려면 지관(止觀)해야 한다고 친구 녀석 한 놈이 본이름 정(正) 자에서 지붕을 벗겨버린 지관(止觀)이란 새 호를 지어주지 뭐요. 하늘이 훌쩍 열리고 말았으니 정관이고 지관이고 늘 밖으로 헤맬밖에…… 허헛."

언젠가 그가 자신의 아호 지관의 글자풀이로 자기 성품과 기질을 빗대었듯, 그는 그 용솟음치는 자기 소의 힘을 감당 못해 고삐를 놓고 함께 요동을 쳐대는 격이랄까. 아니면 그 소용돌이에 자신을 내맡긴 채 소용돌이의 삶 자체를 살아가고 있는 격이랄까. 자연히 내가 거기 끌려들 위험성도 그만큼 더 커질 수밖에 없었다.

그리고 그럴수록 나는 그것을 피하려 할 때마다 자신을 움츠러들게 된 것도 당연한 노릇이었다.

하지만 그 싸움은 물론 쉽사리 결판이 날 수 없었다. 소용돌이가 나를 끌어내고 있는 듯싶으면 나는 그때마다 그것을 멀리하려 본능적으로 안간힘을 써댔고, 자신이 어느 정도 안전하다 싶으면 어느새 그의 주위로 다시 호기심 어린 발길이 끌려들곤 해온 것이다. 일테면 나는 늘상 그와 처지를 함께하고 지낼 수도 없었고, 그렇다고 간단히 그의 곁을 떠나버릴 수도 없는 형편이었다.

하지만 결국 결별의 때가 찾아왔다. 그것은 역설적이게도 내가 그에게 가장 가까이 다가들어 있었던 무렵의 일이었다. 그만큼 위험을 크게 느끼게 된 탓일 수도 있을 게다. 하더라도 그것은 내 쪽에서 결단을 내린 일이 아니었다. 어쩌다 사정이 그리 된 것뿐이었다.

이듬해 이른봄 함께 시작한 잡지 일이 반년도 못 가서 파장이 나고서도 양 화백과 나 사이엔 계속 그런 만남과 어울림이 이어져가고 있었다. 이번에는 내가 어떤 잡지의 소설 연재를 맡게 되어, 그 삽화로 양 화백을 소개했던 바, 잡지사 담당자도 그의 화풍을 흥미 있게 보아주어 이른바 동업 관계가 시작된 것이었다. 하고 보니 나는 이전보다도 그에게 한 발짝 더 가까이 다가든 셈이었다. 술자리의 어울림은 말할 것도 없었고, 당연히 내 식으로 이끌어가야 할 소설 이야기까지도 그 발상법이나 인물의 행태에서 적지 않이 그의 영향을 받고 있었다. 그때 내 소설은 주인공 청년이 도회적인 질서와 격식에서 벗어져 나와 한여름 강변에서 매운탕 가게 일을 하면서, 그곳 작부들이나 자연 풍물과 어울려 호방한 한 시절을 보내는 이야기였는데, 줄거리가 몇 달간 진행되어가다 보니, 그가 내 이야기에 삽화를 그리고 있다기보다 내 쪽에서 그의 삽화의 분위기를 뒤쫓아 그의 인물을 따라가는 격이 되고 있었다. 삽화 속의 그의 인물의 기질적인 특성이 나를 그만큼 앞질러가면서 멋대로 이야기를 이끌어가고 있는 식이었다. 나는 그만큼 자신의 입지에 심한 위기의식을 느끼지 않을 수 없게 됐고, 끝내는 그에게 조종당하고 있는 이야기의 청년이 강물의 흐름까지 틀어막으려는 무모한 충동성과 광기를 드러내기 시작하자 나는 그에 대한 자신의 경사(傾斜)를 더 이상 참을 수가 없게 된 참이었다. 그런데 그 일엔 양 화백도 성품대로 삽화의 원고를 미루고 미루다가 마감날을 며칠씩 넘기는 일이 잦아 잡지사 담당자도 더 참을 수가 없는 지경이 되었던지, 내 쪽엔 일언반구 양해도 구함이 없이 삽화가를 일방적으로 바꿔버리고 말았다. 일이 그리 되고 보니 그간의 내 불편스럽던 속이야 어찌 됐든 나는 그 앞에 내 민망스런 마음을 일러 감당할 길이 없었다. 담당자의 간단한 사후 해명 그대로, 서운한 대로 나는 그런 담당자의 난처한 사정을 납득할 수도 있었고, 삽화를 바꾼 것이 그의 그림이 못마땅해서가 아니라는 점도 이해할 수 있었다. 한편으론 차라리 그편이 일이 더 잘된 건지 모른다는 생각이 들어오기도 한 나였다. 하지만 사전 상의조차 없이 일방적으로 그림이 끊겨버린 양 화백으로선 아무래도 언짢고 불쾌한 처사가 아닐 수 없었다. 나는 마치 그것이 자신의 허물이라도 되는 양 섣불리 아는 체를 하고 나서기가 몹시 거북했다. 일의 사정올 설명하고 이해를 구하려기는커녕 당장엔 그와의 면대조차 어색하고 어렵게 느껴졌다. 당분간은 모른 척 면대를 삼갔다가 그쪽에서 언짢은 심사가 가신 뒤에 그를 다시 보는 것이 더 자연스럽고 편할 것만 같았다.

하여 나는 한동안 소식을 미룬 채 그럭저럭 혼자서 내 식대로 소설을 꾸려나갔다. 그런데 그것이 바로 선생과의 헤어짐이었다. 그도 과연 심사가 편치 못했던지, 그리고 나의 그런 내심을 환히 다 헤아리고 있었던지, 그 후론 내게 그 일의 시말을 묻거나 거론하고 들려는 기미가 없었다. 그에겐 차회의 원고를 전하지 않은 것으로 언짢은 통보를 대신하고 말았다는 담당자의 말인데도, 선생은 그 뒷사연을 알고 싶어 하긴 고사하고 이후론 전화 연락 한마디 안 보내온 것이었다. 그리고 달이 넘고 해가 넘어가도록 그걸로 소식이 영영 끊어지고 만 것이었다. 나 역시 그렇게 세월따라 무심스레 잊어온 선생이었다. 나중엔 나다니던 학교까지 그만둔 처지여서 어디서 어떻게 지내고 있는지 소식을 알아보려도 그럴 길조차 없어온 선생이었다.

그런데 장장 15년의 잠적 끝에 느닷없는 전화에다 성과야 어찌됐든 개인전까지 가졌다니, 그때의 헤어짐이 내 한쪽의 허물일 수는 없었지만, 나로선 적이 심사가 착잡하고 발 무거운 방문길이 아닐 수 없었다. 더욱이 그동안 선생의 그림이나 삶의 역정에 어떤 변화가 있었는지 새삼 조급스런 궁금증이 앞을 서기도 하였다. 그의 그림은 아직도 그 혼돈의 소용돌이 속을 맴돌고 있는 걸까. 거기서 어떤 화창한 창조가 새로 태어나고 있을까. 그리고 그의 황음(荒飮)과 탈속적인 성품은? 내가 굳이 이번 길을 나서게 된 것도 선생에게 그런 어떤 면모를 확인하고 싶은 희망이 그 큰 이유의 하나였지만, 사실 선생의 그런 충동적이고 파행적인 정신 질서에 대해선 그 무렵부터서 나 혼자 은밀하고 민망스런 의구심을 품어온 때문이었다.

"틀렸어! 이게 무슨 그림이야."

"무슨 놈의 소 새끼가 이리 돼먹었어…… 흐흣!"

양 화백은 이따금 자신의 그림 앞에서 제풀에 그렇듯 자조적이 될 때가 있었다. 그리고 그 같은 자조적인 질책기는 그의 소 그림에 대하여 그 정도가 유난히 더 심했다. 그것은 물론 자신의 그림, 특히 그 소 그림에 대한 작가로서의 결핍감과 불만 때문일 터였다. 나는 그런 양 화백을 볼 때마다 민망스럽게도 그와 동시대의 한 동료 화가와 그 화가의 유명한 소 그림을 떠올리게 되곤 하였다. 그가 가끔 말해왔듯, 일찍이 청년 시절 양 화백과 함께 그림을 그리다가, 그에 앞서 같은 소재의 소 그림 몇 작품을 세상에 내놓고 짧은 생애를 마감해간 ㅈ 화백, 그래서 사람들 간에 그의 천재성이 더 널리 알려진 ㅈ 화백의 소 그림— 당시로선 차마 입 밖에 내어 말할 수 없는 일이었지만, 지금 와서 솔직히 털어놓고 말한다면, 나는 그 앞에 ㅈ 씨의 소 그림을 떠올리며 양 화백의 그 자기 결핍감과 어떤 거북살스런 갈등의 뿌리 같은 것을 상상해보곤 한 것이었다.

물론 섣불리 단정할 수는 없는 일이었다. 예술가들에게서의 그런 자기 결핍감이나 비교적 불만감은 어쩌면 하나의 본질적 속성이랄 수도 있을 만큼 누구에게나 흔하게 볼 수 있는 것이었고, 그것은 오히려 자기 극복과 발견, 독자적 창조성의 힘찬 계기가 될 수도 있었다. 게다가 그는 ㅈ 화백의 인품이나 그림들에 대해 듣기 거북한 소리를 입에 올린 일이 한 번도 없었다. 젊었을 적 어울림이 있었던 처지에선 오히려 이야기가 너무 없었던 편이었다. ──그 작자, 참 보기 드문 멋쟁이였지. 행운아였고…… 어쩌다 우정 어린 회고담을 한두 마디 흘리고 지나갈 뿐, 그의 소 그림에 대해선 특히 말을 삼갔다. 그가 ㅈ 씨의 소 그림을 마음에 걸려 하는 기미는 좀체로 찾아볼 수가 없었다.

아니, 그의 소와 ㅈ 씨의 소가 전혀 다르다는 점에선 그에겐 애초에 그럴 필요나 이유조차 없었을 수 있었다. 그림의 세계를 잘 알지 못하지만, 그 색조나 표현 기법의 차이에서, 대상을 이해하고 그 본질을 포착해내는 정신의 모습과 세계관의 차이에서, 나아가 그 소들의 심성과 힘의 성격에서, 두 사람의 소는 내게도 각각 고유 명사와 보통 명사의 차이만큼이나 다른 것으로 보였다.

하지만 그걸로는 내 송구스런 의구심이 말끔히 다 가시지 않았다. 그 세계나 지향이 아무리 서로 다르다 하더라도, 자기 동시대인의 소가 온 세상의 소를 대표하듯 널리 사랑받고 있다는 데에서, 거기다 그도 하필 같은 대상에 깊이 매달려 있다는 데서, 그는 역시 심사가 그리 편했을 수가 없었다. 그가 늘 ㅈ 씨의 소 그림을 염두에 없어해온 태도나, 멋쟁이니 행운아니 ㅈ 씨의 회고담에 관용기를 보인 것도 어쩌면 그 반대되는 심사의 표현일 수 있었다. 염두에 없어 하거나 말을 삼가는 것은 그만큼 자의식이 강한 탓일 수도 있겠거니와, 요절한 예술가를 행운아라고 말한 것은 그의 화려한 성가가 남을 한발 앞서 챙긴 소재의 선점성과 그 짧은 생애로 하여 덤을 사게 된 거라는 소리로도 새겨들을 수 있었다.

하고 보면 그는 역시 자신의 소 외에 죽은 ㅈ 씨의 소와도 피나는 싸움을 벌이고 있었을 수 있었다. 그리고 그 극심한 내면의 갈등과 진짜 자기 소의 고삐를 움켜쥐려는 싸움이 그의 삶과 예술혼을 그토록 치열하고 충동적인 소용돌이로 들끓게 하고 있었는지 모른다.

그렇다면 그 혼돈스런 소용돌이의 의미는 무엇이었던가. 말할 것도 없이 그것은 새로운 창조와 탄생의 전조였다. 선생의 삶과 예술이 새로 태어나려는 산고의 몸부림과 신음 소리 같은 것이었다. 이제는 감히 말해도 상관없는 일이겠지만, 그 무렵 나는 그 선생의 분방스런 격정 속에 그것을 강하게 예감하고 또 믿고 있었던 것이다. 내가 그 무렵 양 화백에 대한 그 민망스런 의구심을 버리지 못해온 진짜 이유였다. 그리고 지금껏 수수께끼를 풀지 못한 채 이날 굳이 그 먼 행보를 나서게 된 숨은 소이었다.

그것은 물론 선생 자신이 그 같은 결단이나 변화의 기미를 좀체 보이지 않고 있었던 탓도 있었지만, 그보단 그 예기찮았던 무심스런 헤어짐과 그 후의 그의 오랜 칩거의 허물이 더 클 터였다. 하지만 나는 어쨌든 아직도 그에 대한 내 예감과 믿음을 버릴 수는 없었다. 소식을 알 수 없게 되고서야 뒤늦게 깨달은 그의 오만성—자기 진실에 대한 믿음이 없고서는 자신과 자신의 그림에 대하여 그토록 아픈 폄하와 매도가 불가능할, 그토록 자신을 허심관하게 열어버릴 수 없는, 그래서 한때는 그를 제법 알 듯싶던 나까지도 그것을 자기 결핍감과 자학의 몸짓으로만 잘못 읽었던 그 도저한 오만성, 그것 때문에도 나는 새삼 그의 변화와 재탄생에의 궁금증을 지울 수가 없어진 것이다.

그런데 그가 이젠 개인전을 가진 데다 스스로 소재를 드러내온 것이다. 그것은 나의 기대와 궁금증에 대한 그 식의 응답일 수도 있었다. 그렇다면 그의 그 오랜 잠적은 그의 변화와 재탄생의 은밀스런 부화기가 아니었을까. 부인의 전화로는 별반 그런 기미를 느낄 수 없었지만, 어쨌든 이제는 그 긴 잠적에서 벗어져 나와 자기 이름의 전시회까지 감당하려 나섰다면, 이날 우리들의 수월찮은 방문길도 충분히 기대를 걸어볼 만한 행보였다. 그동안 과연 그의 삶과 그림들엔 그만한 변화나 변모가 이루어진 것일까. 이제는 그 충동적이고 분방스런 영혼의 질주를, 끓어오르고 소용돌이치는 힘과 격정을 자신 속에 의연히 감당해나갈 수가 있게 된 것일까. 그 치열스럽고 질편한 예술혼의 소용돌이에 어떤 새 창조의 질서가 깃들여 흐르게 된 것일까. 그리고 무엇보다 그 사납고 힘겨운 황소와의 싸움은? 이제는 그 선생 자신의 소를 찾아 고삐를 옳게 움켜쥐고 녀석을 뜻대로 부릴 수가 있게 된 것일까…… 그것이 대체 어떤 모습으로 어떻게?

나는 선생의 그런 변화의 모습이 못내 궁금할 수밖에 없었고, 달리는 차 속에서도 그에 대한 기대와 궁금증으로 마음이 더 갈수록 조급해지고 있었다.

3

그러나 막상 사람을 만나고 보니 선생은 기대나 궁금증과는 딴
판으로 그동안 별다른 변화의 기미가 엿보이지 않았다. 선생이 화
실과 거처로 쓰고 있는 오두막은 곤지암 근처의 한 개천가 마을 끝
께의 채전 한가운데에 자리 잡고 있었다. 마을 사람들의 당부대로
동네 초입 공터에서 미리 차를 내려 울울한 옥수숫대와 호박 넝쿨
이 엉클어진 그 채전가 샛길을 건너가니, 벌건 대낮부터 거실 마
루에 나앉아 농주 항아리를 끌어안고 있던 낯익은 얼굴이 열린 사
립문으로 비리 우리를 내다보고 있었다.

문을 들어서서도 우리는 오랜만의 재회에 걸맞은 인사조차 변변
히 치를 겨를이 없었다. 그의 옛 성품 그대로 무작정 사람을 주저
앉히기부터 하고 드는 그의 손짓 재촉에 이끌려, 우리는 뒷술자리
를 끼어들듯 엉거주춤 자리들을 정해 앉은 다음 그 오지항아리의
막걸리를 넘치도록 한 사발씩 받아 비우고 나서야, 그나마 동행해
온 백야 형을 간신히 소개할 수 있었다.

내가 선생의 근황을 좀더 살필 만하게 된 것은 그렇게 어우러진
대낮 술자리가 다시 몇 참을 넘기고 나서, 그가 '감독관 마누라쟁
이'라고 부르는 부인이 광주 장길에서 돌아와 남편의 취흥을 참견
하고 들기 시작하면서부터였다.

"여기 와서라고 그 술버릇이 어디로 가겠어요. 주야장천 당신
혼자 구름을 타고 앉은 주선 놀음이지요."

나에 대한 호소를 겸한 그 부인의 당차고 허물없는 푸념 소리만 하여도 선생의 옛 술버릇은 그새 조금도 달라진 데가 없는 게 분명했다. 한데다 그는 이날처럼 늘상 혼자서만 취해나는 것도 아니랬다. 전화에서도 이미 들었듯 술꾼이란 어디서나 벗을 끄는 법이어서, 이곳엘 와서도 동네 청년들 가운데에 그를 따르는 사람이 한둘이 아니랬다. 언제부턴지 그는 사기나 목기, 혼수용품이나 길쌈 기구 따위의 옛 생활 용구들을 취미로 수집해 들이기 시작했는데, 동네 청년들이 그런 걸 구해오면 그에 합당한 값을 매겨 쳐주거나 사례의 주석을 마련해주곤 하였댔다. 그것이 결국 상례가 돼버려 이즘엔 날이 궂거나 술 생각이 동해오면 쓸모없는 질그릇이나 돌멩이 조각들까지 아무거나 집어 들고 와서 술을 얻어먹고 간다는 것. 변하지 않은 것은 그 주벽만이 아니었다. 선생의 그림이나 주변 정황 또한 옛날에 그의 화실이나 풍모에서 분위기를 느꼈던 것과 조금도 다를 바가 없었다. 그가 부인의 성화를 피하여 변소 길을 핑계 삼아 잠시 자리를 뜬 사이 집안을 얼핏 둘러보니 거실이고 화실이고 안정된 정돈감이라곤 찾아볼 수 없었다. 전시회를 마치고 되돌아온 그림들과 쓰다가 팽개쳐둔 원고용지들, 동네 청년들이 술값을 얻으려 주워다 놓고 간 예의 옛 생활 용구들과 이런저런 모양의 온갖 잡동사니들이 먼지를 뒤집어쓰거나 혹은 아직도 신문지 같은 것에 싸인 그대로 집 안을 온통 어수선하게 하고 있었다. 값지고 쓸모없는 것을 따로 가리지 않고 아무 데나 뒤죽박죽으로 한데 들쑤셔 넣어놓은 그 혼잡상이라니, 그대로 그것이 선생의 내면상의 반영인 것 같았다. 거기다 선생은 장마 때 산사태로 봉분이 쓸려 내려간 주인 없는 무덤에서 수습해온 해골바가지를 비롯하여, 그 속에 무엇이 들어 있는지도 알 수 없는 상자 꾸러미들을 어두운 다락방에 하나 가득 쌓아두고 있다는 것이다.

변화가 없어 보이기는 그의 그림 역시 마찬가지였다. 전화로 이미 사정을 짐작할 수 있었지만, 그의 작품전은 역시 별 성과가 없었던 듯, 화실이나 집안 곳곳에 팸플릿에 올라 있던 그림들이 대부분 그대로 되돌아와 널려 있었다. 그런데 그 그림들은 소재나 내용 분위기 모두가 옛날에 내가 보고 느끼던 그대로의 것이었다. 소와 홍수와 농악 놀이에 집중된 소재도 그랬고, 그 혼돈스럽고 우중충한 색조하며 퉁겨나갈 듯 힘이 태인 분방한 선묘법…… 굳이 변화를 찾아 읽을 수 있다면 홍수 그림들의 짙은 암살색 소에 어떤 어렴풋한 탄생의 전조처럼 얼마간의 녹황기와 홍조의 밝은 빛이 깃들이고 있는 것과, 제 힘에 못이겨 몸부림을 쳐대는 광포스런 황소들에 얼마간 설화풍의 의인화(擬人化)가 가해져 우직스러움과 회화성이 더해진 것뿐이었다. 그리고 농악 마당의 흥취와 신명기가 좀더 활기차고 질편해진 정도였다.

하지만 그 정도 변화의 기미는 내게 별다른 뜻이 있을 수 없었다. 그것은 다만 내 부실한 기억의 착오 탓일 수도 있었고, 그러한 변화가 사실이라 하더라도 나로선 그 미미한 변화의 의미를 읽어낼 안목도 없었다.

나로선 선생의 풍모나 분위기, 그 기질과 작품에 이르기까지 어느 한 대목 분명한 변화의 흔적을 찾을 수가 없었다. 변모나 변화는커녕 오히려 그 초탈성과 질편한 방만성만 더해 보인 것이었다.

자신과 자신의 소에 대한 그 고통스런 싸움이 아직도 끝장이 나지 않고 있음이었다. 게다가 이제는 그의 은밀스런 자기 믿음과 오만성마저도 자신과 세상에 대한 자학적인 열패감과 외로운 소외감 같은 것으로 노골화되어가는 조짐마저 엿보였다. 선생의 그 같은 퇴영적인 징후는 우리와 마주한 그 몇 시간 동안의 심상찮은 농담 투 속에서도 그 자신 몇 차례나 드러내 보였다.

"그 친구들 틀렸어. 틀려도 한참씩 빗나간 멍텅구리들이지. 도대체 제 녀석들이 무얼 안다고 나서 설쳐! 내 한번 찾아가 혼쭐을 내줄까. 제 녀석들이 무얼 모르는지도 모르는가를 똑똑히 알으켜 주게 말야……"

선생은 옛날 군복무 시절의 낯익은 동료나 수하 장교들이 오늘의 정가를 주름 잡고 있는 사실을 들어 전에 없이 바깥세상 일에 관심을 보이며 기고만장 당대의 권력자들을 매도했다. 그러다간 이내 또 내 알 바 아니라는 듯,

"그 뭐, 지네들 맘대로 해먹으라고 놔둬버리지. 내가 무슨 지성인 민주 투사님이시라고, 안 그래요, 이 형! 허허."

엉뚱스런 도량과 만용기를 발휘하며 키들키들 제물에 자신을 비하시키곤 하였다. 그의 심중을 정확히 알 수는 없었지만, 내게는 그것이 그 무렵 흔히 듣곤 하던 우국충정의 토로로는 들리지 않았다. 그보다 자신과는 무관하게만 돌아가는 그 바깥 세상에 대한 어쩔 수 없는 관심과 배반감, 그에 뒤짝한 자조적 열패감과 원망의 음색에 더 가깝게 들렸다.

하지만 그의 열패감이나 소외감이 사실이든 아니든, 그의 생활

이나 그림과의 싸움에 어떤 변모가 있었든 말았든, 선생의 다른 한 가지 주문만 없었다면, 우리는 그쯤 확인과 인사치레 정도로 길을 돌아섰을 테고, 그리했더라면 그것으로 그만, 선생의 일을 계속 염두에 두거나 그 집을 다시 찾을 일은 없었을 터였다. 한데 이윽고 두번째로 변소길을 다녀온 선생이 다시 술자리로 끼어들며 내게 뒤늦게 그다운 일거리 주문 한 가지를 내놓았다.

"내 그동안 광주와 여주 이천 지역의 도자기 역사 자료를 샅샅이 다 뒤져 챙겨왔어요. 이 골엘 와보니 옛날 가마들의 귀중한 사료들이 무심히 사장되거나 사라져가고 있어서 언젠가 내 손으로 정확한 역사를 정리해두고 싶어서 말야요."

새삼스레 털어놓은 그의 수장(收藏) 자료의 내용인즉, 옛날 이 지역에 번창했던 관요나 민간요의 사료·사적 일체에 관한 것으로, 거기엔 도자업에 종사해온 하층민들의 안타깝고도 애끓는 비사(悲史)까지 다 망라되고 있었다. 나의 관심이 미칠 만한 것으로, 그가 찾아 수집한 이들의 비사들 가운데는, 한 예로 옛날 이 지역 관요들의 생산품이 성곽 동남쪽 시구문을 통하여 성중 관서로 납품되어갈 때의 절망스럽고 통한스런 천민사가 있었다. 성 밖에선 그때 왕실이나 권부의 부패상에 항거, 시구문 근처에서 그 관수품 반입을 방해하는 세력이 있었는데, 도자업 종사자들은 이들의 눈을 피해 짐을 몰래 들여가려다 억울한 죽음을 당하는 일이 많았다는 것. 그렇다고 그게 두려워 할당받은 물목을 제때 들여가지 못하면 이번에는 서슬 푸른 권부의 관헌에게 역시 목이 베이는 절통할 진퇴유곡의 천민 수난사가 그 내용이었다.

선생이 수집해놓은 자료들 가운데는 그 밖에도 비슷한 것이 얼마든지 많다 하였다. 선생은 그 자료들의 목록을 대충 설명하고 나서 옛날에도 자주 그런 권유를 해왔었듯 그걸로 내게 책을 한 권 써보라는 것이었다.

　"애석한 생각에서 자료를 찾아 모으기는 했지만, 이 형도 알다시피 내게 무슨 그럴 만한 글재주가 있어야지. 내 이담번에 앞뒤 차례나 좀 정리하여 이 형한테 원고를 통째로 다 넘겨드릴 테니, 소설을 만들든지 휴지로 버리든지 이 형 마음대로 처릴 좀 해주시구료."

　어조는 헐거웠지만, 이번에는 그저 지나가는 권유 정도가 아니라 간곡한 당부 투의 주문에 가까웠다.

　그러나 또 다만 그것뿐이었다면 역시 그를 다시 찾는 일이 없었을는지 모른다. 선생의 그런 식의 호의에 대해선 전에도 늘 같은 생각으로 사양을 해온 터였지만, 그의 오랜 집념과 노고의 결정이랄 수 있는 원고를 그런 식으로 내가 섣불리 챙기고 나설 일이 아닌 때문이었다. 그런데 그보다 내가 다시 한 번 그 광주 길을 찾아가지 않을 수 없게 된 연유는 거기에 그 부인의 다른 주문 한 가지가 덧붙여진 때문이었다.

　"경우 없는 말씀이 될는지 모르겠습니다만, 이 선생님이나 이 선생님 주위에 혹시 저 양반 옛날 그림을 지니고 계신 이가 없을까요. 저 양반 옛날에 술만 마시고 다니느라 자기 그림 간수를 하나도 못해왔거든요."

　근래에 회수한 몇몇 작품 이외에, 선생의 옛 그림들은 거의가

232

이 사람 저 사람 남의 손에 넘겨져 떠돌아다니게 되었는데, 지금
와선 그것을 누구에게 주었는지, 어디에 남아 있는지조차 알 길이
없게 되고 말았다는 것이었다. 그래 나도 한때 선생과 가까이 지
낸 일이 있었으니 어쩌다 그림 한 점이라도 받아 지녀온 것이 있거
나 주위에 그런 사람을 알고 있으면, 다음번 오는 길에 그 그림을
한 번만 볼 수 있게 해달라는 것이었다.

　행여 아직껏 지녀온 그림이 있으면, 그리고 그 소장자의 양해만
얻을 수 있으면, 그에 상당한 근작으로 대신 교환을 해주거나 원
하는 값에 작품을 회수하는 게 소망이지만, 불연이면 이쪽에서 그
림의 사진이라도 찍어올 수 있는 길을 마련해주면 그보다 고마울
일이 없겠다는 것이었다.

　나는 물론 그 부인의 뜻을 충분히 이해할 수 있었다. 그리고 과
연 나의 서가 어느 구석엔가 선생의 그림 한 점이 아직도 뿌연 먼
지 속에 책과 뒤섞여 파묻혀 있으리라는 사실이 머리에 떠올랐다.
옛날 둘이서 술에 취해 그의 학교 작업실을 들렀다 나오면서, 그
가 문득 생각난 듯 선반 위에 얹혀 있던 암갈색투성이의 풍경 한 점
을 집어다가, 그 화폭 뒤에 「홍수 뒷날」이란 화제(畫題)와 1975년
7월 중순 정도로 기억되는 서명 날짜를 써넣은 뒤, 이거 두고 보
면 싫증은 덜 날 거요, 하면서 불쑥 어색스런 몸짓으로 건네준 그
림이었다. 10호 남짓한 작은 화면인데도 그 느낌이 워낙 무거워
방에 건 일은 없었지만, 그것을 준 사람의 고마운 뜻을 생각하여
그간 집을 옮겨 다닐 때마다 빠뜨리지 않고 꼭꼭 책과 함께 옮겨
보관해온, 그러나 다음번 다시 집을 옮기게 될 때까지는 눈에 띄

거나 염두에 두어본 일이 거의 없었던 그림이었다.

나는 물론 즉석에서 그 그림의 소장 사실을 말했다. 그리고 그 사실만으로도 반가움을 못 이겨 하는 부인의 숨은 소망 앞에 나 역시 그 그림을 되돌려줄 즐거움에 더없이 가슴 뿌듯한 보람을 느끼지 않을 수 없었다.

두번째의 광주 길이 불가피해진 것은 그러니까 내게 대한 선생의 호의나 주문보다 오히려 그 옛 그림을 주인에게 되돌려줄 일과 그에 대한 부인과의 약속 때문이랄 수 있었다.

4

시일을 그리 오래 끌지 않으려던 그날의 다짐과는 달리, 선생의 그림을 되돌려주러 가는 길은 그러나 좀처럼 쉽지가 않았다. 뒤늦게 그림이 아까운 생각이 들어서가 아니었다. 쉽게 마땅한 기회가 생기지 않은 데다, 그런 일로 일부러 날을 잡아 길을 나서기도 어딘지 새삼스럽고 멋쩍은 기분이 들곤 한 때문이었다.

내게 그런 멋쩍은 기분이 들게 한 것은 따지고 보면 선생과는 정반대격인 부인의 그 결벽스런 성격에도 일부의 책임과 허물이 있었다.

"공짜 그림을 오래 지니고 감상했으니 이젠 저도 무상으로 되돌려드려야지요. 사례라면 오히려 제 쪽에서 해야 할 일이구요."

그림을 돌려드리러 근간 다시 한 번 찾아오겠노라는 내 약속을 부인은 금세 그냥 받아들이기가 어려운 듯, 경우가 절대 그럴 수 없다는 사양 조에 덧붙여, 한사코 그림 값이나 적당한 근작과의 대환(代換)을 일방적으로 다짐했다. 그것이 내 발길을 적지 않이 부담스럽고 거북하게 해온 것이었다. 굳이 반환의 대가가 필요하다면 나는 그 선생의 도요사 원고나 한번 얻어볼 수 있으면 그것으로 충분했다. 그것도 탐이 나거나 용도를 생각해서가 아니라, 어차피 한 번 더 걸음걸이를 하게 될 바에는, 더욱이 선생이 그새 나를 위해 원고를 정리해두고 있다면 그거나 한번 공부 삼아 훑어보고 싶었기 때문이다.

그림을 그리기 좋아하거나 알지 못한 탓이겠지만, 그림 값을 쳐받거나 다른 그림을 대신 바뀌올 생각은 추호도 없었다. 하시반 부인이 끝내 생각을 바꾸지 않는다면 나로선 그 또한 어쩔 도리가 없는 일이기도 했다. 하다 보니 그새 어떤 은밀스런 기대감까지 움직이고 있었던 것일까. 나는 그 반환이나 대환의 절차에 지레 혼자 멋쩍고 어색해져서, 어물쩍 그 기회를 회피해온 대목조차 없지 않았던 것이다. 그리고 이상스럽게 거북한 망설임, 좀더 정확히는 그림을 하루빨리 돌려줘야 한다는 책무감과 대환 작품에 대한 은근스런 미련과의 갈등 속에 나는 어느새 2년여의 어정쩡한 세월을 흘려보내고 말았다. 그러다 어느 날 드디어 그 두번째 광주 길을 나서게 된 것은 지난해 초여름 싱그러운 녹음이 성중 인총을 온통 교외로 불러내던 5월 중순 무렵의 일이었다. 실은 이번에도 백야 형이 기회를 마련하여, 그와 둘이 함께 동행을 해서였다. 그날 오후 백아는 사무실 일을 일찌감치 끝내고 찾아와, 오랜만에 함께 바깥바람이라도 쐬일 겸, 가까운 교외로 나가 목이나 축이고 오자고 나를 슬슬 끌어댔다. 그래 대낮에 술추렴을 나서려면 그럴 만한 구실이 있어야지 않겠느냐고, 기회가 닿은 김에 그의 차에 그림을 싣고 나선 것이었다.

그런데 막상 선생 댁엘 당도해보니 어쩐지 날이라도 잘못 잡아 찾아온 듯 처음부터 매사가 엇나가는 느낌이었다. 우선 선생은 모처럼 술기가 없어 보이는 얼굴로 우리가 찾아온 것을 보고도 반기는 기색이 별로 없었다. 맹숭맹숭한 얼굴로 격에도 맞지 않는 라디오 어린이 프로 같은 것을 듣고 있다가 전혀 그답지 않게 담담한 분위기 속에 앉을 자리나 겨우 권해올 뿐이었다. 한동안 사람을 접하는 법을 잊고 살아온 사람처럼 우리와의 대화조차 어쩐지 어색하고 설어 하는 듯싶은 선생의 표정 속엔 전에 없이 쓸쓸한 적막감마저 감돌고 있었다. 어수선한 주변은 그리 달라진 데가 없었지만, 선생에게선 도대체 처음 보고 처음 겪는 별스런 분위기였다. 그간에 무슨 심상찮은 변고가 있었음이 분명해 보였다. 지관 선생 스스로도 그런 어색한 기분을 느꼈던지 뒤늦게 그에 대한 변명 조의 양해를 구해왔다.

"내 며칠 전 술을 좀 과하게 했더니 마누라쟁이 성화가 어찌나 심한지…… 술기를 며칠 못하니까 기분까지 이리 저조해지는구만……"

"당신, 그래도 술은 절대로 안 돼요. 술로 아예 세상을 거덜 내고 싶으시면 몰라도."

뒤늦게 사립을 들어서던 그의 부인 역시도 인사보다 우리의 술자리부터 경계하듯 전에 없이 단호한 어조로 참견을 하고 들었다. 인사를 겸해 계속된 그 부인의 푸념의 내용인즉, 선생은 며칠 전 멀리서 찾아온 고향 후배 한 사람과 24병들이 소주 한 상자를 밤을 새워 비우고 나서 그 주독과 후유증으로 이날까지 그 지경이 되어 있다는 거였다. 듣고 보니 그 부인의 호통 조 앞에 그답지 않게 다소곳해 있는 선생의 야윈 몰골은 한동안 신병에라도 시달려온 사람처럼 기력이 새삼 쇠진해 보였다.

하지만 선생의 그런 황음은 역시 그의 변화나 저조한 기분의 원인으로 보기가 어려웠다. 그걸 곧이듣기엔 그다음 일들이 납득하기가 너무 어려운 사정이었다.

선생의 건강을 위해서나 부인의 조심스럽고 인짢은 심사로 해서나 우리는 군이 거기서 술자리를 벌이고 싶은 생각이 조금도 없었다. 술은 나중에 돌아오는 길에서도 얼마든지 가능했다. 하더라도 가져온 그림만은 돌려주고 가야 했다. 나는 일찌감치 이번 방문길의 용무를 끝내려 마루로 미리 들여다 놓은 그림의 포장을 푼 다음 내외 앞에 내놓았다.

그런데 일은 거기서부터가 더욱 이상하게 돌아갔다. 선생은 뜻밖에도 자신의 그림을 별로 반기는 기색이 없었다. 반가워하기는 커녕 그림을 정면으로 바라보지도 못하고 거기 무슨 두려움이나 부끄러움이라도 타는 곁눈질로 슬금슬금 훔쳐보듯 할 뿐이었다. 무언지 당황스럽고 난감스럽기까지 해 보인 그의 그런 표정은 그 그림이 어디서 어떻게 그려진 것인지도 잘 기억이 나지 않은 것 같았다. 나는 보다 못해 그림의 뒷면에 적혀 있는 선생 자신의 서명까지 뒤집어 보여줬다. 그러나 선생은 자신의 서명과 1975년 7월 15일로 되어 있는 그림의 기증 날짜에도 여전히 기억이 잘 떠오르질 않는 듯 고개를 계속 갸웃거리고 있었다. 그때의 그 선생의 어정쩡하고 어색하고 적막스런 표정이라니—

그러나 그런 선생은 오히려 뒷전이었다. 부인은 거기서도 한술을 더 뜨고 나섰다.

"그런데 어떻게 오늘 이 그림을 가져오셨어요?"

본인보다 먼저 그림을 알아본 듯 부인이 다시 한마디를 끼어들었다. 시일을 너무 오래 끌어 속마음을 그토록 섭섭하게 한 탓인가. 아니면 내외간에 계산속을 미리 짜고 안면 몰수를 하고 나선 것인가. 설마 그럴 리야 없을 테지만, 부인은 전사에 자신이 먼저 그림을 소망했던 일이나 그에 대한 매입이나 대상(代償)을 자청했던 사실들, 게다가 이쪽의 사양에도 몇 번씩 거푸 다짐했던 일들을 말끔히 다 잊어먹고 있는 듯한 말투였다. 나는 일순 어이가 없을 수밖에 없었다. 어이가 없기보다 무슨 숨은 꿍심이라도 들킨 사람처럼 제물에 심히 당황스러워지기까지 하였다. 그래 엉겁결에 궂은 속셈을 다시 거둬들이듯,

"선생님 쪽이 저보다 옛날 작품이 더 소용되실 듯해서요……"

어쩌고 어물어물 당치도 않은 변명 투를 늘어놓고 있었다. 그녀라고 약속을 잊어먹었을 리가 없는 터에, 경위를 밝혀봐야 처지만 서로 더 어색해질 뿐, 그것이 전부 이쪽의 자의에서인 양하여 쑥스러운 처지나 넘어가자는 속셈에서였다.

한데 그녀는 대체 무슨 속셈에선지 이후로도 끝내 전날의 약속

은 한 토막도 염두에 없어 하는 식이었다…… 그런데 어째 하필 오늘 그림을 가져올 생각을 했느냐, 그말고 다른 동기나 이유가 없느냐, 당신의 호의를 그대로 믿고 받아들여도 되느냐…… 부인은 아직도 내 속내가 미심쩍은 듯 계속 꼬치꼬치 캐묻고 들었다. 그건 영락없이 자기 약속을 실효시키고, 그것을 내게 분명히 확인시켜주는 음회한 연극 조로 보이기까지 하였다. 그리고 그녀는 한마디도 빗나갈 수 없는 나의 맹세 투 확인을 듣고서야 얼마간 마음이 놓이는 듯,

"그렇다면 이 선생님의 뜻을 고맙게 받아들이겠어요. 정말로 감사해요."

냉담스럴 정도로 사무적인 어조로 괴로운 추궁을 겨우 마감해주는 것이었다.

하지만 이날의 언짢은 일들은 거기서도 아직 다 끝이 나질 않았다. 뿐더러 그 모든 일이 나이를 좀더 먹은 내외간의 노회한 계산성 위에 연출된 연극일지도 모른다는 의구심은 지관 선생이 다시 그 깊이를 더해왔다.

우리는 이제 그쯤에서 자리를 일어서려 하였다. 그림 일을 그렇게 응대하고 나오는 마당에 말도 꺼내보지 않은 그 도요 자료 원고 따위는 더 미련을 남길 일도 못 되는 때문이었다. 그런데 선생이 그제서야 새삼 우리의 출발을 잠시 지체시키고 나섰다. 다름 아니라 그는 뒤미처 생각이 떠오른 듯 서둘러 부인에게 화실 문을 열게 했다. 그리고 잠시 혼자 그쪽으로 자리를 옮겨 들어갔다가 순식간에 그림 한 점을 그려 봉투에 담아 들고 돌아왔다.

"빈손 보내기가 뭣해서 모처럼 만에 붓을 잡아보았더니 손이 말을 안 듣는구먼. 가다가 차 속에서나 한번 들춰보고 내던져버리시구려."

봉투에 넣어온 그림을 내게 불쑥 내밀면서 그가 작별 인사 겸 건네온 말이었다. 그러나 나는 솔직히 그것을 받아들고 나설 생각이 조금도 없었다. 그림커녕 이제는 그의 농담 투 인사치레 말에조차 제대로 응대할 기분이 아니었다. 오랜만에 자기 그림을 찾아들고 간 사람이니, 전날의 그 부인과의 약속이 아니더라도 그냥 소품 한 점쯤 그려주고 싶었을 경우는 충분히 이해할 수 있었다. 하지만 나는 차에서나 한번 열어보고 내던져버리라는, 그의 옛 성품 그대로의 겸사의 소리마저 그대로 들리지 않았을 정도로 그의 호의를 올바로 받아들일 수가 없었다. 부인의 약속을 부러 모른 척해 넘기려다 끝내 속이 편치 못해 그런 식으로나 마음의 빚을 벗어 넘기려는 요량인 것만 같았다.

나는 차라리 더 기분이 상한 채 이번에는 정색을 하고 완강하게 그림을 사양했다. 하지만 그도 역시 소용이 없는 일이었다. 선생은 자기 치레 소리와는 다르게 되돌려진 봉투를 한사코 다시 내게 떠맡겼다. 그리고 그것으로 자기 할 일을 다한 듯 서둘러 우리를 문밖으로 쫓아냈다.

나로선 더 이상 어쩔 수가 없는 일이었다. 봉투 속에 어떤 그림이 그려 넣어진 것인지, 인사 삼아 한번 꺼내볼 겨를도 없이, 그에 대한 작별 인사도 변변히 못 치른 채, 속으로는 정말로 다른 그림을 기대하고 갔다가 간신히 허탕질이나 면하고 나온 사람처럼, 그

렁듯 민망스럽고 씁쓸한 기분으로 어물쩡 발길을 돌이킬 수밖에 없었다.

일이 그리 되고 보니 그 무참스런 기분은 돌아오는 차 속에서도 마찬가질 수밖에 없었다. 허겁지겁 서둘러 찻길을 꺾어 돌아오면서도 나는 차라리 유구무언 격으로 한동안 입조차 떼지 못하고 있었다. 전후사를 환히 다 보고 들은 백야 형도 그런 내 심사를 빤히 다 헤아린 듯 내내 섣부른 참견을 삼가고 있었다. 어디서 술부터 한잔하고 가자는, 있을 법한 권유의 말 한마디 없었다. 나는 그 백야 형에게마저 공연히 언짢고 민망스런 심사를 가눌 수 없어 말없이 창밖만 내다보고 있었다.

하지만 역시 백야 형은 직접 당사자가 아니었다. 뿐더러 위인은 그 같은 침묵 속에 서서히 어떤 희극기가 느껴져오기 시작한 모양이었다.

"그러니까 결국 내 그림 내주고 애꿎은 야단질까지 당하고 돌아오는 격인가. 허헛!"

끝내는 그가 더 참을 수 없어진 듯, 또는 그도 혼자 나름대로 언짢은 심사를 삭이고 난 듯, 너털너털 웃음 속에 나를 놀리고 들기 시작했다.

"그러니까 애초에 돌려줘야 할 일이면 다른 꿍심 갖지 말고 깨끗이 내주고 말 일이지, 어디라고 그딴 음흉한 생각을 품고 뭉그적거려! 그대의 속내를 그 양반이 뻔히 알아차리고 그리 나온 거아냐? 그나마 마지막에 길품팔이삯 거리라도 얻어오게 돼 다행이지만, 허허. 헌데 어차피 선심을 써준 것이니 얼마짜리쯤 되는지 그림 값이나 한번 매겨보시지 그래. 가다가 차에서 꺼내보고 버리랬잖아."

평소 백야가 자주 즐겨온 험구질이었다. 그런데다 이날은 그 밖의 다른 적당한 어법도 없어 보였다. 사정이 그렇고 보니 나로서도 이젠 더 입을 다물고 앉아 있을 수가 없었다. 더 이상 기분을 풀지 못하고 있다간 나를 부러 놀려대는 위인의 험구를 사실로 시인해주는 꼴이 될 터인 데다, 그의 말마따나 기왕지사 대환물로 얻어온 그림일 바엔 그 앞에서 봉투 속을 한번쯤 들춰봐야 할 처지였다.

"그것 참, 이제 보니 자네도 한 장 그려달랠걸, 섭섭하게 됐구만."

비로소 나도 위인의 험담에 걸맞은 한마디를 내뱉고는, 그러나 여전히 내키지 않는 심사 속에 뒷자리에 아무렇게나 던져놓았던 봉투를 집어와 그림을 꺼내었다. 꺼내놓고 보니 대개 예상했던 대로 8호 정도 크기의 황소머리 그림이었다. 그새 서서히 어둠이 스미기 시작한 차 속인 데다 그림이 흔들려 제대로 볼 수가 없었지만, 단숨에 붓을 비비고 문질러대듯 해 그린 그의 눈익은 단골 수법의 묵화였다. 단골 소재에 단골 기법의 황소 그림. 시간이 촉박한 탓에선지, 무겁고 암울스럽던 그의 혼탁한 색조가 거기선 아예 동양적 무채색으로 단조롭게 정리된 것이 눈길을 끌었지만, 나는 그 그림에 더 이상의 관심이나 흥미를 느낄 수는 없었다. 아니 옛날의 교분만 아니었다면 나는 그걸 어쩌면 차편을 내준 값으로 백야에게나 미련 없이 주어버릴 수도 있었을 터였다.

"버릴 테거든 밖으로 내던지지 말고 차 안쪽에다 버려. 내키지 않으면 나라도 주워가게."

핸들을 붙든 채 한두 번 곁눈질을 보내오던 백야가, 내가 다시 그림을 봉투에 집어넣고 있는 꼴을 보고 그런 소리로 계속 약을 올려대고 있었으니까.

하지만 나는 차마 거기까지는 기분대로 처결을 지을 수가 없었다. 선생과의 옛 정의를 생각해서라도 그것은 내 쪽의 도리가 아니었다. 그 되돌려주고 온 홍수 그림만 하여도, 부인의 옛날 그림에 대한 소망을 보고 나서부터 그걸 여태껏 보관해온 것을 얼마나 다행스럽고 보람스러워했던가.

어쨌거나 그 그림만은 내가 지니고 보관하는 게 옳은 도리였다. 그리고 나는 실제로 그렇게 하였다. 나는 더 이상 대꾸를 않은 채 백야와 그냥 곧바로 시내로 돌아와 그때부터 이날의 언짢은 기분을 씻어내듯 모처럼 결판 지게 술만 마셔댄 것이었다. 그리고 그 취기 속에 집으로 돌아와선 그림을 봉투째로 벽장 속 깊숙이에다 던져넣어버린 것이었다.

그러니까 전날의 홍수 그림에 대해서도 그랬듯, 나는 그것으로 그림 일은 아예 잊어버리기로 한 것이었다. 그의 그림 일을 잊고 지내려는 마당에 하물며 그의 다른 일들엔 더 관심을 남길 바가 없었다. 그의 소가 어떻고 홍수가 어떻고, 자기 소에의 열패감이나 오만감이 어떻고, 그의 그림의 추이나 생활 태도의 변화 따위는 이제 내가 궁금해하거나 상관할 바가 아니었다. 그날의 어이없는 연극의 속사연 역시도 내게는 이미 별 관심이 남아 있을 수 없었다. 일테면 나는 이제 그 지관의 그림이나 삶의 모든 것과 깡그리 다시 결별을 하고 지내게 된 것이었다.

5

그러나 나는 당시 그 같은 결별의 진짜 뜻을 미처 알아차리지 못한 셈이었다. 그것은 사실 진짜 결별이 아니었다. 나는 오래잖아 그의 슬픈 소식에 다시 한 번 광주 길을 다녀와야 했던 때문이다. 그리고 그때서야 나는 그것이 진짜 영원한 결별이었음을 깨닫지 않을 수 없었다.

그렇듯 서먹하고 꺼림칙한 기분으로 선생을 헤어지고 돌아온 지 겨우 한 달쯤 만에 부인으로부터 다시 뜻밖의 전화가 걸려왔다. 선생의 별세 소식이었다.

"근자 그이에게 유독 따뜻한 마음을 전해주신 이 선생님이라 소식을 전해드리지 않을 수 없어서요. 전번엔 본의 아니게 무례하게 굴었던 일을 사죄드리고 싶기도 하고요."

부인의 완곡한 희망이 아니더라도, 그리고 전사가 어떤 식이었든, 나는 바로 서둘러 문상을 나서지 않을 수 없었다. 갑작스런 선생의 타계 사실도 그렇거니와, 전번에 본의 아니게 운운…… 하던 부인의 뒷말에 나는 그날의 수수께끼 같은 일들과 관련, 새삼 어떤 예감이 치솟아오른 때문이기도 했다.

나는 이번에도 또 백아의 양해를 구해 그의 차로 급히 광주로 달려갔다. 자연히 그날의 수수께끼 같은 일들에 대한 어떤 예감이 어린 추측들은 달리는 차 속에서도 나와 백야 사이를 끊임없이 넘나들었다. 모처럼 술기를 띠지 않고 있던 그날의 선생의 저조한 기분과 전에 없이 담담하고 적막스런 표정들, 일전 고향 친지와의 폭음 탓이긴 했지만, 병색이 어려 보일 만큼 야윈 얼굴에, 자신의 그림조차 바로 바라보지 못하고 부끄러움을 타듯이 곁눈질로 흘낏거리고 있던 그 어색하고 난감스런 모습들…… 선생은 그때 이미 자신의 죽음을 예감하고 있었던 게 아닐까. 그래서 우리의 갑작스런 방문에 오히려 당황스러워진 것이 아니었을까…… 그렇다면 선생이나 부인으로선 전일의 약속 따위가 염두에 있었을 리 없었다. 그래 나중엔 다른 기회를 기약할 수 없어 나의 거푼 사양과 만류에도 불구하고 서둘러 그림 빚을 갚고 싶어 한 게 아니었을까—

그런데 정작 빈소엘 도착해보니 모든 것이 예감하고 추측해온 그대로였다.

"병원에서 가망이 없다는 말을 듣고, 간장이 좀 안 좋지만 집에서 술을 끊고 요양을 계속하면 별로 걱정할 것 없는 정도라고 안심을 시켜서 돌아와 있던 참이었어요. 그러다 며칠 후엔 그 고향 후배분이 찾아오신 바람에 죽자사자 폭음까지 하고 난 뒤였지요."

빈소에 백야 형과 분향헌주(선생의 영전 앞엔 그 생전의 오지 술항아리가 마련되어 있었다) 재배를 끝내고 나오니, 소복의 부인이 전날과는 다르게 애틋하고 안타까운 호소 조를 늘어놨다.

"그런데 그런 참에 이 선생님이 갑자기 그림을 가지고 오셨으니, 저는 영락없이 어디서 나쁜 소식을 듣고 찾아오신 줄만 알았지요. 다른 데 어디서 소식을 듣고 오신 건 상관이 없지만, 혹시 당신이 직접 연락을 해선가구요. 전 그때까지 당신이 병세를 모르고 계신 걸로 믿고 있었거든요. 당신이 직접 연락을 하셨다면 자신도 사실을 알고 계신 폭이니, 저는 긴가민가 기미를 살피느라 다른 경황이 있었겠어요……"

하지만 알고 보니 나의 그 물색 모른 방문과는 상관없이 선생은 이미 사실을 알고 있었더라 하였다. 그렇다면 지관 선생은 그때나 나중까지 당신의 병세를 모르고 계시다 가셨느냐는 나의 위로 조 물음에, 그녀는 새삼 눈시울이 젖어들며 고개를 가로저었다.

"어디가요. 그때는 몰랐지만 돌아가신 뒤에 보니, 당신도 미리 다 짐작하고 계셨어요. 보세요…… 집안에 그이 그림이 한 점도 없지 않아요. 그림뿐 아니라 그 많던 수집품들도 남아 있는 것이 없어요. 당신이 미리 다 없애버린 거예요. 처음엔 주변을 좀 정리하고 싶다고 물건들을 하나하나 화실로 옮겨 열쇠까지 채워두시길래, 전 당신 자신도 모르게 마음까지 달라져가는가 했더니, 돌아가신 다음에 보니, 그걸 언제 어디로 치워 없애고 말았는지 화실이 휑하니 비어 있지 않겠어요. 화실뿐 아니라 벽장 속에 뭉치뭉치 쑤셔넣어둔 것들도 깡그리 흔적이 사라지고 없구요. 마지막을 미리 알고 차근차근 주변 정리를 하고 계셨던 거예요. 이 선생이 그리 굳이 사양을 하신데도 그날로 꼭 그림을 그려드리려 하신 것도 자신은 분명히 의식하지 못했더라도 사실은 그런 준비의 하나였던 것 같구요."

"그럼 선생님께선 자신의 병세를 언제쯤부터 분명히 알고 계셨을까요?"

　나는 선생의 그날의 숨은 심중을 한 번 더 헤아려보고 싶어 조심
스레 다시 한마디 덧붙이고 나섰다. 하지만 미망인은 이제 와서
그게 무슨 소용이냐는 듯 한동안 망연스레 입을 다물고 있다가 한
숨 섞인 목소리로 그 시기를 대충 확인해왔다.

　"글쎄, 그게 어느 때쯤부터였던지…… 아마도 그 후배분과 폭음
을 하셨을 땐 그걸 알고 있었던 게 분명한 것 같아요. 그때 전 저이
가 쓸데없는 자신이 생겨서 저러나 보다, 혼자서 내내 속을 태웠는
데. 사실은 그때 이미 자포자기 상태가 되어 있었달까……"

　하고 보니 내가 원했든 원하지 않았든 그것으로 수수께끼는 모
두 풀리게 된 셈이었다. 고향 후배와 폭음을 한 것이 병세를 비관
한 자포자기였다면, 우리가 찾아갔던 날은 물론, 그 이후의 일들
은 모두 그런 정황에서 빚어진 것이었다.

　그러나 나는 그 수수께끼들이 풀림과 동시에 지관 선생의 삶이나
예술 의지와 상관하여 새삼 더 무거운 숙제를 떠안게 된 격이었다.

　"야속하고 박절한 양반…… 살아생전엔 그리도 천지 사방 자신
을 흘리고 다니신 당신이 종말은 어찌 그리 결벽스러워지셨는지."

　문상을 끝내고 우리가 돌아올 때 문밖까지 배웅을 따라나온 부
인은 작별 인사도 잊은 채, 그렇듯 고인에 대한 원망스런 넋두리
를 늘어놓고 있었다.

　"그것이 어찌 그리 절박한 일이었는지 그 속을 알다가도 모르겠
더이다. 하다못해 당신 체취가 남긴 그림 몇 점이라도 남겼으면
이토록 서운하고 야속한 생각은 덜 들겠더이다……"

바로 그 원망 어린 미망인의 탄식 속에 나의 새 궁금증과 숙제가
모습을 드러낸 것이었다.

나 또한 미망인의 원망과 탄식처럼 고인이 무슨 생각으로 주변
을 그렇듯 말끔히 정리하고 간 것인지 정확한 속사연을 알 수가 없
었다. 그렇다고 거기에 대해 아무런 짐작이 없는 것은 물론 아니
었다. 부인 역시도 그쯤은 이미 다 짐작이 있었겠지만, 선생이 그
렇듯 생전의 흔적을 깡그리 지우고 간 일에 대해서는 나 나름대로
의 어떤 추측이 상당 정도 가능했다. 섣불리 단언할 수는 없는 일
이지만, 그것은 어쩌면 선생의 삶 혹은 그림 일의 의미나 완결성
같은 것에 깊이 관련이 지어진 일일 터였다. 그리고 그런 점에서
나는 선생의 결단과 처결을 그런대로 납득하고 공감도 보낼 수 있
었다.

나를 더욱 궁금하고 마음 무겁게 한 것은 그보다 선생이 그날 내
게 그려준 황소머리 그림이었다. 시기를 따져보면 그것은 아마도
그가 그 주변을 정리하기 시작했을 무렵의 일로 추측됐다. 그리고
이후의 선생의 기력이나 심적 정황들을 감안해볼 때 그것이 그의
마지막 그림이었을 공산이 매우 컸다. 그렇다면 선생은 대체 어떤
심사에서 다른 그림들은 정리를 서두르던 과정에서 하필이면 내게
그 그림을 새로 그려준 것이었을까 — 그야 나는 그의 옛 그림을
되돌려주러 간 사람이니 그에 대한 단순한 고마움의 표시나 마지
막으로 빚을 갚고 싶은 심정에서 그랬을 수도 있었다. 차에서나
한번 들춰보고 내던져버리라던 소리도 그의 평소의 대범성에서가
아니라 말 그대로 당부였을 수 있었다. 하지만 그의 그 막무가내

식 떠맡김이, 허물없이 내던져온 그 자기 비하 투가 정말로 내게 그것을 내던져버리게 하려는 의도에서였을까. 자신의 당부대로 내가 정말 버리게 될 거라고 믿을 수 있었을까…… 나는 아무래도 그의 진의를 알 수 없었다. 하지만 그의 진의가 어떤 것이었든 나는 자꾸 선생이 그것으로 나를 골라 이승에 남기고 간 어떤 무언의 숙제처럼 여겨졌다. 뿐더러 그 속에 담겨진 비의(秘意)가 그렇듯 궁금하고 마음까지 새삼스레 무거워진 것이었다. 그 원망 어린 부인의 푸념대로 그것이 과연 선생이 이승에 남기고 간 유일무이의 마지막 작품이라면, 그리고 그렇듯이 간절하고 애절스런 부인의 소망(그녀는 차마 직접 그런 말을 못했지만)이 있었고 보면, 이번에도 나는 그 그림부터 고인의 집으로 되돌려주는 것이 우선의 도리였다.

그야 나로선 그림을 되돌려주는 일 자체는 문제가 아니었다. 하지만 나는 그것이 고인의 뜻에 부합하는 일인지 아닌지는 아직 알 수 없었다. 고인의 본뜻이 그것이 아니라면 나는 그걸 간단히 되돌려 보낼 수가 없었다. 고인의 유지를 멋대로 거스르고 나설 수도 없을뿐더러, 어쩌면 그로 하여 선생이 내게 남기고 간 어떤 소중스런 비의를 지나쳐 넘김으로써 선생의 생애와 예술의 참뜻을 본의 아니게 욕스럽게 할 수 있는 때문이었다.

내 솔직한 느낌으로 말한다면, 나는 그 되돌림이 적지 않이 조심스럽고 망설여진 편이었다. 그것은 아무래도 선생이 마지막에서 자신의 삶과 그림의 흔적들을 말끔히 지우고 간 사실이 마음에 걸려온 때문이었다. 그 마지막 소머리 그림마저 한 번쯤 들춰보고 내던져버리라던 소리가 선생의 진심처럼 자꾸 되살아난 때문이었다. 어떤 동기나 뜻에서든지 그가 이승의 생애와 그림의 흔적을 모두 치워 없애는 게 진심의 소망이었다면, 그리고 나에 대한 그 겸양 조의 주문 역시 그의 진심에서의 소망이었다면, 내가 지닌 그림 역시도 그의 소망에 따라 그의 부인이나 나나 다른 누구의 손에도 이 세상엔 흔적이 남아 있어선 안 되었다.

그러나 거기 어떤 다른 비의가 숨겨 있다면, 그리고 그것이 내게 주어진 숙제의 수수께끼라면 그림은 그 비의가 해독될 때까지 내게 그대로 보관되어 있어야 했다. 적어도 그 비의가 숨겨져 있는지 어떤지가 밝혀질 때까지는. 그림을 당장 되돌려보내는 일은 이래저래 아무래도 더 신중을 기해야 할 일이었다.

그런데 그런저런 선생의 일에 대한 생각은 동행을 해온 백야 역시 마찬가지던 모양이었다.

"생각할수록 아슬아슬한 시기에 큰 짐을 벗은 셈이구먼. 일이 이리 되고 보니, 그때 그림을 돌려드리러 가지 않았으면 두고두고 그저 마음의 짐으로 남게 되었을 거 아니여……"

돌아오는 차 속에서 내 곤혹스런 심사를 위로하듯 백야가 긴 침묵 끝에 던져온 소리였다. 나 또한 그 백야의 심중을 헤아리지 못한 바 아니었으나, 거기 좀더 솔직한 생각을 듣고 싶어졌다.

"내 마음 빚은 용케 때를 맞춰 벗었지만, 그 통에 애꿎은 그림만 한 점 더 사라지게 됐는걸 뭘. 가만히 있었으면 그거라도 남는 건데……"

"그 대신 새 그림을 한 점 그려 받지 않았나. 마지막으로 옛날 그림 보고 가게 해드리고, 이쪽에선 유일하게 새 그림을 그려 받았으니 양쪽이 서로 두루 잘된 일 아니여? 헌데 그 양반 무슨 생각으로 작품들을 모두 없애고 가신 거지? 그림들도 다 저세상으로 함께 가지고 가신 건가?"

부러 좀 애석해하는 듯한 내 엇비긴 소리에, 백야도 한 번 더 시치밀 떼보는 소리였다. 하지만 그 백야로서도 자신의 말대로 선생이 그림을 없애고 간 일만은 짐작이 그리 쉽지 않았을 터이므로 거기 대해선 내가 다시 심중의 소리를 몇 마디 덧붙이지 않을 수 없었다.

나는 근년 들어 지관 선생의 그림이나 삶의 변화에 관심이 다시 기울기 시작하면서 전날의 ㅈ 화백 대신 이번에는 새삼 그 도미에라는 옛 프랑스의 화가를 자주 머리에 떠올리게 되곤 했었다. 선생이 옛날 깊이 심취했던 사람인 데다. 그 천재성과 파란 많은 생애에도 불구, 그의 본격적인 회화 작품들은 생전에 빛을 못 보고 간 사실 때문이었다. 거칠게 말해서 지관 선생의 삶은 일생 그 도미에에 식 갈등으로 일관하다 말 것인가. 아니면 그것을 넘어설 어떤 전환이 가능할 것인가. 가능하다면 그것이 어디서 어떤 전기로? 그런 민망스런 궁금증과 기대가 그의 그림에 대한 변화의 기대와 함께 나를 꽤 조바심치게 해온 것이 사실이었다. 그런데 선생은 그 마지막 순간에 그의 그림과 삶의 흔적들을 스스로 모조리 지우고 감으로써 어렴풋이나마 내게 그 해답을 준 셈이었다. 선생은 그것으로, 사후에나마 결국 작품의 성가를 얻게 된 도미에와 본질적으로 길을 달리하면서 그를 일순에 뛰어넘어버린 것이었다.

"그 양반 자신의 그림과 삶을 철저한 과정으로만 살고 가신 때문이었겠지. 그 점에서 당신이 늘 마음속에 품어온 도미에란 사람을 넘어설 수가 있었구. 자기 그림의 평가를 후세에 맡기고 간 도미에란 사람은 그림을 삶의 과정으로서가 아니라 승부의 목적으로 삼았던 셈이거든…… 선생은 끝내 자신의 그림에마저 얽매이지 않은 자유로운 삶을 살고 가신 거지."

백야는 역시 이해가 빠른 사람이었다.

"자신의 그림을 다만 자유로운 삶의 과정으로만 끝맺음하려 했다면, 게다가 그게 자기 그림으로부터의 해방을 위한 결단이었다면 자네한텐 또 무슨 생각에서 그 소 그림을 남기셨지? 무심스런 실수로 그랬을 것 같지는 않은데 말여. 자네한테 유일한 유작을 지니는 행운을 주시려고?"

그가 다시 내 정곡을 찌르고 들었다. 나는 그 앞에 좀더 솔직해지지 않을 수 없었다.

"글쎄, 나도 지금 그 점을 궁금해하고 있던 참이라네. 그 속 곡절을 분명히 알 수가 없으니 그림을 어떻게 처분해야 할지도 알 수가 없거든."

"그림을 처분하다니?"

"내게 그 그림을 새로 그려 남겨준 확실한 사연은 잘 알 수가 없지만, 그게 소를 그린 그림이라는 건 당신이 마지막까지 그 자기 소에 매달려 있었다는 뜻이 될 수도 있겠지. 거기다 당신이 자기 그림을 삶의 과정으로서만 깨끗이 마감해버리고 싶어 한 것은, 어찌 보면 그 자신 당신의 소에 대해 끝끝내 절망을 하고 있었다는

252

뜻이 될 수도 있겠구. 다시 말해 그게 그의 그림이나 삶에 대한 절망과 실패의 괴로운 자기 증거라도 된다면…… 나는 선생을 위해 이 그림도 그의 다른 그림들처럼 세상에 계속 남겨둘 수가 없는 일이 아닐까. 한번 들춰보고 내던져버리라던 그때의 말뜻 그대로…… 선생의 참뜻이 정말로 그런 데에 있었다면……"

"결국 그 소 그림의 성패 정도가 문제겠군."

백야는 이제 사정을 분명히 이해한 듯 그 한마디로 그만 입을 다물어버렸다. 그런데 그 백야의 간단한 한마디는 이심전심 우리가 해야 할 다음 일을 대신 확인시켜주고 있었다.

우리는 그 숙제의 결론을 미룬 채 그것이 우리의 당연한 소임이자 절차이듯 선생의 마지막 그림이 보관된 우리 집 쪽으로 말없이 차를 몰아 달려갔다. 그리고 우리가 집까지 당도하여 선생의 그림을 서둘러 앞에 하게 되었을 때 뜻밖에 백야가 나에 앞서 그 해답을 찾아내고 있었다.

"이 소 그림 바로 그 양반 자신을 그린 거구만그래. 그때 차를 모느라 제대로 볼 수가 없었지만, 이 얼굴의 표정이나 분위기가 영락없이 그 양반 그대로 아니야?"

과연 그러했다. 그때는 나 역시 오랜 선입견에 젖어온 눈길에다 심사까지 워낙에 불편해 있었던 탓으로 그것을 깨달을 수가 없었는지 모른다. 그리고 이날도 그런 나보다는 3자격인 백야의 눈이나 느낌이 훨씬 더 신선했던 탓인지 모른다.

백야의 소리에 그림을 다시 보니 과연 그의 말 그대로였다. 거기에 정말로 소의 모습을 한 지관 선생의 얼굴이 숨어 있었다. 그것도 그 옛날의 충동적인 힘과 고통스런 몸부림기 같은 것이 완전히 가셔진 온화한 모습 속에 선생이 마치 그 깊은 영혼의 눈길로 자신을 응시하듯 조용히 나를 바라보고 있었다. 선생이 마침내 자신의 아호처럼 지관(止觀)의 경지에 도달한 격이랄까. 그래 그 자신의 소고삐를 바투 틀어쥐고, 자신과 그 소가 하나로 다시 태어난 격이랄까. 아니 거긴 이제 지관 선생도 소도 아닌 그 자신과 소를 포함한 모든 삶의 영욕과 질곡의 끈을 넘어선 자유로운 영혼의 얼굴이 초상되어 있었다.

하여 나는 비로소 볼 수가 있었다. 삶과 죽음의 경계마저 무심히 넘겨보고 있는 듯한 그 그윽하고 묵연스런 눈길, 맹렬한 연기와 불꽃이 사위고 난 모닥불의 은근한 연소와도 같은 그 영혼의 응시 속에 새롭게 태어난 그의 삶과 예술의 빛을. 그리고 또한 역력히 들을 수 있었다. 그 혼돈스럽고 고통스런 소용돌이를 안으로 깊이 삼킨 채, 여전히 질펀하고 거대한 흐름을 지어 흘러가고 있는 그 「홍수 뒷날」의 힘찬 강물처럼, 선생의 묵연스런 침묵 속을 굽이쳐 흐르는 천지개벽과도 같은 우렁찬 영혼의 울림 소리를.

내 숙제의 해답은 자명해진 셈이었다. 무엇보다 그 그림 속 소의 얼굴이 선생 자신의 얼굴이라면, 지관 선생 자신이 이 세상의 유일한 존재였듯 그의 소 그림 또한 세상에서 유일한 것이었다. 뿐더러 인간의 삶이고 그림이고를 막론하고 유일한 것은 마땅히 세상에서 오래 기억될 가치가 있었다. 진정한 예술 작품은 바로 그 하나뿐인 것으로 우리에게 더욱 오래 기려질 값을 지니는 것이었다. 더욱이 그것이 우리가 새로 만난 귀한 자유인의 힘찬 넋이 담겨진 것일진대.

"선생이 원했든 원하지 않았든 이 그림 함부로 처분할 수 없겠구만. 사모님하고도 근간 한번 의논을 해야 할 것 같고……"

나는 비로소 그 마지막 숙제의 짐을 벗는 기분에서 모처럼 확신에 찬 소리로 말했다.

"우리의 삶이나 정신의 자유가 담긴 작품이라면 누구도 훼손할 권리가 없으니까."

하니까 백야 형도 금세 그런 내 심중을 알아차린 모양이었다. 위인 역시 아직 그 그림 쪽에 계속 눈길이 끌어 매인 채 제물에 한두 차례 고개를 끄덕이고 나서, 그러나 그 짓궂은 험구기가 꿈틀대기 시작한 듯 짐짓 더 정색스럽고 아쉬운 미련기가 담긴 어조로 눙을 쳐오고 있었다.

"허, 그거야 그림 임자 맘대로겠지. 허지만 이번엔 대신으로 바꿔올 새 그림도 없을 텐데? 그것도 이젠 그저 마지막 한 점의 값이 아니라 그 양반의 생애와 예술 전체가 담긴 대표작이 된 격인데. 그거 아무래도 좀 아까운 노릇 아닐까…… 내 모른 걸로 해두고 허물하지 않을 테니, 좀더 놔두고 신중히 생각해 보지그래. 허헛!"

(『문학정신』1990년 3월호)

용소고(龍沼考)

　　몇 년 전 어느 핸가, 그해 초여름 불혹 연배의 백산 장강수(白山 張康秀) 형과 충청도 예산(禮山) 쪽으로 하루 산 바람기를 쏘이러 갔을 때였다. 점심때쯤 해서 수인사(修仁寺)를 들러 나오다가, 백산 형은 실상 한 20여 년 전에 허한 심기(心氣)를 단속코자 반년 남짓 이 절골에서 지내다 간 일이 있었다는 뒤늦은 고백과 함께, 그 무렵 자신이 자주 드나들던 분위기 좋은 음식점 겸업의 여인숙이 한 곳 있었는데 아직도 그 집이 남아 있는지 모르겠다며, 점심 마련을 겸해 굳이 그 집을 다시 한 번 찾아보고 싶어 하였다.

　　외국으로 나가 사는 한 이름 있는 화가하고도 인연이 깊다는 그 반월정(伴月庭)이라는 이름의 아담한 한식 초옥 식당은 다행히 아직도 옛날 그 자리에 옛 모습 그대로 문을 닫지 않고 있다. 아늑하고 편해 보이는 안채의 구조나 요란스럽지 않으면서 그 옥호처럼 단아한 정취가 깃든 정원의 꾸밈새들은 물론, 마루에 나앉아 받은 깔끔한 겸상 차림에도 어느 정도 옛 반상(飯床)의 법식이 이어져 내려온 듯 여느 집의 그것과는 썩 색다른 풍미가 엿보였다.

그런데 둘이서 모처럼 조용한 주반을 시작하려다 보니, 진작부터 자꾸만 심사를 거슬러오는 일이 한 가지 있었다. 상 시중을 들고 있는 20대 초반쯤의 이 집 총각 녀석 때문이었다.

"어, 어서 오십시오. 자, 잘 오셨습니다!"

문간을 들어설 때부터 더듬거리는 고함 소리로 사람을 갑자기 놀래켜오던 녀석이었다. 무슨 특수군 부대풍의 붉은색 베레모에 얼룩무늬 군인 복색을 자랑스럽게 차려입은 녀석이, 제 집 문간을 한번 들어선 손님은 절대로 놓쳐 보내지 않겠다는 듯 그 차림새에 걸맞게 절도 있는 목소리로 계속 외쳐대고 있었다.

"저, 저의 집에선 소, 손님들을 아무나 드, 들이지 않습니다. 사, 사장님들같이 나, 나이가 지긋하시고 저, 점잖으신 분들만 모, 모시고 있습니다."

한눈에 어딘지 함량이 좀 모자란 듯싶어 보이는 친구였다. 어느 나라 궁성 앞의 근위병의 그것을 연상시키는 괴상한 차림새나 그 꼭두각시 같은 뻣뻣한 거동들이 좋게 보아주어서 그저 멋진 복장에 반해 어떤 특수군 부대의 입대를 지원했다가 불의의 낙방을 하고 돌아와서 아직도 그 꿈을 버리지 못하고 계속 혼자서 그런 흉내질을 즐기고 있는 위인쯤 되어 보였달까.

하지만 녀석은 그런대로 또 손님맞이 시중만은 잘 훈련이 되어 있는 성싶어 보였다.

—시, 식사를 바, 방 안에서 드시겠습니까. 마, 마루에서 드시

겠습니까.

—야, 약주는 어, 어떤 걸로 하시겠습니까.

녀석은 우리가 시원한 청마루로 자리를 잡아 앉은 다음 한 가지로 정해진 이 집 전래의 식단과 약주를 주문받아 가기까지, 그리고 "고, 곧 나옵니다" "죄, 죄송합니다" "조, 조금만 기, 기다려주십시오" 등등 거듭된 다짐과는 달리, 한동안 지루한 시간이 흐른 다음에야 허둥지둥 주문한 주반상을 내다 주고 나서, "그, 그럼 두, 두 분 사장님 마, 맛있게 드십시오. 저, 저는 이제 그만 무, 물러갑니다." 깍듯한 인사와 함께 제 임무를 마치고 퇴장할 때까지, 우리의 재촉이나 핀잔 소리엔 조금도 언짢거나 귀찮아하는 기색이 없이 손님의 부름엔 그저 몇 번이고 즐겁게 응해왔다. 그 표정이나 말투, 행동거지들이 자기 일에 남다른 사명감과 자부심을 느끼고 있음이 분명했다. 말씨는 비록 심하게 더듬거릴망정 그가 그 정중하고 절도 있는 군대풍의 예절을 분수 없이 뽐내고 다니는 데에도 위인의 그 괴상한 차림새에 걸맞은 자기 숙련성 같은 것이 엿보이고 있었다.

"밥 먹고 사는 길도 참 여러 가지로구만."

녀석이 물러간 뒤 장 형이 술을 따르며 쓴웃음 속에 한마디 건네온 소리 그대로, 거기까지는 그래도 얼마간의 연민이나 고소 정도로, 그쯤 치부를 하고 넘어가줄 만한 일이었다.

그런데 우리가 그 첫 술잔을 미처 다 비워내기도 전이었다.

"저, 저의 집 야, 약주 맛이 어떻습니까?"

어느새 녀석이 다시 마루청 앞에 나타나 장승처럼 버티고 서서

제집 술맛 감상을 큰 소리로 묻고 있었다. 잘 손질된 검정색 군화
에 부동자세를 취하고 서서 따지듯한 눈길로 우리를 건너다보고
있는 품이 녀석 앞에 섣불리 술맛 타박을 했다간 금세 시비라도 걸
고 들 형세였다. 뿐만 아니었다. 녀석의 참견이 이젠 좀 귀찮은 생
각이 들어, 사실은 별로 이렇다 할 특색을 느낄 수가 없으면서도,
"거 술맛이 꽤 괜찮구만. 이만하면 됐어요. 그러니 이젠 건너가
다른 일 보라구." 비위 상하지 않게 녀석을 좋이 달래 보내고 난
잠시 뒤였다. 평일인 데다 늦은 점심때가 되어 다른 자리 손님이
뜸했기 때문이었을까.

"무어, 다, 다른 거 부탁하실 일 없으십니까?"

녀석이 어느새 또 마루 앞에 나타나 간덩이가 떨어지게 큰 소리
를 떠질러놓고는 시치미를 떼듯 부동자세를 취하고 서 있는 것이
었다. 나도 이제 위인이 귀찮은 정도를 넘어서 심사까지 은근히
불편해지기 시작했다. 녀석에게 괜히 신경이 쓰여서 주반을 제대
로 나누기가 어려웠다.

하지만 나는 아직도 덩치에 걸맞게 도량이 넓은 백산 쪽이 녀석
의 일을 의연히 웃어 넘기고 있는 것을 생각하여,

"여긴 됐다고 하지 않아. 필요한 거 있으면 우리가 알아서 부를
테니 안심하고 돌아가 자네 일이나 보시라구, 응?"

불편스런 심기를 한번 더 꾹 참아 누르며 사정하듯 녀석을 얼러
쫓아 보냈다.

"아, 알겠습니다. 그럼, 피, 필요한 일 있으면 다, 다시 불러주
십시오."

기억력이 씩 좋지 못한 대신 복종심만은 철저하게 잘 입력된 로봇처럼 정확하고 예의 바르게 몸을 돌려 물러갔다.

하지만 녀석이 자동 로봇라면 그 기억력 면에선 영 실패한 작품 꼴이었다. 녀석은 이후로도 몸을 돌이키고 나면 바로 앞일을 잊어먹고 마는 듯 몇 분이 못 가서 다시 마루청 앞에 나타나 시시콜콜 우리를 간섭하고 들었다. ……무어 더 부족한 게 없으십니까. 부족한 게 있으면 말씀만 하십시오. 거기 김을 좀 싸 들어보십시오. 저의 집 김은 진짜 참기름을 발라 구운 것입니다. 더덕무침을 좋아들 하시는구먼요. 그걸 조금 더 가져다 드릴까요. 약주를 한 되 더 하시겠습니까? 식후에 누룽지 숭늉을 끓여다 올릴까요? ……

녀석의 달갑잖은 참견 때문에 도대체 한 참도 마음 놓고 식사를 계속할 수가 없었다. 아니 이제는 녀석이 그저 딱하고 귀찮은 정도를 넘어서 우리 쪽이 오히려 녀석에게 놀림을 당하고 있는 듯 슬그머니 부아가 치밀어오르기까지 하였다. 자비심 많은 어느 윗골 절 스님이 이런 저런 인연으로 숙식이라도 얻어 지내게끔 주선을 해 보냈음 직한 풍신이건만, 어찌 보면 또 멀쩡한 정신에 일부러 그런 식의 모지리놀음으로 손님들을 웃기면서 제 속으론 이쪽의 대응을 은밀히 계측해보고 있는 듯싶기도 하였다. 그래 나는 녀석이 다시 그 로봇 식 꺽둑걸음으로 마루청 앞에 나타나자 이제는 아예 그 거북하고 불편스런 숟갈질을 중단한 채 녀석의 우둔하고 덜 떨어져 보이는 얼굴만 노려보듯 멀거니 건너나보고 있었다.

그런데 그때, 여태까지 계속 사람 좋은 웃음기만 흘리고 있던 백산도 끝내는 더 참을 수가 없어진 모양이었다.

"자네 여기 언제부터 있었나?"

그가 무언가 녀석을 다시 못 오게 할 방책이라도 생각난 듯 모처럼 얼굴색을 달리하며 녀석에게 물었다.

"예, 제, 제가 여기 있은 지가 사, 3년쯤 됩니다!"

내게 번번이 내침만 당해오던 녀석도 모처럼 백산이 물어주는 소리에 신이 나서 절도 있게 소리쳐 대답했다. 그러자 백산은 내게 자신의 계책을 두고 보라는 듯 녀석 몰래 눈을 한번 꿈벅여 보이고는 우정 더 진중스런 목소리로 물었다.

"3년이라…… 여기 온 지가 3년쯤 되었으면, 그럼 자네 옛날 이 절골의 털보란 사람 이야기 들어본 적이 있는지 몰라?"

그런데 신통스런 일은 그 백산의 계책이 어떤 것인지 녀석에게 금방 효과를 발휘하기 시작한 것이었다.

"예, 무, 물론 드, 들은 일이 있습니다. 터, 털보 씨 이야기는 이 동네선 유명한 저, 전설인걸요."

백산의 입에서 그 털보 소리가 나오자 녀석은 새삼 두 눈이 휘둥그레지며 자세를 더욱 꼿꼿하게 추슬러 올렸고, 백산은 그럴수록 더 여유만만 녀석의 의표를 찌르고 드는 투였다.

"그래, 그렇담 그 털보의 이야기를 어떻게 들었던고?"

"예, 예, 옛날 이 저, 절골 사람들이 서, 서울 깡패 놈들의 행패 앞에 버, 버얼벌 떨면서 기고 살고 있을 때, 그, 그분이 무, 무슨 비법의 무, 무술을 숨기고 있다가 하, 하룻밤엔 혼자서 그 서울 카, 칼잽이 놈들을 모, 몽땅 다 쓸어 모, 몰아내버렸다고요."

"그리고 나서 그 털보는 어떻게 되었구?"

"그, 그리고 그 터, 털보 씨는 여, 여기서 자, 자기가 할 일은 다 했노라고 자신도 바, 바람처럼 떠, 떠나가버렸답니다. 하, 하지만 한번 혼벼락을 다, 당하고 쫓겨난 깡패 놈들은 그, 그 후론가, 감히 다시 이 골에 바, 발길을 드, 들여놓을 수가 없게 되어, 지, 지금까지 이 저, 절골은 아, 아무 타, 탈 없이 편안하게 지, 지내오고 있는 거라구요. 그, 그분 이야기를 모르고, 그, 그 은혜를 모, 모른다면 지, 진짜 이 골 사람이 아니랄 저, 정도지요."

"그럼 그 후로 그 털보가 다시 이 절골에 나타났다는 이야기는 없었던가?"

"그, 그런 이야기는 드, 듣지 못했습니다. 그, 그리고 이 동네 사, 사람들은 그, 그분이 이 고을을 구, 구하러 일부러 잠시 와, 왔다 간 의인이라 다, 다시는 차, 찾아올 리가 없을 거라구요. 그, 그러니까 그 터, 털보 씨 이야기는 우리 저, 절골의 자랑스런 저, 전설이 되고 있는 것이지요…… 그, 그런데 사, 사장님께서는 그 터, 털보 씨 이야기를 어, 어떻게 아십니까!"

털보를 입에 담고 나선 백산을 앞질러 제 녀석이 괜히 먼저 신바람이 나서는(거기다 흥분기로 말씨까지 더 심하게 더듬거리며) 예의 털보 자랑을 잔뜩 늘어놓고 난 위인이, 이번에는 손님이 털보의 이야기를 알고 있는 것만도 신기한 일이라는 듯 새삼 반갑고 진지한 표정으로 그 사연을 물었다. 녀석의 정중하고도 진지한 눈빛에 나까지 은근히 그 백산의 대답이 궁금해질 지경이었다.

하지만 녀석에 대한 백산의 응대는 너무도 의뭉하고 천연덕스러웠다.

"자넨 그 털보가 이 고을에 다시 나타나지 않을 거라고 했는데, 만약에 그 털보가 다시 나타났다면 어쩔 텐가?"

백산은 비로소 다시 얼굴빛을 부드럽게 바꾸면서 마음속에 어떤 비밀을 숨기고 있는 사람처럼 능청스런 어조로 되물었다. 뿐더러 둘 사이의 수작이 그쯤 되고 보니 나도 이젠 대강이나마 백산의 속셈을 얼마쯤 짐작할 수 있었다. 이때 비로소 다시 생각이 난 일이지만, 백산 자신도 한 시절 이곳에 몸을 의지해 지낸 일이 있고 보면, 그 역시 그 털보 이야기를 들어 알고 있었을 수가 있었다. 백산은 일테면 자신이 그 털보의 성가를 빌려서 위인의 기를 꺾어 쫓아 보내려는 계책임이 분명했다. 더욱이 백산은 안성맞춤 격으로 남달리 건장하고 우람스런 체구에, 부질없이 늘 면도질만 귀찮게 한다는 훤하게 넓은 하관의 소유자였다…… 뒤미처 거기까지 생각이 미치고 보니 나도 이젠 슬그머니 생각이 달라지기 시작했다. 위인 때문에 술판까지 깨진 김에 백산을 거들어 골탕이라도 좀 먹여주고 싶은 짓궂은 장난기가 동해온 것이었다.

해서 나는 그 백산의 넓고 검푸른 턱과 볼에 무성한 수염을 보며, 아직 그 말뜻을 알아듣지 못하고 어정쩡한 표정으로 서 있는 녀석에게 백산 대신 짐짓 나무라는 투로 내질렀다.

"이 친구, 털보는 이야기만 들었지 직접 눈으론 본 일이 없다니 상상을 못할 일이겠지만, 그 털보 씨가 다시 나타났는데 무얼 그렇게 어리벙벙해 있기만 해!"

그러나 녀석은 아직도 그 말뜻을 분명히 알아듣지 못했다.

"그 터, 털보 씨가요? 그, 그 어른이 어디에요?"

놀란 눈빛으로 엉뚱하게 사방을 두리번거리고 있는 위인에게 나는 내친김에 마저 꼭지를 따주듯 몇 마디 덧붙였다.

"그 친구 딱하기는…… 아무래도 눈이 한참 먼 것 같구만. 본인을 앞에 두고 털보를 어디서 찾아!"

하고 보니 위인의 이후의 반응은 더 가관일 수밖에 없었다. 내 핀잔 투 다그침에 녀석은 비로소 사정을 알아차리기 시작한 듯 놀란 두 눈알이 한 곳으로 고정되며 몸이 더욱 뻣뻣하게 굳어졌다. 그리고 졸지에 눈앞에 마주하게 된 행운을 아직 잘 실감할 수가 없는 듯 벌어진 입조차 다물 엄두를 못 낸 채 한동안 멍청히 그 백산 쪽만 바라다보고 있었다. 하더니 이윽고는 백산의 얼굴에서 그 나름의 분명한 확신을 얻은 듯한 표정 속에 차츰 어떤 새삼스런 놀라움의 빛—존경심과 감동과 흥분과 경탄기가 함께 뒤섞인 그 기묘한 외경의 빛이 떠오르기 시작했다.

하지만 백산은 위인의 그런 꼴을 앞에 두고 그게 무슨 대수로운 일이냐는 듯, 그리고 거기 굳이 더 무슨 깊은 속을 이를 바가 있겠느냐는 듯 녀석의 놀라움을 우정 더 모른 척 의뭉스런 웃음기만 흘리고 앉아 있었다.

녀석은 그럴수록 그 풍모가 더욱 우람하고 근엄해 보이는 백산 앞에 오금이 저린 듯 오도 가도 못하고 있었고, 그러는 위인을 백산은 대인답게 방면해 놓아주듯, 짐짓 더 부드럽고 타이르듯 한 목소리로,

"자, 그럼 이젠 돌아가 자네 일 보지그래. 여긴 이제 더 상관하지 말고."

미리부터 속으로 별러왔음 직한 한마디를 내던졌을 뿐이었다.
그리고 그 소리에 위인은 비로소 다시 제정신이 돌아온 듯,

"예, 그, 그동안, 모, 몰라뵈어 죄, 죄송합니다. 저, 저 같은 것
은 이제 그, 그만 무, 물러가겠습니다. 그, 그럼, 펴, 편히 쉬시다
가 처, 천천히 가십시오."

도대체, 알아들을 수조차 없을 만큼 심한 더듬거림 속에, 뿐더
러 이번엔 새로운 존경심과 넘치는 추종심으로 하여 아예 귀청이
다 떨어져나갈 정도로 힘차고 절도 있게 예의를 표한 뒤에, 예의
그 군대식 뒤로돌아 자세로 우리 앞을 황급히 물러갔다.

그것으로 위인이 다시 우리 앞에 함부로 얼씬댈 수가 없게 됐음
은 물론이었다. 백산의 계략이 내 적절한 조력으로 보기 좋게 성
공을 거둔 셈이었다. 고소하고 통쾌한 데가 없을 수 없었지만, 어
딘가는 좀 싱겁고 뒷맛이 씁쓸한 승부이기도 하였다.

그런데 사실 이날 내가 더 실없고 어이가 없게 된 것은 그보다
오히려 그다음 번 일에서였다. 그것도 그 어벙한 녀석으로 해서보
다 나와 합작으로 짓궂은 계략을 성사시킨 장 형으로 해서였다.

백산과 그럭저럭 다시 남은 점심을 끝내고 상을 물리고 난 뒤였
다. 그간에도 계속 먼발치로 슬금슬금 이쪽 동정만 살피고 돌아가
던 녀석이, 우리가 마침내 자리를 뜰 기미를 보이자 제가 먼저 재
빨리 눈치를 알아차리고 문간으로 앞장서 부리나케 달려갔다. 그
리고 근위병처럼 빳빳한 차려 자세로 우리를 기다렸다가,

"아, 안녕히 가십시오. 다다, 다시 찾아주시면 무, 무쌍의 여,
영광이겠습니다!"

예의 그 절도와 존경심에 넘치는 환송 인사와 함께 우리가 그 앞을 지나쳐 나올 때까지 정중한 거수경례 자세를 취하고 서 있었다.

하지만 나는 이제 녀석이 행여 우리 수작을 뒤늦게 눈치채고 불시에 태도를 표변하고 나서지 않을지, 지레 혼자 속이 켕겨오던 참이라, 그런 위인이 그저 우습다거나 마음에 편해 보일 수만은 없는 형편이었다. 보다는 오히려 조급스런 기분 속에 쫓기듯 문간을 빠져나오고 만 꼴이었다.

그런데 백산은 역시 사람이 달랐다. 그는 아직도 오른손을 제 이마에 빳빳하게 올려붙이고 있는 녀석 앞에, 자신이 정말 그 털 보이기라도 하듯이, 그리고 그 극진한 아랫사람의 도리에 윗사람으로서의 도량과 격려를 아낄 수 없다는 듯, 지나치려던 발길을 의연히 멈춰 섰다. 그리고는 마치 왕별이 번쩍이는 군부대의 높은 사람이 까마득한 말단 계급의 졸병을 얼러대듯 부드러운 손길로 녀석의 어깨를 짚어주며, "그래 잘헌다. 앞으로도 더욱 그리 열심히 해야 헌다. 힘든 일이나 애로 사항이 있으면 주인과 잘 의논하구, 틈 있으면 내 언젠가 다시 올 테니……"

어쩌구, 자상하고 너그러운 치하 투의 당부 말을 천연덕스럽게 주절대고 있었다.

그런데 그 백산이 녀석에 대한 당찮은 격려의 절차까지 모두 끝내고, 우리가 드디어 반월정을 뒤로하며 건너편 가겟거리로 지른 개천 길을 하나 긴너섰을 때였다. 우리가 개천 길을 건너가고 있을 때부터 맞은쪽 가겟거리 길목을 혼자 서성거리고 있던 50대 전후의 중년 아낙 하나가 유독 백산 쪽에 눈길을 쏟고 있는 듯싶더니, 드디어는 허겁지겁 그를 향해 내달려 나오며 감격에 찬 목소리로 외쳐대는 것이었다.

"아니 내가 오늘 어떤 귀한 양반을 만나뵙게 된 거여? 정녕 내가 지금 그 털보 어른을 다시 만나뵙게 된 거 아니여. 그 옛날의 이 절골의 은인 털보 어른을 말이여!"

백산 형은 실상 가짜 털보가 아니었다. 다른 사람 아닌 백산 자신이 바로 진짜 털보였다.

그가 그 절골의 전설적인 의인 털보였음이 밝혀진 것은 가겟집 아낙 한 사람으로 해서만이 아니었다. 털보가 이 절골에 얼마나 미덥고 존경스런 인물이었던가도 이녁의 빈색이나 만월징 녀석의 극진하고 감격 어린 존경심으로 해서만이 아니었다. 반월징 녀석의 그에 대한 외경심은 사람이 좀 부실하여 그렇다 치더라도 가겟집 아낙 역시 그를 알아보고는 숫제 제정신을 못 차릴 정도였다. 그를 다시 보게 된 반가움에 못 이겨 그녀는 그곳이 번잡스런 길 한복판인 것도 잊은 채 백산을 덥석 끌어안고 뺑뺑이질까지 쳐댄 것이었다. 뿐만 아니라, 그러는 아낙을 백산 쪽이 오히려 거북스러워하면서 어물쩡 몇 마디 인사말만 건네고 가겟거리를 서둘러 내려왔을 때에도 비슷한 소동이 몇 차례나 거듭되었다. 곳곳에서 백산의 발길을 가로막고 반가움과 치하의 소리들로 한동안씩 주위를 떠들썩하게 하곤 하였다. 더러는 등 뒤로 손가락질을 해가며 그에 대한 면식을 조심스레 자랑하고 있기도 하였다.

하지만 나는 갈수록 기분이 더 멋쩍어지고 있었다. 털보 이야기를 어이없게 속아 넘어간 것은 반월정 녀석이 아니라 거꾸로 내 쪽이 되고 만 것이었다. 그것도 그 귀찮은 위인의 기를 죽여 쫓는답시고 물색없이 앞장을 넘겨짚고 나선 일이고 보니 그 백산과 녀석 앞에 제가 제 올가미에 걸려든 꼴이었다. 백산에게 달리 무슨 꿍심이 있었을 리는 없었지만, 어쨌거나 나는 그 어이없는 낭패감에 위인이 은근히 괘씸스러워지기까지 하였다.

백산이 필경은 나의 그런 언짢은 심기를 헤아리지 못할 리 없었다.

"그러니까 지금부터 근 20년 전, 심신 요양을 핑계 삼아 이 절골에서 한 반년 남짓 빈둥대다 간 일이 있었던 건 아깟번에 이미 말을 했었지."

둘이 그럭저럭 길을 다 내려와 주차장에 세워둔 그의 차에 몸을 싣고 다시 귀로에 올랐을 때였다. 궁금한 대로 계속 입을 다물고 앉아 있기만 한 내 불편스런 심사를 달래듯, 백산이 두 손을 운전대에 얹어둔 채 비로소 자초지종을 털어놓기 시작했다.

"나는 그 무렵 턱이나 볼 할 것 없이 얼굴에 왼통 수염을 더부룩하게 기르고 있었지. 얼굴에 원래부터 수염이 많은 데다, 마음을 닦을 겸해 몸을 쉬러 온 처지에 아침마다 면도질을 하기도 귀찮아 그냥 자라 오르는 대로 놔 기른 거였지. 털보라는 별명은 그래 그 무렵 이 절고을 사람들이 내게 지어 붙여준 거였어……"

백산이 혼자 한동안 그리 길게 늘어놓고 있는 이야기를 듣다 보니, 그 사연이 참으로 엉뚱하고 맹랑했다. 그지 장난스런 후일담으로나 들어 넘기기엔 뒷맛이 적지 않이 허망하고 개운찮은 대목까지 담긴 이야기였다. 하여 그 털보라는 그럴듯한 별명을 얻어

지니게 된 데서부터, 그로 하여 뒷날 뜻하지 않게도 의인의 전설까지 낳게 된 백산의 사연을 좀더 자세히 소개하면, 절골 시절의 위인의 처지나 사정은 대개 이러했다.

원래도 여느 사람들보다는 많이 걸져 보이는 체구에 얼굴이 온통 검푸른 수염투성이가 되다 보니, 그는 어느새 나이가 10년쯤은 더 들어 보였고, 주위에 대한 처신도 그에 걸맞게 삼가나갈 수밖에 없었다. 의연한 풍모에 늘상 조용하고 진중한 행신이 마치 어떤 남모르는 비장의 무술로 수양을 쌓아온 사람처럼 저절로 썩 어른스런 위엄을 발했고, 웬만한 나이의 주위 사람들로 하여금 그 앞에 섣부른 언동을 삼가며 스스로 노장(老丈) 대접을 하고 지내게끔 하였다. 게다가 매사 눈앞의 일들을 대범스레 넘겨보는 인품의 도량에다 드물게 터져 나오는 그의 웃음소리 또한 항아리가 박살나는 듯 호방하기 그지없었다.

"허허, 이 사람들이 뭐 그런 일을 가지고…… 으허허……"

그는 그렇듯 위엄 있는 풍모와 호방한 도량으로 동네일에 엉뚱한 해결사 노릇을 감당해낸 일까지 종종 있었다.

"으허허, 그 무슨 비밀 술법은……"

그의 완곡한 부인에도 불구하고 절골 사람들의 그에 대한 신망과 존경심은 그럴수록 그가 정말 비상한 용심술과 정체를 숨기고 살아가는 초야의 의인이듯 날이 갈수록 깊이를 더해가고 있었다.

그러던 어느 날 저녁. 그날 저녁엔 참으로 그로선 감당하기 힘든 난감스런 일이 졸지에 닥쳐들었다. 저녁을 막 끝내고 잠시 하숙집 마당을 거닐고 있는 참인데, 절간의 한 객사에 시험 공부 차와 있던 동네 서생 한 녀석이 숨을 헐떡거리며 급히 사립을 박차고 뛰어들었다.

"털보 양반, 큰일났습니다. 지금 빨리 좀 같이 가주십시오."

털보를 찾아 달려온 위인의 곡절인즉 백산으로선 참으로 예상치 못한 일이었다.

이 절골엔 그때부터 절문 앞에 즐비하게 늘어선 가겟집들 외에도, 30호가 넘는 음식점과 하숙옥들이 골짜기 곳곳에 파고들어 앉아 있었다. 자연 그 하숙옥과 일대 암자들의 객방엔 힘든 시험공부나 병 요양을 위해 들어와 있는 사람의 수 또한 적지가 않았다.

그런데 이 절골에선 1년에 한두 차례씩 대처의 한 난폭스런 불량배 패거리가 덮쳐 들어와 이들 가겟거리와 하숙객들을 상대로 금품을 마구 갈취해가는 소동이 벌어지곤 하였다. 그도 그저 공갈 협박 정도로 주머니를 털어가는 것이 아니라, 들이닥치는 길로 먼저 난폭스런 폭력부터 시위하여 지레 기가 질려버린 절골 사람들이 알아서 금품들을 모아 바치게 하는 식이었다. 그러다 보니 자연 위인들의 행패나 폭력 시위의 정도가 이만저만 사납고 흉포스러워지지 않을 수 없었다. 공포와 수모까지 덤으로 겪게 되는 그 울며 겨자 먹기 식 정기 상납 행사가 절골의 괴로운 연중행사가 되다시피 해온 것이었다.

백산도 이곳을 들어와 가끔 들어온 이야기였다. 하지만 그 몇 달간은 위인들의 발길이 잠잠하여 그냥 지낭 남의 일로나 치부해 잊고 지내온 터였는데, 이날 저녁 기어코 일이 닥치고 만 것이었다. 더욱이나 이날은 절골을 내려 다니던 패거리들 중에서도 성깔이 가장 표독스럽고 악질적인 녀석이 다른 졸개를 두 놈이나 데리고 나타나 절간 객사 하나를 온통 쑥밭으로 만들고 있다는 것이었다.

"그러니 털보 양반이 지금 같이 가셔서 좀……"

두말할 것도 없이 때맞춰 그 털보의 구원을 청하러 달려온 객방 서생 녀석은 헐레벌떡 단숨에 그곳 사정을 고하고 나서, 이제는 숫제 체면도 내팽개친 채 애원을 하고 들었다.

하지만 진퇴유곡, 백산으로선 참으로 난감스런 일이 아닐 수 없었다. 위인의 자세한 설명이 아니더라도 젊은 녀석이 그렇듯 체면 불구하고 겁에 질려 달려온 꼴로만 해서도 절간 방의 살벌하고 위급한 정황은 이미 상상을 하고 남았다. 보나 마나 녀석들은 그의 털북숭이 얼굴 따위에 겁을 먹고 가만히 물러설 놈들이 아니었다. 실속 없는 수염이나 빈 목소리 따위를 잘못 믿고 나섰다간 거꾸로 초주검 꼴이나 당하기 십상이었다. 본심은 아니었지만, 공연히 실속 없는 허세를 일삼다가 이만저만 망신스런 낭패지경이 아니었다. 그렇다고 이제 와서 나 몰라라 의리 없게 꽁무니를 빼려 들 수도 없는 일. 절골 사람들의 그에 대한 평소의 신망과 존경은 이를테면 바로 이런 경우에 대비한 매우 지혜로운 투자였던 셈이었다. 그들의 신망과 말 없는 소망을 모른 척 외면하기는 더더욱 어려웠다.

그는 한동안 묵묵히 자신의 허한 마음을 추스렸다. 그리고는 이윽고 이판사판 식으로 결연스레 행동을 취해나가기 시작했다. 속으로는 아직도, 이제 난 죽었다, 오늘 밤이 바로 내 제삿날이 되는구나, 우습게 비장한 생각까지 들면서도, 그러나 어차피 당해야 할 일이라면 사내답게 한번 선공을 취하고 들어가 허우대의 허세라도 시험해볼 요량으로, 하면서도 여전히 무엇을 어떻게 해야 할지 그저 답답하고 막막한 심사 속에, 불가의 부나비가 위험을 알면서도 어쩔 수 없이 불길로 이끌려 들어가듯, 떨려오는 가슴을 애써 달래가며 무작정 그 패거리들의 소굴로 달려갔다.

그런데 그 자포자기 식 만용을 발휘하여 몽유병 환자처럼 남의 정신에 곧바로 길을 차고 올라가보니, 녀석들이 진을 친 암자의 객방은 예상보다 한결 주위가 조용했다. 그를 뒤쫓아온 서생 녀석이 말없이 눈짓해 보인 한 객사의 방문 앞에 10여 켤레가 넘는 신발짝들이 어수선하게 널려 있고, 안에서는 벌써 한바탕 드잡이질이 지나간 듯 녀석들의 협박조 으르렁거림 소리만 뜸뜸이 들려왔다.

─새끼들, 이거 영 머리통들이 자갈밭이구만. 이래도 아직 사람대접을 어떻게 해야 하는 줄 모른다 이거여?

─모르긴 뭘 몰라! 이게 어디 어제 오늘 처음 겪는 일이야? 녀석들이 괜히 한번 의뭉을 떨어보느라 그러는 거지.

─이거 안 되겠구만. 꼴들이 안돼 보여 이쯤 알아서들 기게 해줬더니, 아무래도 좀더 따끔하게 손을 봐줘야겠어…… 야, 이 새끼야 너. 너부터 이리 나와 이 칼을 뽑아 들어. 그리고 그 칼로 네가 먼저 내 이 배때기를 그어 내려!

듣자 하니 방 안에선 한바탕 초반 소동을 치르고 나서도 일이 아직 결판이 나지 않고 있는 모양이었다. 절골 위인들이 겁만 잔뜩 집어먹었을 뿐 패거리의 속셈을 미리 헤아려 움직이고 나서주지를 않은 탓일 터였다. 그것이 녀석들의 울화통을 더 심하게 건드리고 있는 게 분명했다. 옹색하고 비겁한 대로 그 역시 방어의 한 방책일 수 있었지만, 그에 따른 위험 또한 그만큼 심상한 것일 수가 없었다. 험악하게 돌아가고 있는 방 안의 급박한 형세가 바로 그러했다. 녀석들은 지금 서생 하나를 지목하여 그에게 먼저 자기 뱃가죽을 그어 내리라고 다그치고 있었다. 다음 차렌 물론 네 배가 그 칼 맛을 보게 되리라는 포악스럽고 살벌한 협박이었다……

백산은 더 머뭇거리고 있을 수가 없었다. 녀석들의 포악성이나 방 안의 험악한 사정을 더 자세히 알고 나면 행동도 그만큼 더 어려워질 게 분명했다.

"이놈들을 죽여라! 어떤 놈들이냐. 이놈들을 모두 죽여!"

그는 마치 겁 많은 수영 선수가 눈을 감은 채 물속으로 뛰어들듯 갑자기 벽력같은 고함 소리와 함께 신발째로 와장창 창문을 부숴뜨리며 무작정 몸을 날려 안으로 돌진해 들어갔다.

그다음 한동안은 무슨 일이 어떻게 돌아가는지 백산 자신도 당시로선 전혀 생각을 가려나갈 수가 없었다. 성난 돝처럼 몸을 던져 뛰어들면서 우선 눈에 들어온 것은 방 한가운데에 날이 선 시퍼런 식칼을 꽂아놓고 그 앞에 제 배퉁이를 홀떡 까 내밀고 앉아 있는 패거리의 왕초였다. 다음으로 눈앞을 스쳐간 것이 녀석의 맞은편에 머리들을 수그린 채 한 줄로 얌전히 무릎을 꿇고 앉아 있는 절골 서생들과 이들의 수상한 낌새를 감시하듯 위인들 양쪽에 한 사람씩 나무 몽둥이를 거머쥐고 버티어 선 졸개 녀석들이었다.

하지만 백산은 이것저것 가려 살피고 있을 겨를이 없었다. 문을 박차고 돌진해 들어간 기세 그대로 방 가운데에 내리꽂힌 칼자루를 걸어차며 몸 전체로 냅다 왕초부터 덮치고 들었다. 이어 그 불의의 공격에 엉겁결에 몸이 벌렁 뒤로 나자빠진 녀석의 배를 타고 앉아 있는 힘을 다해 놈의 목줄기를 졸라대기 시작했다.

"이놈의 새끼들! 네놈들이 오늘은 진짜 주인을 만났다. 네놈들을 여기서 아예 골로 보내주겠다."

치솟는 노기와 용력을 억제할 수 없는 듯 그는 녀석을 무섭게 닦달했다.

그의 체구가 체구인지라 그 기세와 완력이 놈들에겐 그만큼 더 위협적이었을 터였다. 그래 실상은 초반에 기가 질려, 부지중 호랑이 꼬리를 붙들어버린 형국인 상대방의 두려움은 미처 눈치를 챌 수가 없었는지 모른다. 백산의 밑에 깔린 왕초 녀석은 말할 것도 없었고, 몽둥이를 짚고 선 다른 두 졸개 놈도 그의 기세 앞에 별다른 대항의 빛이 없었다. 제놈들의 왕초가 그런 꼴을 당하고 있는데도 무엇을 좀 어떻게 해볼 엄두를 못 낸 채 어정쩡한 표정으로 눈알만 굴려대고 있었다.

"이 새끼들 몽땅 모가질 비틀어버려!"

"다시는 못 오게 다리몽댕이들을 꺾어버려!"

얌전히 머리를 수그리고 앉아 있던 서생들까지 이제는 형세가 바뀐 걸 알아차리고 우르르 한꺼번에 자리를 차고 일어나 기세들을 올리기 시작했다. 그리고 그것으로 싸움은 의외로 간단히 끝이 났다.

"형님, 한번만 살려주십시오. 형님!"

주먹잡이답게 일찍 대세를 깨달은 왕초 녀석이 캑캑대는 목소리로 바로 항복을 해왔다. 그도 그저 임시방편 식 계교로서가 아니라 우월한 힘 앞엔 쉽게 꼬리를 내리는 위인들 나름의 충직스런 복종기가 담긴 다급한 호소였다.

"형님, 용서만 해주시면 정말로 제 형님으로 모시겠습니다."

이른바 주먹잡이 동네식의 깨끗한 항복이었다. 무조건의 항복과 복종의 맹세였다.

백산은 녀석의 그 소리를 듣고서야 비로소 차츰 제정신이 들어왔다. 그리고 비로소 자신이 여태까지 어떤 아슬아슬한 위험지경에 있었는지에 생각이 미치자 새삼 등골에 식은땀이 솟으며 목줄기를 틀어쥔 그의 두 손에서 서서히 힘이 빠져나가기 시작했다.

그쯤에서 놈의 항복을 받아들이는 게 옳았다. 공연히 녀석들을 더 몰아붙이려 들다간 다시 위인들의 반격을 부를 위험이 있었다. 그는 그런 여력도 의사도 없었다. 녀석이 의외로 쉽게 항복을 해준 것이 그로선 고맙고 다행스럴 뿐이었다. 그는 녀석의 진심을 다짐하듯 위인의 목줄기에 한번 더 세찬 힘을 가하고 나서 말없이 손을 떼고 그에게서 물러났다.

하고 나니 놈들은 역시 놈들다운 신의와 굴종의 미덕이 있었다. 왕초 놈은 마치 씨름판에서 나가떨어진 역불급의 패자처럼 부석부석 어색하게 몸을 털고 일어나 아픈 목을 쓸어대며 제 스스로 백산 앞에 무릎을 꿇어앉았고, 이어 두 졸개도 기가 다시 살아난 서생들의 손에 의해 무장이 해제되어 녀석 곁에 나란히 무릎이 꿇려 앉혀졌다.

"용서해주셔서 감사합니다. 앞으로 제 평생 형님으로 모시겠습니다. 허락해주십시오."

왕초는 다시 한 번 진정 어린 감사와 청원의 말을 외웠고, 그러고도 위인들은 그 성난 절골 서생들의 모욕과 비아냥과 윽박질의 표적으로 한동안 더 괴로움을 당해야만 하였다.

"허, 그 화상들, 꼴들 한번 참 볼만하구만. 무어? 아깐 우리더러 제 배때기를 그어달랬겠다? 그래, 이젠 느이들 주문대로 해줄테니 그게 정 소원이람 어디 다시 한 번 그런 독기를 부리고 나서 보시지! 병든 달구 새끼들처럼 갑자기 그리 비틀대지들만 말구 말여!"

"인생들이 가엾어 보여 이쯤에서 용서를 해주신 것이니, 오늘이 도량 크신 어른을 만난 거 조상 묏자리를 잘 쓴 덕인 줄이나 알어!"

하지만 왕초나 두 졸개 녀석은 거기 조금도 반발을 하거나 아니 꼬워하는 빛이 없이 졸지에 뒤바뀌고 만 제 난감스런 처지들을 놀랍도록 얌전히 잘 견뎌내고 있었다. 어떤 심한 화풀이나 윽박질에도 나는 이제 껌벅 죽은 목숨이요 식으로 참을성 좋게 머리만 조아려대고 있을 뿐이었다.

하지만 백산은 이제 위인들을 더 붙들고 있기가 불안했다. 그 서생 녀석들의 실없는 수작엔 차라리 짜증기마저 치솟아, 남은 일을 마저 매듭짓고 서둘러 자리를 떠나고 싶은 생각뿐이었다.

"어이, 자네! 얼굴을 쳐들고 나를 바로 보라구!"

그는 드디어 자리를 마무리 짓기 위해 목소리를 가다듬어 주위를 제지하고 나섰다. 그리고는 계속 머리를 수그린 채 처분만 기다리고 있는 왕초 놈을 채근하여 마지막으로 엄숙하게 다짐을 해 나갔다.

"내 여길 쫓아올 때만 같았어도 당장에 요절들을 내주고 말았겠지만, 자네들이 금방 주제들을 깨닫고 잘못을 뉘우치고 나선 바람에 맘이 달라지는구만. 내 각별히 그 점을 참작해서 오늘은 더 이상 허물을 묻지 않을 모양이니, 대신 지금부터 내가 하는 말을 잘 듣고 명심했다가 차후엔 절대로 다시 이런 불상사가 없도록 해야 할 것이야."

그는 거기서 잠시 말을 끊고 녀석들의 표정을 하나하나 점검하고 나서 다시 다짐을 이어나갔다.

"미안하지만 나는 솔직히 자네들의 형님 노릇을 하고 싶은 생각이 추호도 없는 사람이야. 그러니 굳이 자네들이 마음을 크게 고쳐먹고 새사람이 되라고까진 바라진 않아. 그걸 자네들한테 주문할 생각도 없구. 그 대신 정말로 자네들이 잘못을 깨달았다면 지금 당장 이곳을 떠나줘야겠다 이 말씀야. 그리고 한번 이곳을 떠나가면 다시 이곳엔 나타나지 않는 거야…… 난 원래 같은 말을 두 번씩 되풀이하는 사람이 아니야. 만약 이 말을 쉽게 알았다가 다시 한 번 내 눈앞에 얼씬거리고 들었다간 그것이 자네들 밥숟갈 놓는 날이 될 게야. 아직 창창한 앞날들이 가엾어 내 오늘 모처럼 이만한 기회를 마련해주는 것이니. 그럼 이제 내 말을 따를 텐가, 아닌가."

단호하고도 가파른 다짐 끝에 백산은 짐짓 더 목소리를 낮추어 마지막으로 한 번 더 오금을 박고 들었다.

그러나 이제 위인들의 대답은 들으나 마나였다.

"고맙습니다, 형님! 형님 말씀 잘 명심하고 모든 걸 처분대로 어김없이 따르겠습니다. 그리고 오늘 이 은혜 절대로 잊지 않겠습니다!"

생각보다도 관대한 처분에 녀석들은 새삼 감격한 얼굴로 다시 한 번 일제히 머리를 수그리며 입을 모아 순종을 굳게 다짐했다. 그리고 이젠 그것으로 위인들에 대한 절골 사람들의 마지막 추방 절차가 신속하게 취해졌다.

백산을 비롯한 절골 서생들은 곧 녀석들을 앞세우고 어둠 속에 암자를 나섰다. 그리고 미리 소식을 전해 듣고 몰려나온 가겟거리 사람들의 경탄과 찬사 속에 무슨 큰 중죄인들이라도 호송해가듯이 의기양양 동네 한가운데로 밤길을 행진해 내려갔다. 이제는 이날 의 영웅적인 백산도 저절로 어깨가 으쓱해질 정도였다. 자존심이 구겨질 대로 구겨진 녀석들이 그 낯 따가운 중인환시 속에서도 군소리 한마디 없이 고분고분 길을 잘 내려가준 것이나, 때마침 길 아래쪽 가겟거리 입구에 빈 택시 한 대가 기다리고 있어준 것까지도 모두 일이 두루 다행스럽고 통쾌하기만 하였다. 그는 그 모든 일이 진정 자신의 숨은 힘과 뜻으로 이루어낸 결과인 양 새삼 은근히 기분이 들떠 오른 것이었다.

하지만 실상 이날 위인들과의 마지막 순간으로 말하면 백산에게 그건 그리 유쾌한 것만은 아니었다. 일행이 가겟거리 아래쪽 입구에 이르러, 때마침 절골을 나가는 손님을 기다리고 있던 택시에 가차 없이 위인들의 등을 떠밀어 넣고 났을 때였다.

"형님, 괜찮으시다면 한 가지만 물어봅시다."

온양이나 천안쯤에다 녀석들을 메쳐버리라는 백산의 당부와 함께 차가 막 움직이려 할 때였다. 운전석 옆자리를 그냥 비워둔 채 졸개들과 뒷자리로 함께 떠밀려 들어간 왕초 녀석이 새삼스럽게 그때 다시 창유리를 내리며 백산에게 물어왔다.

"형님께선 전에 대체 서울 어디쯤 계셨수? 기회 있으면 형님을 꼭 다시 한 번 모시고 싶수다."

풍모나 말투, 행동거지들로 보아 백산을 필시 서울 어디쯤에서나 놀아먹던 위인으로 단정하고 있는 물음이었다. 녀석으로선 미상불 궁금한 일이기도 했을 터였다.

녀석들은 물론 백산으로부터 그에 대한 대답을 들을 수가 없었다. 백산으로선 녀석들 앞에 사실을 실토할 수도 없으려니와 갑자기 건방기가 되살아난 녀석의 말투 속에 그는 뭔가 다른 심상찮은 뜻이 엿보여 기분이 일순 섬뜩해온 때문이었다.

"다시 말하지만, 내가 전에 어디 있었든, 앞으로 어디에 가 있게 되든, 그런 건 자네들이 상관할 일이 아니야. 그 형님 소리도 더 듣고 싶지 않고. 자네들은 다만 내 앞에 다시 나타나는 일만 없도록 하면 되는 거야. 내 아직 한동안은 이곳과 인연을 맺고 지내야 할 처지지만, 뒷날 세월 따라 언제 어디에 가 있게 되더라도 자네들 일은 반드시 살피고 있을 테니, 그 점 잘 명심하고!"

그는 같은 말을 되풀이하지 않는다는 자신의 다짐도 잊은 채, 녀석의 건방진 물음에 대한 대답 대신 우정 더 위협적인 어조로 녀석들을 한 번 더 야무지게 단속했다. 그리고 바로 그런 기세로 녀서들은 이두운 밤길에도 불구하고 절골에서 가차 없이 내쳐지고 있었다.

하지만 백산은 그렇게 녀석들을 쫓아 보내고 나서도 녀석의 그 마지막 소리가 아무래도 자꾸 마음에 걸렸다. 그리고 그의 그런 꺼림칙스런 기분은 며칠이 지나도록 사라지질 않았다.

"사실을 말하자면 기분이 찜찜한 정도가 아니었어. 혼자서 괜히 마음이 초조하고 불안해지기까지 했으니까……"

엉터리 무용담에 자신도 모르게 장시간 열을 올리고 있던 백산이 드디어 이야기를 마무리 지으려는 듯 거기서부터 문득 자신의 솔직한 심사를 털어놓고 있었다.

"……형님, 서울엔 어디에 계셨수, 기회 있으면 꼭 다시 한 번 모시고 싶수다…… 녀석이 마지막으로 남기고 간 소리가 그 무렵 내게는 차라리, 오늘은 이런 꼴로 좋이 물러가주지만 그 빚을 언제고 꼭 다시 갚아주고 말 테다—, 그런 오기스런 다짐처럼 귓가에서 떠나질 않았거든. 녀석들이 미구에 다시 보복의 칼을 갈아 쥐고 들이닥칠 것만 같아서 하루하루가 영 바늘방석 같은 기분이었지."

그런데 그런 백산을 그렇듯 거북하고 괴롭게 한 것은 녀석들과의 그 마지막 일만이 아니었다. 그를 괴롭히기는 그에게 신세를 진 절골 사람들 또한 마찬가지였다.

"거기다 속 모르는 절골 사람들까지 나를 자꾸 진짜 구세주인 양 칭송이 자자하지…… 글쎄, 내가 그 넋이 나가 쫓아온 암자 서생 녀석한테 쪽지를 덜컥 붙들려 할 수 없이 놈들의 소굴로 달려갈 때, 그때 내 정신이 온전한 것이었겠어. 난 이제 오늘로 죽는 몸이구나…… 몽유병자 같은 뿌연 의식 속에 그저 그런 절망스런 느낌뿐이었지. 두 눈 꼭 감고 방으로 뛰어들며 이놈들 죽여라 외쳐댈 때도 나는 차라리, 나 죽여라아, 나 죽는다아 하고 외쳐댄 격이었는걸. 그전에 놈들도 절골 사람들도 그런 내 속은 짐작조차 못한 거지…… 하다 보니 아무래도 다른 방도가 없더구만. 그래 결국은 어느 하룻밤 내 쪽에서 거꾸로 도망치듯 동네를 빠져나와버린 거야. 그리고 여태까지 이래저래 뒤가 켕겨 20년 가까이나 이쪽으론 한사코 발길을 피해온 거구……"

그는 솔직한 자백에 이어 잠시 더 여담 투로 덧붙였다.

"그런데 그게 외려 이쪽 사람들에겐 진짜 의인이나 도인의 경륜으로 보였던 모양이구만, 허허. 거 무슨 절골을 구해준 의인의 전설이라? 세상일이란 참. 그 일이 그런 식으로 여태까지 가지가 자라고 있을 줄은 꿈에도 몰랐지. 내 진작부터 일이 이런 식으로…… 내가 그런 의인의 주인공이 되어 있는 줄을 알았으면 좀더 일찍부터 여길 찾아보는걸. 허허."

사연을 다 끝내고 나서 백산은 이제 그때의 난처한 처지와 불안스런 기분이 깨끗이 가신 듯 혼자 큰 소리로 웃어젖혔다. 어찌 보면 사실 엉뚱스럽고 허망하기가 그지없는 세태사의 한 마당임을 웃어 넘긴 것일 터였다. 하지만 그러면서도 백산은 제 마음속 한편으로 그 일을 몹시 흐뭇해하고 있는 것도 사실이었다. 내 이런 줄은 꿈에도 몰랐지, 내가 이리 된 줄 알았으면 좀더 일찍 찾아오는걸…… 싱거운 농조와 허탈스런 웃음기 속에서도, 그가 옛날 그 조마조마한 심사 속에 쫓기듯 절골을 내려가야 했던 때와는 달리, 이번에는 새삼 고을의 은인으로 당당하게 그곳을 다녀가게 된 것을 은근히 자랑스러워하고 있는 백산이었다. 하기야 그 일에 백산이 책임을 져야 할 대목이나 크게 누구를 해롭게 한 일이 없을 바에, 그가 그걸 군이 언짢아하거나 쑥스러워해야 할 이유는 없었다. 백산으로선 기분이 흐뭇해지는 것이 오히려 당연했다.

그러나 왠지 나는 아직도 그 백산처럼 기분이 썩 가벼워지지를 못했다. 어딘지 새삼 기분이 들뜨고 있는 듯한 위인과는 딴판으로, 이제는 위인에게 두 번씩이나 거푸 속아 넘어간 것 같은 허망스런 낭패감…… 내겐 귀로가 유쾌하기는커녕 그 반월정 녀석을 피해 문간을 서둘러 빠져나올 때의 조마로운 느낌이 새삼 되살아나, 이번에도 녀석에게 뒤를 쫓기고 있는 듯한 씁쓰레한 기분이 자꾸 더해온 것이었다.

사람의 심사란 것은 참 엉뚱하고 잔인스런 데가 많았다.

그로부터 두어 달이 지난 그해 7월 중순 무렵, 우리는 짓궂게도 그 수인사 절골의 반월정을 다시 찾은 일이 있었다. 이번에는 백산과 나 단둘이서가 아니라 다른 가까운 친구 둘을 더 동행해서였다. 백산 쪽은 어떤 속셈이 따로 있었는지 모르지만, 나에 관한 한 그것은 처음부터 미리 예정을 하고 나선 일이 아니었다. 전번처럼 이번에도 백산이 차를 내어 온천 목욕이나 하루 다녀오자고 쉬운 대로 온양 근처까지 내려간 길에서였다. 집을 나서면 늘 끼니가 그렇듯이 해거름에 한차례 목욕을 끝내고 나온 일행이 저녁을 어디서 치를까 망설이고 있을 때였다.

"적당한 데 없으면 소풍 삼아 한번 저 너머 수인사 절골까지 가보지. 아직 시간도 충분하겠다, 그 동네에 반월정이라는 괜찮은 밥집이 한 곳 있다니까. 게다가 여기 바로 그 동네 구세주 격인 영웅담의 주인공이 계시니 덕분에 우리도 대접 좀 받아보게⋯⋯"

일행 중에 제일 키가 작은 최씨 성 친구가 뜻밖에 그 반월정 일을 알은척하고 나서며 얼핏 장난기 섞인 제안을 내놓았다.

그러나 그건 그냥 장난 삼아 한번 해본 소리가 아니었다.

"그게 괜찮겠구만. 차제에 우리 백산의 진면목이 어느 정돈지 그네관 인품을 재인식할 기회도 삼을 겸⋯⋯"

절골 말이 나오고 보니 길을 처음 따라온 싱겁쟁이 민가 성까지 금세 맞장구를 치고 나섰다. 그 절골과 반월정 일에 대해선 그도 이미 곡절을 알고 있는 게 분명했다.

"그야 좋을 대로⋯⋯ 하지만 처신들을 잘못했다간 대접커녕 큰 망신만 당하게 될 테니, 미리 마음의 각오들을 해둔다면⋯⋯"

위인들의 제안에 갑자기 표정이 진지해지면서 마음의 각오를 당부하고 나서는 백산 역시도 그 표정이나 말투완 다르게 절골행이 그리 싫은 기색이 아니었다. 싫다기보다는 그걸 외려 은근히 기다렸거나, 애초에 이쪽으로 길을 잡아들 때부터 그 혼자 작정을 숨기고 있었던 것 같기도 했다.

"어째, 마음의 준비들이 되었어?"

그가 일행을 돌아보며 재차 다짐을 하고 드는 것이 영락없이 그랬다.

나중에 알고 보니 그것은 과연 거의 사실에 가까웠다.

한마디로 나는 백산과의 그날 이후 그 일은 누구에게도 말한 일이 없었다. 그날의 허망하고 찜찜스런 느낌 외에도, 그 이유가 그리 확연치는 못했지만, 그럴 만한 사연이 한 가지 있었기 때문이다.

나는 그날 백산과 서울로 돌아와서도 그 일이 계속 머리에서 떠나지를 않았다. 전에도 어디선가 그 비슷한 일을 겪었던 듯한 어렴풋한 느낌이 자꾸만 머릿속을 맴돌고 있었다. 당시엔 내가 거푸 위인에게 속아넘어갔다는 느낌에 거기까진 미처 생각이 미치지 못했지만, 하루 이틀 시간이 더해갈수록 어떤 기억층이 서서히 내 의식 위로 솟아오르기 시작했다. 그리고 마침내는 그 기억층의 표면 위로 문득 하나의 이름이 떠올랐다.

두천이, 방두천이─깊은 기억의 연막 속으로 뿌연 내 어릴 적 상상 속의 모습이 그런 이름으로 되살아나온 인물. 그리고 그를 둘러싼 어른들의 은밀스럽고 겁먹은 저주 소리.─그, 방두천이같이 심성이 탐욕스런 놈이다. 욕심이 그리 많으면 두천이 꼴밖에 안 된다.

─방두천이 뺨치게 간악한 놈이구나. 두천이 모양으로 제 명에 못 죽을 녀석이다.

내 어렸을 적 집안이나 동네 어른들은 못된 일만 보면 늘상 그 두천이란 이름의 인물을 끌어대어 그에 대한 저주 겸 경계를 일삼았다. 제 욕심만 채우려는 사람도 방두천이 같다 욕했고, 학교에 매질 잘하는 선생이 있다 해도 제가 제명에 못 살다 죽을 놈이라, 방두천이의 이름으로 비방을 대신했다. 동네에 도둑이 들었다 나가도 두천이가 왔다 간 모양이라 주위들을 단속했고, 심지어 나라 세금이나 곡량 공출량이 힘겨운 데에도 나랏일을 맡은 사람이 방두천이 같은 위인인 게다. 농사철에 심한 가뭄이 들어도 우리 고을 어디에 두천이가 숨어 있어 하늘이 그를 굶겨 죽이려 작정을 한 게다. 온갖 허물과 원망을 그에게로 돌렸다.

성정이 간악하고 무도한 두천이—

제 잇속밖에 모르는 노랭이 두천이—

남을 한사코 못살게 괴롭히는 두천이, 도척이 두천이, 인정머리도 없고 의리도 없는 두천이, 하늘에서까지 저주를 받은 방두천이—

하지만 그렇듯 온갖 못된 심성에 온갖 못된 짓들만 하고 돌아다니는 방두천이란 위인이 실제로 사람들 앞에 모습을 나타낸 일은 한 번도 없었다. 어른들이고 누구고 그를 실제로 보았다는 사람이 아무도 없었다. 동네에선 실상 그 두천이란 위인이 진짜 누구인지 알고 있는 사람이 아무도 없는 것 같았다. 어떤 때 내가 그런 걸 물어봐도, 어른들은 그저,

— 이 근자 우리 골에 그런 못된 인간이 하나 숨어 돌아다니고 있다는구나. 하지만 너네들은 아직 위인이 누군지 그런 것까지는 몰라도 된다. 알거나 함부로 입에 올릴 만한 인간이 못 된다. 쓸데없이 그런 걸 알려고 들었다간 위인한테 큰 화를 입게 된다.

막연한 소리로 어물쩍 넘기면서, 섣부른 아는 체를 엄히 단속할 뿐이었다. 마치 그 어른들도 놈이 워낙 간악하고 흉포스러워 언제 어떤 화를 입게 될지, 근심과 두려움에 쫓기고 있는 얼굴로.

어찌 보면 방두천이란 위인은 한 사람의 실제 인물일 수가 없어 보이기도 하였다. 누가 그를 실제로 본 일도 없었고, 누군지를 알지도 못할 뿐만 아니라, 어느 한 사람이 그런 온갖 저주거리를 고루 갖춰 지니기는 어려운 일이었다. 그러나 다른 일방 위인이 어떤 식으로든 실제의 인물일 가능성 또한 무시할 수 없었다. 성씨까지 분명한 위인의 이름 하며, 그에 대한 사람들의 여실한 두려움, 그리고 번번이 위인의 짓으로 치부된 여러 변괴의 흔적들이 그럴 가능성을 충분히 뒷받침해주고 있었다.

결국 위인은 어느 간악한 한 인물의 이름에 모든 악덕과 악행을 한데 몰아 허물 지운 반실제 반가공의 악인의 표상이기가 쉬웠다. 사람들은 그 방두천이란 이름으로 주위의 온갖 악덕과 악행을 저주하고, 두려움을 견디며 경계를 꾀해왔기가 쉬웠다. 마치도 위인을 잘못 입에 담았다간 그가 불시에 눈앞에 나타나 무서운 위해라도 가해올 것처럼 어린것들의 아는 체를 엄하게 단속하면서.

반실제 반가공의 악인 방두천——

처음부터 내게는 얼굴이 없는 인물이었던 데다, 그 어른들의 금기시와 엄한 단속으로 나는 그를 길게 맘에 지닐 수가 없었다. 나이를 먹고 고을을 떠난 후로는 오랜 세월 잊고 지낸 위인의 일이었다.

그런데 어느 날 그 방두천이 내 뿌연 기억의 장막을 들치고 내 앞에 모습을 드러내온 것이었다.

희미하나마 이번에는 그 얼굴이 없는 모습이 아니었다. 내게 자꾸 비슷한 기억이 있는 듯싶었던 게 그 때문이었겠지만, 이번에는 전혀 경우가 다른데도 그 위인의 형상에 뜻밖에 백산의 모습이 얹히고 있는 것이었다.

내가 그 절골과 반월정에서의 일에 말을 꽤 참아온 것은 그 때문이었다. 위인의 일을 섣불리 입에 담지 않으려는 당시의 버릇이 다시 나를 강박해온 탓도 있었지만, 나로선 그 백산과 방두천의 연결을 쉽사리 용납할 수가 없었기 때문이다. 백산의 일과 방두천의 연결은 애초 말이 안 되었다. 그것은 생각조차도 민망스런 일이었다. 나는 다시 머릿속에서 양자 간의 연결을 끊으려, 그런 연상 자체를 지우려 한사코 애를 썼다. 불연이면 방두천의 진짜 얼굴로 백산의 그것을 대신시키려, 이제라도 위인의 분명한 내력이나 정체를 알아볼 길이 없을까 한동안 궁리를 일삼기도 하였나. 그것이 내게 확연해지기 전에는 어떤 섣부른 이야기도 어려웠다. 심지어는 당사자인 백산 본인을 상대로 해서도 그랬다.

하지만 시간이 갈수록 그 방두천의 얼굴은 점점 더 백산의 그것을 닮아갔다. 그리고 그럴수록 나는 그걸 더욱 납득하기 어려웠고, 마음까지 자꾸만 무너져가고 있었다.

그런데 정작 일의 당자 격인 백산 자신은 그 일을 주위에 아무 스스럼없이 자랑하고 다닌 모양이었다. 그리고 이날은 바로 자신의 성지 격인 그 절골과 반월정을 다시 찾는 일에도 아무런 의구심이나 주저함이 없었다.

그렇다고 내가 그러는 그를 굳이 허물하고 나설 수는 물론 없었다. 백산 자신처럼 대범스레 지나쳐 넘어가면 될 일을 내가 너무 부질없이 마음을 쓰고 있을 수도 있었다. 실은 그 위인들 앞에 그런 내 심사를 멋쩍게 내색해 보일 수도 없었다. 위인들은 이미 생각들을 정하고 앞장서 길을 나서고 있는 터였다. 내키지는 않았지만 나 역시 이제는 일행과 행동을 함께하는 수밖에 없었다. 뿐더러 기왕 길을 함께할 바엔 될수록 마음을 가볍게 지어먹고 서로간의 유쾌한 나들이가 되게 해야 했다.

우리는 결국 별다른 이견 없이 수인사 절골까지 다시 차를 몰아갔다. 하지만 나는 차가 절골에 가까워질수록 마음이 차츰 다시 무거워지기 시작했다. 반월정에서의 전날의 일들에다 백산의 태도까지 자꾸 마음에 켕겨온 탓이었다.

그리고 그렇듯 일의 앞뒤나 사람의 속을 깊이 헤아리지 못하고 나선 이날의 행사는 예감대로 끝내 적지 않은 낭패를 빚고 말았다.

절골이나 반월정엔 물론 아직 별다른 변화가 없었다. 반월정 베레모의 백산에 대한 숭모의 태도 역시 조금도 정도가 달라지지 않고 있었다. 백산이 일행을 이끌고 문간을 들어서는 것을 보고 녀석은 졸지에 반가움과 놀라움으로 거의 울상이 될 지경이었다. 그더듬거리는 말투가 여전할 뿐 자신이 다시 '털보 어른'의 시중을 들게 된 자부심과 자랑스러움으로 녀석의 목소리나 인사 동작들은 한결 더 힘이 차고 절도가 있었다.

"어, 어서 오십시오. 다닷, 다시 뵙게 되어 영꽝입니다. 저, 저희 집에선 서, 선생님들께서 아시다시피 소, 손님을 아무나 모, 모시지 않습니다."

머리가 좋지 못한 탓엔지 전날의 백산의 주의를 잊어먹고 하나

하나 귀찮게 똑같은 손님 맞이 절차를 되풀이하고 다니는 것이 유감이었지만, 어딘지 제법 거드름기가 배어 있던 녀석의 느린 시중 동작들 또한 '사장님들'이 '선생님들'로 바뀐 데서처럼 눈에 띄게 더 공손하고 민첩했다.

녀석의 그런 민첩성과 충직성은, 우리가 뜰 건너 별채 방으로 대충 자리를 정해 앉고 나서,

"어이 총각, 밥상 들어오기 전에 약주부터 한잔하게 무슨 다른 안줏거리 없을까? 전번에 보니 술안주 따로 없이 밥 반찬거리로 함께 차려 내오던데, 그런 거 말고 버섯볶음 같은 거라도 술안주를 따로 좀……"

백산이 술이 급해 우선에 식전 주안을 청했을 때에도 그 자의성과 진정성이 충분히 입증되었다.

"죄, 죄송합니다만, 젓, 저희 집에선 수, 술안주 접시를 땃, 따로 내지 않는데요."

뜻밖에 '털보님'의 주문을 정중히 거절하고 나서는, 그러나 금세 다시 요령을 발휘하여, 술이 정 급하시다면 바로 아랫집이 전문 술 가게니 거기서 따로 안주를 시켜 오면 되는 일이라며,

"그, 그 집 안주도 드, 드실 만하실 겁니다. 그, 그 집은 나, 나물이나, 버, 버섯볶음 같은 걸 트, 특별히 잘하는 지, 집이니까요. 시, 시키기만 하시면 시, 시간도 빠, 빠르구요."

이웃 가겟집에 대한 보기 드문 아량으로 편의에 친절과 성심을 다해온 것이었다. 그래 우리가 반월정 약주에 아무 데서나 알아서 두어 접시 안주를 시켜오라는 주문에, 녀석이 그 남의 집 장사거

리 심부름에 철없이 신바람이 나서 문간을 부리나케 달려나가는 것을 보고는 우리 일행 중의 두 초행자들까지 '과연' 싶은 얼굴로 서로 간 깊은 수긍의 눈길을 주고받았을 정도였다.

이날 일이 좀 흥하게 되기 시작한 것은 녀석의 장담처럼 그 아랫집 술안주가 제집 밥상 먼저 신속하게 날라져 온 데서부터였다. 녀석은 아예 그 아랫집 가게에서 자신이 직접 자리를 지켜 서서 안주 마련을 재촉해온 모양이었다. 그리고 나중에 알게 된 일이지만, 녀석이 그렇듯 그 집 안주 주문을 흔쾌해한 것이나 시간을 재촉해 서둘러댄 데는 녀석 나름대로의 이유가 있었기도 했다. 어쨌거나 녀석은 과연 몇 참도 안 되어 그 집 종업원 아가씨와 안주 접시를 하나씩 나눠 들고 의기양양 방문 앞에 대령했다. 거기다 녀석은 '털보'에 대한 지극한 공경심에선지, 아니면 그를 단골로 모시게 된 자랑스러움에선지 안주 접시를 들리고 온 아랫집 아가씨를 방 안까지 끌어들여 도에 넘치는 친절을 베풀었다.

"이 서, 선생님들, 보, 보통 귀하신 어른들이 아니시다, 너. 이분들을 뵈, 뵙게 된 것을 너도 여, 영광으로 알고 고, 공손히 잘 차, 차려 올려야 한단 마, 말이야."

공연한 알은체 속에 제가 할 상차림까지 남의 집 아가씨를 대신시키는 것이었다.

그게 실은 녀석 스스로가 자기 곤경을 불러들인 꼴이었다. 여자 아이도 그걸 정말로 영광으로 알았는지, 아니면 녀석의 당부를 마다할 수 없어선지 문 쪽에 엉거주춤 허리를 구부린 채 제집 안주 접시와 그새 녀석이 다시 신속하게 챙겨 온 반월정 술잔들로 고분

고분 말없이 주안상을 마련했다. 그리고 손수 방 아래쪽 손들 앞에 상을 들여다놓고 그녀가 다시 방문을 나가려 할 때였다.

"거, 기왕 들어온 김에 아가씨가 술이나 한잔씩 따라주고 가지 그래."

상을 들여올 때 목 아래로 흘러 열린 엷은 저고리깃 사이로 잠시 그녀의 흰 가슴살을 훔쳐본 최가가 장난스레 한 눈을 찡긋해 보이며 이내 그녀를 다시 붙들어 세웠다. 그러자 바로 문 쪽에 앉아 있던 민가 성까지도, 여자 꼴을 보고서 어찌 사내들끼리 제 술을 따라 먹을 수 있겠느냐, 이웃집 일이니 얼굴을 보인 김에 첫 잔이라도 한잔씩 따라주고 가는 게 도리 아니겠느냐―, 옷자락을 끌어잡으며 짓궂게 맞장구를 치고 들었다.

제가 앞장서 남의 집 여자아이를 불러들인 베레모 녀석도 거기까지는 미처 생각을 못했던 모양이었다. 여자아이는 엉거주춤 옷자락을 붙들린 채 그 노릇이 과히 싫지도 않은 듯 히죽히죽 처분만 기다리고 있는 눈친 데 반해, 녀석은 금세 얼굴색까지 붉어지며 제풀에 어쩔 줄을 몰라 하는 표정이었다. 하더니 아무래도 거기까진 아가씨를 내돌릴 수 없다는 듯 뜻밖에 완강한 목소리로, 속으론 제 흥분기를 참느라 유난히 더 심하게 더듬거리는 어조로 일행 앞에 느닷없이 선언해왔다.

"저, 저희 지, 집에서는 여, 여자에게 수, 술은 땃, 따르게 하, 하는 일이 없습니다. 야야, 양해해 주, 주십시오."

그 어조가 더없이 단호하고 완강할 뿐 아니라 녀석은 일테면 그 여자아이의 일로 하여 심한 모욕감까지 느끼고 있는 낌새였다. 녀석은 그걸로 여자에게 절대로 술을 따르지 말라는 자신의 의사를 분명히 한 것이었다.

결국은 녀석과 여자애 사이가 보통이 아니라는 게 드러나게 된 셈이었다. 하고 보니 일이 더욱 짓궂어질 수밖에 없었다. 둘 사이의 사정이나 녀석의 아픈 심사를 알아차린 술 놀이꾼들이 그걸 그대로 얌전히 보고 넘어갈 리가 없었다. 위인들은 그걸 외려 재미있어 하면서 녀석을 더욱 난처하게 괴롭히고 있었다.

"그거, 공연히 남의 집 아가씨 가지고 자네가 왜 나서?"

"그 뭐 보아하니, 두 사람 사이가 그게 아닌가 본데, 여자가 남자에게 술 한번 쳐준다고 어디가 닳아 망가지나."

한창 나이의 남정이 넷이나 되는 데다 제 사부님 격인 '털보'까지 함께하고 있는 일이고 보니 녀석으로선 처음부터 감히 맞대들고 나설 자리가 못 되었다. 녀석은 이내 형세를 알아차리고 막막한 얼굴로 잠시 울상을 짓고 있었다. 그러나 그는 이내 다시 태도를 바꾸어 이번에는 거의 애원에 가까운 사정 조로 나왔다.

"제, 제가 대, 대신 술을 딴, 따라 올리겠습니다. 저, 저 아가씬 그, 그냥 보, 보내주십시오. 여, 여기서 계, 계속 이러고 있다간 우린 두, 둘이 다 쪼, 쫓겨나게 됩니다."

그걸로 마지막 구원을 청하듯, 눈길은 여태껏 일이 되어나가는 귀추만 지켜보고 있는 '털보님' 백산 쪽을 향한 채였다. 아닌 게 아니라 이제는 그밖에 더 다른 데는 매달리고 들 데가 없는 처지였다. 녀석의 초조하고 다급한 눈길 속엔, 자신이 어떤 곤욕을 치르게 되더라도 제 여자에게만은 절대로 술을 따르지 않게 하겠다는 비장한 결의와, 그에 대한 털보의 넓은 관용을 호소하는 안타까운 갈망의 빛이 엇갈리고 있었다. 그런 녀석의 절박스런 처지 앞엔 여태까지 방관자로 구경만 하고 있던 나까지도 덩달아 심사가 잔뜩 조급해지면서 백산 쪽으로 문득 시선을 모았다.

백산도 물론 그것을 알고 있었던 것 같았다. 그는 과연 곧 녀석의 어른답게 좌중의 일을 간단히 결정지어버렸다.

"술을 따르도록 해! 자넨 나가보구."

마치 제집 아랫사람을 다루듯한 위압적인 명령이었다.

그런 백산의 태도나 일방적인 처결이 나로선 좀 뜻밖이었다. 머리가 그다지 영민하지는 못할망정 바탕이 거칠거나 비뚤어진 아이들은 아니었다. 그저 좀 더듬하고 단순한 심성에다 나름대로 정성과 친절을 다하고 싶어 한 아이들이었다. 평소에 백산이라면 그런 아이들을 거기까지 괴롭히고 들 사람이 아니었다. 아니 백산도 말을 하고 나선 짐짓 시치밀 떼고 있는 듯한 표정이, 녀석들이 어찌 나오나 시험 삼아 한번 그래 본 것 같기도 하였다. 그도 정말 장난기 말놀음으로 그랬을 수 있었다.

하지만 문제는 그 여자아이나 베레모 녀석의 태도였다. 내가 기대 밖으로 느껴지고 있는 마당에 녀석의 놀라움이나 실망은 더 말할 것이 없었다. 백산의 뜻하지 않은 명령이 떨어지자 위인은 행여 자기가 말을 잘못 들은 거나 아닌지 제 귀를 의심하듯 어리둥절한 표정으로 한동안 백산 쪽을 멍하니 바라다보고 있었다. 그러다 그 수염도 없는 털보의 얼굴 표정에 더 아무런 변화의 기미가 안 보이자 녀석은 비로소 사태를 분명하게 알아차린 듯 그 눈길에 차츰 견딜 수 없는 원망과 깊은 절망기가 어려들기 시작했다. 그러나 그는 가슴속 깊은 곳에서 뜨겁게 치솟아 오르는 막판의 분노조차 백산 앞엔 함부로 내색하기가 두려운 듯, 아직도 비죽비죽 헤픈 웃음만 흘리고 있는 여자아이 쪽을 향해서,

"이, 이젠 난 모르겠다. 이, 인저는 네, 네가 알아서 하는 거여. 지, 진짜로 수, 술집 각시처럼 수, 술을 따, 따르든지 말든지, 말이여!"

엉뚱한 화풀이를 대신해버리고는 제 소리에 제가 겁이라도 먹은 듯 나 몰라라 방문을 빠져나가버리는 것이었다.

뿐만이 아니었다. 공연히 말로만 그래 본 것일지 모른다는 나의 기대와는 딴판으로 백산은 실상 처음부터 생각이 달랐던 모양이었다. 일이 거기에 이르러서도 위인은 여전히 생각을 바꾸려는 기색이 아니었다. 커녕은, 녀석이 아예 방을 나가준 것이 오히려 다행스럽다는 듯, 어쩌면 내심 처음부터 그것을 노리고 있었던 듯 그제야 슬며시 굳은 표정을 풀어 내리며 참았던 웃음을 입가에 흘려 물었다. 그리곤 아직도 제 사내 녀석의 속을 잘 헤아릴 수가 없는 듯 어물어물 발길을 망설이고 있는 여자애를 사람이 금방 달라지기라도 한 것처럼 부드러운 목소리로 얼러대기 시작했다.

"그, 왜 아직도 그러고 있나? 남의 집 일에 서로 간섭을 할 처진지 아닌진 모르지만, 그 친구도 자네가 알아서 할 일이라잖아. 자, 그러니 이제 여기 앉아 한잔씩 따라 올려봐. 그런다고 누가 자넬 잡아먹을 것도 아니니까. 대신 우리가 자네 집 안주를 계속 시켜줄 테니. 더운 날씨에 손님도 그리 없어 보이던데, 그쪽 일 걱정

은 마음 푹 내려놓고……"

역시 그저 해보는 말놀음이 아니었다. 그는 끝내 그런 식으로 여자애를 억지로 끌어 앉히다시피 해서는 기어코 술을 한잔씩 따르게 하였다. 아니, 위인의 행세는 그것으로도 아직 끝이 나지 않았다. 여자애가 마지못해 자리를 돌아가며 술잔을 채워주고 나서 그걸로 이제는 그만 자리를 일어서려 할 때였다.

"술을 따랐으면 자네도 한잔쯤 잔을 받고 가는 게 인사지."

단숨에 자기 술을 비워낸 백산이 그녀를 재빨리 다시 붙들어 앉히며 빈 잔에 술을 하나 가득 부어 건네주는 것이었다.

그래저래 아가씨는 이후로도 좀체로 방을 빠져나갈 수가 없었다. 거의 어거지로 술잔을 비워낸 그녀를 이번에는 또 다른 술잔들이 거듭 강요하고 들었다. 게다가 이제는 그 베레모 녀석조차 이따금씩 문 앞을 흘깃거리고 지나갈 뿐 방 안엔 모습을 전혀 나타내지 않았다. 이후로 녀석이 다시 방문을 들어온 건 진짜 제집 음식상이 나왔을 때 한 번뿐이었다. 계집아일 끌어내기 위해 녀석이 상 준비를 재촉했던지, 이날은 전번보다 그 음식상이 훨씬 일찍 차려져 나온 거라도 다행이었다 할는지, 그래 그런지 말없이 계속 찌부듯해 있기만 한 얼굴 표정과는 달리 녀석의 그 상 심부름 동작 역시도 이날따라 유난히 더 신속하기 짝이 없었다. 그러나 이때도 녀석의 기대는 이루어질 수가 없었다. 백산이 그걸 미리 알아차린 듯 아랫집에 안주를 덧시켜버린 때문이었다. 그리고 음식이 들어올 때부터 그를 기회로 자리를 일어서려는 여자아이를 향해,

"자넨 그냥 여기 앉아 있어. 저 친구보고 대신 좀 갔다 오라구.

어, 총각, 자네가 대신 좀 갔다 와!"

들썩거리는 엉덩이를 끌어 앉혀버리고는 그를 핑계 삼아 오히려 베레모를 방에서 다시 내쫓아버리는 것이었다. 아가씨도 녀석도 그 백산 앞엔 물론 감히 어떤 거역의 엄두를 못 냈다. 그의 뜻을 섣불리 거스르고 들었다간 어떤 재앙을 입을지 두려움이 앞서는 듯, 그것이 그에 대한 의당한 도리요 의무이기라도 하는 양 그의 명령을 말없이 잘 따라주고 있었다.

하지만 나는 이제 그런 백산이 아무래도 도를 넘고 있다는 생각이 들었다. 백산의 이날 행실엔 애초부터 좀 엉뚱스러워 보인 데가 없지 않았지만, 이제는 그게 거의 폭군의 작태에까지 이르러가는 느낌이었다. 고된 삶의 연속에서 모처럼 마음을 풀고 나선 장난기에서려니, 그러다 저러다 곧 허허한 웃음기 속에 자리를 털고 일어서게 되려니, 혼자서 잘난 척 파흥을 하고 들기보다 실없는 장난질이 끝나기를 고이 참고 기다리고 있던 나로서도 끝내는 백산이 그 털보 전설의 진짜 의인이기나 하듯이, 그리고 그의 옛 무용담이 모두 사실이기라도 하듯이, 제물에 알 수 없는 위압감마저 느껴져왔을 정도였다. 스스로도 잔뜩 위엄을 떨어대고 있는 그 백산은 어찌 보면 내친김에 이 절골에서 '의인 털보'로서의 자신의 위력이 얼마나 한 것인지를 끝까지 확인해볼 겸 그것을 우리 앞에 남김없이 누리고 싶어 하고 있는 것 같기도 하였다.

나는 마침내 그런 백산이나 일행의 수작 앞에 적지 않이 심사가 뒤꼬여들고 있었다. 한데다 나 역시 술기가 번져 올라 뒤늦게 동색의 장난기가 동했거나, 자포자기 식 가학성이 발동해온 것인지

모른다. 나는 그 백산이나 일행에 대해 못지않게 밸이 빠진 아가
씨나 베레모 녀석 역시도 언짢고 못마땅하기는 매한가지였다. 더
욱이 그 백산의 실속 없는 위세 앞에 나 몰라라 제 계집까지 내팽
개쳐 맡겨둔 채 슬금슬금 눈치나 봐도는 녀석에겐 엉뚱스런 오기
마저 금할 수가 없었다. 녀석을 더욱 못 견디게 몰아쳐주고 싶은,
그래서 끝내는 녀석의 두려움이나 참을성, 그 복종심의 마지막을
보고 싶은 무책임한 호기심과 잔인스런 가학성까지 나를 못되게
충동하고 들었다.

하여 마침내 나까지 가세하고 든 일당의 작태는 갈수록 더 거칠
고 방자스러워질 수밖에 없었다. 그리고 그것으로 베레모 녀석이
나 이 동네 사람들의 백산의 대한 숭앙심은 더없이 잘 입승이 된
셈이었다.

"술 더 따러!"

"여기 안주 하나 더 가져와!"

채 다 먹지도 못할 술과 안주를 계속 시켜 들이고 남의 가게 여
자를 붙들어 앉혀놓고 논다니 작부처럼 무한정 함부로 회롱하고 있
는 꼴들을 문밖 사람들이 좋게 볼 리는 절대로 만무였다. 한데도
바깥에선 베레모뿐 아니라 누구 하나 그것을 말리려 들거나 싫은
기척을 보여오는 사람이 없었다. 아랫가게에서조차도 남의 집 술
상머리에 붙잡혀 앉아 있는 제집 아이를 재촉해오는 기척이 한 번
도 없었다. 백산을 그만큼 존경하고 미더워해서든지, 그를 두려워
해시든지, 도대체 방 안 일을 알은척해오는 사람이 하나도 없었다.

한마디로 오만하고 방약무도한 무뢰배들의 광태 같은 작태였다.

그리고 그렇듯 난폭한 술사리는 끝내 베레모나 다른 누구의 간섭 때문이 아니라 밤늦게까지 시달리다 못한 그 여자아이의 눈물바람으로 해서야 겨우 파장을 보게 됐다. 일행 중의 최가가 종당엔 취기를 감당하지 못하고 회유 반 위협 반으로 여자아이를 제 무릎 위에까지 올려 앉히기에 이르렀고, 여자아이는 그러자 이러지도 저러지도 못할 거북스런 처지에서 소리 없이 눈물만 뚝뚝 떨구기 시작한 것이었다.

"이거 봐라? 사내가 여자 호강시켜 주는데 뭐가 싫어서 눈물바람인고."

"그만 그치지 못해. 괜히 술맛 떨어지게."

최 형과 백산의 연이은 핀잔 소리도 이제는 귀에 들어오지 않는 듯 아랑곳이 없었다. 여자로서의 마지막 수치심을 참고 있는 자기 체념과 소리 없는 원망의 눈물인 셈이었다.

그러니 그쯤 그녀를 놓아 보내주거나 우리가 자리를 일어섰으면 그런대로 뒤가 그만했을걸, 백산이 갑자기 얼굴이라도 깎인 듯 여자 대신 바깥 녀석을 닦달하려 든 것이 이날 일의 마지막을 더욱 민망스럽게 만들고 말았다.

"어이, 총각. 여기 좀 봐! 여기 말이야."

여자아이가 전혀 말을 들어먹지 않고 눈물바람을 계속하자, 백산은 마치 그 허물이 바깥의 베레모 녀석 때문이기라도 하듯 짜증기와 노기가 가득 찬 목소리로 벼락같이 녀석을 불러댔다. 하지만 방 안일을 체념하고 문을 나간 녀석으로부터도 이제는 아무 대구가 없었다.

"어이, 베레모! 여기 부르는 소리 안 들려!"

문밖에 기척을 숨기고 있는 사람을 불러대듯 한 그 백산의 목소리에 갈수록 노기만 더해갈 뿐이었다.

나는 이제 아무래도 더 보고만 앉아 있을 수가 없었다. 녀석의 침묵이 괘씸하거나 불안해서가 아니었다. 녀석을 끝까지 굴복시키고 싶어 하는 백산의 행동에 얼굴이 문득 화끈거려온 때문도 아니었다. 보다는 백산의 거듭된 부름에도 끝끝내 반응을 보이지 않는 녀석의 대응 태세가 궁금해진 때문이었다.

질펀한 술기 속에 서서히 제정신이 돌아오며 녀석의 그 말 없는 저항의 기미에 새로운 기대와 호기심이 머리를 쳐들어온 때문이었다. ── 녀석이 이젠 정말 막판까지 간 것인가. 그래 이제는 어디 한번 할 테면 맘대로 해보라는 배짱이 생긴 것인가…… 이윽고 용변길 겸하여 슬그머니 혼자 방을 빠져나갔다. 그리곤 먼저 용변소를 거친 뒤, 안채 부엌방 문턱에 다리를 반쯤 걸치고 엎어져 있는 녀석에게로 조심조심 다가갔다.

가까이 가보니 녀석의 꼴새는 이번에도 영 기대와는 딴판이었다. 다름 아니라 녀석은 군홧발을 문턱 위로 아무렇게나 뻗어 걸친 채 상체를 방바닥을 향해 제 머리통을 뒤로 감싸고 엎어져 있는 꼴이었고, 그런 녀석의 머리통 위에선 때마침 이 집의 부엌 아낙 하나가 안쪽 문으로 얼굴을 반쯤 들이민 채 위로 섞인 재촉과 원성을 쏟고 있는 중이었다.

── 이 위인아, 그 참에 아예 귀머거리가 되어버렸냐. 그래, 아직도 저 방 손님들 부르는 소리가 안 들리느냔 말이다.

— 오냐, 그래 네 맘대로 실컷 심통을 부려보거라. 나중에 공연히 누구 원망일랑 하지 말고!

— 쯧쯧…… 그래도 제가 제법 사내꼭지 형상이라고……

녀석에 대한 동정인지, 손님들에 대한 불안감에선지, 연신 건넌방 쪽 기미를 살펴가며 초조하게 얼러대는 아낙의 다그침이었다.

녀석은 그 아낙의 채근에도, 아직도 이따금 마당을 건너오는 백산의 부름에도 여전히 대꾸가 없었다. 하긴 녀석으로선 그만만 해도 대단한 용기요 배짱인 셈이었다. 나는 그쯤 녀석의 고집을 사주고 싶어지기도 하였다.

하지만 끝내는 그도 다 허사였다. 나의 접근조차 눈치를 채지 못한 아낙의 넋두리가 무한정 계속되자 녀석이 끝내는 더 버티기가 괴로운 듯 어느 순간 불쑥 엎드린 채 머리통을 비틀어 올렸다. 그러다간 뜻밖에 아낙과 반대쪽에 그를 내려다보고 서 있는 내 쪽과 눈길이 마주쳤다. 그러나 그때 녀석의 눈길 속엔 나로 인한 놀라움과 두려움 이외에 어떤 다른 항의나 도전의 빛 같은 걸 찾아볼 수가 없었다. 항의나 도전커녕 역시 지저분한 눈물범벅이 된(그도 또한 울고 있었다!) 눈길 속에, 이젠 제발 좀 그만 괴롭혀주십사, 그만 좀 괴롭히고 물러가주십사 — 무기력한 원망과 비굴스런 애원기만 가득할 뿐이었다.

내 기대와는 너무 거리가 먼 꼴상이었다. 녀석의 그 초라하고 딱한 모양새 앞에 나는 이제 차라리 맥이 풀리고 말았다. 녀석에겐지 누구에겐지 한순간 고통스런 노기가 치솟다 말고 끝내는 그런 자신이 외려 더 부끄럽고 혐오스러워지고 있었다. 그래 녀석이 다시 그 지저분한 상통을 방바닥 쪽으로 파묻어버리자 나 역시 내심 더 씁쓸한 심사 속에 뜰 건너 일행 쪽으로 되돌아오고 말았다.

그러나 나는 이제 다시 방 안의 술판으로는 끼어들어갈 수가 없었다. 시간도 꽤 늦었겠다, 이제는 그쯤에서 자리를 일어서는 게 그나마 경우였다.

"어때, 이젠 그만들 내려가보지. 백산은 지금 수제자의 몰골이 어떤 꼴이 되어 있는지 한번 나와 알아보시고."

나는 맥없이 마루 끝으로 걸터앉으며 방 안을 향해 짜증스럽게 내던졌다. 이제는 방 안의 위인들도 녀석이나 바깥의 심상찮은 기미에 웬만큼 장난기가 가라앉아가던 참이었던지,

"그래, 그럼 그러세. 공연히 예서 더 시간을 끌다간 백산의 진짜 본색이 들통 날 수도 있겠구…… 자, 그럼 이제 자네도 자네 일 보러 가보구."

그간 아가씨를 유난히 짓궂게 괴롭혀대던 최가가 의외로 선선히 여자를 놓아주며 부석부석 먼저 자리를 일어섰다. 이어 아가씨가 손으로 얼굴을 감싼 채 방을 나와 도망치듯 안채 쪽 부엌께로 달려갔고, 잠시 뒤 천천히 그녀를 뒤따라 나온 백산들도 하나하나 흩어진 신발을 찾아 꿰는 길로 차례로 뒤꼍 화장실부터 찾아갔다.

나는 위인들을 더 기다리고 있을 필요가 없었다. 어쩔 수 없이 다시 백산을 배웅해야 할 녀석의 꼴을 다시 보고 싶지도 않았다. 나는 그사이 안채 쪽으로 건너가 주인 여자에게 음식 값을 치르고 혼자 먼저 문간을 빠져나왔다. 문간을 나오면서 한번 더 녀석 쪽을 돌아보니, 위인의 자세는 아직도 움직임의 기미가 없었다. 그런 식

으로 제법 마지막 불만의 표시를 해 보이는 것인지, 아니면 극단적인 상실감 속에 자신을 아무렇게나 팽개쳐두고 있는 것인지, 녀석은 마침내 손님들이 자리를 끝내고 돌아가는 기척에도 두 발을 여전히 문지방 밖으로 내뻗고 엎드린 채 누구에게도 알은체가 없었다. 털보라 하더라도 가든 말든 아랑곳을 않으려는 자세였다.

그 진짜 흉중이야 어찌 됐든 녀석의 그런 자세는 뒤에까지 끝내 변함이 없었던 모양이었다. 최 형이나 민 형에겐 말할 것도 없었고, 녀석은 자신의 살아 있는 우상 격인 '털보 어른' 앞에서도 여전히 그 자세 그대로 알은체나 움직임이 전혀 없었던 것 같았다. 그리고 녀석의 그런 뜻밖의 태도엔 위인들도 놀라움이 적지 않았던 모양이었다. 그것도 누구보다 백산에게 그 충격이 더했던 게 분명했다.

혼자서 먼저 대문을 빠져나온 내가 일종의 자기 형벌과도 같은 심한 모멸감을 짓씹으며 아랫길목 어둠 속에 잠시 일행을 기다리고 나서였다. 최가와 민가가 이윽고 그 어두운 가겟길을 어정어정 내려왔고, 거기서도 시간이 한참이나 지나서 백산이 다시 마지막으로 모습을 드러내어 내려왔다. 백산이 유독 그렇게 시간이 늦어진 것은 뒷용변을 보고 오는 탓이라는 민가의 말이었다. 그런데 이유가 어디에 있었든지, 그렇게 뒤늦어 길을 내려온 백산의 얼굴 표정이 아무래도 전처럼 호기스럽지가 못했다. 자기를 기다리고 있는 일행을 보고서도 그새 갑자기 기분이 달라진 사람처럼 말 한마디가 없는 데다, 얼굴엔 아깟번의 질펀한 술기 대신 까닭 모를 긴장 기 같은 것이 짙게 깔려 있었다. 그야 어두워진 반월정 문을 나오고 나서 묵묵히 서로 말을 꺼리고 있었던 나나 민가들도 사정은 마찬가지였다. 하지만 민가나 최가들은 백산이 길을 내려와 합류하고부터는 가라앉았던 기분들이 금세 되살아나 참았던 소리들을 함부로 떠벌리기 시작했다.

"거, 베레모 녀석 심사가 많이 뒤틀린 꼴이더구만. 녀석이 백산 앞에 오금을 못 펴 망정이지, 그러지 않았다간 무슨 봉변을 당할지 모르겠던걸."

"반성하라구, 반성해. 남의 계집을 녀석 눈앞에서 강제로 무릎 위에 앉히고 논 사람부터. 제 계집을 그런 식으로 가지고 노는 데 눈에 쌍심지가 돋지 않을 놈이 어딨겠어. 나중엔 백산까지 소 닭 보듯 하고 나자빠져 있는 품이 거기서 더 심사를 건드리고 들다간 물불 가리잖고 난장판을 내겠던걸."

"우리야 털보 선생 백산을 믿고 한번 그래 본 것뿐인데 뭘. 사단은 애초에 백산에게 있었으니 일을 당해도 백산이 당했겠지. 일의 경위가 그렇게 되지 않았나, 백산? 그러니 이담부턴 백산도 녀석을 조심해 대하라구. 공연히 그 엉터리 털보 뺨만 믿지 말구."

다행인지 불행인지, 녀석의 마지막 자포자기식 외면에 위인들도 꺼림칙한 불안기를 숨기지 못한 채 그걸 짐짓 범상스런 너스레로 무시하려 백산 쪽을 부러 더 긁어대는 소리들이었다.

하지만 백산은 거기에도 여전히 기분이 풀리지 않는 얼굴이었다. 위인은 아직도 어정쩡한 침묵 속에 뒷일이 아무래도 신경이 쓰이는 듯 슬금슬금 곁눈질을 계속하고 있었다. 그리고 한시바삐 그 절골을 빠져나가고 싶은 듯 전에 없이 발길을 서둘러대었다.

백산 역시 무언가 녀석의 뒷일을 불안해하고 있음이 분명했다.
평소의 백산에게선 쉽게 볼 수 있는 일이 아니었다. 나도 처음 그
백산이 조금은 의아스럽고 우습기조차 하였다. 위인이 웬일로 저리
갑자기 태도가 달라졌나. 방금 전까지만 해도 그렇듯 녀석 위에 폭
군처럼 군림하며 위세를 떨어대던 위인이 이제는 어둠 속을 앞장서
도망치다시피 하고 있는 우스운 꼴이라니. 녀석의 그 말 없는 불복
시위 따위가 위인에게까지 그렇듯 기분을 언짢게 하거나 겁을 먹고
불안해지게 했을 수는 없었다. 위인과 녀석 간에 그사이 필시 그럴
만한 다른 곡절이 있었음이 분명했다. 나는 이제 그저 우스운 느낌
을 넘어서 그 곡절이 새삼 궁금해지기까지 하였다.

그러나 실상 백산이 그리 될 만한 별다른 사단이나 곡절은 없
었다.

"자네, 도대체 기분이 왜 그래? 혹시 혼자서 뒤처져 오다가 누
구한테 말 못 할 망신을 당한 거 아냐?"

절골 길을 내려와 온천장 쪽으로 다시 찻길을 잡아 나오면서 우
리는 그 사유를 몇 번이나 캐물었지만, 백산은 그때마다 시치미라
도 떼듯이,

"망신은 무슨…… 녀석 일에 공연히 기분이 좀 언짢아서 그러
지. 이제 그 일은 그만들 잊어버리라구."

마지못해하는 어조 속에 쓴웃음을 지어 흘리며 녀석의 일을 한
사코 회피하려고만 들었다. 그러다 겨우 실토를 해온 것이 그가
그 부엌방 앞을 지나오다 우연히 목도하게 됐다는 녀석들의 그 '꼴

사나운 뒷다툼질' 정도였다.

"음식 값을 치르고 자네들이 나간 걸 보고 그길로 일행이 모두 물러간 줄 알았던 모양이야."

차가 거의 온천 근처 숙소에 가까워지고 있을 때서야 백산이 겨우 좀 기분이 홀가분해진 얼굴로 그나마 뒷이야기를 털어놓는 것이었다.

"화장실을 다녀나와 부엌방 근처를 지나다 보니 그새 어디선지 그 계집아이가 방 안으로 쫓아 들어가 녀석의 머리통을 싸안고 애가 타서 통사정을 들이대고 있는 꼴이지 뭐야. 녀석은 이제 내 알바 아니니 네 일은 네가 알아서 맘대로 하라는 듯 계집아이에게 제 머리통을 아무렇게나 내맡겨둔 채 두 눈 꼭 감고 옴짝도 않고 있는 중이었구. 통사정의 내용은 자세히 알아들을 수 없었지만, 눈물 찔금 콧물 찔금 성화를 대고 있는 게 오늘 일로 녀석의 용서를 빌고 있는 참이었겠지…… 그 꼴을 보게 되니 공연히 가슴이 섬뜩해오더구만. 자네들 말대로 녀석이 불시에 발작이라도 일으키고 나설 것 같아 은근히 겁이 났는지도 모르고. 그래 난 녀석들이 눈치를 못 채게끔 살금살금 대문을 빠져나오고 만 거지. 그 왜 도둑놈이 제 발 저린다는 격으로 말씀이야. 공연히 막판에 안 볼 것을 본 것 같은 떨떠름한 느낌이 영판 안 좋구만."

백산은 아직 그런 기분이 잘 가시지 않은 듯 새삼 눈살을 찌푸렸다.

어쨌거나 백산에게 우리가 모르는 곡절이 있었다면 불의에 그 어리숙하고 딱한 한 쌍의 뒷사랑 싸움을 목격한 일 정도였다. 뿐더러 백산이 그 말을 여태까지 참아온 정도로 보아 그것이 그의 그 불안스런 쫓김의 참 곡절일 수도 있었다. 그 밖엔 다른 곡절을 생각할 수가 없었다.

하고 보니 나는 아직 그 꺼림칙한 불안기를 씻어버리지 못하고 있는 백산의 심중이 새삼 다시 우스웠다. 반월정 녀석이 제 우상 격인 백산 앞에 주눅이 들어 그의 횡포를 고스란히 겪어낸 것은 그래도 처지를 이해할 만한 경우였다. 그에 비해 백산은 자신이 지어 만든 거짓 힘의 우상 앞에 자신이 겁을 먹고 쫓기고 있는 격이었다. 거짓 힘의 운명이란 원래 그처럼 허망스런 것인지 모르지만, 위인은 바로 자신의 허상에 자신이 불안하게 쫓기고 있는 꼴이었다. 뿐더러 이제는 그가 거짓으로 꾸며 지닌 자신의 우상을 그 스스로 깨부숴 허물어뜨리고 있는 꼴이었다.

그런 백산이 우습지 않을 수 없었다. 아니 그저 위인이 우습기만 한 게 아니었다. 어쩌면 그가 그저 우습기보다도 베레모 녀석의 처지에 더하여, 나는 그 백산 앞에 다시 한 번 연거푸 속아 넘어간 듯싶은 느낌에 위인이 더없이 괘씸스럽기까지 하였다. 베레모 놈의 형세가 그리 만만해 보이지가 않았던 건 사실이지만, 그렇다고 위인의 그 질펀한 호기는 어디 가고 이렇듯 간단히 형세가 바뀌다니…… 그래 이런 위인의 거짓장난 놀음에 눈이 먼 절골 사람들이나 녀석의 꼴들은 다 뭐란 말인가. 보다도 그사이에서 우왕좌왕 몇 번씩 양쪽으로 속아 넘어간 내 꼴은 또 무어구……

당연한 일이지만, 그래 나는 이후부터 기회 있을 때마다 그 백산에게 또 한번의 절골행을 부추기고 들곤 하였다. 나하곤 별반 상관이 없는 일인데도 절골 일을 그냥 그대로 잊어 넘기기에는 마음에 걸리는 대목이 많았던 때문이었다. 베레모와 아가씨의 뒷일은 물론, 의인 털보의 참모습을 목격한 반월정이나 절골 사람들의 그 후 동향이 어떻게 돌아가고 있는지가 궁금하기 그지없었다. 그런 일에 어떤 부채감 같은 것이 느껴지기도 하였고, 눈앞에 문득문득 변전을 거듭한 백산을 그대로 보아 넘길 수도 없었다.

하지만 내가 그 절골행을 백산에게 부추기고 든 것은 내 쪽의 궁금증이나 심적 부담감보다 위인의 그 찌부듯한 불안기가 더 큰 계기였다. 백산은 이후로 절골 쪽 이야기는 다시 입에 올리고 드는 일이 없었다. 주말마다 계속된 야외 소풍 길에도 절골 쪽은 아예 처음부터 제외되고 있었다. 어쩌다 다른 사람의 입에서 그쪽 이야기가 나와도 백산은 그저 못 들은 척 거론 자체를 피했다. 아직도 그쪽 일이 어지간히 마음에 켕기고 있음이었다.

나는 그런 백산이 은근히 고소할 뿐 아니라, 위인을 점점 더 심하게 몰아붙여보고 싶었다.

── 어때, 수인사 절골이나 한번 다시 가보면?

── 그 반월정 녀석, 계집아이 일로 기가 좀 빠진 것 같던데 다시 가서 버릇을 고쳐놔야지 않아. 녀석에게 털보가 쉽게 보이게 되면, 자네보다 녀석한테 인생의 지표가 무너져버리는 격이거든. 어떤 뜻에선 그곳 사람들이나 녀석을 위해서도 다시 한 번 가봐줄 필요가 있는 거지.

나는 위인의 아픈 곳을 파고들며 다음번 절골행을 더욱 집요하게 부추겨대곤 하였다.

하지만 백산은 내가 뭐라든 아예 들은 척을 않거나, 절골은 또 무슨, 거기가 뭘 더 볼 게 있다고…… 시큰둥하게 어물쩍 뭉개 넘기고 말 뿐이었다.

나는 백산이 그렇듯 난처해할수록, 그가 그 절골행을 피하고 들면 들수록, 어떻게든 그를 다시 절골로 끌고 가려 위인을 끈질기게 괴롭히고 들었다. 반월정 녀석이나 그곳 사람들 앞에 위인을 다시 세워 처지가 달라진 자신의 국면을 어떻게 처결해내는가를 기어코 보고 싶어 하였다.

— 사람하고는 참, 그래 그 허우대에 녀석이 그렇게 겁이 난단 말여? 그쪽을 그리 슬슬 피하려고만 들게.

— 하긴 또 모르지. 녀석이 이번엔 생각을 바꿔먹고 자네가 나타나기를 별러대고 있는지. 머리 함량이 부족한 친구들일수록 한번 일을 벌이고 나서면 물불을 안 가리는 법이거든. 그 계집아이하고의 일이 잘못되기라도 하는 날엔 털보고 사부님이고 눈에 보일 리가 없겠지.

하지만 거기까지는 그래도 아직 전주에 불과했다. 어느 편이냐 하면, 그 백산에 대한 다그침은 아직도 대개 위인에게 시험 삼아 골탕이나 먹이려는 짓궂은 추궁에 가까운 것이었고, 그러한 추궁성 다그침 자체가 그에 대한 응징이 되고 있었던 셈이었다.

그런데 그 여름 더위가 한창 기승을 부리던 7월 하순 무렵엔 그것이 내게 훨씬 더 분명한 과제로 변해 갔다.

피서 여행을 겸하여 몇 년 만에 모처럼 남해안 쪽 고향 고을을 찾아가서였다. 한 며칠 고향 사람들과 어울려 지내다 보니 나는 문득 백산의 일이 생각나 새삼 그 옛날 방두천의 수수께끼를 꺼내 놓아보았다. 그런데 유감스럽게도 그동안 워낙 세월이 흐른 데다 세상과 사람들이 많아 달라진 탓인지 마을에는 그 일을 분명하게 기억하고 있는 사람이 하나도 없었다.

  ─ 글쎄, 그게 8·15 해방 전이던가 언제쯤이던가, 한때 그런 욕지거리가 돌아다녔던 것 같기는 하네만, 그 후론 그런 소리를 들은 일이 없어서……

  ─ 방두천이란 위인이 있었제. 그런데 그 위인이 아마 6·25 땐가 언제 사람들 앞에 잡혀 나와 큰 곤욕을 치렀었다네…… 그리고는 영 어디서 죽었는지 살았는지 들은 일이 없구만.

  젊은 사람들은 아예 들어본 적조차도 없는 일이었고, 나이 든 어른 중에도 겨우 몇 사람이 희미한 기억 정도를 남기고 있을 뿐이었다. 그러니 위인에 대한 전기적 사실이나 자세한 후일담은 알아낼 길이 없었다.

  그런데 다행스럽게도 옛날 초등학교 때의 은사님 한 분이 읍내 문화원의 향토사 정리 작업에 깊이 관계를 맺고 계셨다. 방두천 일 따위가 지역 역사의 관심사가 될 바는 아니었지만, 그래도 나는 행여나 하는 마음에서 귀로에 그 읍내 문화원으로 은사님을 찾아갔다. 그리고 거기서 뜻밖에도 간단히 나의 오랜 수수께끼를 풀게 되었다.

  "그 방두천이란 사람 일제 때 이 고을 서 고등계 형사였지. 조선인으로 거기까지 직위가 올라간 것만 봐도 벌써 알 수 있는 일이지만, 이만저만 악한 인물이 아니었어. 독립 운동이나 사회 운동가

들은 물론 무고한 양민들까지 그자 손에 수없이 생곤욕을 치렀으
니까."

이런저런 인사말 끝에 내가 지나간 이야기처럼 그 방두천의 일
을 끌어내자, 은사님은 거침없이 그에 대한 비밀을 활짝 벗겨주신
것이었다. 뿐더러 그는 옛날 위인에 대한 고을 사람들의 두려움
어린 저주를 누구보다 잘 알고 있었다. 그리고 그 속에 깊이 숨은
뜻을 누구보다 정확하게 새겨두고 있었다.

"그래서 사람들은 누가 먼저랄 것도 없이 위인을 그런 식으로
저주하기 시작했지. 그게 종당엔 고을 사람 전체의 저주로 변해갔
고. 심지어는 그가 누군지, 어디에 그런 사람이 정말로 살고 있는
지조차 모르는 촌부들까지도. 세상에 악하고 못된 짓은 모조리 위
인의 이름으로 돌려서. 누구에게 가르침을 받은 바가 없으면서도
참으로 기특하고 지혜로운 대처였지. 그래서 위인은 해방에 뒤이
은 6·25 동란을 거치면서, 어디서도 정체를 숨기고 지낼 수가 없
게 되어 끝내 이 고을 사람들의 심판을 받게 됐던 게고. 지혜는 있
어도 이 고을 사람들의 심성이 모질지를 못해서 그때도 위인의 목
숨까진 차마 뺏을 수가 없었지만······"

거기까지만 하여도 그 방두천에 대한 일은 내게 더없이 분명해
진 셈이었다. 그런데 은사님이 더욱 고마운 것은 위인의 뒷일과
관련한 당신의 뜻 깊은 설명이었다. 은사님도 위인이 목숨을 건져
고을에서 사라진 이후의 일에 대해서는 알고 있는 것이 아무것도
없었다. 고을 어디에 그가 아직도 숨어 살고 있는지 아니면 어디
서 이내 세상을 떠나고 만 것인지, 이후엔 한번도 소식을 들은 일

이 없다는 것이었다. 뿐더러 그런 일엔 이미 관심도 없으려니와 알아야 할 필요도 없다는 말씀이었다. 나는 어딘지 그것만은 은사님을 잘 납득할 수가 없었다. 그것은 한때 그토록 고을 사람들의 입에 자주 오르내리던 방두천의 그림자가 어느새 그렇듯 말끔히 잊혀지고 있는 일과도 무관치가 않아 보여 나는 더욱 그 이유가 궁금했다. 그래 그런 위인의 더러운 이름이 어떻게 그리 쉽게 잊혀질 수 있느냐고, 얼마간 추궁기가 깃든 물음을 덧붙였을 때였다. 선생은 잠시 혼자 생각에 잠기는 듯 눈을 감고 계시다가 이윽고 조용히 말씀해오신 것이었다.

"위인의 이름은 이미 소용이 없어졌으니까. 사람들은 때로 악을 내치고 선을 지키기 위해 엄청난 지혜를 발휘할 때가 있지. 저주와 경계와 응징의 대상으로 그 방두천을 상징적 표상으로 삼은 것처럼. 그러나 그러한 설화성 표상은 그것을 낳게 한 실제 인물의 정체가 드러나면 그 표상으로서의 구실은 더 못하게 되고 말지. 실제의 인물이 그 상징적 표상성을 죽여버리고 마니까. ……사람들이 흔히 마을 앞 연못 속에 용이란 영물을 기르는 것과 같은 이칠세. 사람들은 제 일에 길운을 열고 흉변을 피하기 위해 연못 속에 그 용이란 영물을 기르지만, 그 실은 연못의 물속이 아니라 자신의 마음속에 그걸 기르고 있는 걸세. 그런데 누가 정말로 그 용을 잡으려 들겠나. 그래 그 용이 그 앞에 정체를 드러내고 나왔다면 그게 뭔가. 이를테면 승천이 그런 표현의 하나겠지…… 용이란 원래 실제가 없는 마음속 표상이라, 그것은 거꾸로 그 용의 존재를 부인하는 것밖에 되질 않아. 못 속의 용이거나 제 마음속 용이거나 그길로 종말이 되고 만다는 얘기지…… 사람들 앞에 끌려 나와 정체를 드러내고 만 방두천은 그걸로 이미 그 전설의 설화적 표상성을 잃고 만 존재였어. 사람들은 그런 그를 굳이 더 기억할 필요가 없어진 거지……"

여행에서 돌아오자 내겐 이제 그 백산과의 절골행이 한층 더 분명하고 현실적인 과제로 다가오게 된 경위였다. 여태까지는 그 실현성보다도 아직은 추궁 삼아 그래 본 정도였다면, 이제는 위인을 절골 사람들 앞에 내세워 정체를 마저 벗겨 보일 이유가 분명해진 것이었다. 백산이 방두천과 경우가 같을 수는 없었지만, 사람들이 그 선악 길흉 간의 각기 제 용들을 길러온 것과는 별 차이가 있을 수 없었고, 더욱이 이젠 그 생사 간의 종적이 사라져간 방두천이 어느새 절골의 털보나 백산으로 문득문득 환생을 거듭해온 때문이었다.

백산에 대한 내 다그침은 그만큼 더욱 집요하고 극성스러워질 수밖에 없었다. 한데 알고 보니 나의 그런 다그침마저도 그 무렵의 백산에겐 별 필요가 없었다. 백산도 실상 이때쯤엔 내심 언젠가 절골을 한번 다시 가볼 생각을 품고 있었기 때문이다.

그 무렵 어느 날, 이번에도 잠시 바깥바람이나 쏘이고 오자고 나를 끌어낸 위인이, 이날따라 웬일인지 더 다른 말이 없이 차를 한참이나 남쪽으로 몰아갔다. 기미를 보자 하니 차가 온양이니 그 절골 쪽을 향해 가고 있음에 분명했다.

"이거 지금 우리 온양 쪽으로 가고 있는 거 아냐? 드디어 절골을 다시 가볼 작정인가?"

기미를 알아차리고 내가 뒤늦게 물으니 위인도 비로소 고개를 끄덕이며 시인했다.

"왜, 자네가 늘상 내게 원했던 일 아닌가. 기왕 길을 나선 김에 오늘 거기나 한번 다시 가보지 뭐…… 실은 나도 그간 거기 두고 온 내 꼴이 어떻게 됐는지가 썩 궁금했거든……"

하니까 그 백산과 나의 세번째 절골행은 그가 내 집요한 다그침을 견딜 수 없어서거나, 위인의 자존심이 상한 때문에서가 아니었다. 나의 심한 입살에 비위가 꽤 상했을 건 부인할 수 없겠지만, 보다는 그 백산 자신의 궁금증과 결단에 따른 일이라 해야 옳았다.

위인의 실토대로 그동안 말을 참고는 있었지만, 그도 그 반월정이나 절골 일이 꽤나 궁금했었던 게 분명했다. 하지만 그는 반월정 녀석이나 절골 사람들보다도 거기 남겨진 자신의 모습이나 그에 대한 미련 때문에 길을 나선 꼴이었다. 어찌 보면 위인은 전날 일로 잠시 기분이 언짢아졌던 것뿐 베레모나 절골 사람들의 그 충직스런 공경심에 대해선 조금도 의심을 않고 있었는지 모른다. 그래 전날의 추태에도 불구하고 그에 대한 실망감엔 어떤 손상도 없었음을 다시 한 번 똑똑히 확인해보고 싶었는지도 모른다.

백산은 말하자면 그 절골에 숨어 자라온 또 하나의 자신을 찾아가고 있는 셈이었다. 혹은 그에 대한 집착과 미련 때문에 그 권위와 권능을 되살려 지키러 가고 있는 길이기도 하였다.

그러나 이제 그것은 자신의 거짓 모습에 대한 부질없는 미련이요 집착일 뿐이었다. 이제 그는 이미 물 위로 정체를 드러내기 시작한 거짓 용의 마지막 행로를 밟고 있음에 다름 아닌 때문이었다.

하고 보니 어딘지 자신이 만만해 보인 백산과는 달리 나는 혼자 속으로 자꾸 긴장이 되지 않을 수 없었다. 절골에선 지금 위인의 모습이 어떤 식으로든 변하고 있는 것일까. 아니면 아직도 위인의 느긋한 믿음처럼 어떤 손상도 입지 않고 있는 것일까. 반월정이나 절골 사람들이 그 '털보' 백산을 어떤 식으로 맞을 것이며, 그와 어떻게 맞서 나오게 될 것인가. 과연 그와 맞서고 나설 형편이나 되어 있을 것인가. 그리고 그 결과는 털보의 종말이 될 것인가, 재림이 될 것인가……

차가 절골에 가까워질수록 나는 그곳 형편과 일의 귀추에 대한 궁금증으로 마음이 자꾸 더 긴장되고 있었다. 게다가 나는 아직도 그 절골 사람들 앞에 백산을 어떤 식으로 내세울 것이며 그의 정체를 어떻게 마저 드러내 보이게 할 것인지에 대해서도 분명한 방책이 서 있질 못했다. 어떤 효과적인 방책을 미리 마련해가야 한다는 생각뿐 구체적인 생각은 아무것도 떠오르지가 않아서였다. 부질없이 초조한 공념의 헛바퀴만 계속 돌리고 있는 꼴이었다.

하지만 실인즉은 그도 이미 다 소용이 없게 되어 있었다. 우리가 막상 절골로 들어서고 보니 그곳 사정은 나를 앞질러 모든 것이 이미 결판나 있었다. 그것도 처음엔 일이 거꾸로 풀려가고 있지 않은지 오해를 했을 만큼 완벽한 모양새로 해서였다. 다름 아니라, 우리가 그 절골 입구 주차장에 차를 세우고 이제는 제법 눈이 익은 가겟길을 올라가고 있는데도 이날은 웬일로 백산에게 알은척이나 관심을 보내오는 사람이 아무도 없었다. '털보'를 알아본 사람이 몇쯤은 없지 않을 텐데도 누가 오든 가든 전혀 아랑곳을 않은 채 묵묵히 제 할 일들만 하고 있었다. 그런 사정은 우리가 반월정을 들어섰을 때에도 마찬가지였다. 반월정엔 웬지 그 베레모 녀석의 모습이 눈에 띄질 않는 데다, 안채 쪽 아낙들까지도 흘끗흘끗 무심스런 눈길만 스치고 지나다닐 뿐 이쪽엔 어떤 알은체나 손님맞이를 서두르고 나서는 기미가 없었다. 묻는 말조차 모르는 척 돌아서 버리는 그 급전직하 격의 차가운 분위기에 우리는 잠시 어찌할 바를 모르고 어리둥절해 있을 수밖에 없었다.

하지만 오래지 않아 사정이 밝혀졌다. 잠시 후 어디선지 30대쯤으로 보이는 한 건장한 사내가 문간을 들어섰다. 힘깨나 써 보이는 당당한 체격에 얼굴엔 제법 지어 바른 점잔기가 흐르는 친구였다. 그는 처음부터 백산을 목표하고 뒤를 쫓아온 듯 곧바로 그 앞까지 걸음을 다그쳐 들어왔다. 그리고 백산 앞에 몸을 멈춰 세운 다음 그를 잠시 위아래로 훑고 나서는 일방적인 어조로 자신을 소개했다.

"나, 저 웃동네서 털보 씨가 보내온 사람이오."

백산이 전날 한때 그랬었듯이 적잖이 위압적이고 자신만만한 어조였다. 하지만 우리는 처음 그의 말뜻을 얼른 알아들을 수가 없었다. 그래 백산이 심상찮은 기미를 애써 외면하듯 위인에게 되물었다.

"본인을 앞에 두고 털보는 또 누구요?"

그런데 그 백산의 무심스런 한마디에 모든 일이 금방 결판나고 말았다.

"뭐라고…… 털보?"

백산의 되물음에 사내는 한순간 눈가에 희미한 웃음기 같은 것이 떠도는 듯싶더니, 이내 표정이 사납게 뒤바뀌며 경멸기 어린 어조로 으르렁대기 시작했다.

　"털보 좋아하시는군. 당신은 이제 털보가 아니야. 남의 집 장사에 행패나 부리고, 좋아하는 아이들 못된 훼방을 놓아서 울고 갈라지게나 만들고…… 그런 게 어디 털보가 할 짓이야! 털보는 오랫동안 이 동네 어려움을 지켜주신 어른이란 말야. 당신네들 같은 못된 건달이나 깡패들에게서 이곳을 보호하고 세상살이가 고단한 사람들의 꿈이 돼주고…… 그리고 그 진짜 털보 어른은 지금 저 위에 계시단 말씀이야. 그런데 당신 같은 건달뱅이가 아직도 무슨 잠꼬대야. 털보라면 아마 그 어른을 사칭하고 다니는 가짜 털보겠지."

　반말지거리마저 서슴지 않는 모욕적인 질타였다. 위인의 그 거침없는 매도 속에 나는 이제 대충 사정을 짐작할 수 있었다. 그날의 추태와 베레모 녀석의 일이 이미 온 고을 사람들에게 알려졌음이 분명했다. 사내의 말로 추측건대 베레모 녀석이 눈에 띄지 않은 건 그날 일로 끝내 심통을 부리다가 제물에 어디론지 일자리를 옮겨간 탓일 터였고, 온 동네 사람들이 그렇듯 백산을 백안시한 것은 녀석들의 그 안쓰런 파탄을 사단으로 그의 참 정체를 알게 된 탓일 터였다. 하지만 그보다 더 충격스러운 일은 그새 절골에 또 새로운 털보가 나타나 있는 일이었다. 어딘지 전날의 백산을 연상시키는 그 턱수염이 거뭇거뭇한 사내의 얼굴이나 행동거지들이 어쩌면 그 사내 자신이 새로운 털보로 당분간 옛 털보의 권위를 빌리

316

고 있는 것일 수도 있었다. 그리고 그것을 고을 사람들이 한맘으로 용납해 받아들이고 있는 것일 수 있었다. 일은 결국 그 베레모 녀석들의 뼈저린 희생을 부르고 말았지만, 그로 하여 고을 사람들이 그 늙은 털보 백산의 분명한 정체를 깨닫게 된 것이었다. 그리고 그새 고을에 새로운 털보가 나타난 것은 지극히 당연한 일이었을지 모르지만, 나에겐 참으로 뜻 깊고 충격이 아닐 수 없었다. 사내가 자신을 바로 털보로 칭하지 않고 대행인으로만 행세하고 있는 데는 일종의 감동마저 느껴지고 있었다.

나는 사내의 호된 질책 앞에 아무 말도 대항을 하고 나설 수가 없었다. 나로선 실상 그럴 처지도 아니었고 그러고 싶은 생각도 없었다. 오히려 어떤 후련스런 해방감 속에 백산의 기미만 조용히 지켜보고 있었다.

하지만 사내의 마구잡이 언동 앞에 그 모습이 놀랍도록 조그맣게 작아진 백산은 아직도 일의 형세가 잘 납득이 가지 않는 모양이었다. 백산으로선 그것이 오히려 당연했을지도 모르지만, 어쨌거나 그는 이미 풀이 잔뜩 꺾인 목소리로 그나마 마지막 체면치레격 반격을 시도하고 들었다.

"난 통 뭐가 어떻게 된 일인지 곡절을 알 수가……"

그러나 백산은 그 마지막 시도조차 사내에게 무참히 제지당하고 말았다. 사내는 이제 더 구구한 설명을 부질없어하였다. 그는 백산의 말이 채 끝나기도 전에 한 손으로 불쑥 백산의 어깨를 짚어 누르며 거두절미, 마지막 통첩을 내뱉었다.

"당신은 거기까지 다 몰라도 상관없어. 대신 이제는 자신이 털보가 아니라는 것만 똑똑히 명심하면 되는 거야. 그리고 지금 바로 나하고 같이 주차장으로 내려가서 차를 타고 즉시 사라져 없어지는 거야. 그게 나를 보내신 우리 털보 씨의 바람이시니까. 어때, 그렇게 하겠어, 못 하겠어?"

영락없이 언젠가 백산이 불량배 패거리들을 내쫓아 보냈다던, 그때의 험악한 정황 바로 그대로였다.

하고 보면 이제는 여기서 더 긴 이야기를 늘어놓고 있을 필요도 없는 일이리라. 정황이 비슷한 것은 그 사내의 우악스런 다그침 앞에 다른 사정의 말 한마디 건네볼 겨를이 없이, 더 큰 망신당하기 전에 제물에 어정어정 그 반월정의 문간을 나서고 만 일이나, 거기서부터 계속 등을 떠밀리다시피 하면서 그 긴 가겟길을 행진해 내려와 차에 실려 절골을 빠져나오기까지의 과정들도 사정이 거의 다 같았던 때문이다. 그때와 사정이 좀 다른 것이 있었다면 이번에는 밤이 아닌 밝은 낮 시간이었다는 점과, 옛날 털보에 대한 마지막 호의에서였던지 가겟거리 사람들이 우리의 추방 행진을 보고서도 그때처럼 야유나 비웃음을 보내지 않고 길을 올라올 때의 그 무관심한 침묵으로 우리를 여전히 모른 척해준 것 정도였다.

하지만 내겐 그 밝은 대낮과 바닷속처럼 무거운 침묵 속의 행진이 더욱 큰 곤욕이 아닐 수 없었다. 주차장까지의 몇백 미터 내리막길이 그렇듯 막막하고 멀어 보일 수가 없었다.

내 심사가 그 지경인 마당에 직접 당사자 격인 백산의 경우는 더 말할 것이 없었을 터였다.

하지만 아직 행인지 불행인지 백산은 그 우습도록 참괴스런 처

318

지에도 위인 특유의 대범성과 뱃심으로 자신을 제법 잘 견뎌 나가고 있었다. 한 수갑에 묶인 두 공범자 꼴이 된 내가 이따금 곁눈질로 위인 쪽을 살펴보니, 그는 곧 몸이라도 무너져 내릴 것처럼 발길을 흐느적대면서도 그의 마지막 자존심이 걸린 그 입가의 허허한 웃음기만은 끝내 잊질 않고 있었다.

그러니까 내가 그때 위인의 심기를 좀 다독여준답시고,

"이게 다 자네가 못물을 나와 하늘로 올라가는 승천 의식인 게여."

어쩌고 그가 잘 알아듣지도 못할 소리를 지껄여댄 것도 사실은 위인을 위해서보다는 자신의 심중을 다시 한 번 확인하고, 그것으로 고역스런 제 심기를 부추기려는 자기 위로의 한 방책에 불과했을 터였다. 짐작대로 백산은 이번 역시 그것이 무슨 뜻인지 알아듣지 못한 듯 허청허청 말없이 발길만 이끌어가고 있는데도, 나는 그에 전혀 아랑곳이 없이 한동안 제 소리만 지껄여대고 있었던 때문이었다.

"용이란 한번 물 위로 모습을 드러내 보이고 나면 그걸로 그 물을 떠나 사라져야 하는 법이거든. 정체를 드러내는 것이 바로 숨어 살아야 하는 운명을 지닌 용이란 동물의 끝장인 거지. 그러니 이 절골에 다른 용이 다시 숨은 둥지를 틀고 들어앉게 된 것 역시 매우 당연한 일이구……"

(1990)

영원한 젊음, 불완(不完)의 텍스트

이소연
(문학평론가)

1. 끝에서 시작되는 이야기

언어에 기대어 뜻을 펼치고 정하는 작가에게 있어서 '말'의 죽음은 곧 자신의 죽음을 뜻한다. 언어 자체를 문제 삼는다는 것, 말의 근거를 파고들어간다는 것은 이승의 죽음 너머에 있는 '무'의 경계를 넘는 일이다. 그 안에 무엇이 자리하고 있는지 알 수 없는 심연을 들여다보려면 모든 것을 무릅쓰는 용기가 필요하다. '진실'이라는 것도 마찬가지다. 수많은 작가와 철인과 성자들이 저마다 '의미'를 추구했던 이유는 그 궁극에 개인과 공동체의 삶을 받쳐주는 견실한 '진실'이 자리한다는 믿음 때문이리라. 그러므로 진실은 물론 이를 추구하는 인간의 '진정성' 자체를 의심하고 그 근거를 정면에서 응시하는 일은 버거울 수밖에 없다. 이는 난경을 넘어 불가능에 가까운 작업이다. 그런 점에서 이청준은 매우 급진적인

radical 작가다. 그는 거의 모든 텍스트에서 '말의 본질'과 '진정성' 같은 질기디질긴 개념을 되씹고 반추하는 작업을 멈추지 않는다. 일단 실마리를 잡으면 그가 찾던 대상의 실체로 직하하는 순간을 놓치는 법이 없었다. 그 과정에서 독자는 진리를 탐하는 그의 예리한 지성과 집요한 열성에 놀라게 된다. 이청준은 어느 인터뷰에선가 "농담같이 들리는 얘기지만, 저는 항상 제가 도달한 것의 마지막의 것을 썼어요"라고 고백한 적이 있다. 이 말을 달리 해석하면 그는 항상 더 이상 쓸 수 없을 데까지 쓴 셈이다. 그러므로 그의 문학은 복잡한 우회로와 의심의 관문을 숱하게 통과한 후 도달한 '끝'의 증언이라고 할 수 있다.

이청준에게 있어 이러한 급진적인 글쓰기는 '주체'에 대한 문제와 겹쳐진다. 이미 많은 독자들, 연구자들은 이청준 소설이 갖고 있는 특유의 '재귀적'인 구조와 반성적인 특징에 주목한 바 있다. '언어사회학 서설' 연작을 비롯해서 그의 소설들은 대부분 글쓰기에 대한 자의식과 소설의 원재료라고 할 만한 언어에 대한 사유를 중심에 위치시키고 있다. 일반적으로 '메타 소설'이라고 명명되는 이러한 구조는 자신이 자기 자신을 지시하고 성찰하는 장면에 이르면 단순한 소설적 장치로서의 위상을 넘어서게 된다. 데카르트의 '방법적 회의'에 견줄 만한 인식과 사유의 근본 원리가 되는 것이다. 아니, 이청준의 경우 이러한 반성적인 성찰은 윤리적 요청이나 다름없다. 그래서일까. 그의 작품 속에는 마치 작가 자신을 모델로 한 것으로 짐작되는 캐릭터들(소설가나 적어도 분신으로 여겨지는 예술가 인물들)이 자주 등장한다. 더욱이 그가 자신을 드러내는 일을 감수해온 정경을 짐작하게 하는 산문과 인터뷰들도 적지 않다. 그러나 그가 자기반성을 통해 한 사람을 '주체'로 세우는 일의 정점에 세운 것은 어쩌면 '자서전 쓰기'가 아니었을까. 자기 자신에 대한 성찰을 넘어서 이를 (가장 반성적인 도구인) 글로 옮긴다는 것은 무한한 용기와 자기 배신을 감수하지 않고서는 도달하기 힘든 경지가 아닐 수 없다.

'언어사회학 서설' 연작에서, 작가는 자기 자신에 대한 이야기를 쓴다는 일의 중함과 어려움을 극화시키고 있다. 이는 자기 자신이 직접 자서전을 집필할 때는 말할 것도 없고 작가가 다른 사람의 이야기를 대신해서 쓰는 경우에도 마찬가지로 해당된다. '언어사회학 서설' 연작의 두번째 이야기인 「자서전들 쓰십시다」에서 작가는 주인공 지욱의 입을 빌려 다음과 같이 말한다.

자서전이란 원래가 주장이기보다는 고백이요, 헌상이어야 했다. 나름대로의 뜻을 지니고 살아오면서 이룩해온 것들을 이제는 이미 그의 것으로서가 아니라 그의 삶의 결과로서 만인의 것으로 그 만인에게 바쳐지고, 그리하여 그 자신은 오히려 그 개인의 유한한 생애에서 해방되어 만인에 의한 만인의 삶이 되어야 하는 것이었다. 그것은 이를테면 생애의 모든 것을 바치고도 마지막 남은 그의 뇌수마저 그의 사후에 인간의 지능 장치를 규명케 하고자 연구실, 수술실로 보내게 한 한 절세의 박애주의자 아인슈타인의 유언—또는 그런 철인의 말없는 뇌수와도 같은 것이어야 했다.[1]

이러한 구절을 읽고 나서, 독자의 관심은 다음과 같은 질문으로 자연스럽게 넘어가게 된다. 그렇다면 작가 이청준은 자기 자신에 대한 글쓰기를 어떤 방식으로 감행할 것인가. 그가 쓴 자서전은 어떤 모양새를 하고 있는가. 이에 대한 답변을 구하는 독자라면, 응당 '가위 밑 그림의 음화와 양화' 연작을 읽어야 할 것이다. 비록 굳이 깐깐한 분류법을 따르자면 '자서전'이라기보다 '자전적 소설', 자신의 삶을 제재로 한 '사소설'의 테두리 안에 놓아야겠지만. 그래도 이런 식으로 정확하게 범주를 짚고 가는 편이 '이청준의 소설은 어떤 면에서 모두 자기 자신의 이야기였다'(사실 이 말은 결코 틀린 것이 아니다)는 식으로 두루뭉수리하게 넘어가는 것보다 더 유용할지 모른다.

2. 자기 진실을 향한 탐색

역설적인 것은 자신이 스스로를 문제 삼고 그 근거를 허물어뜨리는 지경에서 무언가 새로운 사건이 개시된다는 점이다. 자기 자신을 부정하고 좋내는 그 부정성마저 극복하고 나서야 독립된 주체로 다시 태어날 수 있다는 이상을 한 사람의 영적 순례 과정으로만 국한할 수는 없을 것이다. 이러한 원리는 소설이 자신의 관습을 의문에 부치고, 말이 자신의 유효성을 의심하면서 자신을 증거

---

1) 이청준, 「자서전들 쓰십시다」, 『자서전들 쓰십시다』, 열림원, 2000, p. 78.

하는 방식에서도 고스란히 반복되고, 중첩된다. 이청준의 글쓰기에서 사용되는 '진정성'의 수사학은 바로 이러한 역설의 구조를 바탕으로 작동되는 것이 아닌가. 이러한 질문은 "그 갈등과 주눅기와 맞서 그것을 이겨나갈 정직한 방법과 힘은 결국엔 자아와 그 진실 속에서 구해 찾아져야 할 것이다"(p. 20)라는 진단에서 실마리를 얻으며 "길은 다만 한 가지. 그 대답은 자신의 진실을 근거로 한 선택이 될 수밖에 없다. 그것은 바로 제 목숨을 건 자기 진실의 드러냄인 것이다"(p. 23)라는 결단으로 이어진다.

'가위 밑 그림의 음화와 양화' 연작을 읽는다. 맨 처음, 이 텍스트는 작가 자신의 어린 시절의 모습, 그리고 과거를 회상하는 한 노작가의 감회, 추억, 반성의 기록으로서 자신의 모습을 드러낸다. 그와 함께 질곡의 한 시대를 건넜거나, 대작가의 행적을 존경하는 마음으로 쫓는 독서 대중의 보편적인 감성에 잔잔한 파문을 남긴다. 그리고 거듭 읽을 때, 자신이 읽는 대상이 산문이라는 평평한 표면이 아닌 '소설'이라는 좀더 복잡한 차원 위에 놓인 텍스트임을 되새김하는 독자에게, 이 글들은 미세한 균열을 드러낸다. 그 미세한 균열을 해결하기 위해 다시 책장을 펼치는 이들을 향해 소설은 거의 윤리적인 심문에 맞먹는 파열, 혹은 난관aporia을 안겨준다. 어째서 그러한가. 1984년 발표된 「가위 밑 그림의 음화와 양화 1──머릿그림」에서 「키 작은 자유인──가위 밑 그림의 음화와 양화 5」[2]에 이르기까지, 다섯 편에 이르는 '가위 밑 그림의 음

---

2) 앞으로 '가위 밑 그림의 음화와 양화' 연작에 포함된 단편의 제목들을 표기할 때는 연작 명과 연작 번호를 생략한다.

화와 양화' 연작을 거듭해서 읽는 도정에서 우리는 여러 차례 이러한 수수께끼와 마주하게 된다.

'가위 밑 그림의 음화와 양화' 연작의 형식이 갖는 독특함, 애매함, 불가해함에 대해서는 이미 수차례 많은 연구자들의 지적이 있었던 터다. 특히 이 연작들을 한데 묶은 최초의 단행본인 『키 작은 자유인』(문학과지성사, 1990)에 덧붙인 권오룡의 해설 가운데 한 대목을 옮겨본다.

이렇듯 이청준은 자신의 실체험과 관련된 비소설적 이야기들을 소설화하여 비소설과 소설의 경계를 애매하게 만들고, 또 그것을 통하여 자신의 모습을 소설 속의 '나'와 겹쳐놓고 있다. 이 겹침을 통해 작가의 모습은 보다 일반적인 '나'로 탈바꿈하게 되며, 작가의 사적인 이야기들 역시 그 의미화의 공간을 스스로 넓혀나가게 된다. 이런 관점에서 본다면 **『키 작은 자유인』은 비소설적인 것의 소설화 과정과 구조적 의미론적으로 겹쳐져 있는 개별적인 것의 보편화 과정을 그 의미화의 무대로 삼고 있는 것**이라고 말할 수 있다.[3]

박철화 역시 다른 판본의 해설에서 "이 연작의 독특한 글쓰기 양식"에 주목했으며 이러한 독특성의 원인을 "마치 조각보처럼 이어지는 단편적 일화와 에세이에 가까운 짧지 않은 자기 진술이 교차되는 형식"[4]에서 찾는다. 연구자들이 공통적으로 지적하는 것은

---

3) 권오룡, 「잃어버린 '나'를 찾아서」, 『키 작은 자유인』 작품 해설, 문학과지성사, 1990, pp. 363~64. 강조는 인용자.

이청준이 그 누구보다도 소설 양식의 구조화를 위해 고심했으며 실제로 이러한 노력은 다양한 양식상의 실험으로 표현되었다는 사실이다. 작가의 자전적인 기록을 담은 산문과 소설적 허구가 섬세하게 엇갈리면서 현실과 비현실, 소설과 비소설, 글 쓰는 이와 글로 쓰이는 대상이 서로를 침투하는 듯한 효과를 주는 형식은 문학사에서도 유례를 찾기 어려운 것이다. 이는 서구의 고백록과 같은 자전적 글쓰기의 전통이나 가까운 일본의 사소설들을 참조해보아도 마찬가지다. 진정성을 담은 자기고백과 논평, 과거와 현실에서 겪은 에피소드들이 연대기적 순서에 무관하게 의식 혹은 무의식의 흐름을 따라 전개되는 양식은 오롯이 이청준의 서명이 각인된, 예술적 고심의 산물이라고 해야 옳을 것이다.

이 연작의 첫 이야기는 '과거의 복원'이라는 힘겨운 과제로부터 시작된다. 이야기를 이끌고 가는 사람은 자신의 어린 시절을 플래시백 형태로 회상하는 일인칭 서술자 '나'이다. 이 서술자는 어린 시절의 자신을 돌아보고 이를 비판적으로 성찰할 수 있을 만큼 현명해졌다는 인상을 준다. 이로 인해 서술하는 '나'와 서술의 대상이 되는 과거의 '나' 사이의 거리가 발생한다. 그다음에 짚고 넘어가야 할 것은 이 일인칭 서술자 '나'를 실제 작가와 동일시할 수 있는가 하는 문제다. 소설 속에 나타난 여러 정황으로 볼 때 이 서술자는 실제 작가 이청준과 동일인으로 보는 것도 크게 무리가 되는 일은 아니다. 소설에 피력되어 있는 여러 사건들은 이미 그가

---

4) 박철화, 「고통, 화해, 성숙」, 『가위 밑 그림의 음화와 양화』 작품 해설, 열림원, 2008, pp. 184~85.

산문의 형식으로 발표한 글의 내용과 상당 부분 일치한다. 그러나 이런 사실만으로 서술자를 자동적으로 실제 작가와 동일인으로 규정할 수 있는 것은 아니다. 바로 이러한 애매성 혹은 중층성 때문에 이 소설은 자서전이 아닌 허구의 기록, 즉 소설이 된다. 이 소설에 풍부한 자서전적 텍스트성은 전기적 사실의 기록이라기보다 글 쓰는 이가 상상적으로 재구성한 풍경을 담은 정신적인 기록이라고 할 수 있다. 이렇게 볼 때 서술자 '나'는 작가 이청준이 소설을 통해 재현한 '제3의 인물'로 해석될 여지를 독자들에게 얼마든지 남겨둔다. 이러한 과정을 통해서 독자들의 관심은 서서히 자신의 과거를 복원하고 해석하는 현재의 '자신'과 그의 '글쓰기'를 향해 서서히 조여든다. '나'라는 수수께끼를 푸는 열쇠는 과연 어디에 있는 것인가. 이는 글쓴이가 어린 시절에 겪은 사건들의 시간과 수십 년의 간격 너머에서 과거를 재구성하는 현재 사건의 시간에 동시에 각인되어 있다. 그 흔적을 더듬는다.

3. 스스로를 실현하는 텍스트

이 소설에서 서술자가 어린 시절에 겪은 사건들은 연대순이 아니라 앞으로 갔다 뒤로 갔다 하면서 들쑥날쑥 전개된다. 이에 비해 서술자의 현재 시간(혹은 글쓰기의 시간)은 마음의 수면 위에 떠오르는 이미지들의 부침 혹은 발생 순서를 따르면서 나름의 질서를 만들어나간다. 그런 점에서 이 소설의 첫 장이 아버지의 부재를 떠올리는 장면으로부터 시작된다는 사실은 의미심장하다. 아무리 노력해도 기억해낼 수 없는 아버지의 얼굴, 서술자의 마음 한가운데 뚫려 있는 그 헛헛한 빈 구멍은 이후의 글쓰기를 불러들이는 동기이자 과거와 현재의 '나'가 만나는 미묘한 접점이 된다.[5]

　'가위 밑 그림의 음화와 양화' 연작이 갖는 또 다른 특징은 바로 이러한 이야기들을 '연작' 형식에 담았다는 것에 있다. 이 소설 외에도 '언어사회학 서설' '남도 사람' 연작 등 여러 명편을 남긴 것으로 보아 이청준에게 있어서 연작은 결코 생소한 실험이 아니었음을 미루어 짐작할 수 있다. 작가가 연작을 시도하는 이유는 여러 가지가 있겠지만 단일한 구조로 수렴되지 않은 채 파편적, 불연속적으로 나열된 이야기들에게는 나름대로 연유가 있는 법이다. '가위 밑 그림의 음화와 양화' 연작은 독특하게도 그 안에 또 다른 작은 이야기들을 품고 있는 모양새를 이룬다. 이는 그만큼 작가가 자주 사유의 극단에 도달했고 글쓰기를 지속할 수 없는 지점에 강파르게 도달했는지 말해주는 근거가 되는 건 아닐까. 그럼에도 불구하고 이 이야기들은 순순히 중단되지 않고 다시 쓰이고 반복된다. 무의식 저편에서 또 다른 이미지들이 떠오르면 이야기들이 수

---

5) 거의 평생을 이어온 문학적 동지였던 김현은 이청준이 「가위 밑 그림의 음화와 양화」(1984)를 처음 발표했을 때 반쯤 농을 섞어 이렇게 말했다고 한다. "어머니 이야기를 팔아먹다 팔아먹다 바닥이 드러나니까 이제는 다시 제 돌아가신 아버지를 팔아먹기 시작했더구만." 김윤식은 이 사실을 회상하며 다음과 같은 뒷이야기를 덧붙인다. "'제 돌아가신 아버지 팔아먹기'의 결정판인 『키 작은 자유인』(1990)이 출간되었을 때 이청준은 남몰래 통곡하고 있었는데 그의 거울(자의식)이었던 김현이 타계했던 까닭이었다." 김윤식, 「미백(未白)의 사상 또는 이청준의 글쓰기의 기원에 대하여」, 『이청준 깊이 읽기』, 권오룡 엮음, 문학과지성사, 2009, p. 111.

군거리며 모여드는 식이다. 그리고 이들을 읽어갈수록 의식 뒤편의 검은 페이지에서 떠오른 이미지에는 치유할 수 없는 상처가 아로새겨져 있음을 깨닫게 된다. 왜 그는 결정 불가능한 지점, 글쓰기의 아포리아에 그토록 자주 빠져야 했던가. 그것은 작가 자신이 스스로 '나'를 제재 삼아, 일인칭으로 쓰는 일이 얼마나 힘겨운 작업인지 간접적으로 보여주는 증거가 아니겠는가.

자신과 삶의 진실을 찾아가는 일의 힘겨움은 파편화된 이야기들의 속살을 파고들수록 더욱 사무치게 다가온다. 마치 빛바랜 사진들처럼 차례로 인화되는 과거의 장면들은 죽음의 연속이다. 얼굴이 지워진 아버지, 큰형의 죽음 앞에 슬피 우는 아버지, 막냇동생의 무덤으로 찾아가는 아버지, 그 아버지의 죽음, 생매장을 연상케 하는 울력판의 이미지, 그리고 실제 생매장이라는 무시무시한 만행이 이루어진 6·25의 체험, 무지막지하게 맞아 죽은 누런 개의 주검…… 이들은 모두 "가위눌림" 속에서 목도하는 꿈 장면처럼 "필름 속의 음화가 어쩌면 눈앞에 양화의 현실로 인화되어 나타난 격"이라고 묘사된다. 그리고 이러한 이미지들은 꼬리를 물고 자기 자신의 죽음이라는 가장 두려운 사건의 조짐으로 이어진다. "자기 부재, 혹은 자아 폐쇄" 또는 "자기 망실(忘失)" 등의 단어로 명명되는 현상이 그것이다. 불가사의한 것은 자기 망실이 때로 현실과 자기 자신을 초월하는 듯한 쾌감을 준다는 사실이다. 이러한 자기 상실의 욕망은 어쩌면 프로이트가 말한 쾌락원칙 너머에 있는 죽음 충동, 열반에의 욕망과 통하는 것이 아닐까. 화자는 자신이 평생 이러한 충동에 맞서서 싸워왔다고 고백한다. 그에게서 자기 자신을 망각 속에 묻어버리려는 욕망에 맞서서 자신을 회복시켜준 것은 "제 목숨을 건 자기 진실의 드러냄"이었던 것이다. 잠시 의식을 잃어버렸다가 되찾았던 짧은 일화를 소개하는 대목은 기실 그가 쓰고 있는 텍스트 자체, 나아가 '글쓰기' 일반의 의미에 대해 논평하는 메타 텍스트의 역할을 한다. 그가 이렇게 힘겹지만 의식에 떠오르는 영상들을 붙잡는 이유, 기억하기도 싫은 과거의 상처들을 드러내는 힘겨운 글쓰기의 고투를 중단할 수 없는 까닭은 바로 자기 진실의 드러냄을 통해 자신을 잃지 않으려는 노력이 아니겠는가. 이 대목에서 우리가 주목해야 할 부분은 자기가 말하는 내용을 자신이 실현하는 자기수행적 글쓰기의 미묘함이다. 그는 자신이 쓰는 텍스트를 스스로 수행함으로써 백지에 씌어진 글의 경지를 벗어나 쓰는 이와 읽는 이의 삶으로, 그리고 삶 속에 실현되는 힘으로 변환시키는 마법을 부린다.

4. 자아라는 미망, 주체의 출현

1960년대에 활발히 활동하던 작가들의 특징을 규정짓는 열쇳말 중 가장 중요한 것은 '4·19'라는 역사적 사건 혹은 기호다. 이 혁명적 계기를 통해 근대성이 움텄다고 보는 이들에게 뒤이어 따라 나오는 중요한 사건은 '자율적인 주체'의 발견이다. 이청준의 여러 소설에서 깊이 있게 모색되는 자기의식, 그리고 개인과 사회의 관계에 대한 사유는 이러한 시대적인 흐름과 결코 무관할 수 없을 것이다. 그의 소설의 중요한 특징으로 꼽히는 자기 반영성, 메타 소설적 기법, 소설 양식에 대한 다양한 실험 등은 바로 이런 자의식적 주체에 대한 강렬한 관심이 만들어낸 미적 대응물이라고 할 수 있다. 그리고 이청준은 이러한 자의식적 경향을 자기 유폐적인 영역에서 힘겹게 풀어내 자아와 길항하는 타자에 대한 의식, 주체를 방사상으로 만들어지는 공동체, 사회에 대한 관심으로 자연스럽게 확장시킨다.[6)]

　이청준이 소설 속에서 많은 시간과 공을 들여 얻어냈다고 하는 종착점은 요약하면 "개인과 사회의 힘있는 조화 관계, 그를 위한 통합적 가치 질서의 발견"이다. 그리고 이러한 이상은 이어지는 이야기들을 통해 몸을 얻는다. 「금지곡 시대」는 개인이 타인과 관계 맺을 때 가장 기본적으로 고려해야 할 '금제'에 얽힌 일화와 사색을 담고 있다. 자아가 상징적 아버지가 부과한 법을 내면화하면서 한 사람의 주체로 성장한다는 사실은 일반적으로 알려진 정신분석학의 논리다. 법의 가장 원초적인 기제가 바로 금제다. 작가는 사회가 부과하는 질서와 억압에 대한 사유를 실마리 삼아 금제와 싸우면서도 일면 이를 수락할 수밖에 없는 사람살이의 갈등에 대해 토로한다. "거친 이분법적 인식망과 그에 기초한 금계망의

---

6) 이에 대해 이광호는 다음과 같이 설명한다. "이들은 개인적 주체성의 원리를 배타적으로 절대화하는 방식으로 사태를 해결하는 것이 아니라, 현실의 일부로서 자신에 대한 반성적 성찰을 끝까지 밀고 나감으로서, 다른 층위의 미적 주체를 재구성한다. 시대에 대한 비판과 자기비판이 조우하는 지점에서 새로운 차원의 심미적 주체를 탄생하는 것이다." 우찬제·이광호 엮음, 「4·19의 '미래'와 또 다른 현대성」, 『4·19와 모더니티』, 문학과지성사, 2010, pp. 59~60.

수락은 우리 시대의 한 운명적 명제이자, 나 자신보다 크고 이성적인 진실을 향한 자의적 지향과 결단의 결과로 이해되기를 바라는 때문이다"(p. 77)라는 고백은 단순한 중용, 또는 타협의 기술에서 머무는 것일 리 없다. 오랜 시간 동안 금제의 부정적인 측면과 맞서 마침내 이를 초극하는 경지에 이른 영혼이 '그럼에도 불구하고' 세상과 사람의 질서를 받아들이기로 결단하는 과정은 좀더 복잡하리라.

개인의 사적인 기억의 회상으로부터 시작된 각성의 진폭은 연작의 중반쯤 되면 한 고을과 지역의 비사(秘史)를 비롯하여 공동체의 집단적 기억과 역사로 확장되는 이야기의 스케일과 조응하면서 점차 범위를 넓혀나간다. 「잃어버린 절」은 이제까지 내면 탐구와 자기 독백조의 논평에 치중했던 화자가 자신의 고향 마을에 자리한 천관산과 그곳에 있었지만 지금은 흔적만 남아 있는 고찰(古刹)에 얽힌 숨은 역사를 풀어나가는 과정을 주로 다룸으로써 역력히 다른 분위기를 전달한다. 그러나 뒤늦게 사명감을 가지고 고향의 사적에 얽힌 수수께끼를 풀어가던 화자는 그간 잊고 지냈던 산에서 유실된 절로, 그 절에 있었다고 전해지는 종의 행적으로, 그리고 잃어버린 절과 종의 비밀을 풀어줄 책으로 탐색의 대상이 자꾸 옮겨가는 이상스런 정황에 마주하게 된다.

애초에 우리는 아버지의 부재와 죽음으로 각인되었던 구멍은 무슨 수를 써도 메울 수 없다는 사실을 이미 알고 있다. 「잃어버린 절」에서도 이러한 상실의 위상학은 고스란히 반복되고 있다. 끝내 없어지지 않고 위치만 바꿔 이리저리 이동하는 구멍은 망실된 자아, 끝내 소유할 수 없는 욕망의 대상들이리라. 이 소설이 회귀하는 지점은 이렇게 검은 얼룩으로 남아 있는 '자기'라는 영원한 수수께끼다. 그리고 이청준의 소설에서 이러한 자아 생성 작업의 미결정성은 종종 '실종'의 형태로 텍스트에 각인된다. 「잃어버린 절」의 결말 역시 결국은 잃어버린 책도, 종도, 절도 찾지 못한 채 미진하게 끝나지 않던가.

이러한 자기 진실 찾기에 관한 테마는 「지관의 소」에서도 여일하게 추구되고 있다. 이청준이 예술이나 기예에 일생을 바친 장인들의 생애에 비상한 관심을 갖고 있었다는 것은 널리 알려진 사실이다. 평생 초인적인 열정을 갖고 예(藝)의 세계에 매달렸던 한 화가의 삶을 그린 「지관의 소」는 대표적인 예술가 소설로 분류할 만하다. 이 소설은 평생 자신의 내면에서 솟구쳐 오르는 열정과 충동적인 힘에 맞서 싸워야 하는 한 예술가의 굴곡 많은 삶을 보여준다. 화자는 지관에게 있어서 예술은 치열한 투쟁, 무엇보다도 "자신과 자신의 소에 대한 그 고통스런 싸움"이나 매한가지였다고 말한다. 일찍이 미학에서 단골 논쟁거리인 피시스physis와 테크네technē 즉 자연과 기예 간의 갈등, 조화는 지관의 삶에서도 역시 풀기 힘든 난제로 작용했던 것이 틀림없다. 지관이 끝까지 자신의 삶은 물론 일생을 바쳐 그려온 그림들을 버리면서 추구했던 것은 모든 투쟁의 국면을 넘어선 '자유'였으리라. 이에 대해 주변인이 내린 다음과 같은 평가는 일견 귀 기울일 만한 구석이 있다. "그 양반 자신의 그림과 삶을 철저한 과정으로만 살고 가신 때문이었겠지. 〔……〕 선생은 끝내 자신의 그림에마저 얽매이지 않은 자유로운 삶을 살고 가신 거지"(p. 252).

지관이 '과정'으로서의 삶만 추구하고 결국 자신이나 매한가지인 소 그림을 버리려고 한 것도 욕망의 대상이 허상임을 안 까닭이다. 그것은 애초에 빈 구멍으로 남겨진 어떤 것이어야 마땅하다. 그러나 그 빈 구멍으로부터 결국 자신의 참모습을 반영한 명편이 탄생하고 만다는 사실은 얼마나 지독한 역설인가. 이 소설을 통해 작가는 자신을 끊임없이 욕망하고 반성하면서도 결국 우리는 그 과정만을 인식하고 향유할 수 있을 뿐, 그 자신을 모종의 동상 혹은 우상처럼 '대상화'할 때 참담한 실패만을 맛볼 수밖에 없다는 쓰디쓴 진실을 전달하고 있다. 이 소설들은 예술과 삶에 대한 이야기이면서 동시에 필생의 테마인 '주체'에 대한 이야기기도 하다. 끊임없이 자기를 지워나가야 하고 부정한 자리에 홀연히 남겨진 빈 구멍, 그 구멍에 떠오르는 '소'의 얼굴, 피시스와 테크네의 경계선이 무너진 혼돈의 자리에서 우리는 무엇을 발견하는가. 그것은 '자아'라는 미망이 삭제된 자리에 출현하는 '주체'라는 사건이어야 하리라. 그리고 독자는 연작의 마지막 종착지에서 마침내 작가가 꿈꿔온 '자유인'의 이상과 조우하게 된다.

5. 부정의 길과 '쓸 수 있는 텍스트'

단편 「용소고」는 스스로에 대한 헛된 미망에 사로잡힌 사람이 결국 자신이 만든 그 미망에 의해 배신당하고 만다는 쓸쓸한 진실을 알려준다. 이 소설의 화자는 백산 선생과 동행한 여행길에서 그가 젊은 시절 얼떨결에 휩쓸린 소동 덕에 한 고을의 수호어른 격으로 격상되어 있다는 사실을 발견한다. 자신이 신화적 인물인 '털보'로 존경받고 있는 정황에 흥미를 느낀 백산은 자신의 지인을 이끌고 그 고을을 재차 방문한다. 그러나 자신의 격상된 지위를 한껏 이용해 소동을 벌이고 난 후, 백산은 이제 자신이 영웅이 아닌 무뢰한의 수준으로 끌어내려져 있다는 사실을 깨닫는다. 설상가상으로 그들은 스스로 '털보'의 대리인을 자처하는 한 남자에 의해 망신을 당하고 쫓겨나는 신세가 된다. 이 소설은 이청준 소설의 또 다른 주요 테마인 신화의 기원과 해체, 그리고 재구성의 과정으로도 읽을 수 있으며, 지배하는 자와 지배받는 자 사이의 이자 관계를 둘러싸고 벌어지는 권력놀음에 대한 알레고리도 담고 있다는 점에서 문제적이다. 결국 「용소고」의 백산뿐만 아니라 사람은 대부분 자신이 가졌다고 착각하는 무언가에 스스로 얽매이고 마는 연약한 존재다. 보잘것없는 권력 앞에 굴종하던 사람이 정세가 바뀌면 쉽게 다른 사람을 지배하곤 하는 것도 이러한 인간의 비루한 본성 때문이다.

백산이 진즉에 '털보'라는 이름을 놓아버리고 다시는 절골에 자신의 존재를 드러내지 않았더라면 어떻게 되었을까. 연작의 마지막인 「키 작은 자유인」에서 작가는 하늘과 땅 사이 어떤 것에도 얽매이지 않고 자신에 관한 어떤 환상에도 집착하지 않는 소수의 사람들을 가리켜 '자유인'이라는 칭호를 붙여준다. 그리고 과거의 추억 속에서 자유인의 모습에 부합하는 사람들을 차례로 끄집어내어 열거한다. 강한 자존심 때문에 몸을 숨겼던 지하실에서 스스로 걸어 나온 집안 어른, 원망을 극복하고 외부의 풍파에 뒤섞이는 일을 거절한 외종형, 가족을 부양하는 고달픈 일에 누구보다 성실했던 고을 장로, "자기의 한세상을 아무렇게나 살고 간" 김 영감, 서슬 퍼런 시절에 남을 돕고자 우스꽝스러운 계교를 써서 위기를 넘긴 마을 청년 등……

작가가 생각하는 자유로운 '주체'는 비록 남을 지배할 만한 위세는 갖추지 못할지라도 나름대로의 자존과 존엄을 가진 사람들이다. 여기서 말하는 자유란 타자나 외부의 강박에 굴하지 않고 자신 안에 내면화된 '사람'의 길을 따르는 것이 아니겠는가. 그리고 이러한 노력은 이청준의 경우 자신의 지난 삶을 재구성하기 위한 안간힘과 매한가지였던 것이 아닐까. 자기 자신에 대한 글쓰기라는 불가능한 행위와 사람살이의 진실을 찾으려는 노력에서 공통분모를 꼽자면 그것은 둘 다 부정을 통해 도달하는 여정이라는 점이다. 글쓰기뿐이겠는가. 지관의 경우처럼 예술의 길이 그러하고 한 개인과 공동체가 성숙해가는 과정이 크게 다르지 않을 것이다. 자신 안에 있는 상실과 결핍의 자리를 먼저 확인하고 그 불구성을 인정하고 수락하는 과정…… 이를 통해 보편적이면서 특수한 한 '주체'의 삶이 탄생하고 텍스트가 탄생하는 것이리라. 독자는 이청준의 소설을 읽으며 참다운 주체의 발견이라는 내용이 스스로를 의심하고 자신을 해체하는 방식으로 몸체를 만들어가는 자기 반영적 글쓰기라는 형식과 행복하게 조우하는 광경을 목격하게 된다. 이러한 역설의 구조는 작가에게 있어 '진정성'이라는 불가해한 실제를 드러내기 위해 선택한 최선의 방책이었음이 틀림없다.

　이청준의 자전적 소설들은 나 자신의 가장 내밀한 심연에서 시작하여 결국은 나 자신을 넘어선 타인, 공동체, 문화와 삶 일반을 모두 아우르는 이야기로 확장된다. 그리고 마침내 그 텍스트를 읽어가는 독자에게 도달하는 순간, 이야기의 층위에는 독자의 실천에 의해 열릴 미래의 차원이 한 겹 더 얹히게 된다. 그러나 그로 인해 텍스트와 독자는 또 한 번의 '반전'을 견디어내야 한다. 이 소설이 지닌 투명한 '자서전성'은 이제까지 읽은 이야기들이 다시 '이청준이라는 개인'의 이야기로 돌아오도록 만든다. 그로 인해 이 텍스트는 그가 만든 '자유인'의 상이 불필요하게 다른 이에게 '동상'처럼 타율적인 이상으로 작용할 위험을 위태롭게 비켜간다. 긴 연작을 마무리하면서 자신이 도달한 결론에 다시 한 번 방점을 찍고 다짐을 두어도 좋으련만, 작가는 다음과 같은 한탄조의 대사로 이야기를 맺는다. "하지만 그건 뭣보담도 사람의 일이 아니었거든. 〔……〕 끔찍하고 저열스럽기가 그건 아무래도 사람의 일이 아니었어"(p. 182). "사람의 일이 아니었"다면 과연 우리는 어떻게 해야 바람직한 '사람'의 상태를 만들어낼 수 있는 것일까. 새로운 '자유인'의 이상은 아직 도착하지 않은 미래의 독자들에 의해 계속 만들어져야 하리라. 그가 자신의 부끄러운 과거사들을 가리켜 "씨앗 자루"라고 이름 붙였었던 것도 바로 그 때문이다. 그리하여 "문화는 스스로의 과거 이야기를 말함으로써 창출되는" 것이라고 한 폴 리쾨르Paul Ricœur의 말처럼 이청준의 텍스트들은 '창출되어야 할' 빈자리를 남겨두기 위해 이제까지 씌어진 것이라고 해도 무방할 것이다. 미완성이 아닌 '불'완성의 상태로 영원히 남아 있는 텍스트의 젊음, 그것이 이청준의 글이 지닌 참다운 힘이 아닐까.

〔2014〕

텍스트의 변모와 상호 관계

이윤옥
(문학평론가)

「전짓불 앞의 방백」

| **발표** | 『문학과사회』 1988년 봄호.

| **최초의 단행본 수록** | 『키 작은 자유인』, 문학과지성사, 1990.

1. 실증적 정보

1) 『가위 밑 그림의 음화와 양화』 연작: 「전짓불 앞의 방백」은 '가위 밑 그림의 음화와 양화' 연작의 두번째 작품이다. 이 연작은 「가위 밑 그림의 음화와 양화」 「전짓불 앞의 방백」 「금지곡 시대」 「잃어버린 절」 「키 작은 자유인」으로 짜였다. 이청준은 '가위 밑 그림의 음화와 양화' 연작 이전에 '관계적 삶'을 다룬 '언어사회학 서설' 연작과 '존재적 삶'을 다룬 '남도 사람' 연작을 발표했다. 그는 두 연작을 집필하는 데 삼십대 전체를 바친 뒤, 사십대 중반에 '가위 밑 그림의 음화와 양화'를 시작했다. 자전적 이야기가 상호의존적인 도회살이와 자족적 시골살이를 그린 이야기를 잇는 것이다. 세 연작에는 각각 다섯 편의 소설이 들어 있다. '가위 밑 그림의

---

* 텍스트의 변모를 밝힘에 있어 원전의 띄어쓰기 및 맞춤법을 그대로 살렸음을 밝혀둔다.

옴화와 양화'는 어디까지가 사실이고 어디까지가 허구인지 그 경계가 매우 모호한 독특한 형식의 글이다.

2) **수필 「혼자 견디기」**: 1994년 간행된 산문집『사라진 밀실을 찾아서』에 실린 수필로, 1999년 창작집에 작가 노트로 수록된다. 1987년 쓰인 「혼자 견디기」에는 염소를 데리고 산으로 들어간 외종형과 중학교 음악 선생님의 일화가 들어 있다.

- 「혼자 견디기」: 그건 다름 아닌 혼자 견디기 게임이었다. 자의에서건 타의에서건 두 사람 다 혼자 견디기 게임을 내게 시범해 보여준 격이었다. 다른 점이 있다면 외종형의 삶이 그 단단한 외로움과 절망 속에서 허무하게 혼자 지워져 가 버린 대신, 음악선생님 쪽은 헛된 몸짓으로나마 그 공유·공생의 꿈과 소망을 눈물겨운 모습으로 보여준 정도랄까……

2. 텍스트의 변모

1)『문학과사회』(1988년 봄호)에서『키 작은 자유인』(문학과지성사, 1990)으로

- 16쪽 5행: 실제로 나는 그런 절망스런 경험의 기억이 남아 있는 것이다.
  → 내가 실제로 겪어본 그 같은 절망스런 경험 한 토막—
- 22쪽 17행: 뒤 → 앞
- 28쪽 12행: 염소 한 마리를 → 암수 염소 한 쌍을
- 29쪽 14행: 경어의 인사말 → 인사말
- 30쪽 2행: 섭섭잖은 → 수월찮은
- 37쪽 13행: 한 사회가 개인의 삶에 대한 억압 체제가 되어서는 안 되듯이, 문학이나 소설 또한 개인과 그 진실(개성)에 대한 억압 구조로 군림해서는 안 될 일이 아니겠는지… → 〔삽입〕
- 39쪽 18행: 현실 → 처지
- 40쪽 21행: 이씨 왕조 → 조선 왕조

2) 『키 작은 자유인』(문학과지성사, 1990)에서 『가위 밑 그림의 음화와 양화』(열림원, 1999)로

    - 37쪽 17행: 한데 그러한 의심쩍은 현상 → 그럼에도 그러한 미심쩍은 현상

    - 38쪽 12행: 모종 영향 탓 → 모종의 영향

3. 소재 및 주제

1) **자아망실증**: 「퇴원」을 비롯해 초기작들은 자아망실에 대한 자각과 그에 따른 자아회복, 자기정체성 찾기를 보여준다. 초기작들에서 자아망실증이 정신적 차원에 그쳤다면, 「전짓불 앞의 방백」에서는 육체적 차원까지 넓혀진다. 이 증세는 내가 나에게서 사라지는 것인데, 그 극단에 「소문의 벽」의 박준, 『조율사』의 지훈, 「황홀한 실종」의 윤일섭, 「겨울광장」의 완행댁, 「조만득 씨」의 조만득 등 광인들이 있다. 그래서 「전짓불 앞의 방백」의 '나'는 치명적인 자아실종에서 벗어나려고 무진 애를 쓴다.

2) **전짓불**: 언제나 그렇듯 이청준의 소설에서 전짓불은 양심에 따른 선택과 정직한 자기진술을 불가능하게 만드는 숨은 폭력의 다른 이름이다.

3) **집단의 진실과 개인의 진실**: 개인의 진실은 역사라는 거창한 집단의 진실 앞에 왜곡되고 변형되어 묻히기 일쑤인데, 『뺑소니 사고』는 자기 진실조차 드러낼 수 없는 자기 배반의 사례를 잘 보여준다(27쪽 8행).

    - 「뺑소니 사고」: 그는 며칠 동안 사실을 밝히느냐 마느냐로 그 나름대로의 심각한 고민을 겪고 있었다. 그러나 그는 마침내 마음을 작정했다. 우선은 입을 다물고 말자는 것이었다. 사실을 알려야 하는 기자로서의 사명감보다 양진욱의 그 '역사에 대한 책임'이 그를 압도해버리고 만 것이었다.

4) **카드 섹션**: 소설은 결코 개인의 자기소멸을 전제로 공동체적 삶의 질서를 지향하지 않는다. 그런 점에서 소설은, 개인이 하나의 색 단위로 존재하는 카드 섹션과 다르다. 이청준은 '진짜 질서나 조화는 개성적인 인격의 창조적 실현과 그 참여의 결과로서 얻어지는 것'으로, 카드 섹션은

예술이 될 수 없다고 말한다(33쪽 17행).

   – 수필 「질서와 조화에 대하여」: 마스게임이나 카드 섹션 같은 놀이들은 다 같이 통일된 질서와 조화를 전제로 한 힘의 창출 또는 그 힘의 시위를 목적한 행사들이다. 행사의 목적은 어디까지나 힘이며, 그 힘의 시위이다. 그런데 그 힘을 창출하고 시위해 보이기 위해선 통일된 질서와 조화가 절대의 수단으로 전제된 행사인 것이다. 그리고 또한 그 통일된 질서와 조화를 위해서는 거기 참가하고 있는 모든 개인의 자기소멸과 절대 복종심이 전제되고 있는 행사이다.

  5) 돈 많은 시인: '돈 많은 시인'은 정신적 삶과 현실적 삶이 조화를 이룬 상태를 말한다(35쪽 2행).

   – 수필 「다시 돌아보는 헤매임의 내력」: 그 설문은 학교 선생님들에게 중학교 시절의 꿈이 무엇이었느냐고 물은 것이었는데, 내가 따르고 존경하던 한 선생님, 당신의 중학 시절의 꿈은 〈돈 많은 시인이 되고 싶었노라〉 대답을 하신 것이었다. 시인이나 문학을 하는 사람이라면 그저 막연히 정신적인 삶만을 누려가는 사람들로 치부해두고 싶었던 나로서는 충격이 아닐 수 없었다. 그 선생님이 말씀하신 〈돈 많은 시인〉이란 그런 정신적인 삶과 현실적인 삶과의 조화를 내게 일깨워주신 것이었다.

   – 수필 「〈돈 많은 시인〉에의 꿈」: 그리고 그 선생님이 그냥 시인이라 하지 않고 〈돈 많은 시인〉이라 말씀하신 이유는 일반적으로 예술하는 사람들이란 가난뱅이이기가 일쑤요, 그 가난을 오히려 자랑과 긍지로 여기며 살아가는 듯한 태도가 맘에 들지 않아서였을 터였다. 자신은 그렇게 시를 쓰기는 싫다는 뜻으로 생각되고 있었다. 그래 가난해야만 예술다운 예술을 하는 것처럼 인식되고 있던 시대 풍소에 대한 과감하고 솔직한 태도가 더욱 멋있어 보였던 것이다.

  6) 작가의 서명: 문학에서 개인의 진실과 사회 공의는 배타적이 아니라 양립하는 덕목으로 다뤄져야 한다. 그런 점에서 작품에 대한 작가의 기명

행위는 문학의 한 숙명이라 할 수 있다(36쪽 15행).

- 수필「작품의 기명 행위에 대해」: i) 익명의 목소리는 자칫 그 책임의 소
재가 모호하기 쉬움에 반하여 그의 세력화에는 기명의 경우보다 더한 내적
도덕성과 책임이 뒤따라야 한다는 생각 때문이다. 게다가 지금 우리가 살고
있는 인터넷 시대는 바로 그 얼굴을 가린(아이디 역시도) 익명의 목소리(정
보)가 다수의 삶을 주도하는 세상처럼 보이는 만큼 그에 상응한 높은 도덕
성과 책임이 요구되기 때문이다. ii) 그러니 그 시인의 경지까지는 아니더라
고 우리 모든 문학 작품 창작자들이 자기 작품에 꼭꼭 자신의 서명으로 그
작품에 대한 나름대로의 보증과 책임을 밝히는 것은 얼마나 떳떳하고 자랑
스러운 노릇인가.

7) 검열관들: 이청준은 『씌어지지 않은 자서전』「전쟁과 악기」 등 여러
작품에서, 의식이 오염된 소시민 대중과 정치권력을 문학예술을 감시하는
두 검열관들로 지목한다(39쪽 21행).

8) 도공들 이야기: 광주의 도공들 이야기는 삶을 위한 행위가 죽음으로
이어지는 비극적 배반 현상을 보여준다. 이청준은 수필「씌이지 않은 인
물들의 종주먹질」에서 도공들뿐 아니라 다산과 추사, 초의, 소치 등 여러
인물들에 대한 소설쓰기를 꿈꾸지만, 결국 숙제로 남고 말았다고 고백한
다(40쪽 21행).

- 「씌이지 않은 인물들의 종주먹질」: 광주 쪽에서 오랫동안 도자기 일에 빠
져 지내던 분이 언젠가 일러준 이야기다. 나는 그것을 〈전짓불 앞의 방백〉이
라는 작품 속에 잠시 소개하며 스스로 이런 식의 숙제를 남겼었다./-나는
언젠가는 그 비극적 배반 현상의 증거에 그치지 않고 적절한 방법을 찾아내
어 제대로 된 작품을 써낼 희망을 버리지 않고 있다./이래도 저래도 살 길
이 없는 막다른 운명의 짐을 진 그 시구문 밖의 사기장 무리가 아직 그 절체
절명의 짐을 내려놓지 못한 채 나를 계속 옥죄어 들고 있는 것이다.

「소주 체질」

| 발표 | 1988년.

| 최초의 단행본 수록 | 『가해자의 얼굴』, 중원사, 1992.

「종이새의 비행」

| 발표 | 『서울대 동창회보』 1989년 2월호.

| 최초의 단행본 수록 | 『가해자의 얼굴』, 중원사, 1992.

「금지곡 시대」

| 발표 | 『문예중앙』, 1989년 봄호.

| 최초의 단행본 수록 | 『키 작은 자유인』, 문학과지성사, 1990.

1. 실증적 정보

1) **이전 발표 작품과의 연관성**: 「금지곡 시대」의 〈수수께끼의 얼굴〉에 「줄빱」의 원화가 들어 있다(60쪽 18행).

2) **수필 「허위의식과의 싸움」**: 산문집 『사라진 밀실을 찾아서』에 실린 수필로 「혼자 견디기」와 함께 1999년 창작집 작가 노트로 수록된다. 이청준은 1992년 쓴 이 수필에서 '6·25 민족비극을 소설화함에 있어' 체험 세대와 미체험 세대의 차이를 말한다.

3) **수필 「문학이 뭐 별건가」**: 1978년 간행된 산문집 『작가의 작은 손』에 실린 수필로, 지하실에서 나온 집안 어른의 일화가 들어 있다.

2. 텍스트의 변모

1) 『문예중앙』(1989년 봄호)에서 『키 작은 자유인』(문학과지성사, 1990) 으로

* '하지만' '그리고' '그런데' 등 접속사가 대부분 삭제되었다.
- 73쪽 18행: 일차적 사실이 → 일차적 사실 의미가
- 85쪽 16행: 죄악감 → 죄책감

2) 『키 작은 자유인』(문학과지성사, 1990)에서 『가위 밑 그림의 음화와 양화』(열림원, 1999)로

- 77쪽 22행: 어떤 것은 멀리하고 그렇지 못한 것(일방적 해석을 기피하려는 것들까지 포함하여)은 → 어떤 것(일방적 해석을 기피하려는 것들까지 포함하여)을 멀리하거나

3. 소재 및 주제

1) **금계망**: 「소문의 벽」에 나오는 박준의 소설 「벌거벗은 임금님」은 '임금님의 귀' 설화를 변형한 것으로 금계망의 설대화들 비판한다(67쪽).

-「소문의 벽」: 이 작품에서 박준이 하고 싶은 이야기란 결국 우리들에게 옛날 이발쟁이 경우에서와 같은 '구원의 숲'은 있을 수 없다는 것, 그러기 때문에 어떤 진실을 목도하고도 그것을 어떤 다른 이해관계나 간섭 때문에 말하지 않으려고 한다면, 그것은 곧 보다 큰 파국을 초래하는 자기 부정의 비극을 낳게 한다는 뜻이 아니었을까.

2) 「**전쟁과 악기**」: 한 줄의 음가를 제거하거나 유보해버린 악기는 온전한 음곡을 연주할 수 없다. 「전쟁과 악기」는 온음과 반음의 관계에서 반음을 제거해버린 상황을 그리고, 「금지곡 시대」는 '슬픈 노래'에 대한 배타적 선호와 '즐거운 노래'에 대한 금기시 현상을 보여준다. 두 상황은 '일도양단식 이분법적 선악관과 그에 따른 사물인식의 획일적 단면성'을 보여준다.

3) **화투점**: 마음의 균형을 잡기 위해 화투점을 치던 버릇에 대해 쓴 글은 「여름의 추상」이다. 「여름의 추상」도 『가위 밑 그림의 음화와 양화』 연작처럼 사실과 히구의 경계가 모호한 작품이다(80쪽 16행).

4) **소화불량**: 등단작 「퇴원」을 시작으로 「귀향연습」 『조율사』 등 이청

준의 작품에는 배앓이에 시달리는 인물이 많다. 이들의 소화불량은 단순한 병 이상의 의미를 갖는다(84쪽 10행).

「잃어버린 절」

| **발표** | 『현대문학』 1989년 7월호.

| **최초의 단행본 수록** | 『키 작은 자유인』, 문학과지성사, 1990.

1. 실증적 정보

- 이전 발표 작품과의 연관성: 『인간인 1』에 금자어서병풍과 동종에 대한 일화가 들어 있다.

2. 텍스트의 변모

1) 『현대문학』(1989년 봄호)에서 『키 작은 자유인』(문학과지성사, 1990)으로

* 사찰이 표시된 천관산 지도, 〈표 1〉 전라도 15읍 의병지도자 통계(趙援來의 글 「임진왜란과 장흥의병」 중 인용), 〈표 2〉 전라도 15읍 관군 협찬자 통계가 삭제된다.

- 93쪽 22행: 혐오스런 → 척박스런
- 97쪽 3행: 한데 그같은 나의 감회는 → 나의 그 같은 수수로운 감회는
- 103쪽 11행: 그 기록에 나타나는 절들은 → 〔삭제〕
- 105쪽 17행: 자각 → 자각 · 자긍심
- 109쪽 7행: 남루 → 척박
- 109쪽 23행: 그리고 그러한 피폐함과 무력감이 내게로 고스란히 옮아오곤 하는 것이었다. → 〔삭제〕
- 111쪽 5행: 황량 → 척박

- 116쪽 20행: 하여 이 산의 봉수대 주위에는 다른 군역(軍役)에 종군하지 않고 봉수의 수송일만 전담하는 봉군(烽軍)이 파견되어 있었을 뿐 아니라, 그 주변에는 표주(標柱)를 세워 경계를 설정하고, 거짓 봉화나 실화가 발생할 시는 그 범인을 병조(兵曹)나 해당 진영에서 극형으로 다스렸다는 것이다. 일테면 천관산 봉수대의 중요성과 위세가 그만했다는 것이었다. → 〔삭제〕

- 118쪽 21행: 노간주 → 〔삽입〕

- 126쪽 4행: 소개 → 이전(移轉)

- 127쪽 1행: (아마 그같은 대흥사 쪽의 여유는 그런 일이 거의 불가능하리라는 믿음에서였을 수도 있었지만) → 〔삭제〕

- 127쪽 8행: 아니, 그것은 허행으로 끝나기보다 → 그것은

- 130쪽 17행: 그 사실적(史實的) 내역 :/회령포진 성의 규모: 동문 · 북문 · 남문이 설치되고, 성내에는 객사(客舍) · 동헌 · 사령청 · 장사청(將使廳) · 군기고(軍器庫) 등이, 성 밖에는 조선소(造船所), 주변 섬들에는 연대(煙臺) · 요망대(瞭望臺)들이 완비된 규모있는 군진으로, 성의 둘레는 총 1860척(尺)에, 그 벽 높이는 8척이었다(회진리 주위로는 지금도 둘레 2킬로미터의 석축성지와, 집단으로 군마를 조련하던 〈마장골〉이라는 분지형 골짜기가 남아 있다. 1895년 고종 32년 성 폐쇄)./충무공의 전열정비: 이충무공은 백의종군중 회령포에 이르러 싸움에 패해 쫓겨온 병선 12척을 수리하고, 군병 120명을 얻어 명량해전 출진의 기초를 닦았다. 공은 병원과 군량 조달이 활발한 이곳을 수군의 요충지로 삼고 싸우려 하였으나, 장소가 협소함이 아쉬워 해남의 북청 쪽으로 전진을 옮겨나갔다./의병활동: 임진 · 정유왜란간 장흥인들의(천관산하 관산은 장흥부의 고읍으로 지역적으로 이때의 장흥인이란 관산과 대덕을 중심한 인근 지역민들이 많았을 것이다: 1392년 조선태조 원년 이전의 장흥부(長興府)는 고장흥(古長興), 즉 현재의 천관산하 방촌리 일대에 자리함) 의병활동은 충무공이 당시 회령포

진에 머문 일과 관계가 컸을 것으로, 그 참여도는 〈표〉들에서 볼 수 있듯 전라 53개 읍 중 10위권을 벗어난 읍세에도 불구, 의병활동 및 관군협찬 활동 규모가 각각 5위 이내에 들어 있을 만큼 다른 어느 고을보다 활발했음을 알 수 있다./관군협찬을 포함한 장흥인들의 의병활동과 분전상의 사례들은 이러하다./충무공 휘하의 해전(海戰)에서:/＊장흥 의병정신의 사표 초계변씨(草溪卞氏) 일문의 12의열(義烈): 당시 왜적들간에 〈흑면비장(黑面飛將)〉으로 알려진 변홍달(卞弘達)과 그 형제인 홍건(弘建)·홍적(弘迪)·홍선(弘選), 이들과 종형제간인 홍원(弘源)·홍주(洪洲)·홍제(弘濟)·홍량(弘亮), 홍주의 아들 덕황(德璜)과 홍건의 다들 덕장(德章), 홍적의 재종질인 연수(延壽)와 그의 아들 12인으로 당포(唐浦)·지포(芝浦)·남해(南海) 등지의 해전에서 거의 전몰 순국./＊장흥인 위방(魏魴): 의병 백여 명을 이끌고 한산도해전에 참전. 분전 끝에 전사./＊장흥인 김세호(金世浩): 충무공 휘하에서 조선감(造船監)을 맡아 대함(大艦) 8척을 건조하여 명량해전에서 전공을 세우고 전사./＊장흥인 마하수(馬河秀)·정명설(丁鳴卨)·문영개(文英凱): 민간의 향선(鄕船) 10여 척을 동원하여 회령포전에서 충무공과 합세한 뒤 명량해전에서 큰 공을 세움./＊장흥인 정경달(丁景達): 문과급제자로서 임란 초전시 선산(善山)부사로 있으면서 금오산전투에서 승전. 다시 죽령에 6진을 설치하여 요격전으로 대공. 뒷날 충무공의 종사관으로 활동(아우 경수(景壽)와 아들 정명설(위 항) 육전과 해전에 참전, 공을 세운 사실 참조)./육전에서: /＊장흥인 김응생(金應生)·김헌(金憲) 등은 전란중 호남에서 가장 활발한 의병활동을 벌인 의병장 고경명(高敬命, 장흥지방을 중심으로 모병을 시작함)의 휘하에서 중요 막료로 활약./＊장흥인 위대기(魏大器): 김표(金標)·김여건(金汝健)·노홍(魯鴻)·위공달(魏公達) 등과 의병을 일으켜 웅치전(熊峙戰) 등에서 왜적 다수 참살./＊장흥인 위대경(魏大經): 병사(兵使) 황진(黃進)의 휘하에서 웅치·상주(尙州)·이현(梨峴) 싸움에서 대첩./

＊장흥인 정견룡(鄭見龍)·백민수(白民秀)·위덕원(魏德元)·오대무 (吳大武)·문위세(文緯世)·문홍개(文弘凱)·양간(梁幹) 등은 장수(長水)·성주(星州)·행주(幸州)·금산(錦山) 등의 싸움에서 활약./＊장흥인 노언향(盧彦鄉): 1593(계사)년의 진주성싸움에서 병사(兵使) 최경회(崔慶會)의 휘하 수문장으로 분전, 성이 함락되자 남강으로 투신 순국./ ＊장흥인 정명세(鄭名世)·명원(名遠)·명립(名立)·명홍(名弘)·명진(名振) 형제: 진주성싸움에 참가 순국./＊장흥인 진사(進士) 문위세(文緯世)·김여중(金汝重) 등은 이황의 문인으로 임진년 7월 20일 보성관문(寶城官門)에서 보성인 박광전(朴光前)·임계영(任啓英) 등과 거병, 장흥 의병의 주축으로 분전. 이때 문위세는 그의 네 아들 원개(元凱)·영개(英凱)·형개(亨凱)·홍개(弘凱)와 서(婿) 백민수, 종질 희개(希凱) 등을 주위 열읍(列邑)에 파견하여 의병을 모집한 뒤, 임계영을 전라좌의병장(全羅左義兵將)에 추대하고 자신은 양향관(糧餉官)이 되어 군량 조달의 중책을 수행. 이들의 의병활동은 주로 먼 영남지방에서 전개되었다는 것이 특징으로 이 해 말 전라좌의병군이 성주(星州)수복전을 대승으로 이끄는 데 큰 공을 세움./이상 사례들을 종합하면, 장흥 출신 의병지도집단은 충무공 휘하 이외에 고경명 휘하 1명, 김천익(金千鎰) 휘하 2명, 황진 휘하 4명, 최경회 휘하 1명, 최경장(崔慶長) 휘하 4명, 임계영 휘하 13명, 기타 9명, 전라병사 이복남(李福男) 휘하 2명, 어가호종(御駕扈從) 8명 등이었고, 나머지 26명은 모두 충무공 휘하에서 활동하였으며 이 중 대부분은 해전에서 전사했다./대충 이상의 사례들만 보아도 당시 회령포를 중심으로 한 장흥인들의 참전규모(위의 기록들은 의병활동의 현저한 사례들이며 그 집단의 중심인물의 활약상일 뿐임을 감안하면 더욱)가 얼마나 광범했으며, 그 의기가 어떠했던가를 알 수 있을 터이다. → 그 한 사례로 충무공 등을 보좌한 관군 협찬 활동과 공이 회령포진에 머물렀던 일과 관계가 컸을 것으로 짐작되는 장흥인들(천관산하 관산은 장흥부의 고읍으로 지역적

으로 이때의 장흥인이란 관산과 대덕을 중심한 인근 지역민들이 많았을 것이다. 1392년 조선 태조 원년 이전의 장흥부(長興府)는 고장흥(古長興), 즉 현재의 천관산하 방촌리 일대에 자리함)의 의병 활동 참여도는 전라 53개 읍 중 10위권을 벗어난 읍세에도 불구하고 그 규모가 각각 5위 이내로 기록되고 있으니, 이 한 가지 사실만 보아도 회령포를 중심으로 한 당시 장흥인들의 의기와 그에 따른 희생이 어떠했던가는 극히 알 수 있는 터이다.

- 131쪽 17행: 이후 구한말의 항일의병활동과 일제치하의 독립운동 사례 가운데에 대덕·관산인들의 대표적인 활약상은 대개 다음과 같다./ * 치제(痴齊) 김영엽(金永燁): 관산면 평촌리(平村里) 출생으로 무신(1908)년 왜침에 대항 창의(倡義)를 계획하고 내외 각처에 격문을 발송하여 의병 백여 명을 모집. 장흥·강진 등에서 왜군과 교전, 많은 전공을 거두고 장성의 백양사(白羊寺)로 입거(入據)하였다가 왜적에게 우해(遇害) 순국./ * 위석규(魏錫奎): 관산면 방촌리(榜村里) 출생. 민충정공 자결순국 후 그 충혼을 기리고자 도보로 상경 조위(弔慰)하고 돌아와 1907년 아들에게 유서와 유물을 남긴 뒤 러시아로 망명. 해삼위(海參威)와 간진포(澗陣浦) 등지를 거점으로 동지 박태문(朴泰文)·국사성(鞠思成)·강명운(姜明雲) 등과 광복활동을 하다가 1913년 4월 순국./ * 김재계(金在桂): 대덕면 신상리 출신으로 17세에 상경, 항일투쟁의 근거지인 천도교에 입교, 의암 손병희 선생 지도 아래 광복활동. 기미독립운동 당시 장흥 대표로 활약하였으며, 1931년 향리에 양영사립학교 설립, 인재 양성과 배일사상 고취./ * 김재성(金在性): 김재계와 같은 신상리 출신으로 1933년 천도교 중앙총부 감사원장으로 왜멸(倭滅)기도문을 작성, 전국 지방교구장을 통해 교도들에게 배포. 독립정신 고취 및 항일활동중 38년 일경에 피체, 고문으로 인하여 발병 순국./ * 정종배(丁鍾倍)·정보수(丁潽壽)·김영복(金永馥) 등 : 관산면 등 출생으로 1930년대 초 마을 청년들과 일제의 착취와 폭압에 대항하는 비밀농민조합을 결성, 동지 규합중 일경에

350

피체./ * 최종오(崔鍾五): 대덕면 회진리 출생으로 43년 일제 학도병을 탈출, 중국군 제5전구 101사단에 배속되어 대일군 유격전에 참가한 후, 45년 3월 광복군 제1지대 제3구대 창설에 참가…… → 이후 구한말의 항일 의병 활동과 일제 치하의 독립 운동 사례들은 일일이 다 헤아리기 어려운 형편이다.

2) 『키 작은 자유인』(문학과지성사, 1990)에서 『가위 밑 그림의 음화와 양화』(열림원, 1999)로

  * ㅎ씨 → 하씨

 - 90쪽 12행: 서북 → 동북

 - 92쪽 1행: 올라가는 형국의 바위 모양이 남아 있게 됐고 → 올라간 발자국 모양이 남게 됐고

 - 97쪽 13행: 훔쳐갔다. → 훑어갔다.

 - 114쪽 18행: 하여 나는 이번에는 그토록 오랫동안 미뤄오기만 하던 산행을 그 당장에 바로 서두르고 나섰다. → 오래 미뤄오기만 하던 산행을 작심하고 나선 것은

 - 116쪽 11행: 팽이나 삽 같은 작업 공구를 하나씩 걸쳐멘 사람들이었다. → 〔삭제〕

 - 138쪽 12행: 말았다는 것이었다. → 말았노라는 변백이었다.

 3. 소재 및 주제

 1) **침묵**: 입이 닫혀 소리를 잊고 침묵하는 종의 처지는 『춤추는 사제』에 나오는 대왕의 무덤, 유민들의 소망을 품은 채 침묵하는 말의 무덤을 연상시킨다.

 2) **무속**: 수필 「우리 굿 문화」에 따르면, 무속은 '천계와 지상 현세' '죽은 자의 영혼과 이승사람들의 삶의 관계'를 평화롭게 조화시킨다. 무속의 이런 가치는 『신화를 삼킨 섬』에서 더욱 커진다(119쪽 20행).

- 「우리 굿 문화」: 그것은 종교적 예배나 신앙이 아니라 일반적인 삶의 문화다. 그런 면에서 오랜 세월 우리 삶이 함께해온 무속이나 우리 굿은 비록 일부의 미신 경시에도 불구하고 우리 생활 문화의 한 분명한 국면으로 이해할 수 있고, 종교적 논의를 떠나 우리 삶의 정서나 심성들과 관련한 문화기제로 접근할 때 매우 뜻깊고 유익한 혜택을 누릴 수도 있을 것으로 생각한다.

「키 작은 자유인」

| **발표** | 『문학사상』 1989년 8월호.

| **최초의 단행본 수록** | 『키 작은 자유인』, 문학과지성사, 1990.

1. 실증적 정보

1) 이전 발표 작품과의 연관성: 「키 작은 자유인」에 나오는 장난꾼 청년 규순의 일화는, 「기로수 씨의 마지막 심술」에 나오는 기로수의 심술 이야기와 같다.

2) 수필 「문학이 뭐 별건가」와 지하실: 앞의 「금지곡 시대」 주석 참조.

3) 수필 「나는 왜 문학을 하는가」: 이청준은 이 수필에서 「키 작은 자유인」을 인용해, 그에게 소설쓰기가 무엇인지를 말한다. 그의 '새로운 세상 꿈꾸기 소설질은 현상 질서에 대한 의구심과 함께 그 부조리를 개선하고 싶은 희망을 앞세'운 것이다.

- 「나는 왜 문학을 하는가」: 졸작 「키 작은 자유인」 중 한 부분을 요약한 주인공의 이 같은 술회는 나 자신의 체험 그대로인 셈이다. 뿐더러 그로부터 남루하고 부끄러운 시골뜨기 자신을 그대로 쓰레기통에 던져 버리고 유족하고 자랑스런 도회인으로 다시 태어나기를 소망했다. 〔……〕 나는 자연히 나를 끼어들여주지 않는 세상에 대한 실망과 원망을 삭이고 무력한 자신을 다독이기 위한 자기 위안의 길이 필요했고, 그것이 나를 배제시킨 현상의

질서보다 내 나름대로 더 나은 다른 세상 꿈꾸기 격인 소설쓰기의 욕망을 싹트게 한 셈이었다.

2. 텍스트의 변모

1) 『문학사상』(1989년 8월호)에서 『키 작은 자유인』(문학과지성사, 1990)으로

* 발표작의 제목 「키 작은 자유인들」에서 '들'이 삭제된다.
- 161쪽 13행: 징집인 → 집행인
- 169쪽 1행: 녀석이 → 녀석의 아비가
- 175쪽 1행: 자세한 속사정은 알 수도 없었지만, → 〔삽입〕
- 180쪽 3행: 한 마리를 → 한 쌍을
- 180쪽 13행: 이끌어 나갈 → 이끌어온

2) 『키 작은 자유인』(문학과지성사, 1990)에서 『가위 밑 그림의 음화와 양화』(열림원, 1999)로

- 148쪽 15행: 기식살이 → 더부살이
- 148쪽 17행: 기어다니는 → 나와 노니는
- 149쪽 2행: 친척집을 → 외사촌 누님네를
- 149쪽 8행: 그것이 나의 몰골이나 처지를 대신하고 있기라도 하듯이 친척집 사람들 앞에 자신이 그토록 남루하고 창피하게 느껴질 수가 없었다. → 그것이 내 남루한 몰골이나 처지를 대신하고 있기라도 하듯이 그 외사촌네 사람들 앞의 자신이 그토록 누추하고 무참하게 느껴질 수가 없었다.
- 181쪽 2행: 정순 → 정빈
- 181쪽 20행: ㅊ성씨 → 차씨

3. 인물형

1) 호랑이 농사꾼 정빈 씨: 『신화의 시대』의 농사꾼 독지가 지사순 씨이다.

2) **외종형**: 「개백정」에 나오는 외종형과 같은 사람이다.

3) **김영감**: 『신화의 시대』의 김장굴이다.

4. 소재 및 주제

1) **지하실**: 이청준은 만년에, 「키 작은 자유인」에 나오는 집안 어른 일화가 들어 있는 「지하실」이라는 소설을 썼다.

2) **거인**: 이청준의 작품에는 장인, 기인, 신념가, 자유인 등 다양한 거인이 있다(172쪽 18행).

3) **전쟁무용담**: 성장소설의 면모를 보이는 「침몰선」에서도 제대한 마을 청년들은 규순처럼, 팽나무 그늘 아래 조무래기들을 모아놓고 전쟁무용담을 들려준다(175쪽 11행).

4) **자존심**: 자존심은 때로 육체적 아픔은 물론 죽음의 공포마저 이기고 넘어선다. 수필 「치질과 자존심」을 보면 지하실을 나온 어른의 자존심이 무엇인지 알 수 있다.

「이 여자를 찾습니다」

| **발표** | 『현대소설』 1989년 겨울호.

| **최초의 단행본 수록** | 『키 작은 자유인』, 문학과지성사, 1990.

1. 실증적 정보

1) **초고**: 육필 초고가 남아 있다.

2) **『인간인 2』**: 「이 여자를 찾습니다」는 『인간인 2』에서 안장손과 누이 안장덕의 이야기만 따로 쓴 소설이다. 안장손과 안장덕은 「이 여자를 찾습니다」에서 박장덕과 박장순이 된다.

2. 텍스트의 변모

1) 『현대소설』(1989년 겨울호)에서 『키 작은 자유인』(문학과지성사, 1990)으로

- 186쪽 13행: 해상 돌풍으로 실종 사망 → 돌풍으로 사망
- 189쪽 2행: 다른 → 다른 사람
- 199쪽 2행: 동상아, 동상아, 나는 이래 두고…… → 〔삽입〕
- 201쪽 14행: 능력 → 생의 능력
- 203쪽 21행: 또한 남쪽만이 먼저 가입이 이루어지면, 저들은 국토와 민족의 분단 상황 고착화를 염려하여 비회원국으로 계속 남으려 할 것인가. → 〔삽입〕

2) 『키 작은 자유인』(문학과지성사, 1990)에서 『벌레 이야기』(열림원, 2002)로

* 책자 외 필자가 보충한 부분으로 표시되었던 대목들이 대부분 책자를 그대로 인용한 부분으로 표시된다.

- 183쪽 16행: ※표로 묶은 대목은 책자 외 필자의 보충 부분 → * 표 대목은 책자를 그대로 인용한 부분임.
- 190쪽 23행: 2년에 가까운 끈질긴 → 이후 1년여간의
- 191쪽 13행: 두 달 후에 → 한 달쯤 뒤부터
- 202쪽 7행: * 마지막 당부——글 대필자로서 → 〔삽입〕
- 202쪽 12행: 큰 은혜를 베풀어주시기를 → 두 오뉘에게 큰 은혜 베풀어주시기를 이 글의 대필자로서 다시 한번
- 202쪽 17행: 부질없는 사록이겠지만, 필자로서도 → 이미 다 짐작한 일이겠지만 박장덕의 그 회한 어린 소망은 그로부터 몇 해가 지난 이날까지도 이루어지지 못하고 있었다. 그래 필자는 지금도
- 203쪽 1행: 아울러, → 아울러 사족일시 분명하지만,
- 203쪽 5행: 지금 북한 측이 반대하는 → 〔삽입〕

- 204쪽 14행: 이것으로 장덕씨의 생퉁스런 주문에 대한 필자의 약속은 충분히 이행이 된 듯싶기 때문이다. → 〔삭제〕
- 205쪽 5행: 한 불가피한 → 불가사의하고도 불가피한

3. 인물형
- 장순:『자유의 문』에는 한국전쟁 때 희생된 머슴살이하던 안장순 청년이 나온다.

「지관의 소」

| **발표** | 『문학정신』 1990년 3월호.
| **최초의 단행본 수록** | 『키 작은 자유인』, 문학과지성사, 1990.

1. 실증적 정보
- 초고: 육필 초고가 남아 있다. 초고 제목은 「지관의 소」가 아니라 「엄화백의 소」로 '사람의 얼굴'이라는 부제가 붙어 있다. 발표작의 양 화백은 초고에서 엄 화백이었다.

2. 텍스트의 변모
1) 『문학정신』(1990년 3월호)에서 『키 작은 자유인』(문학과지성사, 1990)으로
- 208쪽 13행: 하나하나 → 〔삭제〕
- 251쪽 11행: 전날의 ㅈ화백 대신 → 〔삽입〕
- 251쪽 18행: 송구스런 → 민망스런

2) 『키 작은 자유인』(문학과지성사, 1990)에서 『시간의 문』(열림원, 2000)으로

- 212쪽 22행: 표현일 수도 있었다. → 표시인 셈이었다.

- 221쪽 12행: 잡지사 담당자에게 꽤 애를 먹여오던 처지였다. → 〔삭제〕

- 239쪽 23행: 싸들고 돌아왔다. → 봉투에 담아들고 돌아왔다.

- 241쪽 21행: 즉각 → 뻔히

- 250쪽 12행: 상념 → 생각

- 253쪽 22행: 아닌게아니라 → 과연

3. 인물형

- 백야: 수필 「작호기」 「단 한번의 마지막 보은」 「떠남과 돌아옴」에 나오는
인물이다.

4. 소재 및 주제

1) 도공들 이야기: 앞의 「전짓불 앞의 방백」 주석 참조.

2) 아기장수 설화: 비극적인 아기장수 설화는 이청준의 여러 작품에서
중요한 역할을 한다. 『신화를 삼킨 섬』에서는 프롤로그와 에필로그를 담
당하고, 「비화밀교」 『춤추는 사제』에도 나온다(218쪽 8행).

3) 지관의 경지: 「날개의 집」에서 화가 세민이 고통을 이기고 그린 황
소 그림도 보는 사람에게 자유와 평화를 느끼게 한다(254쪽).

「용소고」

| **발표** | 『현대소설』 1990년 가을호.
| **최초의 단행본 수록** | 『가해자의 얼굴』, 중원사, 1992.

1. 실증적 정보

- 초고: 육필 초고가 남아 있다. 초고에서 백산은 '백야'다.

2. 텍스트의 변모

1) 『현대소설』(1990년 가을호)에서 『가해자의 얼굴』(중원사, 1992)로

- 276쪽 18행: 귀찮았다. → 불안했다.
- 283쪽 13행: 뿐만이 아니었다. → 〔삭제〕
- 304쪽 23행: 지나올 때의 → 지나오다 우연히 목도하게 됐다는

2) 『가해자의 얼굴』(중원사, 1992)에서 『벌레 이야기』(열림원, 2002)로

- 281쪽 19행: 이야기였다. → 세태사의 한 마당임을 웃어넘긴 것일 터였다.
- 317쪽 5행: 나타나고 그것을 사람들이 용납해 들인 것은 그들에겐 → 나타난 것은
- 318쪽 5행: 그 서울 패거리들을 → 불량배 패거리들을

3. 소재 및 주제

1) 신화적 상상력: 「용소고」는 우리 신화에 맞닿아 있는 영웅 장수 이야기의 변형이다. 이청준은 만년에 신화적 상상력을 근간으로 하는 『신화를 삼킨 섬』『신화의 시대』를 썼다.

- 수필 「자신을 썻겨온 소설질」: 그러나 나는 아직도 소설이나 글을 쓰고 있고 앞으로도 계속 더 쓰고 싶어하고 있다. 막바로 말해 이 몇 년간의 일이지만, 내 삶과 세상일에 알게 모르게 우리 신화와 신화적 상상력에 맞닿아 있는 부분이 없지 않고, 거기에 빚을 져온 대목이 적지 않다는 사실(제주도 심방굿과 마을 사람들의 세시(歲時) 정서, 혹은 우리 유년 의식의 한 모태를 이루어온 여러 영웅 장수 일생기 같은 것들의 상상적 근원을 헤아려봄직하다)을 새삼스럽게 발견하게 된 덕분이다.

2) 부활: 연못 속에서 나온 용은 승천하여 사라지지만 그것으로 끝이 아니다. 사람들은 못에 새 용을 기르기 시작한다. 털보도 마찬가지다. 세상에 정체를 드러낸 털보는 사라지지만 새 털보가 나타난다. 『조율사』의

외종형, 「목포행」의 육촌형도 용이나 털보처럼 부활한다. 사람들은 세상 살이에 지칠 때마다 불사조인 그들에게서 새로운 꿈과 힘을 얻는다. 그들이 바로 희망의 신화다(311쪽).

　―『조율사』: 규혁 형의 생존을 나는 이제 거의 사실처럼 믿고 있었다. 그는 내 어린 시절을 통하여 여러 번 죽어갔고, 때마다 불사조처럼 다시 살아났다. 그는 이상한 방법으로 죽음의 늪을 언제나 늠름하게 지나온 거인이었다. 그는 나에게 구원의 신화였다. 그의 이야기는 불사신의 이야기였다.

　―「목포행」: 그렇듯 수없이 죽으면서도 언제나 다시 살아나는 육촌형은 그러니까 제게 죽음을 모르는 불사신, 불멸의 거인이 되어버린 것이구요./다시 말해 그 육촌형의 죽음의 소식은 제게 있어서 그분의 새로운 탄생이며, 그래 그 죽음을 확인하러 간다는 것도 거꾸로 그분의 그 거인적인 불멸의 생존을 확인하러 가는 것이 되는 셈이지요.

　―『신화를 삼킨 섬』: 하지만 사람들은 끝내 그 구세의 영웅 이야기를 잊지 못했고, 언제부턴지 그 아기장수와 용마가 다시 태어나기를 기다리기 시작했다. 그 이야기 속의 꿈과 기다림이 없이는 아무래도 세상을 살아갈 수가 없었기 때문이다.